通信技术与应用丛书

# 现代有线电视网络技术及应用


主　编　黄　俊

副主编　代少升　王小平

参　编　邱绍峰　邵　凯　刘科征

机械工业出版社

本书介绍了有线电视网络的概念、组成、发展趋势，并对适应三网融合趋势下的基于下一代广播电视网络（NGB）的现代电视网络的技术及应用做了介绍和分析。本书共分6章，首先介绍了现代有线电视网络的概念、发展历程、组成、技术特点、发展趋势以及发展思路，然后介绍了三网融合技术，并重点讲解了三网融合下的下一代广播电视网络。本书还介绍了基于以太无源光网络的有线电视网络接入技术，分析了有线电视网络管理技术的特点和发展思路。最后展望了在三网融合趋势下现代有线电视网络的发展前景和趋势。

本书适合从事有线电视网络设计和应用的工程师作参考资料，也可作为广大电子类专业的高职、本科、研究生的教材和参考用书。

**图书在版编目（CIP）数据**

现代有线电视网络技术及应用/黄俊主编. —北京：机械工业出版社，2010.9

（通信技术与应用丛书）

ISBN 978-7-111-31598-8

Ⅰ. ①现… Ⅱ. ①黄… Ⅲ. ①电缆电视-电视网 Ⅳ. ①TN943.6

中国版本图书馆CIP数据核字（2010）第166426号

机械工业出版社（北京市百万庄大街22号 邮政编码100037）
策划编辑：李馨馨
责任编辑：李馨馨 赵东旭
责任印制：李 妍

北京外文印刷厂印刷

2010年9月第1版·第1次印刷
184mm×260mm·11.25印张·275千字
0001—3000册
标准书号：ISBN 978-7-111-31598-8
定价：25.00元

凡购本书，如有缺页、倒页、脱页，由本社发行部调换

电话服务
社服务中心：(010) 88361066
销 售 一 部：(010) 68326294
销 售 二 部：(010) 88379649
读者服务部：(010) 68993821

网络服务
门户网：http://www.cmpbook.com
教材网：http://www.cmpedu.com
**封面无防伪标均为盗版**

# 前　言

“三网合一”技术的逐步实施，为有线电视网络的发展提供了新的思路。“三网合一”使传统的广播电视网络与电信网都有可能改造成为功能更全面的新网络，其业务融合也将成为可能。广播电视和电信业务运营商逐渐在业务方面相互渗透和融合，符合条件的广播电视企业可经营增值电信业务、部分基础电信业务、基于有线电视网络提供的互联网接入业务、互联网数据传送增值业务、国内 IP 电话业务；符合条件的电信企业在有关部门的监管下，可从事除时政类节目之外的广播电视节目的生产制作、互联网视听节目信号的传输、时政类新闻视听节目的转播等。这意味着广电集团除经营广播电视业务外，也将成为与传统电信运营商一样的通信运营商，而电信运营商也将能够提供部分广电集团目前提供的产品和服务。

为适应这种融合的发展趋势和满足市场开发的需要，广电网络的传输双向化、信号数字化、管理智能化是发展的必然趋势，也是当前的任务和目标。建设优质的双向网络是基础和前提，高带宽和基于“全程全网”统一网络管理的能力、开放的业务平台、可承载多样化的三网融合业务，业务融合产生的新业务是保证。

目前很多有线电视网络方面的书籍对传统有线电视网络的介绍较多，对三网融合大趋势下的广电网络发展前景和新技术涉及较少，不能为当前广电网络新的发展目标指明方向，也不能满足三网融合的需要，本书正是针对这些问题而编写的。

本书共 6 章，第 1 章介绍现代有线电视网络的概念、发展历程、组成、技术特点、发展趋势及发展思路；第 2 章主要介绍现代有线电视发展的基础——三网融合技术，对三网融合技术的基本概念、业务特点、关键技术及技术方案进行了分析，对三网融合的核心技术——软交换技术和分组数据传送网（PTN）技术做了详细介绍；第 3 章重点讲解了三网融合下的下一代广播电视网络，对三网融合与广播电视网络的关系及下一代广播电视网络在三网融合中的地位和作用进行了分析讨论；第 4 章主要介绍基于以太无源光网（EPON）的有线电视网络接入技术，分析了目前常用的几种传统有线电视接入网络的改造技术和 EPON 技术的原理及优势，给出了采用 EPON 技术的有线电视网络设计方案；第 5 章对实现全程全网的关键网络管理技术进行了分析，介绍了常用的网络管理接口和协议，分析了有线电视网络管理技术的特点和发展思路。对光纤有线电视网络（HFC）管理技术和有线电视网络管理技术的发展趋势——统一网络管理技术做了介绍；第 6 章介绍了在三网融合趋势下，现代有线电视网络的发展前景和趋势。

本书在编写过程中，参考了大量的相关书籍资料，并在网络上获取了很多相关的资料和素材，在此向这些文献资料的作者一并表示感谢！

另外，在本书编写过程中，李霞、陈培培、王建勇、乔彬、朱雁程、谭峰、钟鹏、李建寰、阳波、李铁军、谢军辉、陈跃辉、蔡昌、宛鹏飞等在资料收集、整理和写作方面做了大量工作，在此表示感谢！

由于编者水平有限，书中难免存在错误和不足之处，请广大读者批评指正。

编　者

2010 年 5 月

# 目　录

# 第1章 概 论

## 1.1 现代有线电视网络技术发展的几个阶段

有线电视网络是一种采用同轴电缆、光缆、微波等进行传输，并在用户中分配声音、图像、数据及其他信号，为用户提供多套电视节目乃至各种信息服务的电视网络。我国有线电视网络发展非常迅速，随着卫星技术的发展，IP技术、数字压缩技术和光通信技术在有线电视网络中广泛应用，使得有线电视网络的规模和容量越来越大。各种资料表明，有线电视网的宽带特性将使它成为很有前途的信号传输网络。作为信息高速公路的最佳用户接入网之一的“有线电视网络”，是目前能够把模拟、数字宽带业务通过有线电视技术接入到用户的解决方案，并且能够基本满足当前及未来传送综合信息的需要，并以其频带宽、高速的优势正在被大多数人认可，成为国内外信息技术研究、开发的热点。

有线电视网络发展到今天，无论是其系统组成、技术手段，还是其系统规模、服务功能，各方面都发生了翻天覆地的变化，有线电视的发展大体上可分为3个阶段。

**1. 初始阶段——共用天线系统**

有线电视系统源于20世纪40年代末期，美国宾夕法尼亚州的曼哈尼城。大多数居民居住在当地电视台发送的阴影区，所要接收的电视信号被高山遮挡，收看效果极差，为了使这些居民能接收到电视台的广播电视信号，人们选择在具有良好接收条件的地方安装增益较高、性能良好的电视接收天线，把接收到的广播电视信号传递给电视用户。随之，多用户共用一副天线接收电视广播的情况开始出现，从而产生了公共天线系统（Master Antenna Television，MATV）的最初阶段，以解决多障碍地区和远离电视台的弱场强地区的电视接收困难问题。随着城市的逐步现代化，高层建筑的崛起和各类电波干扰源的日益增多，使电视荧屏上出现杂波干扰现象，如“重影”和“雪花”。为了解决这些难题，共用天线系统（Community Antenna Television，CATV）在城市里也逐步发展起来，通过在有利位置架设高质量的接收天线，经有源或无源分配网络，将收到的电视信号送给众多电视机用户，解决在难以接收电视信号环境中收看电视节目的问题。当时的CATV系统拥有简单的前端，可以实现少数几个开路电视频道的直接混合和信号的有效分配。

共用天线系统又称为共享天线系统，其技术特点是全频道隔频传输方式，传输介质采用同轴电缆，前端信号源主要采用无线接收或自办节目，一个共用天线系统可以传输5、6套电视节目，规模小、设备简单、功能单一，但信号的质量较差。

**2. 成长阶段——电缆电视系统**

20世纪70年代以来，随着科学技术的不断发展，人们并不满足共用天线电视系统原有的概念所包含的内容。由于无线广播电视的增加受到频率分配的限制，而有线电视可以在前端演播室利用录像等设备来自办节目，也可以将卫星电视信号、微波中短信号和光纤传送的信号等其他多种信号加以解调、调制，再通过同轴电缆分配系统，传送给广大电视用户，以满足人们对多种信息的需求，由此，电缆电视系统（Cable Antenna Television，CATV）逐步形成。

电缆电视系统从网络结构的发展角度来看，类似于用主干电缆将各个相对独立的小型共用天线系统连接起来，从而形成一定规模的城域网络。随着人造卫星技术的发展以及多种信号源的接收，使得有线电视系统传送的节目极大地丰富，系统的覆盖范围也在进一步扩大。电缆电视系统的前端部分从隔频传输系统过渡到邻频传输系统，从而提高了网络的传输能力，优化了网络结构，通过采用增补频道传输、推挽放大、功率倍增、温度补偿等技术，提高了电缆电视系统的性能和质量。在传输介质上，从过去单一地使用同轴电缆，发展到主要使用光纤和数字光纤传输系统，并在必要的场合下，有选择地使用多频道微波分配系统（MMDS）、调幅微波链路（AML）、调频微波链路（FML）等微波传输分配手段，以提高信号的传输质量和网络覆盖能力。微波传输的使用，使电缆电视系统突破了“有线”的束缚。

**3. 高速发展阶段——现代有线电视网络**

20世纪80年代末期，随着城市的发展和网络延伸互联的需求，电缆电视系统技术的缺陷和不足逐渐体现出来，如远距离传输后的技术指标无法达到要求，干线放大器级联的增加使网络的可靠性较低。在此背景下，光纤同轴电缆混合（HFC）系统应运而生，成为现代有线电视网络系统的主要模式。HFC系统解决了远距离传输和网络互联的问题，随着光纤技术的不断发展，进一步提高了系统的技术指标和网络运行的稳定性和可靠性。随着广播电视技术、通信技术的不断发展，有线电视系统的规模越来越大。它的目标是全部实现双向传输，提供多于100套电视节目和服务，来满足不同消费者的需求。我国的有线电视网从各自独立的、分散的小网络，向以部、省、地市（县）为中心的部级干线、省级干线和城域联网发展。网络的传输介质也从原来的以电缆为主，逐步发展为以卫星传输、地面以光缆为主干线的SDH、HFC系统为主，辅之以MMDS、AML等微波传输手段，实现电视网络传输线路的互联。

现代有线电视网络实际上是一个脱胎于传统CATV系统的网络，但早已突破了“有线”的束缚和“电视”的局限，具有综合信息服务功能的信息网络体系。不仅使有线电视台传送的电视节目数量和质量有了显著提高，而且服务内容超出了单纯的电视节目播放，各种增值服务开始在有线电视网络中出现。随着社会信息化进程的加快，有线电视网、电信网和计算机网“三网融合”在发达国家已经开始进行，有线电视网络的发展进入一个全新的时期。现代有线电视网络通过对网络的双向改造实现，从单一的以传输广播电视业务为主，逐步向着传输广播电视信息、计算机信息和数据信息等多种综合业务信息为主而变化，并提供各种交互式的业务，用户不再是被动接收电视信号，而是主动参与节目的互动。现代有线电视网络以全面数字化为基础，实现网络之间任意点的相互传输，利用传输网络的宽带、通信网的广泛、IP网灵活等优势，建设国家和全球信息基础设施，使其成为具有统一规划、宽带高速的信息网络。

有线电视网络经历了从同轴电缆传输到光缆、电缆等多种传输技术的混合应用，从只传输模拟信号到模拟、数字信号的混合传输，从单向广播网到双向交互网络的转变。同时，随着先进的数据传输设备、数字传输系统以及计算机技术在有线电视系统中的成功运用，我国的有线电视网络已日益接近国际先进水平。

## 1.2 有线电视网络系统

### 1.2.1 有线电视网络的分类及特点

有线电视系统由信号源、前端信号处理单元、干线传输系统和用户分配网络和用户终端5个基本部分组成，基本框图如图1-1所示。信号源是指向前端提供系统所需的各种信号的设备，有线电视传输的信号源一般包括开路电视接收信号、调频广播、地面卫星、微波以及有线电视台自办节目等；射频前端是系统的信号处理中心，它把从天线接收来的信号进行滤波、变频、放大、调制、混合，转换为射频电视信号，并最终把全部信号混合成一路，送到干线传输系统中；干线传输系统是把前端输出的高频电视信号，通过传输媒体不失真地传输给用户分配系统；用户分配网络是有线电视传输系统的最后部分，它的任务是把从前端传来的信号分配给千家万户，包括支线放大器、分配器、分支器、用户终端以及它们之间的分支线、用户线。对于用户终端来讲，不同的功能需要不同的终端设备，例如，电视机、调频广播收音机；通信方面包括调制解调器（Modem）、复用器、电话机、传真机、电视电话机以及计算机、传感器、报警器等。

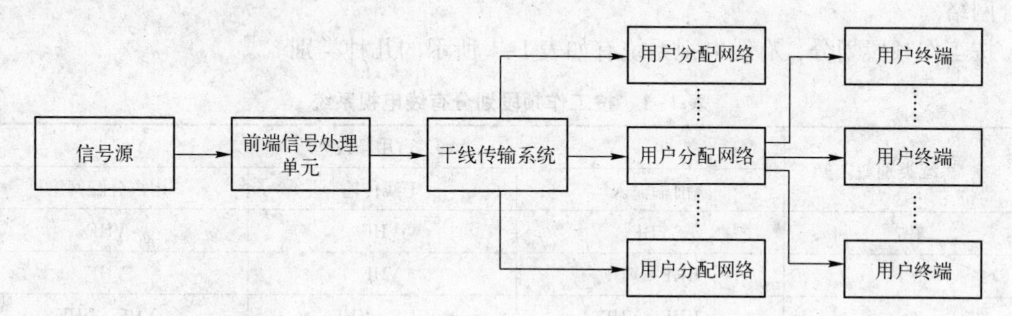


图1-1 有线电视系统组成框图

有线电视系统的拓扑结构指的是其传输分配网络的结构形式，主要有环形、树形、星形三种。传统的有线电视系统的拓扑结构为树形，即信号在“树根”（前端）产生，然后沿“主干”（干线）到达“树枝”（分支线、分配线），最后送到“树叶”（用户）。树形结构具有多路传送、分支分配、放大等功能，且可以中继传送，适合同轴电缆网。树形结构如图1-2所示。

光纤-同轴电缆混合网的主干可以采用星形或环形结构。星形结构从总前端输出的信号，经辐射状的光纤干线馈送到各个光结点，各个光结点的位置相对于总前端呈星形分布，点到点传输，如图1-3所示。环形结构各结点共用一条链路，自成一封闭结构，采用双向光纤，环形结构的可靠性最高，节目可双向传输，如图1-4所示。

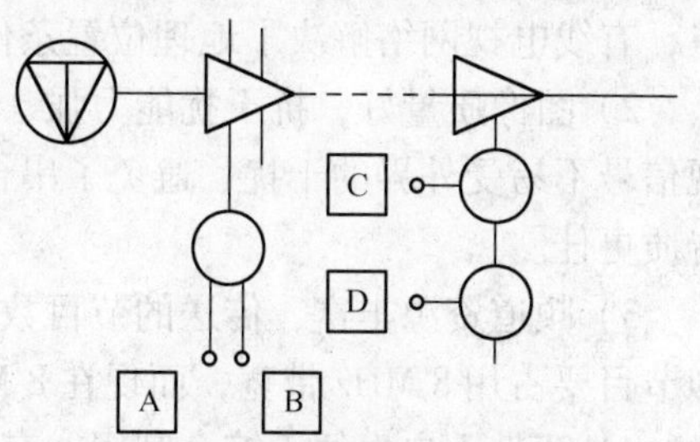


图1-2 树形有线电视拓扑结构图

有线电视系统有多种分类方式。按照用途分，有广播有线电视和专用有线电视两类；

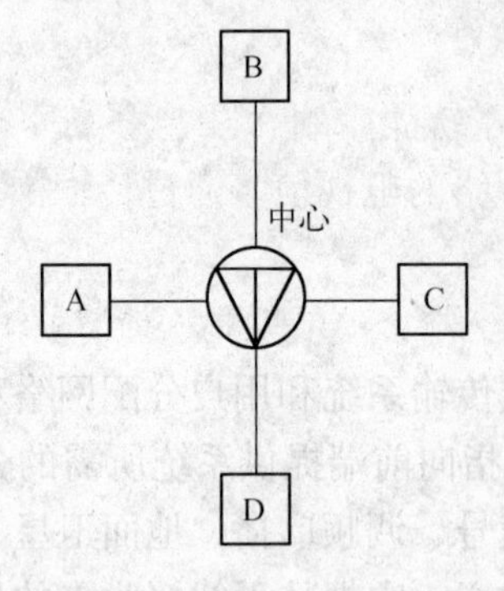


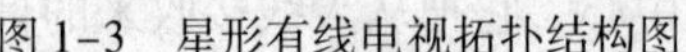

图 1-3　星形有线电视拓扑结构图

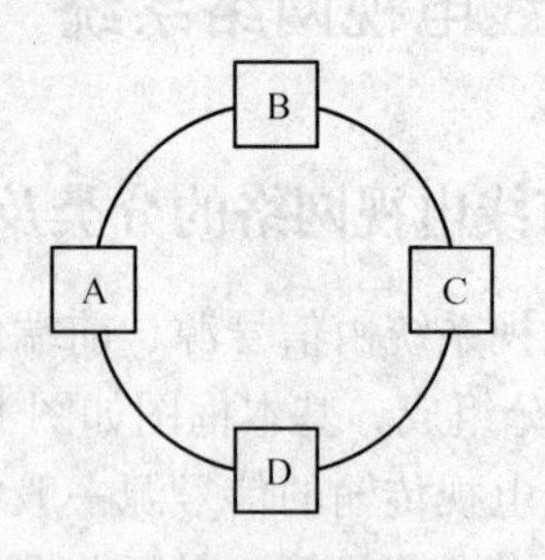


图 1-4　环形有线电视拓扑结构图

按传输网络构成分可分为如下几类：

1）同轴电缆网。覆盖范围小于 10 km，适用于小型系统。

2）光缆网。具有容量大、距离远、造价高的特点，适用于大中型系统。

3）微波网。包括调频微波网（FML）、点对面的覆盖网络（MMDS）和一点对多网（AML）。

4）混合网。包括光纤同轴电缆混合网、微波 - 同轴混合网以及光纤 - 微波 - 同轴电缆混合网络。

按工作频段划分，有线电视系统有如表 1-1 所示的几种类别。

**表 1-1　按工作频段划分有线电视系统**

| 系统类别 | 占用频段 | | |
|---|---|---|---|
| | 前端输入 | 干线传输 | 用户分配网络 |
| 1 | VHF | VHF | VHF |
| 2 | UHF + VHF | VHF | VHF |
| 3 | UHF + VHF | VHF + UHF | VHF + UHF |
| 4 | UHF + VHF | VHF | UHF + VHF |
| 5 | UHF + VHF | UHF | UHF |

注：甚高频（Very High Frequency，VHF）是指频率范围为 30 ~ 300 MHz 的无线电波；特高频（Ultra High Frequency，UHF）是指频率范围为 300 MHz ~ 3 GHz 的电磁波。

有线电视网络经过三十几年的发展，由最初的共用天线系统，经过闭路电视系统阶段，再到今天的全新的光纤同轴电缆混合网络系统。有线系统的特点如下：

1）实现广播电视的有效覆盖。开路电视的服务区域有限，有线电视恰好克服了这个缺点，有线电视网络解决了地理位置条件差的地区的电视收看问题。

2）图像质量好，抗干扰能力强。目前，有线电视网络大都使用数字信号传输，数字电视信号不易受外界的干扰，避免了串台、串音、噪声等影响，节目信号比模拟信号更清晰，音质更佳。

3）频道资源丰富，传送的节目数多。有线电视网络的频道资源得到释放，原来一套模拟节目要占用 8 MHz 带宽，而现在 8 MHz 带宽可传输 4 ~ 6 套数字有线电视节目。

4）宽带入户，便于综合利用。有线电视网络借助双向网络，提供全新业务，用户不仅仅可以收看电视节目，也可以开展多种信息交流活动，实现自由选取网上各种信息和多种数据增值业务的功能。

5）系统规模大、节约投资、美化市容。开路电视系统要求每个用户都在室外安装天线以获得良好的接收效果，影响城市美观。而有线电视网络的电视信号通过传输网络送至千家万户，仅需要一副天线，大大节约了投资资金。

在业务需求和科技进步的推动下，有线电视网在网络结构、传输方式、传输体制及传输业务上经历了一系列的变革。下面对传统电视系统和现代有线电视系统的组成分别进行分析。

### 1.2.2 有线电视系统的技术指标

电视信号在传输过程中普遍采用3种传输方式：一是基带传输，通过传输线或其他媒介直接传输基带信号，一般应用在视频设备比较集中的地方；二是无线电传输，即将基带信号和伴音信号通过幅度调制的信号变换处理方法，调制在射频载波上，以便由后者通过适当的天线以高频电磁波的形式辐射出去；三是通过有线电视传输，将一定幅度的全电视信号（在彩色电视系统中，把视频信号、复合同步信号和复合消隐信号合在一起的信号称为全电视信号）经射频调制处理后，把具备全部声像信息特征的射频载波信号，通过有形的传输介质，如同轴电缆、光纤等构成的线路网络进行传输处理。有线电视传输不受频率使用法规的局限，不受自然环境干扰，这些特性推动了用同轴电缆作为传输介质并具有处理多路多功能信号特点的电缆电视系统。随着光纤技术的运用，网络的覆盖途径和范围更加扩大，系统的功能和网络管理又加入了自动调节控制技术、智能型计算机技术和各种辅助工程技术，以及有线电视系统信息来源的新技术运用方面发展也很快。

目前，我国有线电视传输网结构由国家干线网、省干线网、地市-县干线网和接入网组成。其中，国家干线网采用环网+网状网+支线网结构，采用SDH+DWDM传输方式；省干线网采用环网+支线网结构，使用速率为2.5 Gbit/s的SDH传输方式；地市-县干线网采用速率为2.5 Gbit/s、622 Mbit/s或光纤射频副载调制方式，接入网使用HFC网络。HFC有线电视网由光纤作为干线、同轴电缆作为分配网，它充分发挥了光纤和电缆所有的优良特性，有机地结合而完成了有线电视信号的高质量传输与分配，从而构成了这一独特的光纤-同轴电缆混合网络结构。HFC是一个以前端为中心、光纤延伸到小区并以光结点为终点的光纤星形布局。同时，以一个星-树形同轴电缆网络从光结点延伸覆盖用户。HFC网络中，将模拟电视、数字电视、综合数据业务信号在前端或分前端进行综合，合用一台下行光发射机，将下行信号用一根光纤传输至相应的光结点。在光结点，将下行信号转换成射频信号。每个光结点通过同轴电缆，以星-树形拓扑结构覆盖用户。从用户发出的上行信号在光结点变换为上行光信号，通过上行光发射机和上行回传光纤传回前端或分前端。上、下行信号在光传输中采用的是空分复用，在电缆中采用的是频分复用。

根据相关标准，当有线电视网络系统传输模拟信号时，通过载噪比（C/N）、载波组合三次差拍比（CTB）和载波组合二次差拍比（CSO）衡量传输系统性能的好坏。

**1. 载噪比**

噪声是一切干扰信号的泛指，它的存在影响有用信号的清晰度。噪声是连续随机噪波，由一系列连续而无固定电平的窄脉冲综合而成。有线电视系统中的噪声主要由热噪声和散粒噪声组成。热噪声主要是由导电体内部的自由电子无规则的热运动所产生的，噪声功率的大小与工作频率、工作带宽、工作温度有关。散粒噪声则是由放大器等有源器件内的半导体所产生的。这些噪声不论有无信号，它总是存在并具有起伏特性。在日常生活中，打开电视机时，不输入任何信号，也会看到屏幕上布满了无规则的黑白点，即所谓的“雪花”点，这些“雪花”点就是噪声在电视屏幕上的反映。噪声使图像结构粗糙、清晰度降低、对比度变差、层次减少，在彩色电视上表现为大量醒目的彩色亮点，对图像质量的影响更为明显。

载噪比是载波噪声比的简称，它是载波功率与噪声功率之比。在有线电视系统中，所有设备的输入、输出阻抗均为75Ω，因此载噪比也可用载波电压和噪声电压之比表示。载噪比的定义是，在系统的指定点，图像或伴音载波电平与规定带宽内系统噪声电平均方根之比（用 dB 表示），它的数学表达式为

$$C/N = 10\ \lg(\text{图像载波功率/噪声功率})$$
$$= 20\ \lg(\text{图像载波电平有效值/噪声电平均方根值})$$

可以看出，载噪比的大小与电视图像质量的高低有很大的关系。载噪比越高，图像清晰度越好，相反，载噪比越低，图像清晰度就越差，就会在电视屏幕上察觉到“雪花”点的干扰。为了使有线电视系统达到一定的图像质量要求，国家标准规定载噪比要大于或等于43 dB（噪声带宽 B = 5. 75 MHz）。为了满足系统载噪比的要求，除了在前端信号源部分增加电视信号强度（如提高天线的增益）外，还应在传输线路中选用噪声系数小的放大器或适当提高放大器的输入信号电平。无论干线放大器、支线放大器都应选用噪声系数较低的，在条件允许的情况下，还应尽量采用载噪比较高的调制器。

**2. 载波组合三次差拍比**

非线性失真会产生新的频率分量，即产生各次谐波和各次互调产物，其数量随着系统传输频道的增多而增加。其中，绝大多数的谐波和互调产物都聚集在图像载波频率上，或在频道内某几个频率附近较窄的频带内形成簇，这就是复合差拍产物。一个频道内可能有几个簇。一般在图像载频附近的一簇最大，对图像的干扰也最严重。组合产物主要由二次失真和三次失真引起，为了便于分析和采取对策，将组合产物分为组合二次产物和组合三次产物。在 HFC 中，光接收机的末级电信号放大器采用推挽电路，且分配网的放大器也用推挽电路。推挽电路抑制偶次谐波，使组合二次产物电平降低，因此组合三次产物成为主要问题。

载被复合三次差拍比（C/CTB）是指某个图像载波电平与聚集在该图像载波频率附近形成簇的复合三次差拍产物之比，以 dB 为单位。即

$$C/CTB = 20\ \lg(\text{图像载波电平有效值/聚集任-载波频率附近复合三次差拍产物的峰值电平})$$

该指标是有线电视系统非线性失真引起的三次互调失真的总和。在一般使用的线性范围内，系统输出电平每降低 1 dB，组合三次差拍比提高 2 dB；而系统输出电平提高 1 dB，组合三次差拍比降低 2 dB。

根据标准规定，载波组合三次差拍比不小于 54 dB。组合三次差拍均表现为在电视机屏幕上出现横向差拍噪波，它是由图像载频附近较窄的频带内形成的一簇组合三次差拍产物在电视机里经视频校验后形成的。载波组合三次差拍比比较低的原因有两个，其一为放大器本身非线性指标未达标；二是放大器的输出电平过高。在一定范围内，随着放大器输出电平的提高，载波组合三次差拍比按线性降低。

**3. 载波组合二次差拍比**

二次谐波、二次互调，统称复合二次互调（CSO）。CSO 是一个电平值，载波复合二次

差拍比是指图像载波电平与在带内成簇聚集的二次差拍产物的复合电平之比，以 dB 为单位，其表式为

C/CSO = 图像载波电平/在带内成簇聚集的二次差拍产物的复合电平

该指标是图像载波电平与有线电视系统非线性失真引起的二次互调失真的总和之比。载波电平 C 每升高1 dB，组合二次互调电平 CSO 就升高 2 dB，两者差值即载波组合二次互调比 C/CSO 就减少 1 dB。

当系统中传输的是数字电视信号时，由于数字电视信号是离散的信号，不会形成模拟频道之间的 CSO、CTB，而是呈现白噪声性质，在被干扰的频道内离散分布。因此，衡量系统的质量需要通过对传送数字电视信号的取值判断正确与否来评价，将误码率、载噪比、MER 等指标作为系统的主要指标。其相关技术标准如表 1-2 所示。

**表 1-2　数字电视信号技术指标**

| 序号 | 项目 | | 单位 | 技术要求 |
| --- | --- | --- | --- | --- |
| 1 | 数字频道输出电平 | | dBμV | 50 ~ 75 |
| 2 | 频道间电平差 | 任意数字频道间 | dB | ≤10 |
| | | 相邻数字频道键 | dB | 3 |
| 3 | 数字频道与模拟频道电平差 | | dB | -10 ~ 0 |
| 4 | 调制误差率（MER） | | dB | ≥24（64QAM，均衡关闭） |
| 5 | 误码率（BER） | | | $\leqslant 10^{-11}$ |
| 6 | 数字射频信号与噪声功率比 | | dB | ≥26（64QAM） |

## 1.2.3　传统有线电视系统的基本组成

为了实现高质量、高效率、大容量、远距离传输电视信号，传统的有线电视系统通常采用星形或树形传输结构和邻频传输方式，一条电缆引自头端，相当于有线电视系统的机房，这条电缆相当于系统的干线，引出的支线通向四方。在结点处，信号流向支线电缆，使所有用户都收到相同的信号。如图 1-5 所示为传统有线电视系统的组成框图。

以下按照有线电视系统组成的 5 大部分，分析传统有线电视系统的组成。

**1. 信号源**

传统有线电视系统的信号源包括卫星地面站转发的卫星电视信号、微波站发射的微波电视信号、地面转播车转播的电视信号、其他有线电视网通过某种方式（如光缆和同轴电缆等）传送过来的电视信号、自办电视节目以及演播室、录摄放设备、计算机、接收天线等设备发送的信号。

**2. 前端**

前端是有线电视系统的核心，它是为用户提供高质量信号的重要环节之一。传统有线电视网络利用带通传输系统将电视信号沿下行方向从前端传向用户，并采用频分复用方式承载多个模拟信号。为了支持这种带通分配结构，前端主要由 3 个关键部分组成，即调制器、变频器和信号混合器，以完成信号放大、频谱变换、混合、干扰抑制等功能。下面介绍前端系统中包括的主要设备及作用。

- 放大器：按照结构和实用性可分为天线放大器、频道放大器和高电平输出放大器。天

线放大器的输出信号可达到 Sa≤57 ~ 60 dBμV；频道放大器要求其线性好、带外衰减大、能由电平控制、具有自动增益控制（AGC）功能、输出信号电平较高，一般为 110 ~ 120 dBμV；高电平输出放大器为前端的输出带宽功率放大器，可提高负载能力，主要指标是非线性失真和输出电平。

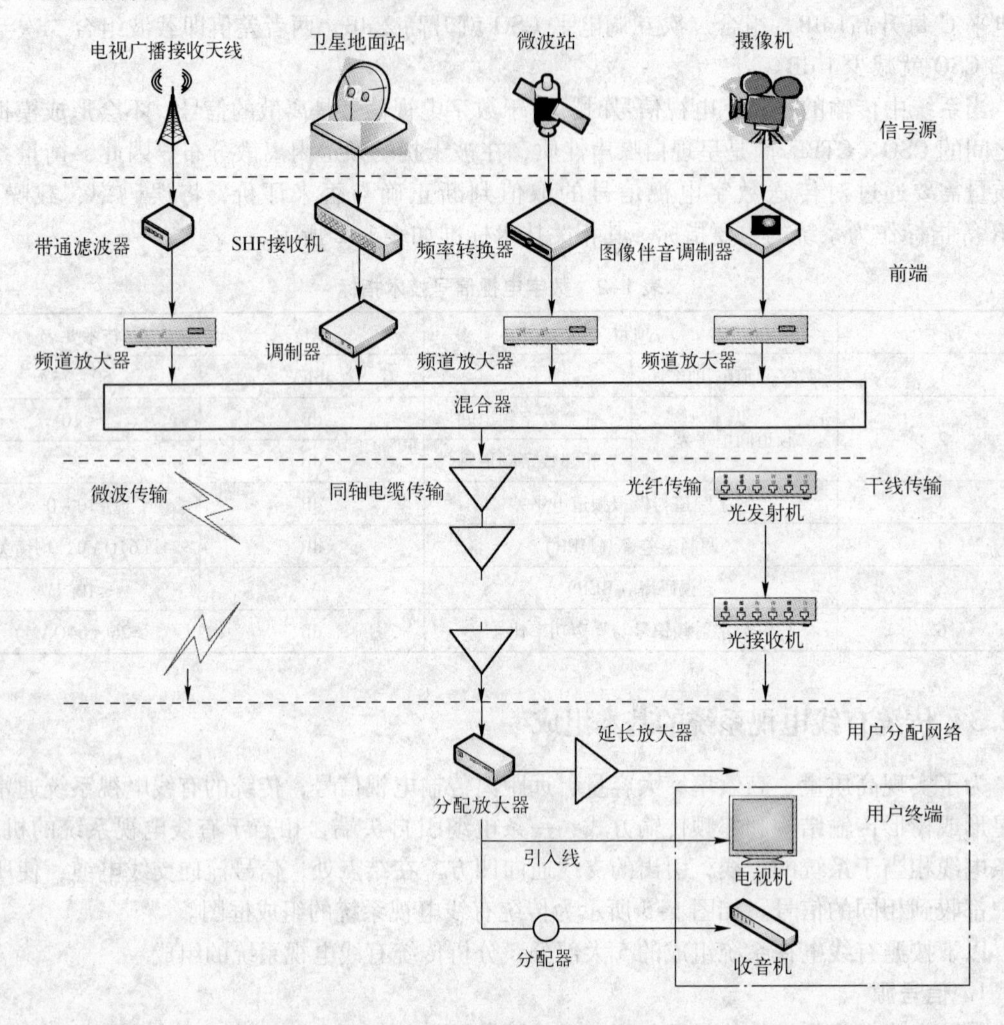


图 1-5　传统有线电视系统组成

- 频道转换器：频道转换器只进行载频搬移而不改变频谱结构。频道转换器包括 U-V 转换器、U-Z 转换器、V-U 转换器、V-V 转换器。U-V 转换器将 UHF 电视信号转换成 VHF 的电视信号，在 VHF 较低频率上传输，容易保证信号质量和降低系统成本；采用增补频道进行信号传输时需要 U-Z 转换器；在全频道有线电视系统中，可以用 V-U 转换器把 VHF 的电视信号转换为 UHF 的电视信号；在强场强区，为了克服空间波直接窜入高频头而形成前重影，往往采用 V-V 转换器。
- 频道处理器：频道处理器包括外差型处理器和解调 - 调制型处理器。与二次变频的频道转换器相比，它主要多了中频处理器和中频 AGC 两部分。因此，它可以在中频段将图像与伴音进行分离，并进行伴音电平调节，然后再与图像信号进行混合。

- 调制器：调制器的作用是将一个视频信号和相应的伴音调制成一个具有 8 MHz 带宽的、由残留边带调幅视频信号和调频伴音信号组成的中频信号。它常与录像机、摄像机、卫星接收机等配合使用。
- 混合器：混合器是把两路或多路信号混合成一路信号输出的设备，要求插入损耗小、隔离度大、带外衰减大、输入输出阻抗通常要求为 75 Ω。
- 导频信号发生器：为了增加干线长度或补偿由温度变化引起电缆衰减量和放大器增益的变化，在干线中要进行自动增益控制和自动斜率控制（ASC）。为此，在前端就需要提供一个或两个反映传输电平变化情况的具有固定频率（幅度也要稳定）的载波信号（导引信号），即导频。

**3. 干线传输系统**

干线传输系统是一个传输网，由一系列把前端的电视信号送至分配网络的中间传输部分的设备组成。在大型有线电视系统中，主要包括各种类型的干线放大器、干线电缆、干线光缆、光发射机、光接收机、多路微波分配系统和调频微波中继等；在中、小型有线电视系统中，通常只有支线设备，其任务是把前端输出的高频电视信号高质量地传输给用户分配网。传输介质主要有同轴电缆、光缆和微波 3 种。

同轴电缆传输是一种在前端和用户之间用同轴电缆作为传输介质的有线传输方式。采用同轴电缆传输方式需要增加均衡器和放大器，放大器应具有 AGC 和 ASC 功能，串接放大器后，系统交调会增加，载噪比下降，因此，对传输系统中放大器的数目或者传输距离应有所限制。通常，一条干线内串接的放大器应少于 30 个。同轴电缆的传输距离与系统的上限频率有关，一般上限频率越高，传输距离越短。用同轴电缆传输的电视信号通常为 AM-VSB 信号，前端和用户不需要调制和解调，使用比较方便。同轴电缆传输具有成本低、设备可靠、安装方便等优势。但因为电缆对信号电平损失较大，每隔几百米就要安装一个干线放大器来提高信号电平，由此引入较多的噪声和非线性失真，使信号质量受到影响。

光缆传输主要由光发射机、光缆和光接收机组成。光发射机将前端送来的宽带电视信号转换成在光缆中传输的光信号，光信号经光缆传输到接收端后，光接收机再将其转换成用户分配系统所需的电信号。光缆传输方式损耗小，在一定距离内不需要放大，具有频率特性好，不需要进行均衡处理的特点。在干线传输距离大于 3 km 的系统中，应首选光缆传输方式。

微波传输系统由微波发射机、微波接收机和微波收发天线组成。微波传输方式把高频电视信号的频率变频到微波波段，再将其放大送往微波发射天线，最后由微波接收机将微波信号变频到电视信号频段。以微波作为传输介质的系统包括国家微波干线的大微波系统和卫星系统，单路与多路 FM 微波、AM 微波以及多路微波分配系统。微波传输方式不需要敷设电缆、光缆，具有施工简单、成本低、工期短、收效快、传输信号质量较高等优点，但传输信号容易受建筑物的阻挡和反射，产生阴影区或形成重影。

**4. 用户分配网络**

用户分配网络的作用主要是把传输系统送来的信号分配至各个用户点，分配网络由分配放大器、延长放大器、分配器、分支器、用户终端盒（也称系统输出口）以及连接它们的分支线、用户线等组成。分配网络的形式很多，但都是由分支器或分配器及电缆组成。放大器处于干线末端，输出若干路信号；分配器是将一路输入信号均等或不均等地分配为两路以上信号的部件，具有电阻型、传输线变压器型、微带型等，适合室内、室外、VHF、UHF等情况。分支器又称为串接单元，是连接用户终端与分支线的装置，它被串在分支线中，取出信号能量的一部分反馈给用户，不需要用户线，是直接与用户终端相连的分支设备。分配系统的特点是，用户电平和工作电平高；系统长度小，放大器级联级数少（通常只有一二级），且放大器可不进行增益和斜率控制。

5. 用户终端

传统有线电视网络主要传输模拟单向的信号，因此用户终端较为单一和简单，主要包括电视机和收音机。

传统的有线电视网络容易受噪声的干扰，长距离传输后信噪比恶化；图像清晰度下降，信号波形畸变，相位、色彩失真，对设备的非线性失真非常敏感，稳定性差，可靠性低，调整复杂不便于集成和自动控制，且不能与 Internet 接轨，提供的业务有限。

### 1.2.4 现代有线电视网络的基本组成

现代有线电视网络的构成与传统有线电视系统相似，均由信号源、前端接收部分、传输部分和用户终端组成，但构成的方式大不相同。现代有线电视网络比传统有线电视系统复杂得多，传统系统只相当于现代网络的模拟单向传送部分。现代有线电视网络集电视、电信和计算机网络功能为一体，网络中除了传送广播电视节目外，还传输以数据信号为主的其他增值业务，以适应信息技术的不断发展和网络业务的需求。现代有线电视网络正向着宽带综合业务网发展，真正成为“信息高速公路”的重要组成部分。现代有线电视网络的基本组成结构如图 1-6 所示。

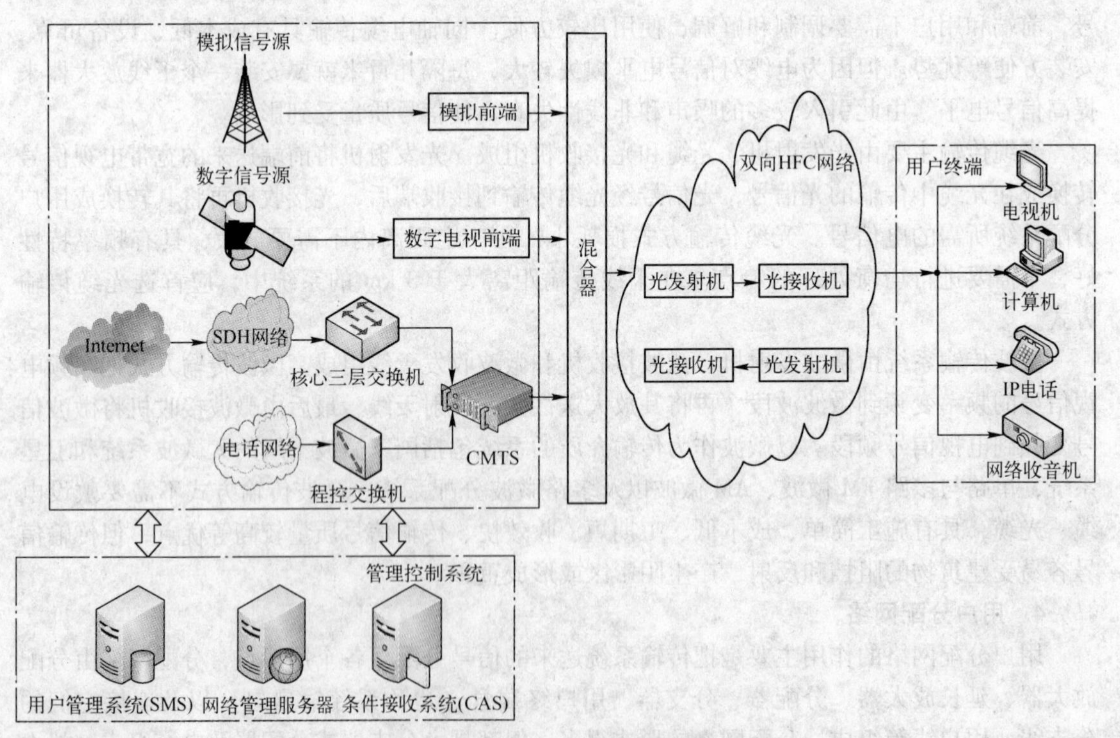


图 1-6　现代有线电视网络的基本组成结构

现代有线电视网络在传送模拟电视广播信号的基础上，通过与上一级的数字光纤骨干环网和本地的光纤骨干环网实现与其他有线电视系统的联网，传输各种数字广播电视、VOD数字视频信号，以及通过与公共电信网实现互联互通以传送数字电话下行信号和数据。系统中的模拟电视信号源与传统有线电视系统中的信号源相同，也是由卫星电视信号、电视台自办节目信号等组成。而数字电视信号源主要是数字卫星电视、数字电视广播、视频服务器以及业务生成系统等，数据信号源则是由电信网、计算机网提供。

系统的前端系统相当于一个多媒体平台，由卫星中频信号分配器、DVB 复用器、独立扰码器、QAM 调制器、模拟卫星电视接收机、DVB-S 流接收转发器、MPEG-2 编码器、混合器、以及管理和回传部分的服务器、路由器、电话调制解调器等设备组成。系统框图中的DVB-S 流接收转发器将从卫星上接收到的国内外数字卫星电视节目进行 QPSK 解调，输出标准的数字电视节目传输流。MPEG-2 编码器对需要进行数字传输的模拟音、视频电视节目按照 MPEG-2 标准进行数字化编码，产生标准的数字电视节目传输流。复用器将多个标准的数字电视节目传输流复合成为一个数字传输流，这样就可在一个物理电视频道上传输多路数字电视节目。QAM 调制器主要对经过信道编码和复用后的数字电视信号进行调制，使其具有较高的抗干扰能力，有利于在系统网络中传输。

在干线传输系统中，现代有线电视网络从单向传输发展到双向传输，利用 SDH 技术建设有线电视干线传输网，传输光缆干线结构逐步向环形双向化发展，拓展网络的传输带宽以进一步提高网络的传输容量和网络运行的可靠性，在长距离双向传输的骨干网上采用了先进的数字传输技术和设备。传输系统的光结点进一步缩小，逐步实现光纤到路边（TTTC）和无源同轴网络（FTTLA），充分利用光纤的效率，扩宽频道，大大提高双向通信的接通率，进一步提高有线电视网络的可靠性，降低信号的回传干扰。在与互联网的互联互通中，现代有线电视网络通过专线或其他方式将数字、数据广播与 Internet 连接，获得 Internet 信息资源，经分类整理再通过数字电视广播系统将信息传输给用户，实现电视机用户对 Internet 信息的浏览功能。

现代有线电视网络在 HFC 基础上，利用有线、无线接入的多种优势以完善现有的接入网络。目前，提供的接入业务主要有两大类，即广播电视业务和交互业务。广播电视业务包括目前的模拟电视、数字电视、数字广播等其他广播业务。交互业务包括互联网接入、视频点播、可视电话、会议电视、远程教育、远程医疗等。针对多种类型的业务，用户的接收终端种类也多种多样，对数字电视信号的接收分为数字电视接收机、采用用户机顶盒和用户接收卡的方式，以及网络收音机和计算机。

现代有线电视网络与传统系统的不同之处在于，除了具有数模并存、双向传输、互通互联等特点外，更重要、更具有标志性的区别是综合业务的实现要求现代有线电视网络具有复杂并且完善的管理控制系统。图中的 CAS 系统即条件接收系统，它可以对数字电视节目和数据进行加密，使之只允许被授权的用户使用某些信息，从而实现数字电视的付费功能。用户管理系统（SMS）支持收费电视、数据广播、呼叫中心、Cable Modem、数字电视用户管理等多项业务。通过对用户订购信息的记录处理，形成数据库，并经由与 CAS 的接口，向 CAS 发递授权管理信息的数据，对用户信号的接收及管理进行控制，使之适用于数字及模拟电视业务。

## 1.3 下一代广播电视网络的发展思路

随着新技术的发展，敷设光纤的成本大大降低，IP 技术运用日益成熟，使网络改造成本降低。数字技术的运用使高清晰电视所要求的带宽相对降低，三网融合在这样的背景下成为一个发展趋势。“三网合一”在更深层次上指数据、音频、视频 3 种业务的融合，本质是多业务、个性化服务的业务融合，这对网络运营商提出了更多、更高的要求。“三网合一”使传统的广播电视网络与电信网都可以改造成为功能更全面的新网络，随之产生了业务融合的可能。国家广播电视总局已经提出“下一代广播电视网（NGB）”的目标概念，以有线数字电视网和移动多媒体广播网络为基础，以高性能宽带信息网核心技术为支撑，将有线与无线相结合，实现全程全网的广播电视网络。它不仅可以为用户提供高清晰的电视、数字音频节目、高速数据接入和语音等三网融合业务，也可为科教、文化、商务等行业搭建信息服务平台，使信息服务更加快捷方便。

三网融合进度的加快对广播电视网络成为全业务运营商具有重要意义，也是一个机会和挑战。传统的有线电视网络仅支持单向下行广播服务，为了提升用户的 ARPU 值，实现全程全网技术，广电运营商亟待改造混合光纤同轴网络。在三网融合的建设中要着眼长远，统筹规划，确定合理、先进、适用的技术路线，促进网络建设、业务应用、产业发展、监督管理等各项工作的协调发展，探索并建立符合我国国情和广电现状的三网融合模式。其中，下一代广播电视网络为广播电视下一步的发展确定了方向，提出了双向化、信号数字化、业务多样化和管理智能化的新发展目标。

### 1.3.1 广电网络的双向改造

近年来随着广电行业的迅猛发展，建设投入的增加，其业务也逐渐扩大，逐渐形成了现有的以光纤为主的有线电视光纤、电缆混合网络。有线电视用户可通过有线广播电视光缆网收看多套稳定、清晰的电视节目和收听多套广播电台高保真立体声广播。由于用户对新业务需求的增加，使得广电网络在开展广播电视基本业务的同时，利用有线广播电视网的宽带网络优势，开发广播电视网络的增值业务，例如，宽带 IP、数字电视、广播系统等。

目前有线电视网的接入普遍采用 HFC 网络结构，网络结构从接入层次上可分为前端、分前端、光结点及同轴入户网络等层次，如图 1-7 所示。

由于传统的 HFC 网络为单向广播型网络，没有上行通道号，所以只能传播从前端到用户的广播电视信号，既不能承载多媒体交互业务，也不能有效地实施管理运营。要开展数字电视和宽带接入等互动业务，就必须对现在的有线电视网络进行改造。实现网络双向改造是广电业务发展必须跨过的一道门槛以支持后续增值业务的发展；实现全业务运营的业务转型，双向网改造已经成为数字化建设中不可分割的一部分。双向传输是实现多功能和交互式业务的关键。由前端向用户传输的信号称做下行信号，其信号通道称做正向通路；由用户向前端传输的信号称做上行信号，其信号通道称做反向通路。交互式业务主要包括多功能服务、付费电视、数据通信、交换电视节目、系统监控等。

有线电视网络改造的核心是将单向的广播网改造为双向网络。网络改造应该定位于能够开展包括视频、语音、数据全部业务的可管理、可运营的网络，全双向的全业务网络。传统

HFC 网络的双向改造已经是整个行业的广泛共识。目前，有线网络双向改造主要技术方式有 Cable Modem 和以太网无光源网络（EPON）两种。

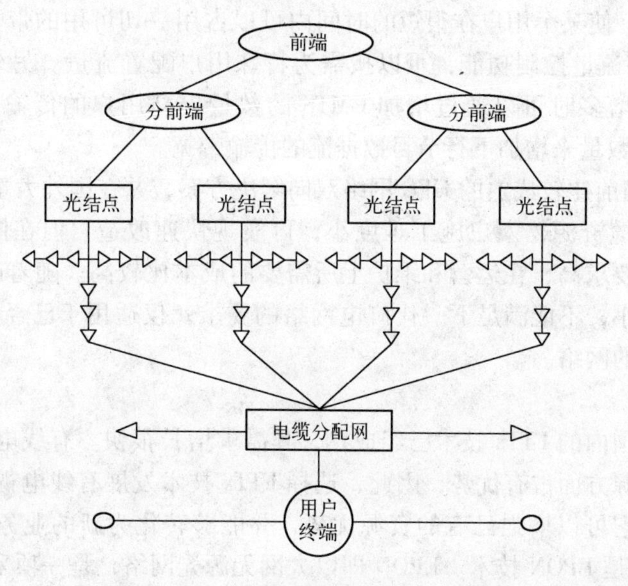


图 1-7　广电 HFC 网络层次示意图

## 1. Cable Modem（CM）

1996 年，美国的 4 大有线电视运营商——Time Warner、TCI、Cox、Comcast 发起了多媒体电缆网络协会（MCNS），该协会制定了基于电缆的数据服务接口规范（Data Over Cable Service Interface Specification，DOCSIS），也就是 DOCSIS 标准。DOCSIS 在 HFC 网络上建立了一个支持多种业务、基于分组的高速通信系统，并且在网络层上完全采用了 IP，传送 IP 分组，这样可以很好地与支持 IP 的设备兼容，在数据链路层使用 802.1 标准，在物理层使用 MPEG-2 标准。DOCSIS 在数据链路层的介质访问控制子层（MAC）为所有的下行数据流传输定义了一个发射设备，即 Cable Modem 的前端设备（CMTS），由 CMTS 在前端控制整个 HFC 网上的双向通信业务，由此把 HFC 网从一个电视分配网变成了综合业务接入网。

Cable Modem 的传输介质是 HFC 网，一台 CMTS 可以带有很多 CM。通过 Cable Modem 系统，用户可以在有线电视网络内实现互联网接入 IP 电话、视频会议、视频点播、远程教育、网络游戏等功能。CMTS + CM 的核心思想是在现有结点的基础上增加双向设备，保持网络结构不变，也称作广电的“ADSL”。HFC 网络 Cable Modem 接入技术的优点如下：

- 简单易行。只需将原来有线电视网由单向传输改造为双向传输，网络结构上光纤传输链路只需要增加一芯光缆回传上行数据业务，电缆传输通道可采用频分复用方式在同一根电缆中同时传送上下行数据业务。
- 网络可以逐步完成升级。Cable Modem 的数据处理设备 CMTS 可以根据市场情况和双向业务用户的接入率来逐步增加，不需要一次性完成建设，可以缓解资金压力，实现滚动发展。
- 传输效率更高。如果一个 CMTS 接入 500 个 Cable Modem 用户，平均在线率为 1/3，那么平均每个用户的下行带宽是 300 kbit/s，上行带宽是 182 kbit/s，完全能够满足传输数据业务的要求。

- 管理更加灵活方便。在实际传输中，Cable Modem 系统可以为用户动态分配带宽、动态分配地址，使某个用户在很短的时间内可以占用一切可用的带宽来完成数据传输。CM 系统具有流量控制功能，可以按需为特殊用户配置流量。另外，系统扩展灵活，当用户数量增多时可以通过增加 CMTS 的数量提高用户的传输速率，通过增加 IP QAM 调制器数量来增加下行节目数据流的传输带宽。

CMTS 技术是当前比较成熟的 HFC 网络双向解决方案，并在国外大量应用。其特点是充分利用现有同轴电缆资源，入户施工难度小，可实现快速改造。但在国内应用情况来看，CMTS 对 HFC 网络要求高，在运营和维护上所需要的成本比较高。随着改造的进一步深入，后期带宽升级空间小，不能满足下一代广电网络的要求，仅适用于已经严格按双向 HFC 网络标准设计和建设的网络。

2. EPON

目前，国际和国内的 FTTx 技术已经成熟，其需求增长很快。有线电视网络在光纤网络资源和入户线路资源方面占有优势，因此，选择 FTTx 技术发展有线电视双向数据网络符合广电的实际情况，它可以增强已有的资源优势，并能够转化为新的业务承载能力。而实现 FTTx 的最佳方案就是 EPON 技术。EPON 即以太网无源光网络，是一项采用点到多点拓扑结构，并利用光纤和光无源器件进行物理层传输，通过以太网协议提供多种业务的宽带接入技术。EPON 网络带宽可以达到双向 1.25 Gbit/s，传输距离最远 20 km，通过光无源分路器组成树形的网络结构。根据 ONU 所处位置的不同，EPON 的应用模式又可分为光纤到路边（FTTC）、光纤到楼（FTTB）、光纤到办公室（FTTO）和光纤到家（FTTH）等。这种点到多点的网络结构非常适合广电网络实现 FTTx 双向网络。

EPON 充分结合了无源光网络技术和以太网技术的优势，使用 EPON 设备来进行传统有线网络的双向改造，是一种性价比较高的改造方案，相对于其他改造方案来说，在整体解决方法、管理维护与为用户提供相应服务等方面有着巨大优势。EPON 网络不但可以独立组网，实现基于 IP 的数据、话音和视频业务，还可以通过 WDM 技术在同一个光网络中实现 1550 nm 波长的有线电视节目传输。通过 EPON 系统可以将 HFC 网络升级改造为一个全交换的数据网络平台，使 HFC 网络具备支持多种宽带业务能力。

随着 EPON 技术的成熟，EPON + LAN 或 EPON + EOC 方式成为当前公认的最适合广电 HFC 双向改造的方案。EPON + LAN 方案的特点是性能高，百兆入户，千兆到楼，可靠性高，建设和维护成本低，完全满足互动新媒体网络的要求，有利于向 FTTH 演进，但它的入网是以双网入户为前提的。实践证明，在某些装修过的小区双网入户时难度有些大，推广不容易。

EPON + EOC 是一种性价比很高的方案，利用同轴电缆代替 5 类线作为基带传输，在一根同轴电缆上同时传输电视和双向数据信号，大大简化了 HFC 网络的双向改造方式，利于在现有的广电 HFC 网络为用户提供数字电视、互动电视和宽带服务。EOC 设备体积小、重量轻、适用于家庭楼道和小区，并且安装简单；TV 接口可兼容所有主流有线电视设备，如分路器、电视机、光发机等；Data 接口可兼容所有以太网设备，如交换机、路由器、IP 机顶盒、PC 等，即插即用快速部署、无需重新布线、无需扰民、安全可靠、运行稳定、经济实用，充分利用现有的同轴电缆资源，实现网络的快速双向化改造。

基于EPON技术的双向改造方案充分利用了EPON技术多业务、低投资、易维护、长距离、大容量、高带宽等显著优势。提供高性能网管、组播、IP语音、VPN等各种高附加值业务，同时与现有HFC城域网光纤、光结点资源相匹配，保护广电网络现有投资、也符合未来“三网合一”的发展方向，为广电网络改造的逐步推进，实现最终目标提供了坚实可靠的保障。

### 1.3.2 数字化信号传输

下一代广播电视网以有线电视数字化和移动多媒体广播电视的成果为基础，NGB的网络基础之一是现有的有线电视网络，为了配合NGB的建设推进，有线电视数字化已经提上日程。在模拟通信时代，广电提供的是粗放式的服务模式，一对多单向传播，用户只能被动地接受信息传递。数字化是广电行业的一次技术转型，全面进入数字化时代之后，将会改变人们的生活方式和娱乐方式，满足观众对节目多样化、个性化的需求。

有线电视网络的数字化采用先进的信源编码技术、数字传输技术和存储技术从节目采集、节目制作、节目传输、一直到用户端接收机都以数字方式处理信号。在节目头端将节目源的模拟图像、声音信号变为数字信号，再经过压缩编码，形成数字信号源，并根据多个节目传输的要求，编码为复用码流。数字信号因具有抗干扰和可压缩特性，可大幅度压缩用于传送音像信息的频道带宽，经过压缩后的数字信号所占用的频带带宽大大低于原模拟信号的频带带宽，在原模拟电视频道带宽内传输高速率的数字信号，在有限的资源下大大扩充传输的频道数量和节目内容。实现数字化后，大幅度提高了节目的制作效率和质量，降低了节目的制作成本。对用户而言，可接收到500多套电视节目，不仅能看到现有的频道，还可看到更多具有专业化、个性化的频道，以及高清的电视节目，满足用户对多套广播电视节目、多种信息和多种服务的需求。

节目信号的数字化，将使广播电视传输网、电子信息网和计算机网络三网合一的并行传输体制有了更为可行的依据。广电进入数字化时代后，电视机将成为用户交流的信息平台，不仅可以用来收看电视节目、听广播，还可以获取多种信息资讯服务，实现家庭自助银行、电视购物、缴水电费、股票操作等。用户利用电视机就能了解各种形式的媒体提供的信息，使电视机成为社会现代服务业的支撑平台。

广播电视数字化极大地丰富了广播电视频道资源、拓宽了服务领域，在满足公共需求和普遍要求的同时，向用户提供了一对一、端到端的个性化服务，使广播电视成为集公共传播、信息服务与文化娱乐为一体的家庭多媒体信息平台，成为实现社会信息化、国家信息化、城市现代化的重要基础和标志。

### 1.3.3 网络中多样化的业务

广电网络建设的目的不是“网络”，而是网络上所承载的业务，下一代网的目标是全媒体、多业务平台。在模拟通信时代，由于频道资源十分有限，有关方面实际提供的往往只有单向广播式的“基本业务”，群众视听消费大多无可选择，也无从选择。随着信息技术的飞速发展，社会信息化的不断推进以及新业务的不断涌现，人们已无法满足于传统电视节目单一、“你播我看”的收看模式，对内容的多样化、个性化、画面的质量、用户体验等方面提出了更高的要求。

有线电视网络采用的光缆与同轴电缆混合网，其带宽在550～750 MHz，有线电视的频道资源大量释放，服务能力大大增强，既可提供基本业务，又可提供其他服务；既可单向广播，又可双向互动。这就打破了原来相对单一的业务类型和比较僵化的服务模式，极大地丰富了有线电视的业务内容和服务方式，为满足群众多样化的视听需要，提供了广阔的天地和无限的空间。

根据业务传输方式，有线电视网络提供的业务可分为单向业务和双向业务；根据业务的特性，可分为音频类、视频类和数据类等业务。其中，较有发展前途的业务有电缆电话、准视频点播、会议电视、数据广播、图文电视、电子自动化抄表和家庭保安监控、证券交易系统、远程教学及医疗等。基于现有的有线电视网，网络高速的特性可以开发出大量的创新型业务、个性化的互动视频业务，这些业务的开通需要大量占用数据带宽，在现有的互联网上难以实现。因此，广电有其得天独厚的优势，这些创新型业务将大大促进下一代广播网络互动电视业务的发展。

### 1.3.4 智能网络管理

我国的有线电视网已成为包括电话网、数据网在内的三大信息网络之一，其覆盖面广，规模大。伴随我国有线电视网络事业的发展，许多城市的有线电视网经过整合，从原来的分散经营改制为集中管理。各网络中的用户数从原有的几千户发展到几万户，有的从几万户发展到几十万用户，因此，靠传统的数据库系统和图样对有线电视网络资源进行管理，难度越来越大，远不能满足当前应用和今后发展的需要。广电网络建立一种以现代信息技术为基础的有线管理系统，对于广电网络适应越来越多的有线用户的管理、越来越先进的网络的管理，促进广电网络管理模式的改进，提高广电网络的竞争力具有极为重要的意义。

网络管理系统的主要功能是监视、测量和控制，以实现有线电视网络管理系统中的性能管理、故障管理、配置管理和财务管理。网关系统中的监视即显示网络的拓扑结构，反映网络的发展和变化；显示用户状态和网内各种设备——前端、分前端、供电电源、光结点、放大器等的状态。测量网内各种设备以及前端或网内任何RF点的主要参数，如频率响应、C/N、CTB、CSO、频谱分析、信号评价、反向回路噪声，并以图形的方式显示。控制故障线路的光发射机的关机，热备份线路设备的自动切换，支路切断、隔离等。

随着录像、电话、因特网、交互式宽带网和其他信息业务的界限日益模糊，提供给用户的内容、种类和服务也越来越多，将来的热门业务可能是今天想象不到的。为了加强管理众多新型综合业务，必须正确选择用户管理和计费系统——一个能准确、有效地跟踪、测量、开展聚合性服务并计费的用户综合管理系统，这是下一代广播网络在竞争激烈的市场中生存和发展的关键。

## 1.4 小结

本章在介绍有线电视发展历史的基础上，介绍了有线电视系统的技术指标，分别对传统和现代有线电视网络的组成进行了分析。在本章的最后，从双向改造、数字化信号传输、网络提供的多样化业务和网络管理角度阐述了下一代广播网络的发展思路。

# 参 考 文 献

[1]王慧玲．现代电视网络技术:有线电视实用技术与新技术[M]．北京:人民邮电出版社,2004.
[2]龚智星．现代有线电视宽带网络设计、施工、调测维修[M]．北京:中国广播电视出版社,2001.
[3]范寿嗣．现代有线电视宽带网络技术与综合业务[M]．北京:中国广播电视出版社,2001.
[4]易培林．有线电视技术[M]．北京:机械工业出版社,2002.
[5]刘剑波．有线电视网络[M]．北京:中国广播电视出版社,2004.
[6]方德葵．有线电视网络与传输技术[M]．北京:中国广播电视出版社,2005.
[7]唐明光．有线电视网络双向改造的技术选择[J]．中国有线电视,2007(6).
[8]朱哲松,李光,李京华．浅析我国有线电视网络的现状及前景[J]．科技创新导报,2008,32.
[9]罗志利．浅谈数字电视在有线电视网中的应用和发展[J]．内蒙古广播与电视技术,2002(1).
[10]戴卫平．有线电视网络双向改造主要技术方式研究[J]．电视技术,2008,32(9).

# 第2章　三网融合的关键技术

## 2.1　三网融合技术概述

### 2.1.1　三网融合的基本概念

传播信息的现代通信网主要有电信网、广播电视网和计算机网3种形式。其中，电信网又分为电话通信网和数据通信网。电话通信网又由公用电话交换网（PSTN）、专用通信网和移动通信网组成；数据通信网包括分组交换公用数据网（PSPDN）、数字数据网（DDN）、帧中继网（FRN）和宽带网（ATM）；广播电视网包括有线电视网（CATV）、卫星广播和地面无线电视网等；计算机网包括局域网（LAN）、城域网（MAN）、广域网（WAN）和因特网（Internet），Intranet，Extranet等。

数字技术的迅速发展和全面采用，把语音、数据和图像信号编码成“0”、“1”符号进行传输，成为电信、计算机网和有线电视的共同语言。所有业务在数字网中都将成为统一的“0/1”比特流，而无任何区别。再加上数字压缩技术和宽带技术的发展，使得电话网、有线电视网和计算机网的任何一个网络都可以传送语音、电视和数据。从此，产业边界分明的电信业、广播电视业和计算机业有了共同的本质特性，即数字特性，电信网、广播电视网和计算机网也由此走向了融合。这种源于数字技术导致的电信网、计算机网和有线电视网之间内核趋同、边界模糊的现象被称为三网融合。它直观上表现为三大网络通过技术改造，成为能够提供包括语音、数据、图像等综合多媒体通信业务的网络。

三网融合从概念上可以从多种不同的角度和层面去观察和分析，至少可以涉及技术融合、业务融合、市场融合、行业融合、终端融合、网络融合乃至行业规制和政策方面的融合等。所谓三网融合实际是一种广义的、社会的说法，从分层分割的观点来看，目前主要指高层业务应用的融合。主要表现为技术上趋向一致，网络层上可以实现互联互通，业务层上互相渗透和交叉，应用层上趋向使用统一的TCP/IP，行业规制和政策方面也逐渐趋向统一。融合并没有减少选择和多样化，相反，往往会在复杂的融合过程中产生新的衍生体，多样化将是自然的演进过程。网络的融合不仅没有消除底层电信网、有线电视网和计算机网的存在，而且在业务层和应用层中繁衍出大量新的业务和应用。图像、语音和数据也不会简单地融合在一个传统终端（电视、电话和计算机）中，而是要求更加有机地融合衍生出多样化和个性化的终端。

三网融合并不是要将电信网、有线电视网和计算机网简单地合并成一个物理网络。作为各种业务的基础网本身，由于历史的原因以及竞争的需要，将会长期共存、互相竞争、互相合作，而业务层的融合将不会受限于基础网络的传递结构，不同的业务会互相渗透、互相交叉。在业务范围上，三大网络通过技术改造，都能够提供包括语音、数据、图像等综合多媒体的通信业务。从长远看，三网融合不是现有三网的简单延伸和叠加，而应是其各自优势的有机融合，这就是三网融合概念的核心。

三网融合在更深层次上指数据、音频、视频 3 种业务的融合，本质是多业务、个性化服务的业务融合，这对网络运营商提出了更多、更高的要求。“三网融合”使传统的广电网与电信网都可以改造成为功能更全面的新网络，随之产生了业务融合的可能。随着新技术的发展，敷设光纤的成本大大降低，IP 技术运用日益成熟，网络改造成本降低；数字技术的运用使高清晰电视要求的带宽相对降低。

### 2.1.2 三网融合的业务基础

随着数字技术、光通信技术和软件技术的发展以及 TCP/IP 的广泛应用，信息服务业开始从电信网、计算机网、有线电视网三大独立的业务逐渐走向融合。其中，由于具有双向性这一共同特点，使得计算机网与电信网最先出现融合，这就是拨号网络。由于固定电话网络庞大的基础，拨号网络很快便取得了良好的成绩。除此之外，随着融合需求的不断升级，融合技术发展也在不断升级中，越来越多的融合业务逐步出现，包括 IPTV、手机上网、手机电视、VoIP、网络视频、电视上网等。

#### 1. 拨号网络

拨号网络是通过固定电话网络来承载互联网 IP 业务的，也是历史上出现的第一种融合业务。起初，拨号网络是由于计算机网络快速发展，异地网络间数据交换需求的不断增大而产生的，对全球互联网的发展有着不可磨灭的贡献，也曾经取得了较长时间的辉煌。

据 CNNIC 各次互联网发展报告调查显示，我国拨号上网用户数目在 2004 年 7 月最多达到 5155 万。但是拨号网络毕竟只是借用固定电话线路接入的，速度非常慢，已经不能充分满足人们日益增长的带宽需求，加上近些年来宽带（ADSL 等）发展速度较快，拨号网络正逐渐被市场所淘汰，到 2006 年 12 月，用户数已经降至 3900 万。也是在 2004 年 7 月，美国的拨号上网用户数与前一年相比下降到 6130 万，降幅达 13%，而宽带上网用户数则达到 6300 万，首次超过了拨号上网用户数，比前一年同期增长了 47%。

#### 2. 手机上网

手机上网是一种移动通信网络与计算机网络融合的业务。随着人们对数据需求量的不断增加，人们在工作和生活中与互联网的联系也越来越紧密，随时随地获取信息的需求也就越来越大。手机上网就是在这种背景之下应运而生的。

最先出现的手机上网技术是 WAP（Wireless Application Protocol），它是把 Internet 上 HTML 语言的信息转换成用 WML 描述的信息，显示在移动电话或者其他手持设备的显示屏上，使得通过移动通信网络来承载互联网 IP 业务成为可能。然而，WAP 的发展并不是一帆风顺的。互联网泡沫出现后，人们也一度认为普通的互联网都没有前途了。然而，随着互联网新型应用的不断出现，互联网又重新兴旺起来，手机上网业务也随之繁荣起来。据互联网发展报告调查显示，我国手机上网人数逐年增加，从 1999 年 12 月调查的 20 万人增长到 2006 年 12 月的 1700 万人。

#### 3. VoIP

在电信网络为计算机网络提供服务的同时，计算机网络也开始利用 IP 技术为传统电话网络提供话音服务，这就是 VoIP 业务（也称为 IP 电话）。由于 VoIP 价格低廉、业务应用广泛，使得人们能够利用IP网络获得价格非常低廉的语音、数据和视频等服务，包括统一消息、虚拟电话、语音邮箱、会议服务、电子商务、数据库查询、呼叫中心管理、客户关系管理、传真存储转发和各种信息的存储转发等各种类型的服务，使用户更方便地生活、工作，帮助企业和组织变得更有效率，所以一经出现就受到了市场的热烈欢迎。

据统计，2006年全球VoIP用户从1030万增长到1870万，增幅达83%，全球VoIP用户数2010年底将超过2亿，2011年底将达到2.50亿。在我国，VoIP自2000年4月正式开通以来，保持了较高的发展速度。截至2006年9月底，电信运营商统计VoIP时长为1099.31亿分钟，同比增长11.8%，占长途电话通话时长的43.61%。在长途电话市场，目前国内通话时长中，VoIP与PSTN基本已经持平，但VoIP业务增长率高于PSTN。目前，移动VoIP也已经开始投入运营，并且由于其具有随时随地都能使用的便利性，发展速度也非常快。据统计，截止到2006年9月，美国移动VoIP服务获得的收入已经达到186亿美元，占全部移动和固定VoIP语音服务收入的28%，2010年之前，美国和欧洲移动VoIP服务通信量的收入已超过固定VoIP服务。

#### 4. IPTV

IPTV是指利用IP网络协议，通过IP网络或通过IP网络与电视网络共同提供电视节目的服务，它是电信、IP与电视3种网络的完美结合。自从电视业务（TV）诞生以来，它就一直是深受用户喜爱的一种通信业务。但由于受传送电视业务的通信网络的限制，长期以来电视业务一直以单向广播方式提供给用户。IPTV业务可以将电视机通过机顶盒接入宽带网络，向用户提供数字广播电视、VOD点播、视频录像等诸多互动宽带业务，这使得IPTV一夜之间成为2005年最热门的话题，也成了世界范围内各大运营商发展的重点之一。

由于国内外许多运营商都认为IPTV业务有非常好的发展前景，因此纷纷加大对IPTV的投资力度，并相继推出了该项业务。自1999年英国Video Networks公司首次推出IPTV业务以来，到2003年上半年，全球已有30多家电信运营商推出了IPTV业务。在随后的一年多的时间里，各个地区的主要电信运营商开始加速部署IPTV业务。截至2004年9月，全球已有50多家电信运营商推出IPTV业务。至2009年底，全球的IPTV用户已经超过5300万。中国电信公司的IPTV用户2009年达到362万，其中上海以101万居于首位，江苏78万，广东71万分列二、三位。中国联通由于2009年全年处于部门及业务调整，因此IPTV发展处于停滞阶段，除了辽宁有所发展外，河南和黑龙江均处于停滞状态，截至12月底，联通用户在50万左右。杭州华数2009年通过对外输出IPTV平台和内容业务合作的方式，以浙江为根据地，积极拓展IPTV对外合作，截至2009年底，共发展用户56万，其中浙江地区42万。

#### 5. 手机电视

采用广播方式的手机电视是移动通信网络与电视业务的一种融合业务。如果手机电视采用点播方式，还可能会涉及IP网络，因此也就成了移动通信网络、IP网络与电视业务的融合。通过移动终端的使用，电视业务具有非常好的移动性，可以使人们在任何地点收看电视节目。因此，很快得到了广大手机用户的青睐。

手机电视这一概念最早的提出的国家是日本。NTT DoCoMo和KDDI这两家日本移动通信市场中的巨人从2003年初就推出了各自的手机电视产品计划。随后，各国运营商也逐渐开始了手机电视业务的开发工作。韩国SK公司为了建设DMB业务系统，于2004年3月和日本的移动广播公司共同发射了专用卫星，向移动电话、手持通信设备或者车载设备发射电视节目。美国的手机电视业务是通过移动通信网络的方式来实现的。2003 年 11 月，美国 Idetic 公司推出了 MobiTV 系统。通过这一系统，用户可以用手机收看包括 ABC 新闻台、CNBC、探索频道和 MSNBC 等电视节目。在我国，中国移动公司和中国联通公司也在 2003 年先后开始试验手机电视业务，并于 2004 年“五一”前后推向市场。中国移动与上海文广集团合作推出的 GPRS 网络支持的 DMB 手机电视业务收费标准大约为（30~50）元/月/户，目前已发展用户十多万。上海联通手机电视实际用户到 2006 年 10 月已超过两万，费用标准为 25 元/月左右，另外还可以选择流量套餐的方式。除了电视节目，联通手机电视还涵盖了视频点播等多种形式在内的所有流媒体业务。

### 2.1.3 三网融合的关键技术

三网融合作为规划全国网络的基础条件，需要一个前瞻性的战略规划与一个完备的解决方案。在三网合一的运行过程中，需要解决的主要的关键技术包括接入网技术、光传输技术、宽带 IP 技术、视频编码技术和软件技术。

**1. 接入网技术**

（1）利用铜线资源，用 XDSL 实现宽带接入

在宽带业务发展的初期和中期，宽带用户需求和宽带业务普及率较低，将 FTTC（或 FTTB），特别是 APON 与 ADSL（或 VDSL）技术相结合可以提供光纤敷设成本、电子设备成本和提供的带宽能力方面的最佳平衡，是一种比较理想的宽带混合接入方案。

（2）采用 FTTC + HFC 实现全业务接入

HFC 和基于 PON 的 FTTC 是两种较好的接入方式，但各自有不足之处。HFC 在传送模拟 CATV 信号方面有优势，但在开展语音、数据接入方面可靠性差，且上行信道频带窄，易受噪声“漏斗”效应的影响和信号间串扰；此外，模拟信道对数字业务开展也不利。HFC 是在现有的 CATV 网基础上进行建设，在成本上具有很大优势；而 FTTC 采用 PON 技术，提高了通信传输质量，解决了上行传输中的带宽问题，但它不支持模拟分配式图像业务（CATV 业务）的传送。将上述两种技术优化组合而形成新的网络结构，便可支持所有业务的接入。

（3）宽带 PON 接入

XDSL 技术和 HFC 网络中，Cable Modem 是目前提供宽带接入的基本方案，但它们的发展受传输距离、最大容量或噪声干扰的限制。因此，它们只是宽带接入的过渡方案，宽带光纤接入才是接入网发展的主要方向。引入光纤有几种方案，根据当前具体情况，在近期和中期应主要采用 FTTC/FTTB 方案。PON 是比较有前途的网络结构，网络可靠性高、成本低、分支能力强、对业务透明、易于升级扩容。窄带 PON 可方便地升级到宽带 PON，还可继续使用 WDM 扩容。宽带无源光纤网（BPON）是宽带接入的一种较好结构，特别是以 ATM 为基础的无源光网络（APON），结合了 ATM 多业务、多比特率支持能力和无源光网络透明宽带传送能力，是 BPON 的发展方向。

（4）WDM 接入

为了满足接入网容量不断增长的需要，可采用光分插复用器（OADM）来扩大主干层容量。不同波长用于网络的不同结点，不仅具有良好的保密性、有效性和安全性，而且可以不

改变接入网结构而将宽带业务逐渐引入，从而实现平稳升级。当所需容量超过了 PON 所能提供的速率时，WDM-PON 不需要使用复杂的电子设备来增加传输比特率，仅需引入一个新波长就可满足新的容量要求。目前的水平可实现 16～32 个波长的密集波分复用（DWDM），从长远看则有可能实现数百个波长的高密集波分复用或频分复用系统，将来甚至可以实现一个用户占用一个波长。

（5）发展 LMDS，实现宽带无线接入

本地多点分配系统（LMDS）是一种新兴的宽带接入技术，是以点对多点的广播信号传送方式提供高速率、大容量、全双工的宽带接入手段。运用 LMDS 可实现用户远端到骨干网的宽带无线接入，进行包括话音、数据、图像的传输，也可作为 Internet 的接入网。LMDS 工作在 28 GHz 波段附近，可用宽带在 1 GHz 以上，通过若干个类似蜂窝的服务区提供业务，在每个服务区建立一个基站，用户端通过基站接入骨干网。

### 2. 光传输技术

（1）宽带有源光网络

在各种宽带光纤接入网技术中，采用 SDH 技术的接入网系统是应用最普遍的。这种系统可称之为有源光接入，主要是为了与基于无源光网络（PON）的接入系统相对比。SDH 技术是一种成熟、标准的技术，在骨干网中被广泛采用。在接入网中应用 SDH 技术，可以将 SDH 技术在核心网中的巨大带宽优势和技术优势带给接入网领域，充分利用 SDH 同步复用、标准化的光接口、强大的网管能力、灵活网络拓扑能力和高可靠性等优势，在接入网的建设发展中长期受益。SDH 技术在接入网中的应用虽然已经很普遍，但仍只是达到 FTTC、FTTB 的程度，光纤的巨大带宽仍然没有到户。因此，要真正向用户提供宽带业务能力，单单采用 SDH 技术解决馈线、配线段的宽带化是不够的。在引入线部分可分别采用 FTTB/C + XDSL、FTTB/C + Cable Modem、FTTB/C + 局域网接入等方式提供业务。

（2）宽带无源光网络

基于 ATM 的无源光网络（ATM PON）是一种既能提供传统业务，又能够提供先进多媒体业务的宽带平台。PON 的业务透明性较好，原则上可适用于任何制式和速率的信号。APON 下行采用 TDM 技术，而上行采用 TDMA 技术，其下行速率为 622 Mbit/s 或 155 Mbit/s，上行速率为 155 Mbit/s，可给用户提供灵活的高速接入。ATM PON 最重要的特点就是其无源点到多点式的网络结构。光分配网络中不含有源器件，比有源的光网络和铜线网络简单，更加可靠，易于维护。特别是如果 F1TrH 大量使用，有源器件和电源备份系统从室外转移到了室内，对器件和设备的环境要求可以大大降低，维护周期可以加长。APON 的标准化程度很高，使得大规模生产和降低成本成为可能。此外，ATM 统计复用的特点也使 ATM PON 能比 TDM 方式的 PON 服务于更多的用户，ATM 的 QoS 优势也得以继承。采用波分复用技术是扩大光纤传输容量的一种有效手段。以波分复用技术为基础的无源光网络（WDM PON）用于接入网有着广阔的发展前景。

### 3. 宽带 IP 技术

TCP/IP 技术是一种适用于不同传输技术和传输介质的广域网技术。传统上，其所采用的底层接入网协议是资源共享方式，基本为面向无连接业务方式。这种分组包交换网络对各种业务一律平等。为了完成通信任务，它们需在分组包中携带包括信源和信宿地址在内的路由信息，并在每个结点进行路由寻址，交换速率低，当网络拥塞时，无法保证传输实时业务的服务质量。然而，近年来，宽带IP技术发展迅速，许多关键技术相继被突破，出现了吉位以太网技术，迅速使以太网从一种专用网络技术发展成公用网络技术。采用吉位路由交换机为核心设备，在光缆上直接架构宽带IP网已经成为当前宽带综合业务骨干网主流组网技术之一。

该网络的优点是带宽宽，容量大，具有透明的交互业务功能；全网络结构统一，设备简化，统一使用IP，同外围网络可实现真正无缝连接，便于向优化光学网络过渡。便于与国家信息基础设备NII开放式网络模型接轨。性能价格比较高，标准成熟，运用广泛。接入方便灵活，易于扩展和推广应用。能较好地保证QoS，具有现实经济性和持续先进性。

#### 4. 视频编码技术

现在国内外已经开展的IPTV业务基本上都是MPEG-2，与现在的DVD相同，在编码时对图像和声音的处理是分别进行的，这种处理方式压缩效率较低，而且不利于传输。目前的趋势是使用更适合流媒体系统的H.264/MPEG-4。AVS是我国具有自主知识产权的新一代编码方式，复杂性更低。目前运营商在编码标准的选择上还没有统一。将视频信号输入计算机，完成数字化后，仍不能马上直接使用，一般要经过视频编辑才能使这些视频素材文件达到要求。

#### 5. 软件技术

软件技术的发展，尤其是联合与协调不同操作系统、不同网络环境间的中间件技术；面对日益增长的大规模服务请求、高度可用且有良好伸缩能力与容错效果的软交换平台系统的发展，使得三大网络及其终端都能通过软件变换，最终支持各种用户所需的特性、功能和业务。

另外，三网融合中也有很多的新技术，如并发系统、共享存储器多处理机系统、分布式系统与群集技术、分布式数据库系统、网络负载均衡与负载白动化测试、并行计算、分布式操作系统及软交换和中间件技术等。

### 2.1.4 三网融合的技术方案

从物理结构上看，现代通信网可以分为核心网（骨干网）、接入网和用户驻地网。核心网由长途网和中继网构成，它是一个规模庞大、运转高效、安全可靠、高速互联的网络，拥有大量的大容量传输和高速交换设备，实现全网范围内的信号汇集、分配、传输和交换。接入网主要是一个电信网的概念，由业务结点接口（Service Node Interface，SNI）和用户网络接口（User Network Interface，UNI）之间的一系列传送实体组成，是为了传送业务而提供相应传送承载能力的实施系统。用户驻地网通常是指设置在用户驻地，与公共通信网相连，是用户所拥有的局域型专用通信网和用户终端设备，如电信专用交换机（PBX）、计算机局域网、内部网（Intranet）、电话机、传真机、计算机、电视机等。

对于三网融合来说，骨干网已经不存在太大的问题。近年来，随着网络建设的规模化，无论是电信网、有线电视网，还是计算机网的骨干网均实现了光纤化、数字化。各种宽带技术已经或正在迅速发展中日益成熟和完善，波分复用（WDM）、密集波分复用、IP over SDH、IP over DWDM等技术已大量投入使用，并提出了建设全优化光学骨干网络的设想。骨干网的带宽对开展宽带业务已不存在任何障碍，可以说，骨干网已经为三网融合做好了准备。而连接骨干网和用户的接入网成为三网融合的交汇点和难点，也成为竞争的焦点，是最具三网各自特色的领域。目前，宽带接入网主要有3种接入方式，即基于电话网的ADSL接入、基于有线电视网的Cable Modem接入和基于光纤加5类线的LAN接入。

1. ADSL接入

ADSL非对称数字用户环线，利用一对现有的电话线，为用户提供上、下行非对称的传输速率，下传速率在1.5~8 Mbit/s范围内，上行速率在640 kbit/s~1 Mbit/s范围内，其性能具体差异主要由所用的ADSL Modem、局端ADSL设备性能、传输方式、传输介质（物理链路）的情况及传输距离所决定。考虑到我国电话网络的实际情况，电话线的抗干扰性能较差（每米扭绞节数太少）、易串音、线路转接头过多，线径不一致造成阻抗不匹配，故ADSL的实际应用通常在2 Mbit/s速率以下、3.5 km范围以内。电信部门对一般家庭用户提供的ADSL速率多为512 kbit/s。

ADSL接入的优点如下：

1）除了完成电话的模拟传输外，还可以提供独享的、较宽的、不对称的上、下行数据通道，带宽不随用户的增多而降低。电话业务和上、下行数据通道可以同时使用，互不干扰，可以在不占用电话线的情况下实现24小时上网。

2）可以利用现有的市内电话网，只是需要新增一些设备，无须新建网络，因而降低施工和维护成本。

ADSL接入的缺点如下：

1）由于带宽可扩展的潜力不大，ADSL不能满足今后日益增长的接入速率需求，只能是一段时期的过渡性产品。

2）ADSL的传输速率对用户到局端的距离非常敏感，距离越长，速率下降得越快。

3）ADSL对线路质量要求较高，当线路质量不高时，推广使用有困难。

因此，对于基于电话网的ADSL接入网来说，如果带宽只是停留在低端带宽（如1 Mbit/s以下的带宽），除电话业务和数据业务外，仍然不能很好地支持视频业务。只有在达到高端带宽时（高于4 Mbit/s）才能较好地支持视频业务，可以实现视频点播和视频广播。但由于带宽最高也只有8 Mbit/s，只是传输一套电视节目的带宽，因此它不能像有线电视网那样把几百套节目直接从有线电视前段送到用户家里。如果要实现同样的目的，需要运营商将几百套节目广播至ADSL的局端服务器，用户通过访问服务器来选取不同的节目。采取这种方案的成本很高。

2. Cable Modem接入

Cable Modem接入通过终端CM完成数据信号的上、下行信号处理。CM在一个8 MHz（PAL制）的带宽中，采用64QAM调制，下行速率可达40 Mbit/s；在1.8 MHz的带宽中，用QPSK调制技术，上行传输速率大约2 Mbit/s。这些上行和下行带宽是用户共享的，当共享通道拥挤时，CM可采用频率捷变技术，根据业务量的变化来改变系统中上行和下行带宽的分配情况，而不必对端设备进行调整。

有线电视Cable Modem接入的优点如下：

1）在不影响大量模拟电视节目和数字电视节目传输的同时，可以提供不对称的、较宽的上、下行数据通道，实现IP电话和24小时计算机联网。

2）可以充分利用现有的有线电视网络，不需要再单独架设网络。

它的缺点也是很明显的，首先有线电视网络必须经过双向改造，这是一笔不小的投资；

其次，其网络结构呈树形，所以当用户增多时，一方面在低频段的回传噪声积累相应变大，另一方面分配给用户的带宽变少，导致用户在上网时，尤其是在进行 VOD、视频会议等需要长时间占用高带宽的业务时，网络的整体性能下降。另外，共享结构还会遇到稳定性、安全性、可靠性等诸多方面的问题。

对于有线电视网来说，由于大量的广播视频业务可以通过专用的、单向的数字电视通道完成，留给双向网络传输量最大的业务就是视频点播。如果要得到 DVD 品质的收视效果，需要传输带宽高于 4 Mbit/s。按照用户的共享假定，每个光结点下面的用户数不能超过 250 户，这就要求光结点要尽可能地靠近用户，成本同样会上升。在能够支持视频点播业务的网络带宽下，IP 电话将能够获得较好的品质保证，从而在有线电视网上实现三网融合。

3. FTTX + LAN 接入

FTTX + LAN 方式是基于以太网的宽带接入技术，传输介质由光纤和铜线两种材料构成。从目前的情况来看，FTTH 的成本太高且需求有限。在住宅小区中，主要采用 FTTB（或 FT-TZ） + LAN 方式。由于 LAN 多采用快速以太组网方式，所使用的铜缆多数是 5 类或超 5 类甚至 6 类 UTP，其数据传输性能和抗干扰能力远优于普通的电话电缆。若采用千兆位以太网组网技术，可轻松实现 100 Mbit/s 到楼、10 Mbit/s 到户的宽带接入服务，小区光纤的出口可直接接至城域光纤主干网、ATM 主干网或经相关网络设备接入 Internet。

FTTX + LAN 接入系统的优点如下：

1）系统的扩展性较好，用户的接入速率可以从目前的 10 Mbit/s 升级到将来的 100 Mbit/s 甚至 1 Gbit/s，能够满足 IP 电话、电视和计算机联网的需要。

2）光结点到用户的接入网的施工量和成本与将单向 HFC 网改造成双向 HFC 网并用 Cable Modem 架构宽带 IP 网相差不多，但设备成本要低，维护管理也更方便。

LAN 接入系统的缺点如下：

1）需要另外铺设从光结点到用户家庭的 5 类线，适于用户集中的新建小区，以确保接入的成本低廉，同时布线电缆也不能够太长。

2）同样需要面对以太网所特有的安全性、可靠性等问题。

对于 FTTX + LAN 接入系统，接入带宽可以最少达到 10 Mbit/s，支持访问互联网、IP 电话和视频点播。但要获得大量的广播电视节目，仍会面临与 ADSL 同样的问题，需要运营商将节目传送至小区的服务器，这也同样会提高成本。

接入网的这 3 种宽带技术已日趋成熟，各有优缺点，但都是实用的技术方案。在目前和今后的一段时间内，将出现三者并存、相互补充又相互竞争的局面，面对不同地区、不同层次的消费对象，获取自己的一块市场份额。三者之间只有市场份额的大小之分，却很难说哪种方式具有绝对优势。

## 2.1.5 三网融合技术的现状及发展趋势

所谓“三网融合”是指计算机网络、电信网络、有线电视网络的一体化，即传统电信网、计算机网和有线电视网将趋于相互渗透和相互融合，或者说就是将图像、话音和数据这 3 种业务建立在一个网络平台上的技术。它是对综合业务数字网（ISDN）概念的扩展，也是打破行业垄断，统一规划管理三大网络建设的前提条件。

电信网是指如传统的电话交换网、窄带 N-ISDN、数字数据网、帧中继（FR）网、异步传输模式（ATM）网等。在 PSTN，目前一些通信主干线均已实现光纤化，而用户网大都为铜线，一般只用来传输频率为 4 kHz 的模拟话音或 9.6 kbit/s 的低速数据，即使加上调制解调器，最高也只能传输速率为 56 kbit/s 的数据信号。但 PSDN 覆盖面很广，可以连通全国的城市及乡镇。它是一个低速的、模拟的、规模巨大的网络。此网络的最大资产是铜线接入网部分，但其价值正与日递减，在适应宽带多媒体业务方面无能为力。在 DDN 中，DDN 可提供固定或半永久连接的电路交换业务，传输速率为 $n\times64$ kbit/s，它的包交换、传输速率一般在 64 kbit/s ~ 2.048 Mbit/s 范围内，可以使多个不同连接复用到同一信道，实现资源共享。FR 网可提供速率为 1.544 ~ 45 Mbit/s 的高速宽带数据业务。而在 ATM 网里，ATM 是支持高速数据网建设、运行的关键设备，又由于 ATM 采用短的、固定长度（53 B）的数据包作为传输信息的单元，53 B 中有 48 B 为信息的负荷，5 B 用做标识虚电路和虚通道等控制和纠错信息。所以 ATM 可支持 25 Mbit/s ~ 2.4 Gbit/s 的速率传输，ATM 所组成的网络不仅可以传输话音，而且可以传输数据、图像，包括高速数据和活动图像。目前，电信网除了上述几种外，还有 X.25、B-ISDN、CHINANET 等网。

有线电视网是高效廉价的综合网络，它具有频带宽、容量大、多功能、成本低、双向性、抗干扰能力强、支持多种业务和连接千家万户的特点。它的发展为信息高速公路的发展奠定了基础。全国现已建立有线电视台超过 1500 个，有线电视光缆、电缆总长超过 200 万千米，用户数超过 8000 万。电视机已成为我国家庭入户率最高的信息工具，有线电视网也成为最贴近家庭的多媒体渠道，只不过它目前还是依靠同轴电缆向用户传送电视节目，还处于模拟水平。宽带双向的点播电视（VOD）及通过有线电视网接入 Internet 进行电视点播、CATV 通话等是有线电视网的发展方向，最终目的都是使有线电视网转变为宽带双向的多媒体通信网。

计算机网以 Internet 为代表，在其发展过程中新概念、新技术层出不穷，如浏览器、Java、Internet/Intranet 等。Internet 的优势是网络结构简单、传送网主要依靠现有网络，技术更新快、成本低。我国已建成的国内互连网络有“三金”工程、CHINANET、中国教育科研网（CERNET）等。“金桥”网是一个连接国务院和各部委的专用网，也是一个连接各省市、大中型企业以及国家重点工程的国家公用经济信息通信网。它已在 24 个省市建成了 70 多个站点。“金卡”工程又称为电子货币工程，通过它可向城市居民推广金融交易卡和信用卡。“金关”工程是利用电子数据交换（EDI）实现国际贸易信息化，进一步与国际贸易接轨。CHINANET 依托强大的 CHINAPAC、CHINA-DDN 和 PSTN 等公用网，而成为我国国内 Internet 的主干网。在 1995 年 4 月，CHINANET 向社会各界开放，目前此网已覆盖全国 30 个省市自治区。CERNET 是由国家教育委员会组织建立，目的是促进我国高等教育和科学研究的发展，现已连接了 300 多所大学中的网络。Internet 中的主要问题是缺乏大型网络与业务方面的技术和运营经验，对全网没有有效的控制能力，难以实现统一管理，高质量的实时业务质量还无法保证，此外，使用 Internet 开放电子商务的安全性和可靠性还有待进一步改善。

随着技术的进步，特别是 IT 和 IP 技术的发展，以及电信、IT、媒体和消费电子等行业之间的融合，三大网络正面临着巨大的变革。伴随着业务转型的需要，分组化、宽带化和融合化（包括产业融合、业务融合、网络融合）成为网络发展的主流趋势。

（1）分组化

随着宽带和多媒体业务的发展，传统的以 SDH/ATM 为主的承载网已不能满足未来业务的需要。承载网呈现出两个关键趋势，即分组化和智能化。其主要目标是简化网络层次，并增加网络的智能特性，实现“数据感知”的传送网，降低网络复杂度和运营成本。分组化体现在城域网和骨干网络两个方面。电信级 Ethernet + NG-WDM 成为主流的城域网建网模式，而 TSR + DWDM 则是骨干网选择的建网模式，即出现网络 IP 化的趋势，在统一的 IP 技术上实现包括语音、数据和视频等多种数据的传送。

（2）宽带化

未来 3 ~ 5 年内，无论有线网还是无线网，接入网主要的趋势都是宽带化。在有线领域，“光进铜退”成为毋庸置疑的趋势，FTTx 将成为网络建设的主要方式。主要的运营商在 3 ~ 5 年内将实现每个用户 20 ~ 50 MHz 的带宽建设，以支撑高带宽业务特别是视频业务的发展。在无线领域，HSPA、WiMax、LTE 和 AIE 等技术将推动移动接入分组化和宽带化的发展，同时，终端（手机）的智能化和 PC 的移动化将大大增加无线宽带的需求。

（3）融合化

随着数据业务的增加，业务网将以综合业务和用户体验为中心，面向不同的用户群和不同的业务提供多个业务平台，包括面向个人用户的多媒体通信平台、面向家庭用户和个人用户的媒体信息平台（典型的业务是宽带门户和 IPTV 业务）及面向商用用户的 IT 平台（典型的业务是软件托管和外包业务）。三者既相互独立又相互合作，其核心是统一的用户数据。多媒体通信平台和媒体信息平台相互配合，为家庭用户和个人用户提供 Multi-Play 服务；多媒体通信平台和 IT 平台相互配合，为商业用户提供综合的解决方案，即 ICT 服务。在未来的业务网络中，NG-SDP 将成为核心技术。与此同时，价值链整合能力和体验营销能力的高低将成为决定运营商能否成功的关键。

## 2.2 基于软交换的三网融合

### 2.2.1 软交换技术的产生

人类的通信包括话音、数据、视频与音频组合的多媒体。一直以来，这 3 类通信业务分别由不同的通信网来承载和疏通。电话网承载和疏通语音业务，数据网承载和疏通数据业务，多媒体网承载和疏通多媒体业务。

1876 年美国贝尔发明电话，解决了人们异地通信的问题，电话早期主要应用于政府、军事等重要机构。随着科技水平的不断提高和社会的不断进步，电话交换技术一直处于迅速的变革和发展之中，电话的普及范围越来越广泛，应用到各行各业并深入千家万户，成为人们进行沟通最主要的通信方式，是人们生活、工作中必不可少的组成部分。电话网的核心为电话交换机，从交换机的实现方式上看，经历了磁石式、供电制式、步进制、纵横制、程控制 5 个发展阶段，交换技术经历了人工交换时代迈入机电交换时代，再演变到电子交换时代的历程。由于程控数字交换技术的先进性和设备的经济性，使电话交换迈上了一个新的台阶。程控制电话交换机采用资源独占的电路交换方式，有着先进的体系结构，是一个历史性的变革。但业务控制与呼叫控制以及传输承载都集中在交换机里，PSTN 的各项业务必须通过 TDM 交换机进行实现，新业务拓展周期长。数据网的种类繁多，根据其采用的广域网协议不同，可将其分为 DDN、X. 25、帧中继和 IP 网，由于 IP 网具有协议简单、终端设备价格低廉、以及基于 IP 的 WWW 业务的开展，使基于 IP 的 Internet 呈爆炸式发展，一度成为了数据网的代名词。IP 网要求用户终端将用户数据信息均封装在 IP 包中，IP 网的核心设备——路由器仅是完成“尽力而为”的 IP 包转发的简单工作，它采用资源共享的包交换方式，根据业务量的需要动态地占用上、下行传输通道，因此 IP 网实际上仅是一个数据传送网，其本身并不提供任何高层业务的控制功能。若在 IP 网上开放语音业务，必须额外增加电话业务的控制设备。

一直以来，电话网络、数据网络、多媒体网络都各自为阵，分别提供语音、数据、视频等服务。随着技术的不断进步、需求的日益增高，通信也已从原来的电话时代进入了信息化通信时代，各种花样繁多的通信方式和日益高涨的通信需求，使得传统的语音通信已远远不能满足各行业的需求。另外随着电信行业管制政策的开放，电信运营商之间竞争加剧，谁能够提供个性化的业务，谁能在第一时间满足用户需求，谁就能占据竞争优势。而 PSTN 由于固有的局限性，无法快速灵活地拓展新业务，且部署成本高。为满足用户对新业务的需求，人们在 PSTN/ISDN 的基础上提出了智能网的概念。PSTN 智能网首次提出并实现了将呼叫控制和接续功能与业务提供分离，交换机只完成基本的呼叫控制和接续功能，而业务则由叠加在 PSTN/ISDN 上的智能网来提供。这种呼叫控制与业务的分离大大提高了网络集中提供业务的能力和速度，不过这种分离还处于初步阶段。而随着 IP 技术的发展，在互联网上部署业务相对容易，IP 网中传送的 IP 包能够承载任何用户数据信息。因此，人们更进一步期待实现将呼叫控制与承载做进一步的分离，从而更加灵活有效地实现 IP 电话及其相关业务和多媒体应用的融合，对所有的媒体流提供统一的承载平台。

因此，为了能够实现在同一个网络上同时提供语音、数据以及多媒体业务，即通信业务的融合，产生了软交换（Softswitch）技术。软交换的概念一经提出，便很快得到了业界的广泛认同和重视。ISC（International Soft Switch Consortium）的成立加快了软交换技术的发展，软交换相关标准和协议得到了 IETF、ITU-T 等国际标准化组织的重视。根据国际 Soft Switch 论坛 ISC 的定义，Soft Switch 是基于分组网利用程控软件，将呼叫控制功能与媒体处理相分离的设备和系统。因此，软交换的基本含义就是将呼叫控制功能从媒体网关（传输层）中分离出来，通过软件实现基本呼叫控制功能，从而实现呼叫传输与呼叫控制的分离，为控制、交换和软件可编程功能建立分离的平面。软交换主要提供连接控制、翻译和选路、网关管理、呼叫控制、带宽管理、信令、安全性和呼叫详细记录等功能。与此同时，软交换还将网络资源、网络能力封装起来，通过标准开放的业务接口与业务应用层相连，可以方便地在网络上快速提供新的业务。

软交换是一种正在发展的概念，包含许多功能。其核心是一个采用标准化协议和应用编程接口（API）的开放体系结构，为第三方开发新应用和新业务敞开了大门。软交换体系结构的其他重要特性还包括应用分离（De-coupling of Applications）、呼叫控制和承载控制。简单地看，软交换是实现传统程控交换机的“呼叫控制”功能的实体，但传统的“呼叫控制”功能是与业务结合在一起的，不同的业务所需要的呼叫控制功能不同，而软交换是与业务无关的，这要求软交换提供的呼叫控制功能一定是各种业务的基本呼叫控制。

### 2.2.2 软交换技术的优势

软交换作为下一代网络的发展方向，不但实现了网络的融合，更重要的是实现了业务的融合，具有充分的优越性，使网络真正向“个人通信”的宏伟目标迈出了重要的一步。软交换是多种逻辑功能实体的集合，提供综合业务的呼叫控制、连接以及部分业务功能，是下一代电信网中话音、数据、视频业务呼叫控制以及业务提供的核心设备，也是目前电路交换网向分组网演进的主要设备之一。与传统的电路交换网相比，软交换网有诸多优势，如图 2-1 所示为从电路交换到软交换的演化示意图。

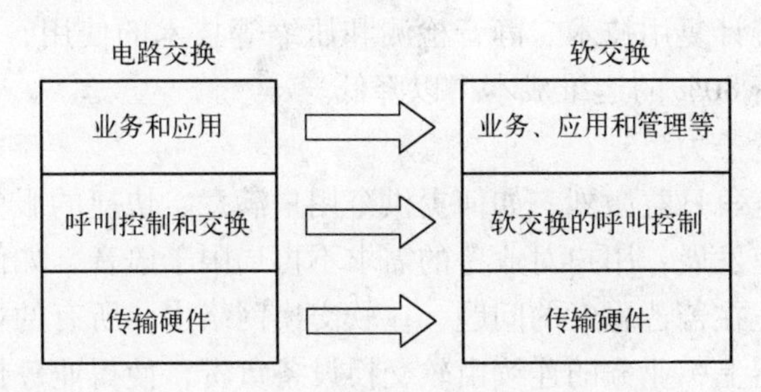


图 2-1　电路交换到软交换的演化示意图

软交换采用分层的体系架构，各层之间通过标准接口进行互连。这使得每一层的功能在具体实现上是相互独立、互不影响的。任一层设备的升级改造不会影响到其他各层的正常工作。同时，公用的网络平台为运营商使用第三方设备提供了可能性。软交换体系支持多处理机系统，可以灵活配置以支持不同网络的特定需求。软交换体系架构允许业务通过多种物理网关来实现，这就为网络的建设提供了多样的解决方案。运营商完全可以根据自己的需要和现有的网络资源来选择不同类型的网关，以达到最佳的利用率，保证及时的投资回报。在软交换体系中，不但各组成部分在网络结构上是分布式的，而且在物理位置上也可以是分散的。软交换控制设备、各种网关以及应用服务器等设备完全可以放在不同的地方，从而节约相当的网络建设成本和运输费用。另外，通过远程访问可以充分发挥应用服务器、策略管理等设备的集中管理能力，减少运营商的反复投资；从另一方面来说，未来的竞争将会是业务的竞争，软交换体系对新业务实现的简洁性和快速性，使得业务提供成本更低，降低了网络运营的长期投入成本。软交换体系提供标准的全开放的应用平台，增加新业务可以通过应用服务器升级实现，也可以采用第三方组件实现。这不但解决了运营商是以经营业务为主还是以经营网络为主的问题，也为运营商寻找不同的业务突破点、取得竞争优势、创造新的收入来源提供了途径。软交换体系允许业务提供商随时根据自己的需求来增加容量或扩展新业务，真正实现业务由客户定制。基于综合性的平台增加开放的协议接口，软交换体系为用户提供了更多更快的业务解决方式。显然，未来运营商的竞争将集中在业务方面，竞争将不仅集中在业务提供的种类上，更重要的是集中在业务提供的速度上。当客户的商务和生活被下一代网络的新兴业务影响后，这些客户就会越来越依赖于业务提供商，而不愿意做出过大的改变。所以业务提供商如果能以最快的速度为客户提供个性化的量身定做的业务，将抢先拥有最大的客户群。由此可见，软交换体系对运营商来说意味着更多的效益。

### 1. 软交换技术的经济优势主要表现在以下两个方面

（1）降低建设成本

目前，PSTN、数据网络、移动电话网络的技术及设施相互独立，公共资源无法共享，导致了较高的建设及运营成本。软交换网络体系采用公共、可管理的宽带分组作为传送平台，使得原来分立的各种网络有机地统一在一起，使用公共的网络资源，不再需要单独建设新网络。而且，软交换网络中的设备普遍处理能力高、容量大，从而可以减少局所的数目，使得网络层次和结构得以简化，节约了网络建设成本。网络中共享的部分增多，可以减少维护人员数目，技术培训费用及人员开支降低，避免由维护多个分离网所带来的高成本和运维配置升级的复杂性。统计复用技术、静音检测和压缩等技术的使用，提高了网络工作效率，使得占企业每年总投资80%的运维成本得以降低。

（2）增强企业的竞争力

现在的电信市场竞争日益激烈，如何提供令用户满意、快捷的服务将是竞争力的根源所在。随着数据网的飞速发展，用户对业务的需求不再局限于语音，如何快速提供各种宽带多媒体业务是各运营商正在苦苦思索的问题。在软交换网络中，所有的业务逻辑及控制都集中在少数几个应用服务器上，业务的连续由软交换设备负责，使得业务提供基于可控、可管理的平台之上。软交换设备的处理能力更高，控制的用户更多，业务的覆盖面更大，业务升级能力强，便于业务的推广。网络通过标准的API与第三方业务提供平台连接，运营商及用户可随时根据市场所需，及时生成修改业务，使得业务生成更加快速，业务特征更加贴近需求。

软交换体系采用基于策略的网络管理机制，实现由传统的静态网管到动态网管的飞跃。策略网管具有一定的智能化系统，集中处理维护管理，有利于整个网络统一协调管理。策略管理实现对整个网络进行实时的、集中统一的话务负荷控制和业务质量控制，保证全网的安全。软交换的体系结构是开放的、可编程的。一方面，软交换与下层的协议接口是标准的API接口，协议包括SIP，H.323，Megaco和ISUP/IP等；另一方面，软交换与上层应用的接口也是标准API接口。软交换真正实现了业务与呼叫控制分离、呼叫控制与承载分离。发展软交换技术有许多优越性，例如，软交换技术真正实现了分层的网络结构，保证了高可靠性、灵活的组网方式，提供了多样的解决方案、更多的新业务提供手段，创造了新的收入来源、集中智能的网络管理体系、灵活的接入方式、更短的业务提供周期、终端的个性化和智能化。

### 2. 软交换技术的技术优势主要表现在以下几个方面

（1）软交换组网灵活的接入方式

软交换网络采用分层的结构，将传统交换机的功能模块分离成独立的网络构件。构件间采用标准的接口协议且相对独立，使得各部件在物理上得以自由分离，网络结构逐步走向开放，运营商也可以根据业务的需要自由选择各部分的功能产品来组建网络，实现各种异构网的互通，并且能够根据业务的发展有选择地增加业务服务器及网关设备，适时扩大网络规模。利用软交换特有的技术向用户的住宅、办公室放一根5类线，就可以提供话音、数据、视频、多媒体业务这一整套解决方案，与传统的运营模式向用户提供话音服务时相比，如向用户的住宅或办公室放一对铜线，为用户提供数据；因为上网又要向用户的住宅或办公室置放网线，此种方法是快捷方便的。软交换对于新的运营商或没有本地网的运营商来说，在与传统电信运营商发展新用户的竞争中，能够向用户提供新的服务，使其具有较强的竞争力。

（2）便于进入新的业务区域

软交换网络的发展使得技术间的差异不再是业务差异的主要因素。经营 IP 网、移动通信网络、固定电话通信网络的各种传统运营商可以利用这种网间技术，方便地进入其他业务网领域，同时拥有属于其他行业各网络的用户群，统一提供更加丰富多采的业务，使得电信服务更加贴近普通百姓的生活。传统电话网的业务主要有两种，即交换机提供的基本业务、补充业务、智能业务和智能网提供的智能网业务。采用软交换技术之后，有了更多的业务提供方式和更多的业务种类，并且提供业务的周期也相应地缩短。

1）软交换提供的业务。软交换技术继承了 PSTN/ISDN 原有电信网的基本业务和补充业务，可以实现电话业务、传真业务、号码识别类补充业务、呼叫提供类补充业务、呼叫完成类补充业务、多方通信类补充业务、Centrex 业务等，还可以与网络的其他实体结合提供新的业务。

2）与 Internet 结合提供的业务。用户上网登录到一个 Web 服务器，对用户的各种业务进行设置，然后 Web 服务器再把设置好的业务装载到应用服务器中或进行软交换。例如，用户通过上网配置各种呼叫前转数据，配置呼叫筛选（可有选择地接听和拒绝呼叫），根据来电配置铃声，当被叫用户注册了多个接续号码时可配置接续的方式和次序等。网络提供的不再是简单的话音业务，还可以提供各种类型的媒体业务。例如，多媒体视频业务，通过文本在不同用户间在线聊天的即时消息业务，主动向对方推送 Web 页面，实现同址浏览的 PUSH 业务，通过白板、文件传送、剪贴板共享和在线游戏等手段实现跨地域的协同工作业务等。

3）应用服务器提供的业务。传统的电话交换网提供的智能网业务是指在业务交换点检出触发点之后，在业务控制点（SCP）的控制下执行业务逻辑。由于信令网关实现了软交换与 No. 7 信令网的互通，软交换可以访问 No. 7 信令网中的 SCP，因此，软交换技术也可以触发智能网中定义的业务。如果这些智能网业务定义在应用服务器，也是这些业务提供的一种方式。它与传统智能网业务的不同之处在于，传统智能网业务的业务规程是在 No. 7 信令网的 MTP/SCCP 上传送，而这种业务的应用规程是基于 IP 的传送层传送的。应用服务器还可以向用户提供个性化的服务，例如，对不同来电方提供不同个性化问候的业务、对来电基于 ToD（Time of Day）、DoW（Day of Week）进行屏蔽的屏蔽业务等。

4）第三方提供的业务。软交换技术的组网体系架构中，在业务应用层面包含应用服务器和第三方服务器。也就是说，未来的业务可以由电信运营商在应用服务器提供，也可以由认证的第三方服务器提供。具体的实现方式是电信运营商向第三方的应用服务器提供一种应用编程接口（API），第三方服务器使用 API 完成业务的实现。其中，API 是屏蔽了具体的网络资源（例如 SIP，INAP，MAP 等）而抽象出的一种接口，它包括呼叫控制、用户交互、移动性、终端能力、计费等，Parlay 就是其中的一种 API。API 与网络资源的映射由 API 网关实现，它可以由应用服务器完成，也可以由独立的 API 网关完成。提供业务的第三方可以不再关心复杂的网络资源，而是利用较为高级 API 接口来实现业务逻辑，可以快速灵活地完成各种新业务的提供和控制，而加载新业务对整个系统的影响很小，不像传统交换机的升级那么复杂，而电信运营商也勿需再进行运维。

5）利于实现网络的平滑过渡。PSTN 与软交换网络将在相当一段时间内共存，软交换网络不是对 PSTN 资源的淘汰，而是 PSTN 自然演进的目标。原 PSTN 交换机将继续使用到自然寿命终结，其用户将通过中继网关实现与软交换网络用户的互通。对于 PSTN 中新增的用户需求，可通过使用接入网关、IAD 等设备解决用户的接入问题，通过使用中继网关设备解决网络对汇接局及长途局的新设备需求，并逐步采用软交换设备替代 PSTN 中已到寿命的设备，最终实现向软交换网络的平滑过渡。

### 2.2.3 软交换网络的体系结构

软交换将网络资源、网络能力封装起来，通过标准开放的业务接口和业务应用层相连，从而可方便地在网络上快速提供新业务。在分组交换日益普及的情况下，软交换技术无论在固网还是移动网络的发展和融合当中，作为网络的核心技术，都发挥着重要的粘合作用。软交换网络是业务驱动的网络。通过业务与呼叫控制分离以及呼叫控制与承载控制分离，实现相对独立的业务体系，使业务真正独立于网络，灵活有效地实现业务的提供。用户可以自行配置和定义业务特征，而不必关心承载业务的网络形式与终端类型，使业务和应用的提供有较大的灵活性，从而满足用户不断发展更新的业务需求，也使网络具有可持续发展的能力和强大的竞争力。语音、数据、视频等异构网络并存是目前网络的现状，多种异构网络融合则是大势所趋。随着 IP 网的迅速发展，软交换将以 IP 网为骨干，在各种网络相互融合的基础上，以一种统一的方式灵活地提供业务。软交换网络体系结构采用开放的网络构架，将传统交换机的功能模块分离成独立的网络部件，分别由不同的物理实体实现。各部件各自独立发展，均提供标准的接口协议，使得网络更加开放，可依业务需求自由选择各部件来组建网络，部件间协议的标准化有利于异构网的互联互通。因此，通过一个统一的 IP 网络将各物理实体连接起来，构成软交换网络，是一个统一、开放的网络系统结构。

软交换网络是一个分层的、全开放的体系结构，它包括 4 个相互独立的层面，从功能上分为接入层、传输层、控制层、业务层，如图 2-2 所示。

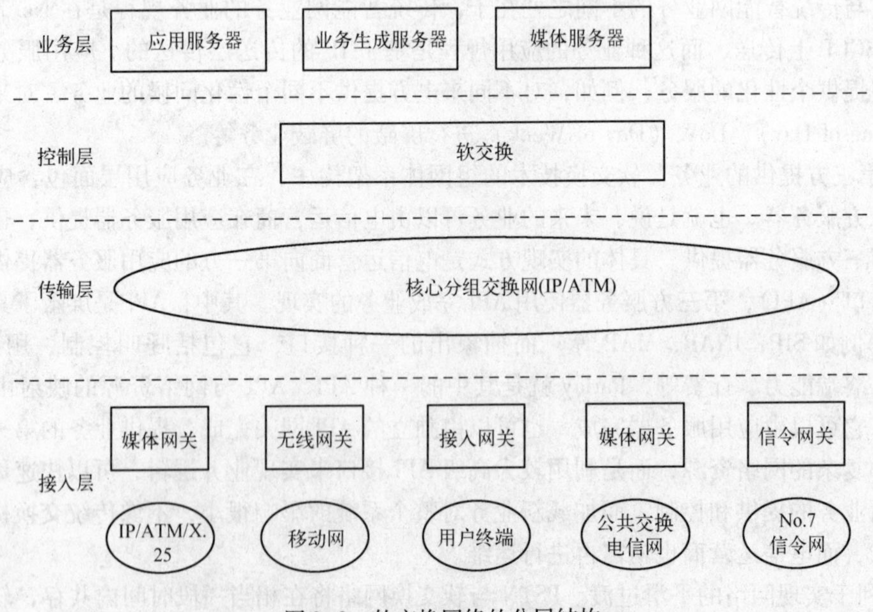


图 2-2　软交换网络的分层结构

图 2-2 中各层的主要含义如下：

1）接入层。采用各种接入手段通过各种接入设备将用户连接至网络，为用户提供网络中的各种业务。软交换网络是一个综合接入平台，可以接入多种用户，如模拟/数字电话 PSTN 用户、移动用户、无线用户、宽带网络用户等。本层实现了各种网络用户、各种业务的接入，并将信息适配为适合在软交换网内传送的 IP 包。为传统运营商和新兴运营商开辟了有效的业务发展途径。

2）传输层。即承载语音、数据、视频等多媒体信息的 IP 网络，此承载网络无需重新组网，价格低廉，协议简单。此层的作用和功能就是将边缘接入层中的各种媒体网关、控制层中的软交换机、业务应用层中的各种服务器平台等各软交换网中的网元连接起来。软交换网中各网元之间均是将各种控制信息和业务数据信息封装在 IP 数据包中，通过核心传送层的 IP 网进行通信。

3）控制层。主要功能是完成对接入层中的所有媒体网关的业务控制及媒体网关之间通信的控制，即软交换机。在传统的电话交换结点中，业务提供、呼叫控制和交换矩阵都集中在一起，而软交换将呼叫控制从网关中分离出来，以分组网代替控制底层网络元素对业务流的处理，提供呼叫连接的建立和释放，以及媒体网关接入功能、媒体网关资源管理、信令互通、安全管理、用户管理、号码管理、呼叫路由和产生 CDR 信息等功能，并为业务平面提供访问底层各种网络资源的开放接口。相当于传统网络中提供信令和业务控制的结点。

4）业务层。主要包括应用服务器、第三方应用接口和传统智能网的功能。软交换与业务/应用层之间的接口提供访问各种数据库、三方应用平台、功能服务器等接口的功能，实现对增值业务、管理业务和三方应用的支持。该业务层通过开放的业务层接口提供业务执行环境，负责为接入软交换网络的用户提供传统智能网业务、个性化的第三方业务和增值业务。

软交换网络的体系结构如图 2-3 所示。在图中标出了软交换网络中的主要设备和协议。

软交换网络中的主要设备如下：

1）媒体网关。主要完成媒体流格式的转换处理功能。媒体网关是现有各种网络与核心分组网络连接的接口设备。媒体网关根据其应用环境的不同以及所在位置的不同可分为中继网关（Trucking Gateway）、接入网关（Access Gateway）、多媒体网关（Multimedia Service Access Gateway）、无线网关（Wireless Access Gateway）等。

2）信令网关。它是传统网络的信令网与分组网络的边缘接口设备，完成信令传输格式的转换，信令网关一般不对信令进行分析和处理，目前主要指 7 号信令网关设备。传统的 7 号信令系统是基于电路交换的，所有应用部分都是由 MTP 承载的，在软交换体系中则需要由 IP 来承载。

3）智能终端。主要指直接通过某种宽带接入方式接入到核心分组网络的用户终端，智能终端同时具有媒体网关和信令网关的功能。

4）媒体服务器。用来为网络用户提供音频、视频信号处理功能（如播放、混合、压缩、语音识别、语音合成等），媒体服务器受软交换设备或业务控制服务器的控制。

5）软交换设备。主要完成呼叫控制、资源管理、协议处理等功能。

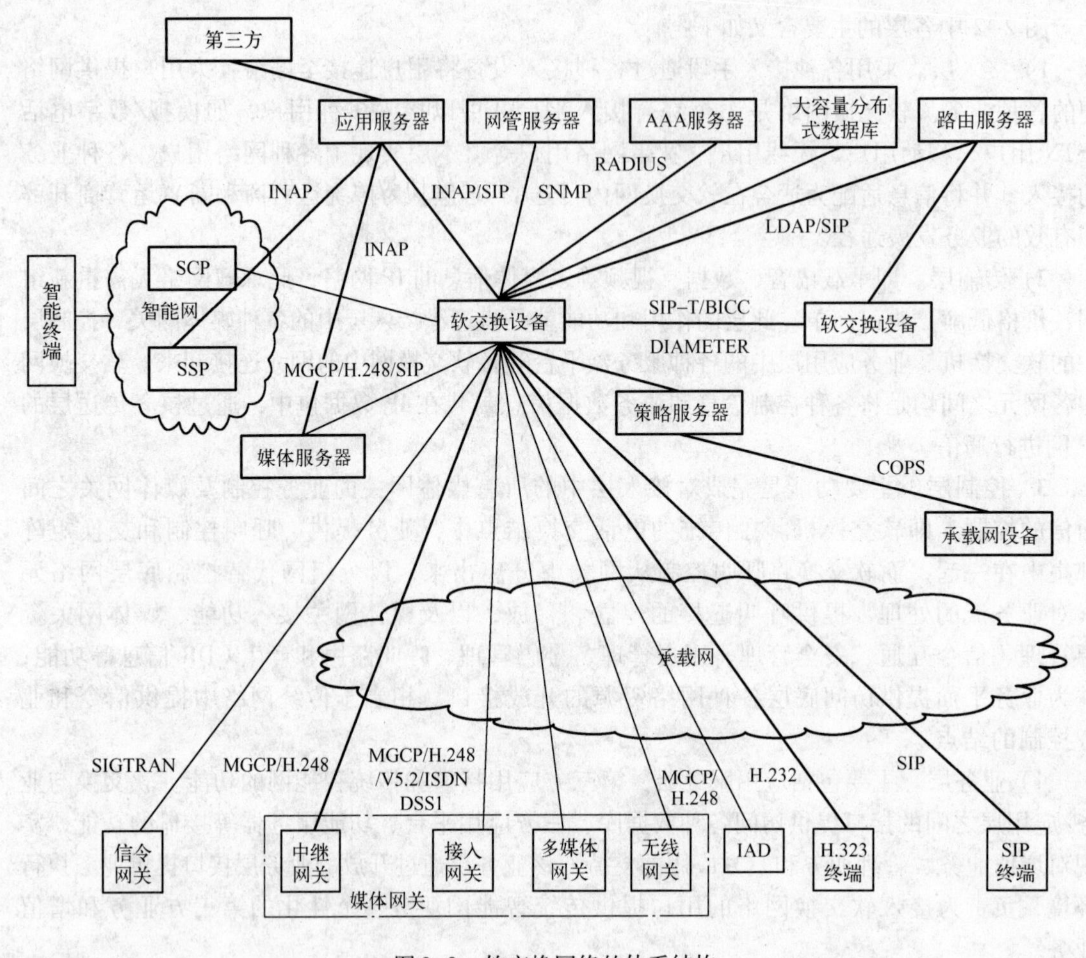


图 2–3　软交换网络的体系结构

6）应用服务器。它是业务层的核心设备，是增值业务逻辑驻留、执行的环境。它还可以向第三方提供业务开发接口或访问第三方的应用。

7）其他支撑设备。如 AAA 服务器、大容量分布式数据库、策略服务器（Policy Server）等，它们为软交换系统的运行提供必要的支持。

## 2.2.4　软交换网络的主要协议

软交换所使用的主要软交换体系涉及协议非常众多，包括 H.248、SCTP、ISUP、TUP、INAP、H.323、RADIUS、SNMP、SIP、M3UA、MGCP、BICC、PRI、BRI 等。国际上，IETF、ITU-T、Soft Switch Org 等组织对软交换及协议的研究工作一直起着积极的主导作用，许多关键协议都已制定完成，或趋于完成。这些协议将规范整个软交换的研发工作，使产品从使用各厂家私有协议阶段进入使用业界共同标准协议阶段，各家之间产品互通成为可能，真正实现软交换产生的初衷——提供一个标准、开放的系统结构，使各网络部件可独立发展。在软交换的研究进展方面，我国处于与世界同步水平。信息产业部“网络与交换标准研究组”在 1999 年下半年就启动了软交换项目的研究，目前已完成了《软交换设备总体技术要求》。本节简要介绍几个主要的协议，包括 MGCP、H.248、SIP、BICC 等。

## 1. 媒体控制协议

RFC2719 把传统网关分解为媒体网关、信令网关和媒体网关控制器 3 部分，由此产生了媒体网关控制协议，目前的媒体网关控制协议有 MGCP 和 H. 248/Megaco。

（1）媒体网关控制协议（MGCP）

MGCP 是由 IEFT 提出来的，是简单网关控制软交换协议（SGCP）和 IP 设备控制协议（IPDC）相结合的产物。MGCP 可以说是一个比较成熟的软交换协议，目前软交换系统设备大都支持该协议，其不足之处也慢慢表现出来，将来可能要被 H. 248/Megaco 协议所取代。媒体网关控制协议是一种 VoIP，应用于分开的多媒体网关单元之间。多媒体网关由包含“智能”呼叫控制的呼叫代理和包含媒体功能的媒体网关组成，其中的媒体功能实现诸如由 TDM 语音到 VoIP 的转化。媒体网关可以实现包括端点，呼叫代理能够进行创建、修改和删除连接等操作，在端点上实现建立和控制与其他多媒体端点的媒体会话过程。媒体网关是一种网络单元，它提供电话电路上的语音信号与因特网或其他网络上的数据包之间的转换。呼叫代理通知终点检查特定事件并生成信号，终点自动地通告呼叫代理其服务状态下的变化。此外，呼叫代理还可以检查终点及终点连接。MGCP 采用的是呼叫控制结构，这里的“智能”呼叫控制处于网关外部，并由呼叫代理控制。MGCP 设定呼叫代理之间采用同步方式发送连续命令和响应给受控的网关，但其并没有为同步呼叫代理设置专门的机制。完整的 MGCP 协议栈如图 2-4 所示。

基本上，MGCP 是一种主从协议，由网关去执行呼叫代理发送的命令。MGCP 采用的连接模式，其基本构架是端点和连接。端点是源数据或数据接收器，它们可以是物理的也可以是虚拟的。物理终点的创建需要安装相应硬件设备，而虚拟终点的创建可由软件完成。连接可以采取点对点方式也可以是多点方式。点对点连接即两个端点之间的联系，实现端点间的数据传输。一旦两端点间建立起这样的连接，那么端点间就可以传输数据。多点连接的建立是通过连接端点和多点会话实现的。连接的建立可以在各种承载网络上进行。在 MGCP 中，网关主要负责音频信号的转换，呼叫代理主要进行呼叫信令和呼叫处理。

MGCP 的初始化包括网关的注册和注销，MGCP 网关的注册和注销流程都使用命令 RSIP。MGCP 网关的初始化流程如图 2-5 所示。

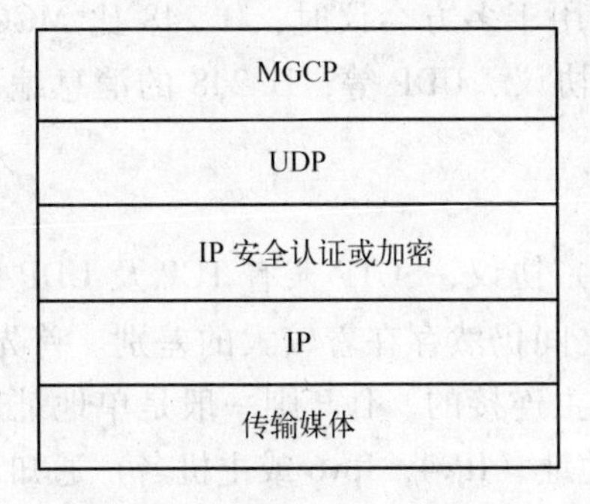


图 2-4 完整的 MGCP 协议栈

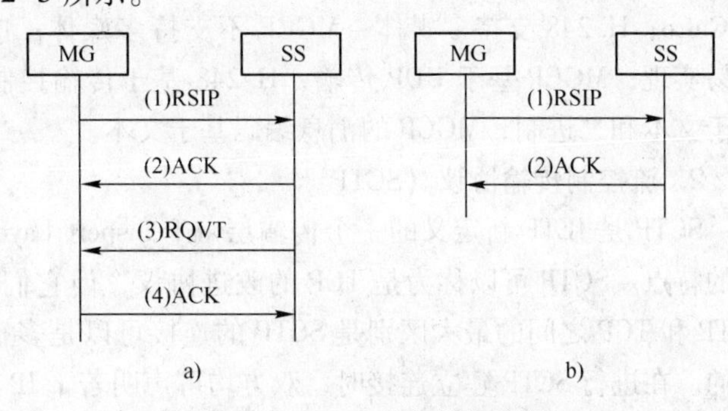


图 2-5 MGCP 的初始化流程

a）网关注册流程 b）网关注销流程

MGCP 网关注册和注销流程如下：

1）MG 向 SS 发送 RSIP 命令，注册时使用参数 restart，申请进入服务；注销时使用参数 graceful 或 forced，表示在指定时延后退出服务或立即退出服务。

2）SS 回响应，表示同意 MG 注册或注销。

3）SS 向 MG 发 RQNT 命令，命令 MG 监视用户摘机。

4）MG 回响应。

（2）媒体网关控制协议（H. 248/Megaco）

H. 248/Megaco，是用于物理分开的多媒体网关单元控制的协议，能够把呼叫控制从媒体转换中分离出来。H. 248 协议是由 MGC 控制 MG 的协议，也称 MeGaCo。H. 248 中引入了上下文（Context）的概念，增加了许多 package 的定义，从而将 MGCP 向前推进一步。可以说 H. 248 建议已取代 MGCP，成为 MGC 与 MG 之间的协议标准。H. 248 连接模型主要的抽象概念是终结点和关联域，如图 2-6 所示。

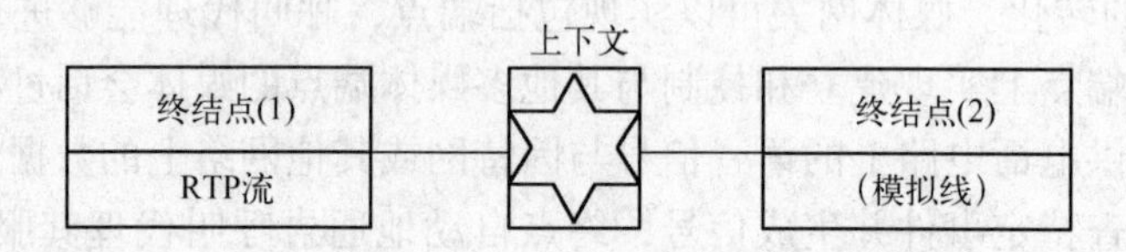


图 2-6　H. 248 连接模型

Megaco 是 IETF 和 ITU-T 研究组 16 共同努力的结果，因此 IETF 定义的 Megaco 与 ITU-T 推荐的 H. 248 相同。H. 248/Megaco 说明了媒体网关和媒介网关控制器之间的联系。媒体网关用于转换电路交换语音到基于包的通信流量，而媒网关控制器用于规定这种流量的服务逻辑。H. 248/Megaco 通知 MG 将来自于数据包或单元数据网络之外的数据流连接到数据包或单元数据流上，如实时传输协议。从 VoIP 结构和网关控制的关系来看，H. 248/Megaco 与 MGCP 在本质上相当相似，但是 H. 248/Megaco 支持更广泛的网络，如 ATM。H. 248/Megaco 中有两个基本组成部分，即终端（Termination）和上下文。Termination 表示进入和离开 MG 的流（例如，模拟电话线路，RTP 流或 MP3 流）。Termination 具有一些属性，如最大活动缓存容量，MGC 可对其进行检查和修改。H. 248 与 MGCP 在协议概念和结构上有很多相似之处，但也有不同。H. 248/Megaco 协议简单、功能强大，且扩展性很好，允许在呼叫控制层建立多个分区网关；MGCP 是 H. 248/Megaco 以前的版本，它的灵活性和扩展性不如 H. 248/MeGaCo；H. 248 支持多媒体，MGCP 不支持多媒体；应用于多方会议时，H. 248 比 MGCP 容易实现；MGCP 基于 UDP 传输，H. 248 基于传输控制协议、UDP 等；H. 248 的消息编码基于文本和二进制，MGCP 的消息编码基于文本。

**2. 流控制传输协议（SCTP）**

SCTP 是 IETF 新定义的一个传输层（Transport Layer）协议，SCTP 兼有 TCP 及 UDP 两者的特点。SCTP 可以称为是 TCP 的改进协议，但它们之间仍然存在着较大的差别。首先，SCTP 和 TCP 之间的最大区别是 SCTP 的连接可以是多宿主连接的，TCP 则一般是单地址连接的。在进行 SCTP 建立连接时，双方均可声明若干 IP 地址（IPv4，Ipv6 或主机名）通知对方本端所有的地址。若当前连接失效，则协议可切换到另一个地址，而不需要重新建立连接。其次，SCTP 基于消息流，而 TCP 则基于字节流。所谓基于消息流，是指发送数据和应答数据的最小单位是消息包（Chunk）。一个 SCTP 连接（Association）同时可以支持多个流（Stream），每个流包含一系列用户所需的消息包，而 TCP 则只能支持一个流。在网络安全方面，SCTP 增加了防止恶意攻击的措施。不同于 TCP 连接采用的 3 次握手机制，SCTP 连接采用4次握手机制，有效地防止了类似于SYN Flooding的防范拒绝服务攻击。SCTP主要的贡献是对多重联外线路的支持，一个端点可以由多于一个IP地址组成，使得传输可在主机间或网卡间做到透明的网络备援及容错机制。

SCTP提供如下服务：

1）确认用户数据的无错误和无复制传输。

2）数据分段以符合发现路径最大传输单元的大小。

3）在多数据流中用户信息的有序发送，带有一个选项，用户信息可以按到达顺序发送。

4）选择性地将多个用户信息绑定到单个SCTP包。

5）通过关联的一个终端或两个终端多重宿主的支持来为网络故障规定容度。

#### 3. SIP

SIP（Session Initiation Protocol）是一个应用层的信令控制协议，用于创建、修改和释放一个或多个参与者的会话。SIP它既不是会话描述协议，也不提供会议控制功能。为了描述消息内容的负载情况和特点，SIP使用Internet的会话描述协议（SDP）来描述终端设备的特点。SIP自身也不提供服务质量（QoS），它与负责语音质量的资源保留设置协议（RSVP）相互操作。它还与若干其他协议进行协作，包括负责定位的轻型目录访问协议（LDAP）、负责身份验证的远程身份验证拨入用户服务（RADIUS）以及负责实时传输的RTP等多个协议。

SIP的一个重要特点是它不定义要建立的会话的类型，只定义应该如何管理会话。有了这种灵活性，也就意味着SIP可以用于众多应用和服务中，包括交互式游戏、音乐和视频点播以及语音、视频和Web会议。SIP消息是基于文本的，因而易于读取和调试。新服务的编程更加简单，对于设计人员而言更加直观。SIP如同电子邮件客户机一样重用MIME类型描述，因此与会话相关的应用程序可以自动启动。SIP重用几个现有的比较成熟的Internet服务和协议，如DNS、RTP、RSVP等，不必再引入新服务对SIP基础设施提供支持，因为该基础设施很多部分已经可用。SIP独立于传输层，因此，底层传输可以采用基于ATM的IP。SIP使用用户数据报协议（UDP）以及传输控制协议（TCP），将独立于底层基础设施的用户灵活地连接起来。SIP支持多设备功能调整和协商。如果服务或会话启动了视频和语音，则仍然可以将语音传输到不支持视频的设备，也可以使用其他设备功能，如单向视频流传输功能。

### 2.2.5 软交换在三网融合中的应用

从长远角度看，三网融合的最终结果是产生下一代网络。下一代网络不是现有三网的简单延伸和叠加，而应是其各自优势的有机融合，实质上是一个类似于生物界的优胜劣汰的演化过程。下一代网络将电信网、计算机网和有线电视网融合在一起，让电信与电视和数据业务融为一体，构成可以在现有3种网络上提供语音、数据、视频和各种业务的新网络。将支持的协议族在同一个高性能网络平台上运行，不仅能满足未来语音、数据和视频的多媒体应用要求、保证服务质量，对这些不同性质应用的设计还可以进行优化，网络资源的使用是高效、合理的，从而实现网络资源最大程度的共享，实现国际电联提出的“通过互联互通的电信网、计算机网和电视网等网络资源的无缝融合，构成一个具有统一接入和应用界面的高效网络，使人们能在任何时间和地点，以一种可以接受的费用和质量，安全地享受多种方式的信息应用”。

相比现在的网络，下一代网络（NGN）将是一个真正支持三网融合的网络，它具有以下的技术特征和优势：

1）NGN 将采用统一的 IP，能够实现语音、数据和视频等多业务的融合，并能通过各种各样的传送特性（实时与非实时、由低到高的数据速率、不同的 QoS、点到点/多播/广播/会话/会议等）满足这些业务的要求，使服务质量得到保证。运营商可以据此推出新的盈利模式，实现按质论价、优质优价。

2）NGN 将采用开放式体系架构和标准接口，使用软交换技术将呼叫控制与媒体层和业务层分离，把控制功能（包括服务控制功能和网络资源控制功能）与传送功能分开，把传统的交换机的功能模块分离成为独立的网络部件。它们通过标准的开放接口进行互联，构成一个开放的、分布的和多厂家应用的系统结构，可以使业务提供者灵活选择最佳和最经济的组合来构建网络，加速新业务和新应用的开发、生成和部署，快速实现低成本的业务覆盖。

3）NGN 将使用光交换与智能光网，以获得更高的速率、更大的容量、更好的灵活性。目前最有前途、最理想的传送介质仍然是光，光纤高速传输技术现正沿着扩大单一波长传输容量、超长距离传输和密集波分复用 3 个方向在发展。组网技术从具有分叉复用和交叉连接功能的光联网向利用光交换机构成的智能光网发展，从光—电—光交换向全光交换发展。

4）NGN 将使用多元化的宽带接入技术。只有打破接入网的带宽瓶颈，各种宽带服务与应用才能开展起来，网络容量的潜力才能真正发挥。近期内 ADSL、HFC 和 LAN 将流宽带接入技术。EoVDSL 是一种基于以太网技术的 VDSL，性价比较好，下行速率在 100 Mbit/s 以上，对称传输速率可达 26 Mbit/s。传输距离较以太网远，有利于提高以太网的用户实装率，接入设备可以集中设置，降低维护成本；EPON 是把全部数据装在以太网帧内来传送的一种 PON。由 EPON 支持的 FTTH 能达到 Gbit/s 级的速率，其成本也在不断下降；FSO（自由空间光系统）是光纤通信与无线通信的结合，光信号通过大气而不是光纤传送。FSO 技术既能提供类似光纤的速率，又不需在频谱这样的稀有资源方面有很大的初始投资（因为无需许可证）。与光纤线路相比，FSO 系统不仅安装时间少得多，成本也低得多；WLAN 是一种无线以太网，能支持较高的速率（2 ~ 11 Mbit/s 乃至 54 Mbit/s），它具有一定的移动性、灵活性高、建网迅速、管理方便、网络造价低、扩展能力强等特点。

5）NGN 将与 3G 结合，支持普遍的移动性和游牧性。2003 年，中国移动电话用户数已超过固定电话用户数，充分表明人们对移动性的旺盛需求，电话服务需要移动性，互联网服务同样需要移动性。现在越来越多的人希望在移动的过程中高速接入互联网，获取急需的信息。3G 定位于宽带多媒体业务，使用更高的频带，获得更大的传输容量和更高的灵活性。目前，3G 的两种 FDD 制式 WCDMA 和 CDMA 2000 都呈现了良好的发展势头。我国也提出了 3G 的 TDD 制式的 TD-SCDMA，并拥有物理层的主要知识产权。

6）NGN 将通过网关设备实现与现有网络（例如 PSTN、ISDN、GSM 和 IPv4 网等）的互通，实现了向后的兼容性。NGN 能同时支持现有终端（包括模拟电话、传真机、ISDN 终端、移动电话、GPRS 终端）和 IP 智能终端（如基于 IP 的用户设备，包括汽车的仪表板、建筑物的空调系统、家用电器、音响设备、电冰箱等）。

7）NGN 将是可管理调度、可维护和可持续发展的网络，也是具有 QoS 保证、安全性保证、可靠性保证的网络。

## 2.3 分组数据传送网（PTN）

### 2.3.1 PTN 概述

分组传送网（Packet Transport Network，PTN）是指这样一种光传送网络架构和具体技术：在 IP 业务和底层光传输介质之间设置了一个层面，它针对分组业务流量的突发性和统计复用传送的要求而设计，以分组业务为核心并支持多业务提供，具有更低的总体使用成本（TCO），同时秉承光传输的传统优势，具有高可用性和可靠性、高效的带宽管理机制和流量工程、便捷的 OAM 和网管、可扩展、较高的安全性等优势。PTN 的出现是光传送网技术发展在通信业务提供商实现网络和业务环境下的必然结果。最初设想的理想光传送网 IP over WDM 方案是 IP 分组通过简单的封装适配直接架构在智能光层之上，适配层功能尽量简化，从而限制在接口信号格式的范围内，然后由统一的控制平面在所有层面上（分组、电路、波长、波带、光纤等）实现最高效率的光纤带宽资源调度。

### 2.3.2 PTN 解决方案

就实现方案而言，在目前的网络和技术条件下，PTN 可分为以太网增强技术和传输技术结合（MPLS）两大类，前者以 PBB-TE 为代表，后者以 T-MPLS 为代表。当然，作为分组传送演进的另一个方向——电信级以太网（Carrier Ethernet，CE）也在逐步的推进中，这是一种从数据层面以较低的成本实现多业务承载的改良方法。相比 PTN，在全网端到端的安全可靠性方面及组网方面还有待进一步改进。

1. PBB-TE（PBT）技术

PBB-TE 是以太网增强技术的代表。PBT 技术的基础是由 IEEE802.1ah 标准定义的运营商骨干桥接（Provider Backbone Bridge，PBB）技术，IEEE 把 PBT 技术称为支持流量工程的运营商骨干桥接技术（Provider Backbone Bridge Traffic Engineering，PBB-TE），是在由北电网络（Nortel Networks）提出的 PBT（Provider Backbone Transport）技术基础上发展起来的支持流量工程的运营商骨干桥接技术。

(1) PBT 产生的背景

电信运营商一直在开发下一代网络，该网络应该可以同时传递基于分组的业务以及基于电路的业务，同时运营商也在寻找一种可以作为传输汇聚层的技术。现在一个得到业界广泛认同的观念就是 IP 构成了新业务的基础，同时也有助于从基于电路的业务向基于分组的业务转换（例如基于 IP 的话音和视频），但是把 IP 路由认为是传输汇聚层还有待时日。现在，在运营商网络中，95% 的数据流量都起止于以太网，这个事实让电信运营商开始考虑是否可以把以太网作为下一代网络潜在的传输汇聚层的解决方案。但是，在以太网被接受之前，它必须能够提供至少和现在运营商所提供业务具有相同质量级别的多种业务。也就是说，以太网必须能够提供电信级的业务质量，才可以真正地进入电信市场，因此，业界出现了“电信级以太网（CE）”的概念以及相应的解决方案。

CE 的概念由 MEF 提出，它应该至少包括如下 5 个方面的内容：标准化的业务（以太网透明专线、虚拟专线、虚拟局域网）；可扩展性（各种以太网业务、10 万条以上的业务规模、从兆比特级以太网到 10 Gbit 级以太网）；可靠性（用户无感知的故障恢复、低于 50ms 的保护倒换）；QoS（端到端有保障的业务性能）；电信级网络管理（快速业务建立、OAM、用户网络管理）。早期的以太网应用于 LAN 环境，这些以太网交换机对于 LAN 来讲非常理想，但是它们缺少"电信级以太网"解决方案所要求的上述关键特性。因此，在早期部署过程中遇到的这些限制，促使业界对以太网标准进行了相应的提高和改进。这些改进使得在运营商网络中部署以太网解决方案成为可能，而供应商骨干网传输技术就是这个改进工作的最新版本，它的目的是帮助运营商实现以下几个目标：

- 在大范围的以太网结构上传递保证的、确定的业务。
- 保证可靠性、可管理以及扩展性从而传递企业所需的多媒体业务。
- 在向汇聚结构演进的过程中，充分利用城域以太网在运行以及成本上的优势。

（2）PBT 技术介绍

PBT 是一种创新的以太网技术，是 IEEE802.1ah 标准规范的最新演进特性之一。其设计初衷和最大的价值体现是深入挖掘传统以太网技术以及相关设备，结合新一代以太网技术标准在适合的层面将以太网由无连接的技术革新为一种面向连接的隧道技术。它为原来的以太网技术增加了一些新的内容从而使该技术成功地应用到了 MAN 和 WAN 中。它的最简单的形式是 PBT 提供以太网隧道，从而可以传递业务供应商所需要的具有流量工程、QoS 以及 OAM 需求的确定的业务量。现在利用 PBT 技术，通过纯粹的以太网就可能支持面向连接的转发。

PBT 通过简单地关闭一些以太网的功能从而实现上述内容，使得现存的以太网硬件有能力执行新的转发行为。这也就意味着无需复杂以及昂贵的网络技术就可以把面向连接的转发模式引入到当前的以太网网络中。

当前，以太网交换机根据每个以太网帧中的 VLAN 标记（12 bit）以及目的 MAC 地址（48 bit）的内容来进行转发操作。在传统的操作中，VLANID（VID）以及 MAC 地址都是全局唯一的，但是也会存在一些特例，此时 VID 标识一个无环路的域，在这个域中，可以对 MAC 地址进行洪泛。如果选择配置无环路的 MAC 地址不是采用洪泛和学习，则 VID 可以用来指示另外的内容。PBT 利用这个概念来分配一定的 VID 来标识给定目的 MAC 地址的网络中的特定通路。因此，每个 VID 对于目的 MAC 地址来讲具有本地意义，因为 MAC 地址仍旧具有全局意义，因此 VID + MAC（60 bit）也是全局唯一的。PBT 分配了一系列的 VID/MAC，它们的转发表通过管理或者控制平面产生而不是通过传统的洪泛和学习技术获得。交换机在很大程度上还是按照传统以太网的方式来工作，即转发数据到目的地址。发生改变的就是转发的信息不再通过交换机的学习得到，而是直接由管理平面提供，从而可以得到指定的、预先确定好的网络上的通路，而且在任何情况下都可以预知网络行为。PBT 不支持广播帧，它会直接丢弃未知的 VID + MAC 分组而不洪泛它们。PBT 保留以太网基于目的地的转发属性，这意味着多个源可以使用一个 VID + MAC 目的地址。如果为网络中的 PBT 预留了 16 个 VID，那么在网络中的每对 MAC 地址之间就可以配置 16 条不同路径，这可以为 PBT 链路提供很好的可扩展性，同时还有 4 078 个 VID 可以用于同一个网络上的普通无连接以太网行为。此时，每个数据帧还携带一个唯一标识它的源 MAC 地址，因此，PBT 提供基于目的地的扩展转发，同时保留了边缘处点到点的操作属性。

PBT 是一项简单的点对点通道技术，它在运营商网络层面关闭了传统以太网复杂的

MAC 地址学习、广播和生成树协议。基于运营商源 MAC 地址和目的 MAC 地址建立面向连接的中继隧道，提供可控、可管的经济高效的路径中继。一旦连接中断，PBT 还可以提供 50 ms 路径保护。PBT 的可靠性和确定性堪比 SONET 和 SDH，同时保持了以太网低成本和简易的特点，可以基于现有的以太网硬件实现。

（3）PBT 的优势

PBT 生成了面向连接的以太网隧道，从而使业务供应商可以为用户提供专用的以太网链路，该链路具有保证的、确定的性能级别。PBT 设计用来满足或者超越 MPLSRSVP-TV 隧道的功能，通过这些能力，并根据“隧道”技术以及它所支持的“业务”，为业务供应商提供几个新的部署下一代城域网的可选方案。

作为一个针对流量设计的隧道技术，PBT 为在城域范围内部署 MPLS 隧道（例如 RSVP-TE）提供了一个可选的方案，并且在 PBT 隧道内支持任何以太网或者 MPLS 业务的复用。因此，业务供应商除了可以在 PBT 隧道上传递基于 MPLS 的业务外，例如 VPWS 或者 VPLS，还可以传递纯粹的以太网业务，如 802. 1Q、802. 1ad 或者 802. 1ah。这种灵活性使得业务供应商可以在最初部署纯粹的以太网业务，在需要的时候再部署 MPLS 业务（例如 PBT 支持伪线路）。

作为一个隧道以及业务结构技术，PBT 为业务供应商提供服务有如下优势：

1）可扩展性。通过关闭 MAC 的学习特性，去掉了会产生 MAC 洪泛从而限制网络规模的广播功能。除此以外，通过全 60 bit 寻址以及基于目的地的转发，PBT 实际上在业务供应商网络内提供了无数量限制的隧道。

2）保护。PBT 不仅允许业务供应商在网络内配置点到点以太网连接，而且还可以配置附加的备份路由从而保证弹性以及可靠性。这些工作和保护路由与 IEEE802. 1ag 相结合，使得 PBT 可以提供低于 50 ms 的恢复时间，这与 TDM、SONET/SDH 或者 MPLS 快速重路由技术相似。

3）QoS。通过定义一个分组穿越网络所需的路由，业务供应商现在可以为他们的网络提供流量工程。PBT 支持硬 QoS，无需超额配置网络能力就可以满足带宽预留以及用户的 SLA。这使得业务供应商可以最大化网络的利用率，进而也就降低了携带每个比特所需的开销。除此以外，提高了安全性，因为在网络内采用点到点以太网连接的时候，任何的误配置或者分组泄漏都变得显而易见。这意味着流量受到了保护，不会受到因为误操作、有恶意或者无恶意地将分组泄漏给不是它的目的地端点的侵害。

4）业务管理。OSS 知道每个业务所占据路由的情况，使得业务供应商可以实现告警关联、业务 - 故障关联以及业务 - 性能关联。它还可以实现在可控的模式下执行用于维护目的的保护倒换，从而保证 SLA 中规定的性能。

5）支持 TDM。作为一个二层隧道技术，PBT 可以和现存的 WAN 技术互通，从而支持以太网 E-LINE 业务以及基于 MPLS 的业务例如 VPWS（如图 2-7 所示）。以太网交换机非常低的时延和 PBT 确定性的流量流结合起来，为传统的 TDM 电路仿真业务提供了一个完美的平台。

PBT 可以支持以太网所不支持的扩展性、流量工程、QoS 以及可管性使得业务供应商可以利用以太网作为汇聚的、下一代城域网的结构来支持商业以及住宅话音、视频以及数据业务。PBT 只对普通的以太网行为进行了较少的改动，因此这个技术可以很容易地在现存的以太网硬件上执行，从而没有必要在 MAN 内引进复杂而且昂贵的网络叠加技术（例如 MPLS）。PBT 将以太网与 MPLS 中最好的部分结合起来，随着网络叠加的减少，设备本身变得更加简单，从而降低了初始费用。另外，随着设备的简化，运营负担相对降低，还能节省一些重复费用。

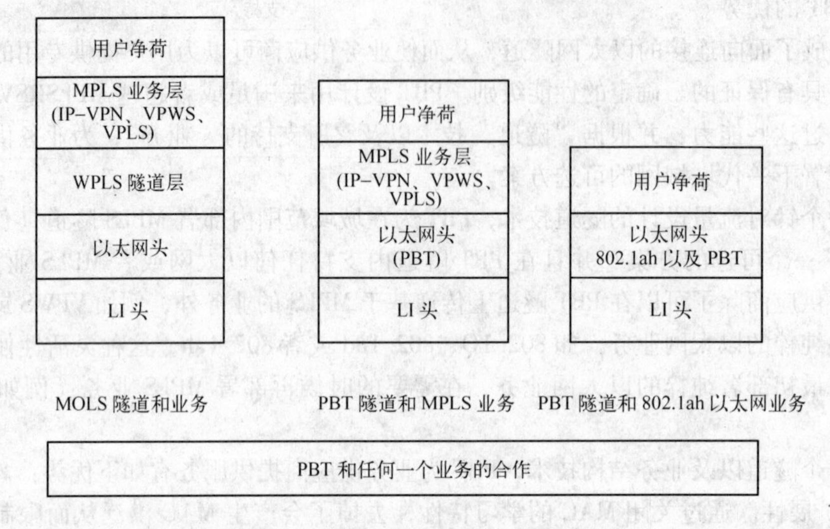


图 2-7　MAN 隧道和业务技术选项

(4) PBT 的发展趋势

当前，国内外的运营商正在对 PBT/PBB 技术进行评估。虽然 PBT 缺少一个有效的自动配置系统，会影响它的可扩展性，但是厂商并没有对 PBT 可以提供一个有效的、面向连接的、基于分组的网络的能力提出质疑。

不支持 PBT 技术的人们认为，PBT 不具备点到多点的能力。但在实际组网时，PBT 一般部署在运营商核心网络中，而在汇聚层则采用 PBB 技术，而 PBB 本身具备传递点到多点业务的能力，因此 PBB/PBT 的组合完全可以满足点到多点业务的需求。

支持 PBT 技术的人们认为，以太网交换机比 IP/MPLS 路由器便宜很多，而且这种情况会一直持续下去。一些支持厂商已经开发了专有的配置以及管理系统，并声称能够把配置工作降到最低，而且他们认为标准化进程并没有过度提高复杂性。然而，PBT 存在 N 平方问题，需要大量连接，管理难度加大；其次，PBT 只能环型组网，灵活性受限；再次，PBT 不具备公平性算法，不太适合宽带上网等流量大、突发较强的业务，容易存在设备间带宽不公平占用问题；最后，PBT 和 PBB 多了一层封装，在硬件成本上必然要付出相应的代价。

### 2. T-MPLS 技术

T-MPLS（Transport MPLS）是一种面向连接的分组传送技术，它是国际电信联盟（ITU-T）标准化的一种分组传送网（PTN）技术，主要解决传统 SDH 在以分组交换为主的网络环境中暴露出效率低下的问题，是得到业界认可的主流的分组传送技术。

T-MPLS 是 MPLS 的一个子集，可以用一个简单公式表述

$$\text{T-MPLS} = \text{MPLS} + \text{OAM} - \text{IP}$$

式中，去掉了基于 IP 的无连接转发特性，增加端到端的 OAM 和保护功能。具体区别如表 2-1 所示。

表 2-1　T-MPLS 与 MPLS 的区别

| 不同项 | T-MPLS | MPLS |
|---|---|---|
| 标签分配 | 集中的网络管理配置或 GMPLS 控制面 | MPLS 控制信令，包括 RSVP/LDP 和 OSPF 等 |
| LSP | 双向 | 单向 |
| PHP（倒数第二跳弹出） | 不支持，以保持端到端特性 | 支持，可以降低边缘设备的复杂度 |
| LSP 聚合 | 不支持，以保持端到端特性 | 支持，相同目的地址的流量可以使用相同的标签，增加了网络的可扩展性 |
| ECMP（等价多路径） | 不支持，以保持端到端特性 | 支持，一条 LSP 中，流量可以分担到多个等价的网络路径中转发 |

T-MPLS 的数据是基于 T-MPLS 标签进行转发的。在 MPLS 传送网络中，将客户信号映射进 MPLS 帧并利用 MPLS 机制（例如，标签交换、标签堆栈）进行转发，同时它增加传送层的基本功能，例如连接和性能监测、生存性（保护恢复）、管理和控制面（ASON/GMPLS）。T-MPLS 吸收了基于标签转发/多业务支持（MPLS/PWE3）和良好的操作维护和快速保护倒换（TDM/OTN）技术的优点，即通用分组传送技术。T-MPLS 可以承载 IP、以太网、ATM、TDM 等业务，其不仅可以承载在 PDH/SDH/OTH 物理层上，还可以承载在以太网物理层上。

T-MPLS 网络中数据的转发如图 2-8 所示，利用网络管理系统或者动态的控制平面（ASON/GMPLS），建立从 PE1 经过 P 结点的到 PE2 的 T-MPLS 双层标签转发路径（LSP），包括通道层和通路层，通道层仿真客户信号的特征，并指示连接特征，通路层指示分组转发的隧道。T-MPLS LSP 可以承载在以太网物理层中，也可以承载在 SDH VCG 中，还可以承载在 DWDM/OTN 的波长通道上。客户 CE1 的分组业务（以太网、IP/MPLS、ATM、FR 等）在 PE1 边缘设备加上 T-MPLS 标签 L1（双层标签），经过 P 中间设备将标签交换成 L2（双层标签，内层标签可以不交换），边缘设备 PE2 去掉标签，将分组业务送给客户 CE2。

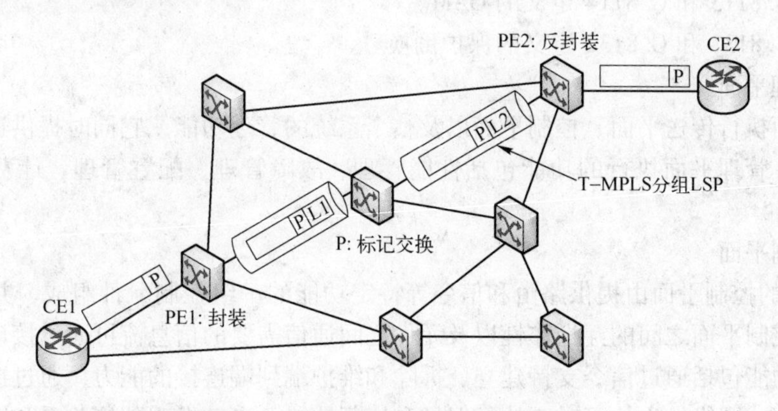


图 2-8　分组在 T-MPLS 网络中的转发

T-MPLS 网络分为层次清楚的 3 个层面，即传送平面、管理平面和控制平面。传送平面进行基于 T-MPLS 标签的分组交换，引入了面向连接的 OAM 和保护恢复功能。控制面为 GMPLS/ASON，进行标签的分发，建立标签转发通道，与全光交换、TDM 交换的控制面融合，体现了分组和传送的完全融合。3 个平面间的关系如图 2-9 所示。

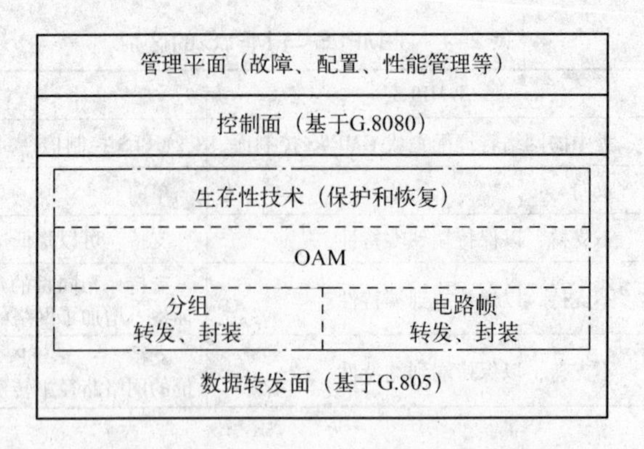


图 2-9　T-MPLS 的 3 个平面功能示意图

（1）传送平面

传送平面提供从一个端点到另一个端点的双向或单向信息传送，监测连接状态（如故障和信号质量），并提供给控制平面。传送平面还可以提供控制信息和网络管理信息的传送。传送平面主要功能是根据 T-MPLS 标签进行分组的转发，还包括操作维护管理（OAM）和保护。传送平面的具体要求如下：

- 不支持 PHP。
- 不支持聚合。
- 不支持联合的包丢弃算法，只支持 drop 优先级。
- 在数据面两个单向的 LSP 组成双向的 LSP。
- 根据 RFC3443 中的定义的管道模型和短管道模型处理 TTL。
- 支持 RFC3270 中的 E-LSP 和 L-LSP。
- 支持管道模型和短管道模型中的 EXP 处理。
- 支持全局和端口本地意义的标签范围。
- 支持 G. 8113 和 G. 8114 定义的 OAM。
- 支持 G. 8131 和 G. 8132 定义的保护倒换。

（2）管理平面

管理平面执行传送平面、控制平面以及整个系统的管理功能，它同时提供这些平面之间的协同操作。管理平面执行的功能包括性能管理、故障管理、配置管理、计费管理和安全管理。

（3）控制平面

T-MPLS 的控制平面由提供路由和信令等特定功能的一组控制元件组成，并由一个信令网络支撑。控制平面之间的互操作性以及元件之间通信需要的信息流可通过接口获得。控制平面的主要功能包括通过信令支持建立、拆除和维护端到端连接的能力，通过选路为连接选择合适的路由；网络发生故障时，执行保护和恢复功能；自动发现邻接关系和链路信息，发布链路状态（例如可用容量以及故障等）信息以支持连接建立、拆除和恢复。控制平面不应限制连接控制的实现方式，如集中或全分布。T-MPLS 控制平面采用 ASON/GMPLS。

**3. PTN 典型方案比较**

PTN 可以看做二层数据技术的机制简化版与 OAM 增强版的结合体。在实现的技术上，两大主流技术 PBT 和 T-MPLS 都将是 SDH 的替代品而非 IP/MPLS 的竞争者，其网络原理相似，都是基于端到端、双向点对点的连接，并提供中心管理，在50 ms内实现保护倒换的能力；两者都可以用来实现SONET/SDH向分组交换的转变，在保护已有的传输资源方面，都可以类似SDH网络功能在已有网络上实现向分组交换网络转变。两者的具体区别如表2-2所示。

表2-2 MPLS与PBB-TE的区别

| 要　求 | MPLS | PBB-TE |
|---|---|---|
| 连接性 | P2P业务使用MPLS PW，MP2MP业务使用MPLS VPLS，P2MP核心辐射业务使用VPLS，使用P2MP LSP实现有效多播 | 仅支持P2P隧道和P2P业务，MP2MP业务使用具有多种扩展问题的PBB或在PBB-TE上覆盖MPLS，没有标准方式可用于在PBBTE隧道顶端直接覆盖MPLS业务层 |
| 多业务与TDM | ATM/FR使用MPLS PW，TDM使用基于MPLS PW的CES（电路仿真）以太网与IP | 仅以太网与IP，多业务和TDM通过在PBBTE上覆盖MPLS |
| 可靠性 | 使用主/副隧道的端到端保护，为带宽效率预先提供或随需提供备用隧道，可扩展的本地（链路/结点）保护，始终保证在50 ms内恢复 | 使用主/副隧道的端到端保护，备用隧道必须预先提供，浪费昂贵的带宽按10 ms间隔对不在生产网络中扩展的全网隧道进行802.1ag CCM |
| 可扩展性 | 经现场验证的扩展性，由最大的第一层ISP部署分层设计概念（H-VPLS、MSPW），适用于要在域中扩展的业务任何规模的链路/结点保护均为少于50 ms恢复 | 无分层，业务无法扩展到域外端到端保护，限制了少于50 ms保护确保的隧道数 |
| QoS/流量工程注意：QoS独立于底层技术，不论该技术是MPLS还是PBB-TE，QoS的完善程度与排队与调度机制的水平成正比 | 全面成熟的流量工程功能集已存在 | 将问题推给NMS，并不能为提供商改变问题的本质或降低总体复杂程度 |
| 可管理性 | 要管理分层体系中的两层（隧道和业务），可以从集中式NMS中完全提供，无需路由或信令协议，可以在使用路由/信令协议的同时从NMS中提供，从而在保留点击感觉的基础上，又降低NMS的负荷，成熟/全面的OAM工具LSP、Ping/Trace、VCCV、Y.1711 | 要管理分层体系中的两层（隧道和业务），可以从集中式NMS中完全提供，GMPLS扩展并未标准化，OAM主张使用802.1ag，但是，802.1ag旨在监测桥接的VLAN而非隧道管理协议 |

总体来看，T-MPLS着眼于解决IP/MPLS的复杂性，在电信级承载方面具备较大的优势；PBT着眼于克服以太网的缺点，在设备数据业务承载上成本相对较低；标准方面，T-MPLS走在前列，PBT即将开展标准化工作；芯片支持程度上，目前支持Martini格式MPLS的芯片可以用来支持T-MPLS，成熟度和可商用度更高。

## 2.3.3 PTN的应用

分组化是光传送网发展的必然方向，未来本地网依然在相当长的时间内面临多种业务共存、承载的业务颗粒多样化、骨干层光纤资源相对丰富等问题。由于PTN技术结合了MPLS技术的优点，提供了一种扁平化、可运营、低成本的融合网络架构，适用于承载了电信运营商的无线回传网络、以太网专线、IP-VPN、VoIP和IPTV等高带宽要求、高品质要求的多媒体数据业务。PTN技术很好地解决了网络发展的全IP化进程，在多个领域得到了重视并开始应用。

1. PTN 在全业务承载中的应用

PTN 技术主要采用 PWE3 的电路仿真技术来适配所有类型的客户业务，具体包括以太网、TDM 和 ATM 等。PTN 技术采用虚拟专线业务（Virtual Private Wire Service，VPWS）来支持以太网专线业务包括点对点的以太网专线（Ethernet Private Line，EP-Line）和点对点的以太网虚拟专线（Ethernet、Virtual Private Line，EVP-Line），采用 VPLS 技术来支持以太网专网业务，包括多点对多点的专用以太网（Ethernet Private LAN，EP-LAN）和多点对多点的虚拟专用以太网（Ethernet Virtual Private LAN，EVP-LAN）。不过 PTN 技术对树形专用以太网（Ethernet Private Tree，E-Tree）业务的实现机制还有待改进。

综合来看，PTN 技术最大的优点就是能够较好地兼顾现有网络技术，很好地满足网络转型背景下的综合业务承载的需求，实现网络技术的平缓过渡，因此对于全业务的综合承载，PTN 技术仍不失为一个性价比较高的选择。

2. PTN 技术在 IP RAN 的组网应用

从广义上讲，IP RAN 是运营商基于 IP 的无线接入网，为 2G、3G、WiMAX 等业务建设的基站业务承载与覆盖。特别是在当前基站接口 IP 化发展时期，业务类型剧增，IP RAN 建设在带宽和区别服务上就显得尤其重要。PTN 提供以太网和 TDM 等业务的面向端到端的传送体制，它针对分组业务流量的突发情况和统计复用传送的要求而设计，具有更低的总体使用成本（TCO），同时秉承光传输的传统优势，包括高可靠性、高效的业务调度机制和流量工程，便捷的 OAM 和网管、易扩展、业务隔离与高安全性。

采用基于端到端的 PTN 技术进行 IP RAN 的组网，如图 2-10 所示。

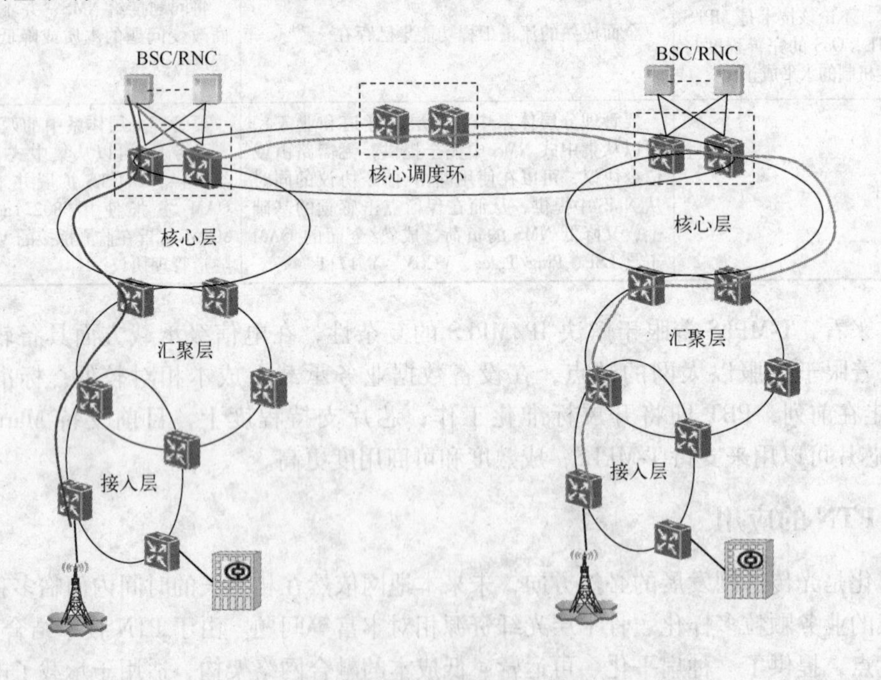


图 2-10　基于端到端的 PTN 技术进行 IP RAN 组网

1）接入层和汇聚层采用环网结构，核心层可采用环网或者 Mesh 结构。

2）2G/3G 基站业务采用汇聚性流向，采用端到端 LSP 传送业务。

3）PTN 网络由核心层、汇聚层和接入层构成。

4）采用核心调度环，实现局间业务的中继调度

## 2.4 PTN 对三网融合的影响

作为新一代分组传送的代表技术，PTN 技术一方面可以为整个网络向 IP 化、宽带化的演进提供电信级技术支持，另一方面还可以有效降低全 IP 化、宽带化的建设和运维成本，具有快速保护倒换、可管理性、易用性、高效带宽统计复用、多业务接口、网络可扩展性、可测量的端到端 QoS 以及低成本等优点，它对三网融合将产生重大的影响。

（1）全 IP 化促进三网融合的进程

面对业务向全 IP 化转型及传送网络向分组交换内核转型的挑战，越来越多的主流运营商正在寻求一种更简单、经济有效的多业务融合的传送平台。作为新一代分组传送的代表技术，PTN 在提高数据业务传送效率、简化数据业务网络架构方面具有突出优势。它提供了在终端实体之间传输用户分组数据的功能，以及控制和管理承载数据的传送资源的功能，使网络更加简单且降低了成本，运营上更加智能化和高性能地提供多种业务。以 PTN 作为基础的承载网络，能够适应上层业务的转型和发展，表现在传送设备从“分组的接口适应性”向“分组的内核适应性”的演进。最重要的是 TCP/IP 的普遍采用，使各种以 IP 为基础的业务都能在不同的网络上实现互通。人类首次拥有统一的被三大网络都能接受的通信协议，从技术上为三网融合奠定了最坚实的基础。

（2）宽带化满足三网融合多媒体业务的需求

当前社会新型业务不断涌现，不但有 WLAN、3G、WiMAX 等无线业务，还有 Triple-play、HDTV、VOD、以太网商业用户和存储类业务等，这些不断增长的数据业务需求进一步促进了传送网络的融合和发展，传统的传输网络已经不能满足多媒体业务对高带宽的需求，严重阻碍了三网融合的发展。PTN 技术以其简单、灵活、高效、低成本等优势，成为三网融合业务的基础网，将通信业务承载网推向了当今的 T 级别，为三网融合的多媒体通信的规模运营提供了可能性，包括视频电话、在线视频聊天、网络电视等。

## 2.5 小结

三网融合是指计算机网络、电信网络、有线电视（CATV）网络的一体化，即传统电信网、计算机网和有线电视网将趋于相互渗透和相互融合，就是将图像、话音和数据这三种业务建立在一个网络平台上的技术。它是对综合业务数字网（ISDN）概念的扩展，也是打破行业垄断，统一规划管理三大网络建设的前提条件。从长远看，三网融合的最终结果是产生下一代网络。下一代网络不是现有三网的简单延伸和叠加，而应是其各自优势的有机融合。

本章在介绍了三网技术的相关概念以及软交换和三网融合的关系的基础上，介绍了软交换概念产生背景、技术优势，软交换网络的体系结构和主要协议以及 PTN 技术的相关概念和 PTN 在网络发展的全 IP 化中的应用。

# 参考文献

[1]刘小平,韦玲艳. 三网融合业务模式分析[J]. 通信管理与技术. 2009,10(5).
[2]刘亚军,李进. 三网融合关键技术及在校园网中的应用[J]. 西昌学院学报:自然科学版,2009,23(4).
[3]刘颖悟. 三网融合与政府规制[M]. 北京:中国经济出版社,2005.
[4]廖洪涛,徐征. 数字电视业务支撑系统[M]. 北京:电子工业出版社,2007.
[5]徐鹏. 基于软交换的下一代网络解决方案[M]. 北京:北京邮电大学出版社,2007.
[6]赵强. 基于软交换的 NGN 技术与应用开发实例[M]. 北京:人民邮电出版社,2009.
[7]杨放春,孙其博. 软交换与 IMS 技术[M]. 北京:北京邮电大学出版社,2007.
[8]桂海源,张碧玲. 软交换与 NGN[M]. 北京:人民邮电出版社,2009.
[9]孟祥真. 通信交换技术[M]. 北京:北京邮电大学出版社,2008.

# 第3章　三网融合的下一代广播电视网

## 3.1　下一代广播电视网（NGB）概述

### 3.1.1　NGB的背景知识

NGB是Next Generation Broadcasting Network的简称，意为下一代广播电视网。NGB是以有线电视网数字化整体转换的成果和移动多媒体广播电视（CMMB）为基础，以自主创新的“高性能宽带信息网”核心技术为支撑，构建的适合我国国情，具有“三网融合”、有线无线相结合、全程全网等特点的下一代广播电视网络。NGB中的核心技术均具有自主知识产权，可以同时传输数字和模拟信号，具备双向交互、组播、推送播存和广播4种工作模式。NGB支持三网融合基础业务和融合创新业务，支持现有技术体制向高级阶段的平缓过渡，具有网络和业务安全管控机制，具备与现有运维和管理流程和机制、运营队伍和经验、网络资源相匹配的综合环境。

下一代广播电视网（NGB）是网络，但是不能只片面的理解成物理层面的网络。NGB不仅仅是指网络上所承载的业务，管理、运行业务相关的部分也应该包含在NGB这个网络里面，这样才能构成一个整体的、可运行的、能够提供丰富多彩业务的下一代网络。因此，NGB的内涵包括3个部分，即承载部分（即网络部分）、业务部分和管理部分。

NGB既要基于发展的要求，同时也要符合三网融合的时代战略需要。只有给广大的有线电视用户、广播电视用户带来丰富多彩、全面的业务，才能进入NGB的过渡阶段。NGB不仅要将网络的带宽提高，更重要的是不仅要让用户看到目前已有的视频节目、单向广播式节目，还要提供各种各样的三网融合业务（包括各种形式的视音频业务、宽带数据业务、语音业务等）。

为了达到这样的目的，NGB业务还有很多值得深入研究的地方。目前来说，要增加一个业务，不仅要把业务加进去，还要改造已有的系统。因为牵扯到控制的关系、管理的关系、信任的关系，因此要在前端进行改造。

### 3.1.2　NGB业务概述

#### 1. NGB业务内容

NGB业务在很大程度上受到过去数字电视理念的束缚，NGB应该继承发扬。NGB的业务从内容来分，大体可以分为5类，即业务类、信息类、娱乐类、应用类和消息类。从业务的背景来说，例如，从业务的属地性，也就是地域的性质来说，业务可以分为本地的业务和异地的业务。从业务类型来看，还可以用坐标来分割，分成纵坐标和横坐标两类，横坐标包括信息类、应用类和消息类，纵坐标包括基本的广播类和双向互动类。还有一个角度，从技术属性来看，分为双向互动类、跨越互动类和同样互动类。

### 2. NGB 业务特点

NGB 融合广播电视网络和互联网的技术优势，具有独特的网络特征，主要体现在有线与无线相结合的覆盖方面，可同时支持广播、组播、双向交互和推送播存 4 种工作模式，具有广播和分组交换融合技术构建的扁平式网络体制，保证服务质量的大规模汇聚接入技术，具有开放式业务支撑架构，承载网对业务透明。

NGB 的业务特征主要体现在兼容性、交互性、开放性、互通性、多样性、安全性等方面。NGB 在各有线电视网络部署开放的业务平台，在原有广播业务的管理和控制的基础上，通过开放接口，凭借 NGB 的广播、组播、双向交互等综合传输模式和业务及用户的精细管理能力，提供对第三方业务的开放接入；通过业务平台的代理网关实现平台间的互联互通、对等跨域运营，形成全程全网的 NGB 业务网并实现与电信网、互联网互联；通过与接入网大规模汇聚路由器、应用层实时管理和设备，实现平台对并发流媒体等业务的可信管理。NGB 具有独立运行的管理平面，在统一的运营框架下，支持开放业务运营环境下的内容和业务的属地化运营与管理，支持结算中心和第三方支付等新型收/付费模式，支持创新业务或服务的全网快速部署。NGB 采用创新的管控技术和运作机制，能够实现网络业务质量（QoS）、结点性能和业务完整性等各个层次的管理与监测，确保业务内容的安全可信和网络的安全可靠。

### 3. NGB 业务互动

NGB 网络的业务互动包括如下几个方面的内容：终端用户之间、终端用户和广电运营商的互动，其中，增值业务的开发是这个互动的基础；终端用户和其他网络用户之间的互动，终端用户和其他网络运营商之间的互动；广电运营商和其他运营商之间的互动，特别是互联互通等问题。

### 4. NGB 业务实现

目前 NGB 的业务是基于过去研究的系统架构的基础，每个网络（例如，歌华网络、上海文广网络）的业务系统与本地的业务系统，都要为自己的用户提供相关的全业务。同时每个网络都有一个业务一体化的系统，为其他网络提供相关的业务。业务呈现给用户目前来讲最好的方式还是由运营商提供给用户，开发一个门户业务组。门户业务里面包含有各种各样的业务，这各种各样的业务里面也包含了本地业务和异地业务，它们是相通的，透明的，方便使用的。

业务系统的构架，从运营商的角度看，业务还是运营。NGB 是一个发展的网络，用 10 年的时间建设成一个最终要达到的 NGB 网络；NGB 是实验以后产生的，NGB 是一个全程发展的过程，现在已经开始发展。将有线电视数字化的成果、网络上的成果、业务上的成果、科技上的成果结合起来，加以改造运营，就形成了 NGB 的初级阶段。

### 5. NGB 业务的管理

NGB 下一步要建立一个大的数据库，在数据库里面探索异构环境下的网络的互动互联。网络的互动互联更多是指网络上面的业务能够互动互联，使得人们在其他的地方开发的业务能够迅速地扩展到全国，能被各个网络共享，这样也能推动网络发展。

### 6. NGB 示范区的规划

充分利用我国有线数字电视发展和 3TNET 研究积累的各种技术成果，实现数字电视发展的第二个跨越，实现双向、互动、多业务和跨域互通的全新数字电视服务，构建 NGB 初级阶段的示范区域，验证各种技术实现和业务平台的有效性和可靠性，也为 NGB 中级阶段的研究提供网络基础保障和业务应用需求保障。

## 3.2 下一代广播电视网在三网融合中的地位和作用

### 3.2.1 现代广播电视网络

#### 1. 我国广播电视网络中的综合业务

随着广播电视业的快速发展，人们对广播电视功能的认识也在不断深化。从最初为了改善无线电视的接收信号质量，到今天把它作为一个宽带综合信息业务网的概念提出来，表明人们对广播电视功能的认识已经产生了质的飞跃。广播电视网络本身具有很多值得开发的潜在优势，利用广播电视网开展综合业务，提供其他的扩展业务和增值业务服务，充分利用广播电视网的频带资源优势，获取更大的经济效益。广播电视网络可以提供电缆电话、视频点播、Internet 接入、图文电视、数据广播等有关广播电视的多功能应用。广播电视多功能的开发已经成为有线电视同行们共同关注的热点问题，国内外商家推出了品种繁多，各有特色的多功能应用产品。

广播电视网作为信息化基础设施，充分发挥了广播电视网的频带资源优势，进行综合开发利用，为社会提供多功能服务，使其成为未来“信息港”的重要组成部分。

#### 2. 广播电视网络的运营

广播电视网络的运营主要是对有线电视网进行经营管理，提供有线电视服务及综合信息服务。广播电视网络的运营商是有线电视网运营的实施者。广播电视服务已经远远不是简单的电视信号传输，而应该称为广播电视网综合信息服务。广播电视网络已经成为跨媒体的综合信息服务网，随着有线电视数字化建设的完成，广播电视网络不仅能够很好地提供传统的广播及电视信号的传输，还能够传输优质的数字视频信号，并提供视频点播、IP 电话和互联网等接入服务。广播电视服务是家庭娱乐消费的重要方式，也是建设信息高速公路的主要途径。

#### 3. 广播电视的发展趋势

我国广播电视自 20 世纪 90 年代初发展至今，无论是从用户规模、网络技术以及网上多功能业务开发的水平都已经在世界广播电视行业占有一定的地位。随着信息化技术的发展，特别是在三网融合的大趋势下，广播电视的发展到了一个关键的时期，开始面临着巨大的挑战和机遇。首先，大力发展广播电视，扩大广播电视的有效覆盖，重点在于用户分配网的建设；其次，依靠科技进步，加快广播电视网络的技术改造，尤其是用户网的技术改造，要彻底改变先进干线、落后用户网的现状；再次，加大多功能业务的开发力度，在多功能业务开发时，要先从市场入手，然后考虑技术先进性，要以市场为导向，同时加强服务意识。

下一代广播电视网即电信网、计算机网和有线电视网三网融合，有线与无线相结合、全程全网的广播电视网络。它不仅可以为用户提供高清晰的电视、数字音频节目、高速数据接入和语音等三网融合业务，也可为科教、文化、商务等行业搭建信息服务平台，使信息服务更加快捷方便。

广播电视以网上多功能业务为主要发展目标，在网上开展了包括高速 Internet 接入、计算机城域网络互连、视频点播、视频通信、证券交易、数据广播、信息服务等业务，成为信息化建设的主力军。

进入21世纪的广播电视正经历着又一次变革。从20世纪90年代中期开始，以数字化技术为核心的网络传输技术取得了突破性的进展，从而使广播电视网络处于从模拟传输体制向数字传输体制过渡阶段。传输方式正由单向广播向双向交互方式转变，网络业务正由基本业务向增值业务拓展。国际电联发布了一系列数字电视传输标准（ATSC、DVB、ISDB）后，广播电视数字化进程加快，预示着已有半个多世纪历史的模拟电视体制终将退出历史舞台而让位给数字电视。网络数字化生成的数字视频、音频和数据业务市场，在未来的时间里必将给网络的发展带来勃勃生机，从而使广播电视网络势必进行传输方式和网络业务的变革，以满足最具魅力也最有效益的交互式业务发展的需要。

### 3.2.2 未来数字家庭网络

**1. 数字电视时代三网融合的必然性**

三网融合是一种广义的、社会化的概念，在现阶段它并不意味着电信网、计算机网和有线电视网三大网络的物理融合，而主要是指高层业务应用方面的融合。主要表现为业务层上互相渗透和交叉，在技术上趋向一致，网络层上可以实现互联互通，形成无缝覆盖，应用层上趋向使用统一的IP，在经营上互相竞争、互相合作，给人们提供多样化、多媒体化、个性化服务，在行业管制和政策方面也逐渐趋向统一。三大网络通过技术改造，能够提供包括语音、数据、图像等综合的多媒体通信业务，这就是所谓的三网融合。

为了进一步推进三网融合，加快城市广播电视数字化整体转换的步伐，加快广播电视光纤化、双向化改造步伐，加大新业务和新服务的开发力度，逐步实现双向、交互、多功能、多业务，全面提升广播电视网络技术水平和业务承载能力，发挥广播电视网频带宽、低成本、易普及的优势，使广播数字电视成为进入千家万户的多媒体信息平台，满足社会各界和当地居民的多方面的需求，推进三网融合。

**2. 三网融合是融合与竞争并存的发展过程**

三网融合的最佳切入点是推广IPTV业务。首先，因为IPTV业务为三网融合在业务层面找到了突破口。IPTV业务本身即是计算机网、广电网和电信网三网融合的产物，采用计算机网基本的IP在宽带数据网络上传送数字电视，提供高速互联网接入服务以及传统的语音服务。IPTV业务既是传统电视业务的互动性的延伸，又是传统电信服务的新形态。其次，IPTV业务为三网融合提供了最佳的商业模式。为了能够以最低的成本提供IPTV业务，就要充分利用现有资源。由于广电的节目资源丰富，所以IPTV业务的内容主要来自于广电网，基础网络设施主要依靠数据传输速率更高、覆盖范围更广、提供高的QoS保证、运行状况良好的宽带通信网。

网络融合是数字时代的必然趋势，三网融合既是互相交叉渗透，彼此影响发展的过程，又是三网之间继续竞争的过程。但是这种竞争不是像以往那样以垄断为主的恶性竞争，它不会造成严重的资源浪费以及整个网络过度频繁建设中的无序竞争，而建立起来的是有序竞争，促进整个网络的健康发展。所以三网融合是一种从初露端倪到健康有序发展以至稳定的过程，其发展依靠的是市场需求和评价的驱动，必然包含各种发展模式，是既有融合又有竞争的发展过程。通过有序和有效的竞争，才能使三大网络得以持续健康发展，从而达到与用户的互惠、互赢。

**3. 未来数字视频业务——IPTV业务**

当前，我国IPTV业务面临着很好的发展机遇，主要体现在以下3个方面：

（1）宽带业务的大力发展

进入21世纪以后，随着信息的发展，电信的发展将以宽带业务为主导地位，各大业务运营商都将宽带作为第一战略性业务而大力发展，但是宽带业务的发展与人们预期还是存在着较大的差距，宽带用户的增长速度总体呈下降趋势。从电信运营商的角度看，制约宽带发展的因素主要是PC终端的限制，于是运营商们纷纷寻找解决办法，电视终端就成为当仁不让的替代品。依靠电视终端来发展IPTV业务，给人们提供了丰富的想象空间。可以预见，不久的将来，IPTV业务用户数将迅猛的增加。

（2）不断推进电信业的转型

国内电信业的发展演变经历了3个过程。2003年以前，电信业的发展主要依靠固网支撑，随后进入个人通信时代，移动通信成为主导，伴随着传统语音（包括移动语音）低值化趋势的加速，移动业务亦将逐渐趋于饱和，传统语音业务将走到尽头，以宽带为主的数据业务占据主导，电信业将进入宽带时代，企业转型势在必行。在企业转型的过程中，传统商业模式将被颠覆，集语音、数据和视频业务为一体的Triple-play业务将大行其道，IPTV的出现丰富了Triple-play业务的运营载体，而转型让更多的运营商意识到IPTV业务的重要性。

（3）三网融合的监管

三网融合的呼声由来已久，但由于目前电信和广电两部门的分割，造成三网融合始终止步于监管之外。为了更好地促进三网融合，就要加强宽带通信网、数字电视网和下一代互联网等信息基础设施的建设，打破电信和广电两部门之间的体制壁垒，这样电信网、计算机网和广播电视网才有希望实现真正意义上的互联互通，从而为IPTV业务的发展提供良好的生存环境。

**4. IPTV系统技术**

IPTV技术是一项系统技术。它能将视、音频节目内容或信号打包成IP数据包的方式，将它们在不同的物理网络中安全、有效且保质地传送或分发给不同的用户。它包括音视频编解码技术、音频服务器、视频服务器和存储阵列技术、IP单播技术、IP组播技术、IP QoS技术、IP信令技术（如SIP技术）、内容分送网络（CDN）技术、数字版权管理（DRM）技术、IP机顶盒与EPG技术、用户管理和收费系统技术等。它还涉及各种不同的宽带接入网络技术，如Cable Modem网络技术、以太网络技术和ADSL网络技术等。

IPTV系统技术能用来提供音视频流媒体节目，如IP电视节目，节目中心将节目播出，并通过骨干网、城域网和宽带接入网进行传输，直到被用户接收，端到端的完整技术解决方案。一个端到端的IPTV系统一般具有五个功能部件，即节目采集、存储和服务、节目传送、用户终端设备和相关软件。

## 3.3 三网融合下的广播电视网的关键技术

### 3.3.1 视频编码技术

目前广播电视信号主要采用MJPEG、MPEG1/2、MPEG4（SP/ASP）、H.264/AVC等几

种视频编码技术。最终用户最为关心的主要有清晰度、存储量（带宽）、稳定性、价格几个方面。采用不同的编码压缩技术，将很大程度影响以上几大要素。下面首先介绍几种常见的编码技术。

1. 主流视频编码技术种类

（1）MJPEG（Motion JPEG）技术

MJPEG 压缩技术，主要是基于静态视频压缩发展起来的技术，它的主要特点是基本不考虑视频流中不同帧之间的变化，只单独对某一帧进行压缩。MJPEG 压缩技术可以获取清晰度很高的视频图像，可以动态调整帧率和分辨率。但由于没有考虑到帧间变化，造成大量冗余信息被重复存储，因此单帧视频的占用空间较大。目前流行的 MJPEG 技术最好的也只能做到 3KB/帧，通常要 8～20KB。

（2）MPEG-1/2 技术

MPEG-1 标准主要对 SIF 标准分辨率（NTSC 制为 352×240 像素；PAL 制为 352×288 像素）的图像进行压缩，压缩位率主要目标为 1.5 Mbit/s。相比 MJPEG 技术，MPEG-1 在实时压缩、每帧数据量、处理速度上有显著的提高。但 MPEG-1 也有较多不利地方，如存储容量仍然过大、清晰度不够高和网络传输困难。

MPEG-2 在 MPEG-1 基础上进行了扩充和提升，它与 MPEG-1 向下兼容，主要针对存储媒体、数字电视、高清晰等应用领域，分辨率为低（352×288 像素），中（720×480 像素），次高（1440×1080 像素），高（1920×1080 像素）。MPEG-2 视频相对 MPEG-1 提升了分辨率，满足了用户高清晰的要求，但由于压缩性能并没有提高很多，使得存储容量仍然太大，也不适合网络传输。

（3）MPEG-4 技术

MPEG-4 视频压缩算法相对于 MPEG-1/2 在低比特率压缩上有着显著提高，适合在 CIF（352×288 像素）或者更高清晰度（768×576 像素）情况下的视频压缩，无论从清晰度还是从存储量上都比 MPEG-1 具有更大的优势，也更适合网络传输。另外 MPEG-4 可以方便地动态调整帧率和比特率，以降低存储量。

MPEG-4 由于系统设计过于复杂，使得 MPEG-4 难以完全实现并且兼容，很难在视频会议、可视电话等领域实现，这一点有点偏离初衷。另外对于中国企业来说还要面临高昂的专利费问题，目前规定

- 每台解码设备需要交给 MPEG-LA 公司 0.25 美元。
- 编码/解码设备还需要按时间交费（4 美分/天＝1.2 美元/月 ＝14.4 美元/年）。

（4）H.264/AVC 技术

H.264 视频编码技术是由 ITU-T 与 MPEG 联合制定的，与微软的 WMV9 都属于同一种技术也就是压缩动态图像数据的“编解码器”程序。一般来说，如果动态图像数据未经压缩就使用的话，数据量非常大，容易造成通信线路故障及数据存储容量紧张。因此，在发送动态图像或者把影像内容保存在 DVD 上时，以及使用存储介质容量较小的数码相机或相机手机拍摄影像时，就必须使用编解码器。虽然编解码器有许多种类，但 DVD-Video 与微波数字电视等使用的主要是 MPEG-2 压缩技术，数码相机等摄像时主要使用 MPEG-4 压缩技术。

H.264 作为压缩视频编码技术，最大的作用是对视频的压缩。人们熟悉的 MPEG-2 也就

是最常用的 DVD 视频编码技术已经比较落后。如果 HDTV 的节目播放时间在两个小时左右的话，使用 MPEG-2 最小只能压缩至 30 GB，而使用 H. 264、WMV9 这样的高压缩率编解码器，在画质丝毫不降的前提下可压缩在 15 GB 以下。

H. 264 集中了以往标准的优点，在许多领域都得到了突破性的进展，使得它获得比以往标准好得多的整体性能。

- 与 H. 263 + 和 MPEG-4 SP 相比最多可节省 50% 的码率，使存储容量大大降低。
- H. 264 在不同分辨率、不同码率下都能提供较高的视频质量。
- 采用“网络友善”的结构和语法，使其更有利于网络传输。
- H. 264 采用简洁设计，使它比 MPEG-4 更容易推广，更容易在视频会议、视频电话中实现，更容易实现互连互通，可以简便地和 G. 729 等低比特率语音压缩编码技术组成一个完整的系统。

MPEG LA 吸取 MPEG-4 的高昂专利费而使它难以推广的教训，MPEG LA 制定了以下低廉的 H. 264 收费标准，如 H. 264 广播时基本不收费；产品中嵌入 H. 264 编/解码器时，年产量 10 万台以下不收取费，超过 10 万台每台收取 0. 2 美元，超过 500 万台每台收取 0. 1 美元。低廉的专利费使得中国 H. 264 监控产品更容易走向世界。

### 2. MPEG 编码技术原理

移动图像专家组（Moving Picture Expert Group，MPEG）隶属于国际标准化组织（ISO）和国际电工委员会（IEC），由该组织规定的视频编码标准就被称为 MPEG 标准。它主要特点是利用运动补偿来减少图像在时间方向的冗余度，以达到大幅度压缩图片信息的目的。目前已有 MPEG-1、MPEG-2、MPEG-4 等几种标准。

MPEG 编码是采用运动估值和运动补偿的编码技术，这是一种帧间编码的方法，它保证了一定图像质量下具有较高的码率压缩比。其原理是利用两帧之间的相似性，减小空间冗余度。

通常电视节目中只要画面镜头不切换，前后帧运动图像的内容差别不大，一般情况下仅仅很少一部分在运动，因此，只需要知道画面哪部分在运动，其运动方向和位移是多少，就可以从前一帧图像中预测出当前帧图像。又由于运动预测会产生误差，需要对帧间预测差信号进行压缩编码和传送，因此只需要传送运动矢量和帧间的预测差值，帧间预测差值比较小时，可以用较短的码字发送，从而大幅提高压缩码率，其原理如图 3-1 所示。

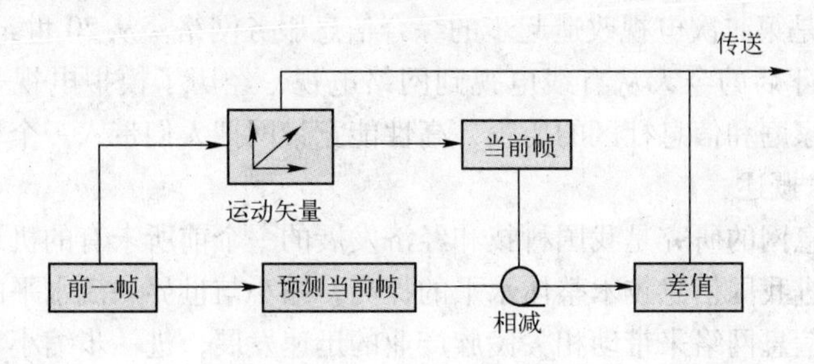


图 3-1　运动处理原理

MPEG 图像编码包含 3 种类型图像，即 I 帧、P 帧和 B 帧。

1）I 帧称为 I 图像或称 Intra 图像，用于本帧内的数据进行编码图像，不参照其他帧，是完整的独立编码帧，按照运动处理的原理理解，I 帧就是一连串相同画面的背景。为了保证图像有高的质量，所以 I 帧的压缩比一般不高，约在(2 ~ 5)∶1 的范围内，在一个图像组内的第一编码帧应为 I 帧。

2）P 帧称为 P 图像或称 Predict 图像，前向预测编码图像。P 帧是根据前面最靠近的 I 帧或 P 帧作为参考对象，进行前向预测编码的图像。由于 P 帧使用了补偿压缩方法，压缩比高于 I 帧，在(5 ~ 10)∶1 的范围内。P 帧可作为 B 帧和后面的 P 帧的参考帧。

3）B 帧称为 B 图像或双向预测图像，B 帧是根据一个过去的参考帧和一个将来的参考帧进行双向预测的编码图像。其参考帧可以是一个 I 帧和 P 帧，或者前后两个 P 帧。由于 B 帧是在两个参考帧基础上进行预测得出的，它的预测精度很高，所以其压缩比很大，在(20 ~ 30)∶1 的范围内。

一系列的 I 帧、P 帧和 B 帧组成图像组（GOP），在 MPEG 编码规范中，对于图像组的长度、内部含有多少个 I 帧、P 帧和 B 帧，或者以哪种帧结尾没有规定，这些均可由设计者来决定。如图 3-2 所示，图中的 GOP 含有 7 个帧，其中包括一个 I 帧，二个 P 帧和 4 个 B 帧。

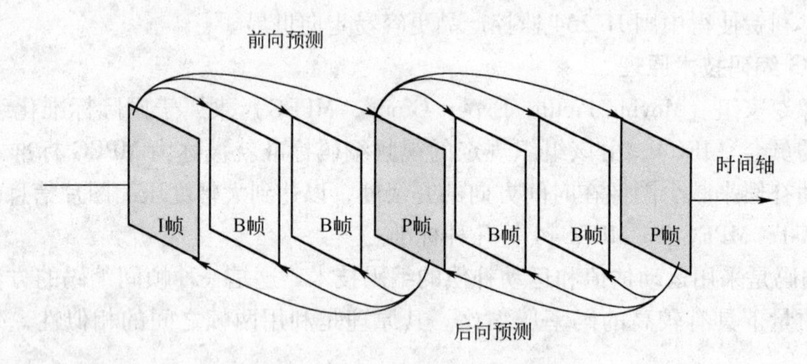


图 3-2　图像组原理图

### 3.3.2　下一代广播电视网传输技术

1. 3TNet 传输技术

3TNet（高性能宽带信息网）是指 Tbit 的路由、Tbit 的交换和 Tbit 的传输。3TNet（高性能宽带信息网）是第二次电视改造起步的综合信息服务网络。从 20 世纪 80 年代的无线电视到有线电视；30 年后的今天从有线电视到网络电视，经历了模拟电视——数字电视——视频高清——数字家庭和信息社区的历程，高性能宽带网把人们带入一个崭新的数字时代。

(1) 3TNet 技术概述

高性能宽带信息网的研究是我国科技和经济发展的一个前所未有的机遇，即通过下一代信息网的研究来促进我国信息技术整体水平的提高，缩小与世界一流水平的差距；通过建设我国自己的新一代信息网络来带动相关民族产业的迅速发展，进一步缩小与西方发达国家的差距。

高性能宽带信息网的总体目标是“十五”期间在我国长江三角洲或珠江三角洲地区，自主建设我国下一代运营级的高性能宽带应用示范网，攻克其中各项关键技术，为我国未来网络的发展提供科学的决策依据，为以后更先进的应用提供开发和试验平台。在 3TNet 中，将自主研制 Tbit 的光传输系统、Tbit 的交换路由系统、Tbit 的网络应用支撑环境。我国计划在下列领域实施重点突破：核心光电器件和关键性软件、可扩展性、可管理性、实时性、安全性和可用性。

3TNet 在规划阶段，自始至终坚持应用驱动的原则，并将这一原则贯穿整个 3TNet 的技术方案确定、关键技术攻关、关键设备研制和组网实施中。3TNet 明确提出了支持宽带流媒体业务，并在该业务支撑平台上首先开展家庭办公、远程教育和 Internet DTV 应用，努力将局域网业务推向城域网和广域网上，使得不同地域和城市的人可以在同一公司或单位工作，接受良好的高素质教育，广泛开展 VOD 娱乐，改变人们的工作和生活方式，大幅度减小交通压力、降低教育成本、提高生活质量。同时，按照用户的需求 3TNet 也可以方便地提供诸如电子政务、科学研究、国家安全、电子商务、信息社区、智能家庭、健康保健、环境监测等应用的支撑平台。

3TNet 的网络拓扑遵循新一代互联网的分层拓扑结构，着重建设 Tbit 级核心层和 Gbit 级边缘层的网络应用支撑环境。Tbit 级的核心层是由 Tbit 级的智能光网络和 Tbit 级的路由器组成的支持双模（层叠模式和对等模式）双协议栈（IPv4/v6）的骨干传输层。Gbit 级的边缘层是由 Gbit 级的光传送网络和 Gbit 级的路由器组成的边缘汇接传输层。

(2) 3TNet 网络体系结构

传统网络是基于 IP/ATM/SDH/WDM 的多层协议栈结构，其结构复杂、效率低、灵活性差。随着技术的进步和业务的变化，4 层结构中的 ATM 层和 SDH 层将会逐步消失，但其基本功能不会消亡，会分别融入 IP/MPLS 层和 WDM/OTN 层中去。整个功能结构层次将变得更加简单，趋向扁平化的两层结构，因此，3TNet 网络也应采取这种协议体系结构。

未来宽带网络建设的思路主要有 3 种：一是采用大容量的光波长交换设备和大容量路由器建立智能光网络；二是采用大容量的路由器建立分组路由光网络；三是采用光波长交换/路由器复合设备建立波长交换/分组路由综合光网络。其中，智能光网络具有两种不同的网络模型，即层叠（Overlay）模型和对等（Peer-to-Peer）模型，相应的也有两种不同的网络体系结构。由于路由器可分为两种，即纯电路由器和全光路由器，相应地也有两种不同的网络体系结构，即电分组路由结构和光分组路由结构。综合考虑自主知识产权的要求、国内外技术研究的水平和协议研究的成熟度，3TNet 确定的网络体系结构为波长交换/分组路由综合网络体系结构。

这种网络体系结构具有以下优点：

1）未来通信网络仍然需要支持粗细不同颗粒级别的业务，采用这种方式减小了运营商在 PoP 结点处的电处理负担。

2）这种方案能够在光网络层次上，以简单的方式实现故障的快速排除、波长级别的业务实施与调度等要求。

3）与电/光 Tbit/s 路由器方案相比，本方案可以实现一种分布概念的 Tbit/s 路由与交换容量的方案。

4）与电/光 Tbit/s 路由器方案相比，本方案方案可以有效地支持系统容量升级。

5）与光突发交换和光分组交换相比，本方案的实现技术目前更为成熟。

6）本方式引入了光层网络的概念，更容易发挥光域的透明性，建立一个支持前向兼容和后向兼容的开放式和综合化信息网试验基地与应用平台。

（3）3TNet的关键技术及设备

3TNet的关键技术主要集中在Tbit级光传输技术、Tbit级光交换/选路结点技术、Tbit级路由技术、网络应用支撑环境和网络运营支撑环境方面。

Tbit级光传输技术主要研究光传输系统的总体设计技术、光收发模块技术、专用芯片技术、超高速光外调制技术、宽带光放大技术（覆盖C+L波段的低噪声、高增益平坦度的宽带光放大器）、色散和偏振模色散（PMD）、补偿技术、克服非线性效应的系统与光纤技术、合波/分波技术、波长转换技术、克服光信号窜扰的技术、多信道光功率均衡技术等。

Tbit级光交换/选路结点技术主要研究光交换和选路结点的总体设计技术、光开关矩阵技术、合波/分波技术、波长转换技术、多信道光功率均衡技术、克服光信号窜扰的技术等。

Tbit级路由技术主要研究大容量高速交换网络、高速光接口模块、线速转发引擎、大容量队列管理及调度、分布式处理与集中式控制和路由器核心软件等。

网络应用支撑环境主要研究组播技术、QoS控制技术、IPv6/v4双协议栈支持技术、MPLS支持、流媒体的快速识别及转发技术、支持大规模并发流媒体业务的技术和基于网络测量的流量工程等。

网络运营支撑环境主要研究如下内容：

1）配置管理。包括自动发现被管网络范围内的所有网络设备并构建网络的拓扑结构、定期自动更新网络设备的配置信息和网络拓扑结构、定期或实时获取网络设备配置信息、自动对网络设备进行配置、对整个网络配置进行一致性检查、图形化的网络拓扑图示和拓扑编辑、被管网络范围设置。

2）故障管理。包括网络故障监测机制、网络性能阈值的异常报警、网络故障记录、网络故障定位、网络故障过滤、网络故障实时报警、网络故障信息查询、网络运行状态监视、故障数据统计分析。

3）性能管理。包括任务设置和管理、设备性能数据自动采集和统计、性能数据可视化、性能数据报表统计和查询功能、基本的性能分析功能、网络运行性能情况实时监控。

4）安全管理。包括基于IP地址的访问限制、基于HTTP服务器的访问认证、基于数据库的用户管理和授权、基于SSL的信息传输加密、用户操作日志功能和操作日志查询和分析、网络设备关键管理信息的存储加密、网络资源的访问控制、网络设备安全事件告警。

5）日常值班管理。

6）计费管理。包括分布式多机制的IP流量数据采集、计费数据统计分析和性能优化、计费政策管理和定制策略、计费信息查询和详细清单生成、计费政策决策支持。

7）财务管理。包括接收用户入网、用户帐单生成和通知、用户断网、用户交费管理、帐单管理和统计报表查询。

8）网络信息管理。包括管理IP地址自动分配、域名注册、分配和管理、基于Internet标准目录服务的信息资源管理、基于数据库的DNS服务系统、重要服务器性能监视和管理。

3TNet的关键设备主要有3种，它们是Tbit双协议栈（IPv4/v6）路由器、Tbit双模（层叠/对等）自动交换传送网设备、Tbit光传输设备。

（4）3TNet对我国信息领域发展的意义

3TNet对我国信息领域发展的意义主要体现在如下方面：

1）奠定了新一代互联网产业化的基础，充分利用科技和产业的互动作用，促进科技成果的产品化进程，孵化新兴产业，开创重大应用。

2）促进研制具有核心竞争能力的国产设备和软件，如路由器、交换机、服务器、网络安全产品、移动终端、信息家电、系统软件、网络中间件和应用软件。

3）着力开发具有重大价值的网络应用，如流媒体（DTV/HDTV）、虚拟现实的实时交互（网上游戏，远程教育，远程医疗）、海量信息服务（数字图书馆，存储网络）。

4）探索新一代互联网管理和运营机制，突出可管理性、可运营性、可维护性，保证用户端到端的性能不小于100 Mbit/s。

5）培养新一代互联网所需的各类人才，既要培养不同层次的人才（国内外著名的学者、专家、企业家、各类专业技术人员和工程技术人员），又要培养不同领域的人才（网络基础研究领域、网络工程建设领域、网络运行管理领域、网络技术标准制定领域、网络关键技术/产品开发领域、网络应用开发领域）。显然，中国高性能宽带信息网对我国新一代互联网和信息领域的发展具有十分重要的意义。

**2. 光纤传输技术**

光纤通信就是利用光导纤维传输信号，以实现信息传递的一种通信方式。光导纤维通信又称光导纤维通信。可以把光纤通信看成是以光导纤维为传输介质的“有线”光通信。光纤由内芯和包层组成，内芯一般为几十微米或几微米，比一根头发丝还细；外面层称为包层，包层的作用是保护光纤。实际上光纤通信系统使用的不是单根光纤，而是许多光纤聚集在一起的组成的光缆。

光纤通信是利用光波作为载波，以光纤作为传输介质将信息从一处传至另一处的通信方式。1968年，英籍华人高锟博士发表了一篇划时代性的论文，他提出利用带有包层材料的石英玻璃光学纤维作为通信介质。从此，开创了光纤通信领域的研究工作。1977年，美国在芝加哥相距7000米的两电话局之间，首次用多模光纤成功地进行了光纤通信试验。85 μm波段的多模光纤为第一代光纤通信系统；1981年，又实现了两电话局间使用1.3 μm多模光纤的通信系统，为第二代光纤通信系统；1984年，实现了1.3 μm单模光纤的通信系统，即第三代光纤通信系统；20世纪80年代中后期，又实现了1.55 μm单模光纤通信系统，即第四代光纤通信系统。用光波分复用提高速率，用光波放大增长传输距离的系统，称为第五代光纤通信系统。新系统中，相干光纤通信系统已达到现场实验水平，将得到应用。光孤子通信系统可以获得极高的速率，20世纪末或21世纪初可达到实用化。在该系统中加上光纤放大器有可能实现极高速率和极长距离的光纤通信。

就光纤通信技术本身来说，应该包括以下几个主要部分，即光纤光缆技术、传输技术、光有源器件、光无源器件以及光网络技术等。

光纤技术的进步可以从两个方面来说明：一是通信系统所用的光纤；二是特种光纤。早期光纤的传输窗口只有3个，即850 nm（第一窗口）、1310 nm（第二窗口）以及1550 nm（第三窗口）。近几年相继开发出第四窗口（L波段）、第五窗口（全波光纤）以及S波段窗口。其中，特别重要的是无水峰的全波窗口。这些窗口开发成功的巨大意义就在于1280～1625 nm的广阔的光频范围内，都能实现低损耗、低色散传输，使传输容量几百倍、几千倍甚至上万倍的增长。这一技术成果将带来巨大的经济效益。另一方面，特种光纤的开发及产业化，这是一个相当活跃的领域。

特种光纤具体有以下几种：

1）有源光纤。这类光纤主要是指掺有稀土离子的光纤。如掺铒（Er3+）、掺钕（Nb3+）、掺镨（Pr3+）、掺镱（Yb3+）、掺铥（Tm3+）等，以此构成激光活性物质。这是制造光纤光放大器的核心物质。不同掺杂的光纤放大器应用于不同的工作波段，如掺饵光纤放大器（EDFA）应用于1550 nm附近（C、L波段）；掺镨光纤放大器（PDFA）主要应用于1310 nm波段；掺铥光纤放大器（TDFA）主要应用于S波段等。这些掺杂光纤放大器与喇曼（Raman）光纤放大器一起给光纤通信技术带来了革命性的变化。它的显著作用是，直接放大光信号，延长传输距离；在光纤通信网和有线电视网中作分配损耗补偿；此外，在波分复用系统中及光孤子通信系统中是不可缺少的元器件。正因为有了光纤放大器，才能实现无中继器的百万公里的光孤子传输。光纤放大器不仅能使WDM传输的距离大幅度延长，而且也使得传输性能达到最佳。

2）色散补偿光纤（Dispersion Compensation Fiber，DCF）。常规G. 652光纤在1550 nm波长附近的色散为17 ps/nm·km。当速率超过2. 5 Gbit/s时，随着传输距离的增加，会导致误码，若在CATV系统中使用，会使信号失真。其主要原因是正色散值的积累引起色散加剧，从而使传输特性变坏。为了解决这一问题，必须采用色散值为负的光纤，即将反色散光纤串接入系统中以抵消正色散值，从而控制整个系统的色散大小，这里的反色散光纤就是所谓的色散补偿光纤。在1550 nm处，反色散光纤的色散值通常在-50~200 ps/nm·km范围内。为了得到如此高的负色散值，必须将其芯径做得很小，相对折射率差做得很大，而这种做法往往又会导致光纤的衰耗增加（0. 5~1 dB/km）。色散补偿光纤是利用基模波导色散来获得高的负色散值，通常将其色散与衰减之比称做质量因数，质量因数越大越好。为了能在整个波段均匀补偿常规单模光纤的色散，最近又开发出一种既能补偿色散又能补偿色散斜率的“双补偿”光纤（DDCF）。该光纤的特点是色散斜率之比（RDE）与常规光纤相同，但符号相反，所以更适合在整个波形内的均衡补偿。

**3. 光纤光栅（Fiber Grating）**

光纤光栅是利用光纤材料的光敏性在紫外光的照射（通常称为紫外光“写入”）下，于光纤芯部产生周期性的折射率变化（即光栅）的特性而制成的。使用的是掺锗光纤，在相位掩膜板的掩蔽下，用紫外光照射（在载氢气氛中），使纤芯的折射率发生周期性的变化，然后经退火处理后可长期保存。相位掩膜板实际上为一块特殊设计的光栅，其正、负一级衍射光相交形成干涉条纹，这样就在纤芯中逐渐产生成光栅。光栅周期为模板周期的二分之一。众所周知，光栅本身是一种选频器件，利用光纤光栅可以制作成许多重要的光无源器件及光有源器件。例如，色散补偿器、增益均衡器、光分插复用器、光滤波器、光波复用器、光模或转换器、光脉冲压缩器、光纤传感器以及光纤激光器等。

**4. 多芯单模光纤（Multi Coremono-mode Fiber，MCF）**

多芯光纤是一个共用外包层、内含有多根纤芯、而每根纤芯又有自己的内包层的单模光纤。这种光纤的明显优势是成本较低，生产成本比普通光纤约低50%。此外，这种光纤可以提高成缆的集成密度，同时也可降低施工成本。以上是光纤技术在近几年里取得的主要成就。光缆方面的成就主要表现在带状光缆的开发成功及批量化生产方面。这种光缆是光纤接入网及局域网中必备的一种光缆。目前光缆的含纤数量在千根以上，有力地保证了接入网的建设。

(1) 光有源器件

光有源器件的研究与开发本来是一个最为活跃的领域，但由于前几年已取得辉煌的成果，所以当今的活动空间已大大缩小。超晶格结构材料与量子阱器件目前已完全成熟，而且可以大批量生产，已完全商品化，如多量子阱激光器（MQW-LD，MQW-DFBLD）。

除此之外，目前已在下列几方面取得重大成就。

1）集成器件。这里主要指光电集成（OEIC）已开始商品化的器件，如分布反馈激光器（DFB-LD）与电吸收调制器（EAMD）的集成，即DFB-EA；其他发射器件的集成，如DFB-LD、MQW-LD分别与MESFET、HBT或HEMT的集成；接收器件的集成主要是PIN、金属、半导体、金属探测器分别与MESFET、HBT或HEMT的前置放大电路的集成。虽然这些集成都已取得成功，但还没有商品化。

2）垂直腔面发射激光器（VCSEL）。由于便于集成和高密度应用，垂直腔面发射激光器因此受到广泛重视。这种结构的器件已在短波长（AlGaAs/GaAs）方面取得巨大的成功，并开始商品化；在长波长（InGaAsF/InP）方面的研制工作早已开始进行，目前已有少量商品。可以推断，垂直腔面发射激光器将在接入网、局域网中发挥巨大作用。

3）窄带响应可调谐集成光子探测器。由于DWDM光网络系统信道间隔越来越小，甚至到0.1 nm，因此，探测器的响应谱半宽也应基本上达到这个要求。窄带探测器有陡锐的响应谱特性，能够满足这一要求。集F-P腔滤波器和光吸收有源层于一体的共振腔增强（RCE）型探测器能提供一个全面的解决方案。

4）基于硅基的异质材料的多量子阱器件与集成（SiGe/Si MQW）。这方面的研究是一大热点。众所周知，硅（Si）、锗（Ge）的发光效率很低，不适合作光电子器件，但是Si材料的半导体工艺非常成熟。于是人们设想，利用能带剪裁工程使物质改变性质，以达到在硅基基础上制作光电子器件及其集成（主要是实现光电集成，即OEIC）的目的。在理论上有众多的创新，在技术上有重大的突破，器件水平日趋完善。

(2) 光无源器件

光无源器件与光有源器件一样，是不可缺少的。由于光纤接入网及全光网络的发展，导致光无源器件的发展空前热门。常用器件已达到一定的产业规模，品种和性能也得到了极大的扩展和改善。所谓光无源器件就是指光能量消耗型器件，其种类繁多、功能各异，在光通信系统及光网络中主要的作用是连接光波导或光路；控制光的传播方向；控制光功率的分配；控制光波导之间、器件之间和光波导与器件之间的光耦合；合波与分波；光信道的上下与交叉连接等。早期的几种光无源器件已经商品化。其中，光纤活动连接器无论在品种和产量方面都已有相当大的规模，不仅满足国内需要，而且有少量出口。光分路器（功分器）、光衰减器和光隔离器已经小批量生产。随着光纤通信技术的发展，相继又出现了许多光无源器件，如环行器、色散补偿器、增益平衡器、光的上下复用器、光交叉连接器、阵列波导光栅（CAWG）等。这些都还处于研发阶段或试生产阶段，有的也能提供少量商品。按光纤通信技术发展的一般规律来看，当光纤接入网大规模兴建时，光无源器件的需求量远远大于光有源器件的需求量。这主要是由接入网的特点决定的。接入网的市场约为整个通信市场的三分之一，因此，接入网产品有巨大的市场及潜在的市场。

(3) 光复用技术

光复用技术的种类很多，其中最为重要的是波分复用技术和光时分复用（OTDM）技术。光复用技术是当今光纤通信技术中最为活跃的一个领域，它的技术进步极大地推动了光纤通信事业的发展，给传输技术带来了革命性的变革。波分复用在当前的商业水平中是至少273个波长，研究水平是1022个波长（能传输368亿路电话），近期的潜在水平为几千个波长，理论极限约为15000个波长（包括光的偏振模色散复用）。据1999年5月多伦多的Light Management Group Inc of Toronto演示报导，在一根光纤中传送了65536个光波，把PC数字信号传送到200 m的广告板上，并采用声光控制技术，这说明了密集波分复用技术的潜在能力是巨大的。OTDM是指在一个光频率上，在不同的时刻传送不同的信道信息。这种复用的传输速度已达到320 Gbit/s的水平。若将DWDM与OTDM相结合，则会使复用的容量增加得更大。

（4）光放大技术

放大器的开发成功及其产业化是光纤通信技术中的一个非常重要的成果，它促进了光复用技术、光孤子通信以及全光网络的发展。顾名思义，光放大器就是起到放大光信号作用的器件。在此之前，传送信号的放大都要实现光电变换及电光变换，即O-E-O变换。有了光放大器后就可以直接实现光信号放大。光放大器主要有3种，即光纤放大器、喇曼光放大器及半导体光放大器。光纤放大器就是在光纤中掺杂稀土离子（如铒、镨、铥等）作为激光活性物质。每一种掺杂剂的增益带宽是不同的。掺铒光纤放大器的增益带较宽，覆盖S、C、L波段；掺铥光纤放大器的增益带是S波段；掺镨光纤放大器的增益带在1310 nm附近。而喇曼光放大器则是利用喇曼散射效应制作而成的光放大器，即大功率的激光注入光纤后，会发生非线性效应受激喇曼散射。在不断发生散射的过程中，把能量转交给信号光，从而使信号光得到放大。由此不难理解，喇曼放大是一个分布式的放大过程，即沿整个线路逐渐放大。其工作带宽可以说是很宽的，几乎不受限制。这种光放大器已开始商品化了，不过相当昂贵。半导体光放大器（S0A）一般是指行波光放大器，工作原理与半导体激光器相类似。其工作带宽是很宽的。但增益幅度稍小一些，制造难度较大。这种光放大器虽然已实用了，但产量很小。

到此，光纤通信技术的发展方向可以概括为两个方面，一是超大容量、超长距离的传输与交换技术；二是全光网络技术。

### 5. DWDM传输技术

（1）DWDM的基本概念

DWDM能够组合一组光波长用一根光纤进行传送的技术。这是一项用来在现有的光纤骨干网上提高带宽的激光技术。更确切地说，该技术是在一根指定的光纤中，多路复用单个光纤载波的紧密光谱间距，以提高传输性能（例如，达到最小程度的色散或者衰减）。这样，在给定的信息传输容量下，就可以减少所需要的光纤的总数量。

DWDM能够在同一根光纤中，把不同波长的信号同时进行组合和传输。为了保证有效，将一根光纤转换为多个虚拟光纤通道。所以，如果要复用8个光纤载波到一根光纤中，这样传输容量就将从2.5 Gbit/s提高到203 Gbit/s。目前，由于采用3DWDM技术，单根光纤可以传输的数据流量最大可达11 Tbit/s，商用的单波长容量基本采用340 Gbit/s的传输速率，经过复用的每根光纤实际的传输带宽超过31 Tbit/s。

DWDM的一个优点是它的协议和传输速率是不相关的。基于DWDM的网络可以采用IP、ATM、SONET/SDH、以太网协议来传输数据。这样，基于DWDM的网络可以在一个激光波长上以不同的速率传输不同类型的数据流量。从 QoS 的观点看，基于 DWDM 的网络以低成本的方式来快速适应客户的带宽需求和协议改变。

（2）DWDM 系统结构分析

DWDM 从结构上可分为集成系统和开放系统。集成系统要求接入的单光传输设备终端的光信号要满足 G. 692 标准。开放系统是在合波器前端及分波器的后端，加波长转移单元 OTU，将当前通常使用的 G. 957 标准光接口波长转换为 G. 692 标准的光接口波长。这样，开放式系统采用波长转换技术，使任意满足 G. 957 标准要求的光信号能运用光 - 电 - 光的方法，通过波长变换之后转换至满足 G. 692 标准的规范波长光信号，再通过波分复用，从而在 DWDM 系统上传输。

目前的 DWDM 系统可以提供 16/20 波或 32/40 波的单纤传输容量，最大可到 160 波，具有灵活的扩展能力。用户初期可建立 16/20 波的系统，之后根据需要再升级到 32/40 波，这样可以节省初期投资。其升级方案是，一种是在 C 波段红带 16 波加蓝带 16 波升级为 32 波的方案；另一种是采用 interleaver，在 C 波段由 200 GHz 间隔 16/32 波升级为 100 GHz 间隔 20/40 波。进一步的扩容，可提供 C + L 波段的扩容方案，使系统传输容量进一步扩充为 160 波。

（3）DWDM 的技术特点

国内各大运营商现在使用的几乎都是开放式 DWDM 系统，而实际上，集成式密集波分复用系统，有其自身的众多优点。

1）集成式 DWDM 系统的合波器和分波器在发送端和接收端是分别使用的，即在发送端只有合波器，在接收端只有分波器，同时在接收端和发送端均去掉了 OTU 转换设备，因此 DWDM 系统设备的投资可节省 60% 以上。

2）集成式 DWDM 系统在接收端和发送端仅使用无源器件（如合波器或分波器），电信运营单位可向器件厂家直接订货，减少供应环节，使费用降低，从而节约设备成本。

3）开放式 DWDM 的网管系统负责 OTM（主要是 OTU）、OADM、OXC、EDFA 的监测，其设备投资约占 DWDM 系统总投资的 20%；而集成式的 DWDM 系统由于无需 OTM 设备，其网管仅负责 OADM、OXC、EDFA 的监测，可引入更多的厂家进行竞争，网管费用比开放式 DWDM 的网管节省 50% 左右。

4）由于集成式的 DWDM 系统的合波/分波设备为无源器件，便于提供多种业务、多速率的接口，只要业务端设备光端机的波长符合 G. 692 标准，即可以允许 PDH、SDH、POS（IP）、ATM 等任何业务接入，支持 8 Mbit/s、10 Mbit/s、34 Mbit/s、100 Mbit/s、155 Mbit/s、622 Mbit/s、1 Gbit/s、2. 5 Gbit/s、5 Gbit/s、10 Gbit/s 等各种速率的 PDH、SDH、ATM 及 IP 以太网，避免了开放式 DWDM 系统由于 OTU 的原因只能使用所购 DWDM 系统已确定的光波长（1310 nm、1550 nm）及传输速率的 SDH、ATM 或 IP 以太网设备。

5）若将 SDH、IP 路由器等光传输设备的激光器件模块统一设计为标准几何尺寸的管脚，规范接口，便于维护插拔，且连接可靠，维护人员就可以根据集成式 DWDM 系统的波长需要，自由更换特定彩色波长的激光头。为激光头的维护，提供了便利条件，避免了以前必须由厂家更换整板这一弊端所带来的高维护费用。

6）彩色波长的光源目前仅比普通 1310 nm、1550 nm 波长的光源价格稍贵，但速率为 2. 5 Gbit/s 的彩色波长光源比普通光源要贵 3000 多元。当接入到集成式 DWDM 系统上使用时，能使系统造价降低为原来的10%，并且随着彩色波长光源的大量应用，其价格将接近于普通光源。

7）集成式DWDM设备结构简单，体积更小，大约只有开放式DWDM所占空间的1/5，节省机房资源。

## 3.4 三网融合与广播电视网络的关系

### 3.4.1 广播电视行业发展面临的挑战

数字有线电视目前面临来自电信的IPTV业务的互动式网络电视、价格低廉的地面数字电视和覆盖广泛、频道数量众多的卫星数字电视的竞争。

数字电视的竞争力目前主要有3点。首先，广电拥有节目资源优势，电视台作为内容的主要提供者和盈利者，倾向于支持数字电视行业产业链；其次，有1.5亿庞大的广播电视用户；再次，有线模拟电视升级到数字电视，在习惯和观念上具有先发优势。相对的劣势在于，广电业还处在计划经济条件，处于封闭的状态，整个行业缺乏竞争力；整个数字电视产业链的各个环节在标准和技术上尚不成熟；目前广播电视的网络需要大规模双向改造才能适应数字电视的传输和双向互动的要求，所需成本巨大。

### 3.4.2 广播数字电视网的优势

#### 1. 广播数字电视网的资源优势

广播数字电视网所涉及的资源主要包括节目资源和网络资源。电视内容是由各种各样的节目构成的，大量丰富的有线网络资源，通过网络传输到用户接收终端；除此之外，在广播电视数字化时代，各种各样的节目资源都是所必需的，它们必须为用户服务。

企业的战略竞争理论认为，必须要确定优势资源，两者相比较而言，节目资源具备了成为优势资源的条件——有价值、稀缺、不可替代、不易模仿，因此，节目资源成为了广播数字电视的优势资源。节目资源的优势条件如下：

1）节目资源的价值性。节目资源的建立必须根据市场情况而给出其价值来满足用户需求。对于广播数字电视而言，用户的需求就是希望接收到自己感兴趣的音、视频节目和节目中专门为其所提供的服务。根据性别、年龄和所从事职业以及社会地位的不同，用户对节目的需求是各式各样的，但有一点是不变的，那就是人们都形成了自己收看电视节目的习惯，喜欢不同类型的节目。如普通用户购买广播数字网络中的电影或电视等视频专业节目，为了休闲娱乐；如果购买的是高尔夫节目，那么就是对此类节目感兴趣的爱好者，以期待自己能够在打高尔夫的时候表现出色。所以，广播数字电视的核心就是丰富的视频和音频节目，它们给用户带来了精神上的享受。相对于网络资源来讲，用户在观看节目的时候，并不关注节目内容是如何传输到自己面前的，更关心的是自己是否能够看到自己感兴趣的节目。因此，节目资源比网络资源更具有诱惑力，节目资源的价值性，无论对于企业还是用户都是非常重要的。

2）节目资源的稀缺性和不可模仿性。节目资源的稀缺性和不可模仿性从某种程度上讲是统一的。广播数字电视节目资源的稀缺性主要表现在它的特殊性。节目资源的不可模仿性就要求节目内容要有自己的版权，所以数字版权管理就非常重要。

数字版权管理（Digital Rights Management，DRM）是保护多媒体内容免受未经授权的播放和复制的一种方法，是 IPTV 业务中的关键技术之一。DRM 技术可以确保数字媒体内容能够被合法使用，可以使 IPTV 业务的内容提供商们提供更多的内容，采取更灵活的节目销售方式，同时有效地保护知识产权。它为内容提供者保护他们的私有数据免受非法复制和使用提供了一种强有力的保障手段。

DRM 不仅仅指版权保护，同时也提供了数字媒体内容的传输、管理和发行等一套完整的解决方案，因此是一个系统概念。它包含数字版权信息的使用、受版权保护的数字媒体内容的管理和分发。一个比较正规的说法是，DRM 是一种对有形和无形资产版权和版权所有者关系的定义、辨别、交易、保护、监控和跟踪的手段。

3）节目资源的不可替代性。电视已经成为我国人民群众获取信息、娱乐消遣的主要方式，因此有线数字电视的节目资源也将具有不可替代性。

**2. 数字电视技术的优势**

数字电视通过数字化的传输方式，可以提供更大的分辨率，图像更清晰。同时数字电视又是计算机化的电视，它与计算机技术融为一体。数字化地处理、传输、接收和显示信息，因此有其相对的优势。

首先，由于采用先进的图像压缩编码技术，原来的一个模拟电视频道中可以用来传送 6 ~ 8 套标准清晰度的数字电视节目，所以每套节目占用频带窄，可以充分利用频率资源。有线电视网络发展到今天，所传送的节目数目一般都在 20 套以上，多的达到 50 多套，原来的 450 MHz、550 MHz 网络的频带已远远不能满足事业发展的要求，于是各地纷纷把自己的网络改造成 750 MHz 或 860 MHz。但是，即便如此，由于数据业务的迅速发展及多功能业务的发展，特别是 NVOD 业务的开展，需要大量的频道资源支持，目前的 750 MHz（或 860 MHz）的网络带宽也远远不能满足其要求。为了解决带宽问题，必须发展数字电视。另一方面，这对用户来说意味着可选择的节目更加丰富。同时由于容量的增加，相对的传输费用低廉，可以使网络的运营费用大幅度降低。其次，随着广播电视事业的发展，频率资源越来越紧张，而广播电视网络所占频带中有一部分频率（增补频道）是其他业务使用的频段，因而不受法律保护。所以广播电视网络中有许多频道受到其他业务的干扰而无法使用。数字信号可以经过处理将干扰去掉，因此抗干扰能力强。从而使一些干扰严重的增补频道可以用于数字电视的传输。再次，用户管理及网络管理的需要。广播数字电视的用户管理、网络管理一直在阻碍网络的发展。随着用户的增加、网络的不断扩大，用户的管理、网络的维修日益显得重要。模拟电视的用户管理手段很多，但不理想。数字电视则很容易实现加密/解密和加扰/解扰，其技术实现难度不大，便于开展各类收费业务。同时，条件接收系统的应用，可以实现对用户的良好管理，确保资金的回收，而对网络的要求不是十分严格。最后，采用数字技术的数字电视有利于实现电视广播与计算机网络的融合，从而可以极大地丰富服务的内容和扩大服务范围。对用户来说，这意味着可以从被动的收看变成主动的本地交互、交叉收看。随着节目资源的丰富，用户可以获得更多的游戏娱乐节目、各类有针对性的消息资讯和其他服务，如付费节目、按次付费、即时点播、教育、购物及互联网浏览等服务，伴音质量大幅度提高。当前的模拟电视伴音是单声道的，而数字电视可以提供 5.1 的环绕立体声。数字电视采用大规模集成电路，结构更加简单，成本降低，可靠性更高，易于实现信号的存储。

综上所述，数字电视无论对消费者还是对运营商，甚至对整个电子行业、广电行业都意味着是一场巨大的革命。对消费者来说数字电视带来的不只是图像更清晰、声音更好听、屏幕更大、频道更多，而且是将电脑、电信及电视的功能融为一体，使电视的功能向多元化发展，使之成为千家万户进入信息时代的捷径。对电子行业及广电行业来说，这无疑是一种机遇与挑战，它将推动多种业务的迅猛发展。

### 3. 广电网中的综合新业务

广电部门的传统业务是以广播和电视为主的服务，在国家的信息产业政策指导下，广电部门正由传统的市场走向信息服务的大市场，向客户提供更多的服务。随着广播电视综合业务网络的建成，可以充分且有效地利用基础建设成果，开发出具有广电特色的新业务。在设计时，要发挥其行业优势，提供具有广电特色的服务内容；充分与合理地利用现有网络资源和带宽；利用现有先进技术和具有发展前途的计算机软件技术；按照各地广电网的实际情况进行设计，保证所开发的应用具有良好的社会效益和经济效益；随着新技术的快速发展，新业务将不断出现，所以在设计系统的时候应该考虑到今后的发展趋势，便于将来系统的升级和扩展。

随着信息技术的发展，广电网可开展的一些新业务，如广播式信息服务、局域网互联、ISP服务、虚拟主机服务、视频会议业务、可视电话业务、信息服务、增值业务等。

在系统建设的初期，通过互联网下载适合本地区发展和经济状况以及符合用户兴趣的相关信息。开展数据广播式服务，可以满足大部分用户的信息需求，在没有开展双向业务的阶段，用户无法根据自己的需求自由选择所需信息。合理选择适合各种层次的互联网信息，在网上进行发布，让用户可以享受“网上冲浪”的感觉。广电网也可以很方便的实现计算机的联网。为了开展ISP业务，在广电中心结点必须建立ISP业务平台，ISP平台由Web Server、DN Server、Meil Server、FTP Server、拨号服务器（Proxy Server）、路由器以及应用服务器等组成。虚拟主机是使用特殊的软、硬件技术，把一台联网的计算机主机分为虚拟的主机，每一台虚拟主机都有独立的域名和IP地址，具备完整的Internet功能，虚拟主机之间完全独立，在外界看来每一台虚拟主机都和一台真实的主机一样。由于多台虚拟主机共享一台真实主机的资源，每一个上网用户承受的硬件费用、网络维护费用、通信线路费用均大幅度降低，从而为企业上网开辟了一个新的途径。广电综合业务数字网建成之后，为视频会议的开展提供了网络基础，如视频点播。应用先进的视频服务器技术和设备，对宽带接入的专线用户及Cable Modem用户开放高质量的VOD业务，通过视频点播系统，同样可以实现远程教育、远程监控、远程医疗等业务。

### 4. 综合新业务平台系统设计

综合新业务平台系统中的服务器数量、规模、档次应根据当地广播电视网的规模、用户、市场情况进行合理配置和建设，做到整个系统的合理性、可扩展性、可行性。

（1）万维网和FTP服务器

提供广电电视台的万维网和FTP服务。制作和发布广播电视台的主页，并将部分应用，如电子购物、股市分析等放在此服务器上，可以提供将公司的信息以专有服务器的方式的新服务。FTP服务提供广播电视台必须使用的共享软件和用户手册、宣传资料、应用操作说明等。

(2) 视频点播服务器

该服务器为用户提供 VOD/KOD/MOD/EOD/网上电台/音乐点播等服务。

(3) 防火墙(Firewall)

Firewall 提供全面保护,将广播电视内部与外部威胁、完全隔绝。Firewall 允许从广电网安全地访问 Internet,并扩展和重新配置 TCP/IP,而不必担心 IP 地址的短缺。

**5. 广播电视网络中开展综合新业务的技术原理**

广播电视网络主要应用在为3个系统中,即数字电视系统、语音系统和宽带数据通信系统。这些系统能够提供的业务有数字电视广播、电缆电话、视频点播、因特网高速接入、数据广播、视频会议、图文电视、小区智能化等。

(1) 语音系统

VoIP 是一种利用 IP 网络作为传输载体的语音通信技术。传统的电话技术的特点是连接实时、无延时和无压缩。IP 电话技术的特点是采用语音编码和压缩技术,通过服务质量保证来保证语音质量。根据 MGCP 和 H.323 标准,可在 CATV 网内实现用户间的 IP 电话通信,在政策允许时,可实现与外部电话网关相连,实现广泛的 IP 电话业务。IP 电话近几年来发展速度非常迅猛,体现了电视网、电话网和计算机网络逐步走向融合,并朝着分组化、无连接化方向发展,实现综合业务和多媒体通信的必然趋势。

实现语音业务的系统是采用 HFC 网络,基于 Cable Modem 技术实现的。在 Cable Modem 技术中,按照国际标准 MCNS DOCSIS1.1 的规定,数据首先转化为 IP 包,然后封装成 MPEG-2 TS 帧,经过射频调制在 HFC 网络中传输。在射频传输中,采用了双向非对称技术。在频谱中分配 90~860 MHz 范围的一个频段作为下行的数据信道。对一个 8 MHz 的模拟带宽,通过 64QAM 和 256QAM 数字调制,传输速率可以达到 27~36 Mbit/s。同时,在频谱中分配 5~50 MHz 中的一个频段用做上行回传。采用 QPSK 或者 16QAM 调制,对 200 kHz~3.2 MHz 的模拟带宽调制后,可获得 0.3~10 Mbit/s 的传输速率。通过上行和下行数据信道形成数据传输的回路,这里采用非对称技术,主要考虑到目前数据业务的信息量集中在下行,通信协议采用 TCP/IP。

一般系统除了网络外还包括局端系统和用户端系统,在 Cable Modem 系统中对应 Cable Modem 的局端系统和 Cable Modem 的用户端设备(CM)。在 Cable Modem 的局端系统中存在3个接口,一个是广播电视网络接口,与 Cable Network 连接,通过它可以与上一级的 CATV 网络相连,也可以传输转播的卫星电视和本地的图像服务,信号可以是模拟的电视信号或者数字的电视信号。一个是基于 IP 的数据网络接口,通过它与数据网络相连,实现数据业务。一个接口是语音接口,也就是 PSTN 接口。通过这3个接口,实现了 HFC 网络与现有的3个通信媒体广播电视、互联网和电信网的连接。所以通过 Cable Modem 系统,不但能够实现多业务的用户综合接入,而且实现了三网的互连互通。Cable Modem 技术最初是实现 IP 数据的高速传输,在系统中嵌入 VoIP 模块的设计,用 CM 中的 VoIP 模块完成语音的数字化和 IP 包的转化。局端系统中 VoIP 模块具有智能处理的能力,能区分来自 CM 话音的目标性质,经过不同的处理方式经过3个接口中的一个进入相应的网络。

(2) 宽带数据通信系统

宽带数据通信系统包括多种业务子系统,如视频点播系统、视频会议系统、因特网接入系统、数据广播系统、图像电视系统、小区智能化系统等。

视频点播系统是一类能在用户需要时随时提供视频服务的业务。在 VOD 系统出现之前，传统的视频广播与人们的交流从来都是单向式的，主动性、参与性得不到发挥。VOD 系统的出现则解决了传统有线电视的交互性差的问题。这种新兴的传媒方式，集合了视频压缩、多媒体传输、计算机与网络通信等技术，是多领域交叉融合的技术产物，为用户提供了高质量的视频节目、信息服务。用户可以按照自己的需要在电脑或电视上自由点播远程节目库中的视频节目和信息。VOD 是一种典型的交互式电视，同时也有许多的视频点播功能，如电影点播、交互电视新闻（INT）、目录浏览（CB）、远程学习（DL）、交互视频游戏（IVG）、交互广告（IA）等。视频点播系统是一个包含硬件和软件的网络化系统，主要由前端系统、网络系统、客户端系统和视频点播系统软件包 4 部分组成。视频点播系统软件包用于实时和按需求从视频服务器向客户设备传送多路、并发的视频数据流。基于 HFC 系统的视频点播系统的结构如图 3-3 所示。

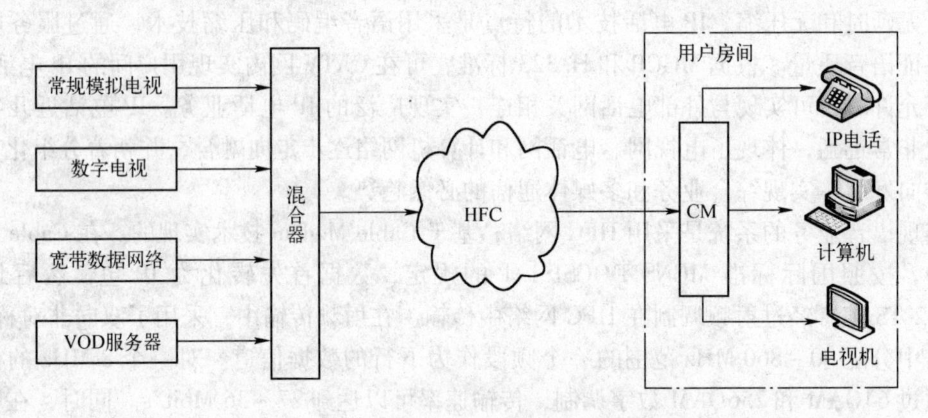


图 3-3　基于 HFC 系统的视频点播系统的结构

视频会议系统是采用现有广播电视传输网实现图像和声音的实时传输，其成本低，图像和声音质量好，会场大小不限，甚至可以广播。现代化的科学技术使视频会议系统具备了传统方式所不具有的巨大优越性。人们通过视频会议系统，跨越地域分隔，如同面对面地进行自由交流，具有极强的交互性。而且基于高新技术的支持，还可以实现传统会议所无法实现的某些视觉、听觉效果。利用广播电视网开展视频会议业务具有极大的经济效益和社会效益。

因特网是一个极其成功的广域计算机网络，正以惊人的速度发展，但目前所能提供的接入速度却十分缓慢。电话 Modem 只能提供几十千比特每秒的传输速率，采用 ISDN 也只能达到 128 kbit/s 的速率，不能处理视频图像和多媒体信息等需要高带宽的业务。广播电视 HFC 网络有着足够的频带资源来提供数据类业务，可以实现因特网的高速接入。基于 HFC 的 Internet 接入系统是通过 Cable Modem 实现的，可以高速接入 Internet，系统结构如图 3-4 所示。

因特网接入系统包括 CMTS（Cable Modem Termination System）、Cable Network、CM（Cable Modem）以及网络管理和安全系统。CMTS 通常置于广播电视前端，使用 10Base-T、100 Base-T 或 ATM OC-3 等接口通过交换型 HUB 与外界设备相连，通过路由器与 Internet 连接，或者可以直接连到本地服务器，享受本地业务。CM 是用户端设备，放在用户的家中，通过 10Base-T 接口，与用户的计算机相连。一般 CM 有 3 种类型，即单用户的外置式、内置式以及 SOHO 型。SOHO 型 Modem 可用于 HFC 网络进行计算机网络互连，形成 SOHO (Small Office/Home Office) 系统，即小型在家办公系统。

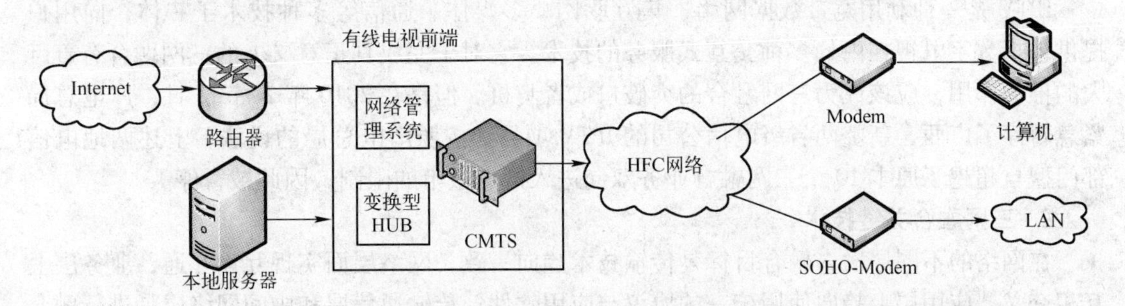


图 3-4　高速接入 Internet 时系统结构图

数据广播系统是宽带数据网络领域最新的研究成果。它可以利用广播电视网提供高速的数据通道，动态获得 Internet、股票、远程教育信息、电子商务、实时广播等。

随着技术的发展和市场的扩大，信息服务业已经成为人们生活和工作中必不可少的环节，人们的需求也从信息量和服务方式上有了较大的飞跃。人们及时地开发了全场制图文电视系统，充分展现了图文电视在信息服务方向的潜力。全场制图文电视系统，其电视信号的每一行都可以用来传送数据，一场可插入 300 多个数据行，数据传输速率为 4.8 Mbit/s。一般有线电视台的频带资源相对丰富，可以专门开辟一个频道用来做全样图文的数据广播。图文电视播出系统，主要包括播出校制计算机系统、数据行发生器和数据桥。其中，播出控制计算机系统要完成图文电视数据管理、数据处理、数据通信等工作，播出控制机可以是一个单机，也可以是网络上的工作站。数据行发生器的功能是从主控计算机上接收指令、输出表格和数据，并将数据行转化成图文电视行，插入到指定的数据行中。数据桥又称为图文电视信号处理器，可以从一路带有图文的电视数据信号 A 中读取出数据，插入到另一路电视信号 B 中。数据桥不要求电视信号 A 和 B 的时钟同步，利用图文电视数据可以方便地将电视数据从一路电视信号转到另一路电视信号中。例如，省市电视台利用数据桥从中央电视台的图文电视数据行中有选择地拾取并将其插入到本地的电视信号中。不管输入的数据信号质量如何，重新插入以后的数据信号重新变成高质量的信号，所以数据桥对图文电视数据信号有整形的作用。数据桥必须有较高的视频指标，对主通道视频信号的影响要降低到最低限度，更不能影响电视台节目的正常播出，不能增加停播概率。

### 3.4.3　三网融合下广播电视网络的发展趋势

#### 1. 三网融合的现状及趋势

由于不同的业务、市场和产业正在相互渗透和相互融合，电信与信息产业正在进行结构重组，以三大业务分割三大市场的时代已经结束，三网融合已成为信息业发展的重要趋势。

三网融合是电信网、计算机网及广电网三大行业技术、业务、监管政策创新的产物，所以应该把制定相应的法律法规作为实施三网融合的第一道程序，坚持先立法、后融合，实行严格的监管政策。在技术条件基本具备的前提下，三网融合的关键是开放市场，电信网与广电网的对称接入是三网融合的焦点。把开展宽带业务作为三网在业务上的融合点，宽带接入市场是当前三网竞争的关键所在。目前三网融合也面临很多问题，主要是三网业务的定位不同，不同行业、不同网络之间的利益主体不同，三大网络标准尚未统一，以及当前网络信息资源开放不够等。

IPTV是一种利用宽带数据网络，集互联网、多媒体、通信等多种技术于一体，向用户提供包括数字电视在内的多种交互式服务的技术。它对于完成真正意义上的三网融合有着巨大的推动作用，应该成为三网融合的突破口或者契机。但是在2010年2月22日，广电总局紧急暂停了广西、新疆两省级电信公司的IPTV项目。按照广电总局的说法，上述两地电信部门擅自超越了原本10个三网融合业务双向进入试点城市的限制，因此被暂停。

**2. 三网融合关键技术**

在网络的不同层次，融合目标是传输技术趋向一致，网络层面实现互连互通，业务层上互相交叉，应用层上趋向使用统一的协议与应用软件。传输通信层和中间网络层是进行融合的主要层次。

在传输层次上，随着数字化技术的全面应用，语音、数据、图像等任何业务信息都可以统一编码，以“0”、“1”信号在网上传输，都可以通过数字网来传输、交换和提供。在接入层上，三网的融合体现为IP的广泛接受。随着因特网的飞速发展，IP已经成为事实上的业界标准，各种以IP为基础的业务能在不同的网上实现互通，为三网融合奠定了基础。在应用层与用户端设备上，三网融合同样具备了良好的基础。随着软件技术的发展，三大网络都能通过软件最终支持各种用户所需的特性、功能和业务。现代用户端设备已成为高度智能化和软件化的产品。微处理器芯片、嵌入式软件已经极大地扩展了用户端设备的能力，下一代的智能通信终端已经具备了承载三网业务和应用融合的实现能力。

从技术上看，尽管各种网络仍各有自己的特点，但技术特征正逐渐趋向一致，如数字化、光纤化、分组交换化等，特别是逐渐向IP的会聚已成为下一步发展的共同趋向。当各种网络平台达到承载本质上相同业务的能力时，才真正可以替代原来的传输体制，打破三个行业中按业务种类划分市场和行业的技术壁垒。技术的进步，使传统的行业界限变得越来越模糊，促进了行业的技术、服务和市场方面走向融合。在宽带接入技术方面，HFC和基于PON的FTTC是两种较好的接入方式，但各有优缺点。HFC在传输模拟CATV信号方面有优势，但是在开展语音、数据接入方面可靠性差，且上行信道频带窄，易受噪声的影响和信号间串扰，此外，模拟信道对数字业务开展也不利；而FTTC采用PON技术，提高了通信传输质量，解决了上行传输中的带宽问题，但是不支持模拟分配式视像业务的传输。

三网融合的目标不能简单地认为是现有电信网、计算机网和有线电视网三个网络的合一，其最终目的是为了满足不断增长的各种业务需求，并在对新的业务模式形成有效支撑的情况下，能够有效整合各类网络资源，提高信息产业的整体水平，为社会经济网络化、数字化创造条件，成为具有业务融合能力的网络基础设施。

**3. 三网融合对广电的影响**

三网融合就概念而言是三个网络的融合，而实质是广电和电信两大阵营的融合。首先，与中国移动公司合作，移动是广电的天然伙伴，双方在用户、业务、资源等方面均可互补，双方可合作开发移动电视、家庭监控、音视频互通分享等融合业务。其次，抓住宽带投入的互联网制高点，让用户宽带费成为广电的基本投入。未来几年，城镇的宽带入户率将达到90%以上，广电60%以上的用户使用广电宽带。再次，立即选择正确的合作伙伴。

#### 4. IPTV 业务及数字电视的发展趋势

当今的通信技术，尤其是基于 IP 的各种技术，使原本分属不同领域的电信和广播电视业提供相近或相同的服务。这些新技术和新业务的推广与普及，使消费者只租用运营商的一条通信线路就可以同时享受电信、电视、互联网三重服务。而最早出现的三重服务就是 IPTV，所以发展 IPTV 业务，三网融合就将会成为现实。

目前，电信运营商建立了完善的宽带网络，拥有大量的宽带用户，且在网络增值业务及运维技术上积累了丰富的经验。但电信运营商也存在明显的劣势。首先缺乏视频服务内容，视频内容是 IPTV 业务发展的关键所在；其次，电信缺乏运营电视业务的许可牌照，且短期内从广电总局取得 IPTV 牌照几乎没有可能。

广电运营商掌握丰富的视频资源，但广电运营商的劣势也显而易见。首先广电 HFC 网络在短时间内完成改造任务艰巨，耗资大；其次，广电系统技术研发体系不完善，无论是技术积累还是技术人才的积累，还十分薄弱；再次，广电系统服务能力有待提高，长期以来仅习惯于提供单一、单向服务，仅仅依靠广告来支撑服务体系，在多姿多彩的互联网服务面前相形见绌。数字电视应在与 IPTV 业务的竞争中找准定位，发挥自己海量带宽的优势，开拓专业化付费频道和高清频道市场，在现有的政策下大力发展用户，开拓数据广播形式的分类广告发布市场，另外要加强技术平台和网络的技术革新，利用一切上行通道，大力进行双向改造，开展视频点播和其他互动业务应用。

在数字时代，技术和业务的融合是大势所趋。我国在有线、无线、卫星的广播传输事业上取得了巨大成就，但由于互动业务的技术限制，为 IPTV 开发互动视频需求留下了空间。

任何运营商都有自己的主业与副业，一类运营商不可能包揽或垄断全部业务。广播电视在广播业务中具有先天优势，而宽带网络强大的交互特性，则使宽带网运营商能够在提供点播业务的基础上，提供更多的增值服务。双方各有特点和其适用范围，可以相互渗透，但不能互相取代，优势互补则有利于开展多种业务。目前的 IPTV 和广播电视使用不同网络，在广播业务上不存在竞争关系，只在交互业务上存在一定的竞争。这会根据用户的要求或选择的不同，最终达到一个动态平衡。另外，由于广播电视宣传关系到国家利益，即便 IPTV 业务将来有大规模发展，其对广播电视的影响也不可能达到 IP 电话对固定电话影响的程度。

总的来说，包括视音频、图像、数据在内的多媒体资讯的 IP 化是大的发展趋势，基于光无源网络的 IPTV 将会是三网融合的最佳切入点。

从长期看，电信和广电分业务经营的局面不可能永远维持，而在双方的部分业务互相进入渐成气候后，形势可能发生很大变化。那时，广电若能完成产业化、市场化乃至体制改造以及网络的双向化改造，能够大规模提供 Triple Play 业务后，将会成为电信公司的强有力竞争对手。因而电信公司进入 IPTV 领域，提供 Triple Play 乃至 Multiple Play 业务已经不是一种可有可无的选择，而是一种战略抉择。

### 3.4.4 广电实现三网融合

#### 1. 广电的 HFC 网络实现三网融合

通过对广电的 HFC 网络的分析，可以看出实现三网融合的网络改造方案，不但要全面克服双向宽带接入所存在的问题，而且还要充分发挥 HFC 网的优势。EPON 是一种基于高速以太网、时分复用（TDM）、波分复用和媒体访问控制（MAC）等技术，并采用点到多点网络结构和无源光纤传输的接入技术。对于有线电视发展起来的 HFC 网络，依靠当前 EPON 和以太网技术的发展，最适合双向改造方式的是 EPON + LAN 或 EPON + EOC（Ethernet Over Coax），它是向 FTTH（光纤到户）过渡提供最佳的宽带接入手段。

（1）EPON + LAN 改造方案

在 EPON + LAN 改造方案中，EPON-OLT 利用分前端光纤到园区机房分光器，分光器分光后接入各个楼宇或者楼道的 ONU，ONU 采用 LAN 入户，承载数字电视点播信令同传和宽带上网等多业务，并根据多业务开展的需要，在用户侧增加家庭网管设备，完成对多业务终端的接入。下行的模拟和数字 TV 信号通过原有的光纤和 HFC 线路下行，利用 HFC 入户。最终双线入户，一劳永逸地解决了数字网络双向问题。另外，如果 CATV 信号波长是 1550 nm 时，将分前端光纤与 EPON-OLT 进行合波，通过一根光纤进行传输，在园区机房进行分波，分别分出 CATV 信号和 EPON 光信号。这样可有效地节省线路光纤资源。采用这种方案完成改造后，单位用户独占线路资源，不存在相互干扰的问题，开展点播业务不需要新增用户的终端投入，使开通成本大大节省。在带宽规划上，一般采用 1000 MB 到小区、100 MB 到楼道、10 MB 到户，来满足用户高带宽的需求和未来多业务接入的需要。

（2）EPON + EOC 改造方案

EOC（Ethernet Over Coax）就是一种通过无源设备在同轴电缆中传输以太网信号的技术。EOC 把广播电视信号的下行传输和 IP 数据双向传输有机地结合在一起，用一根电缆接入用户。既有大容量清晰的图像又有双向独享的宽带数据接入，对同一根同轴电缆通过频率分割，在 10 ~ 25 MHz 带宽内直接传送 10Base-T 的基带以太网信号，50 ~ 860 MHz 仍然传送 RF 信号。在 EPON + EOC 改造方案中，EPON-OLT 同样也是利用分前端光纤到园区机房分光器，分光器分光后接入各个 ONU，然后以 EOC 方式下行传输。EOC 合成器被部署在小区楼道，将 CATV 信号和数据信号进行合成，通过原有 HFC 线缆传送到用户，最终通过用户的 EOC 终端分离出 CATV 信号和数据信号，用户数字电视点播信号通过 EOC 方式上行传输。EOC 充分利用现有网络的同轴电缆、分支分配器资源，能够有效节省再次建网的成本。此外，这种方案施工难度小、工作量少、改造速度快，不受同轴网络上的噪声对系统传输质量的影响。终端设备成本较低，降低用户投资。

**2. 广电实现三网融合 IPTV 发展**

IPTV 业务不仅是广电对宽带流媒体应用系统的扩充，而且是未来基于 IP 承载网络数字电视的宽带运营平台。从 IP 宽带承载网和应用系统的现状来看，难点主要存在于现有的 IP 宽带网络如何承载 IPTV 业务；现有的流媒体、CDN、VNET 系统如何与 IPTV 新业务平台融合。同时，IPTV 业务很大程度上颠覆了传统电视用户对电视娱乐的消费和使用习惯。广电对 IPTV 的发展应采用一些策略，创造有利于业务发展的商业模式、降低机顶盒的购买成本、采用各种营销手段降低或者转移用户的一次性投入费用、建立竞争性的营销策略等。

## 3.5 小结

本章首先介绍传统有线广播电视网络改造技术，包括 CMTS + CM 技术、有源 EOC 技术中，两种主流技术 MoCA 和 HomePlug AV Over Coax 技术的技术原理和技术特点；其次分析现代有线电视网络和未来数字家庭网络的技术特点明确下一代广播电视网在三网融合中的地位和作用；然后，介绍主流视频编解码技术原理和特点；接着分析下一代广播电视网络中的3TNet传输技术和光纤传输技术；最后，依据对以上背景技术的研究与分析，明确有线电视行业发展面临的挑战和机遇。

# 参 考 文 献


[1]黄扬略,刘明．传媒上市指引[M]．深圳:深圳报业集团出版社,2009.

[2]刘修文．有线电视技术与基本技能[M]．北京:中国电力出版社,2008.

[3]迟长春,黄民德,陈冰．有线电视系统工程设计[M]．天津:天津大学出版社,2009.

[4]刘洪才．村村通广播电视技术[M]．北京:人民邮电出版社,2009.

[5]高福安,李志勇,张洁霞．广播电视技术维护与管理[M]．北京:中国广播电视出版社,2009.

[6]中国广播电视年鉴编辑委员会．2009中国广播电视年鉴．北京:中国广播电视年鉴社,2009.

[7]宋蕾．中国电视节目市场概论[M]．北京:中国传媒大学出版社,2008.

[8]王福豹，王兴亮．现代广播电视网络技术及其应用[M]．西安:西安电子科技大学出版社,2002.

[9]蔡尚伟．广播电视新闻学[M]．上海:复旦大学出版社,2006.

# 第4章　基于以太无光源网络的有线电视网络接入设计

## 4.1　传统有线广播电视接入网络的改造

### 4.1.1　CMTS + CM 技术

广播电视新技术的不断更新和发展，加速了我国有线电视系统网络的建设，HFC 的传输技术目前已成为世界各国的主流技术，如何把 HFC 建成高速宽带多媒体双向传输网络是各大有线电视台正在实施和考虑的问题。因为 HFC 光纤电缆混合网采用模拟技术来传送有线电视，要想达到传输数字信号的目的，就要进行宽带调制，也就是要采用 Cable Modem（电缆调制解调器）的传输技术来实现数字信号的传递工作。而双向传输中的数据传输设备 CMTS 和 Cable Modem 在网络中占主导作用，对它们的熟悉和了解以及在网络中如何应用数据传输设备非常重要，因此，下面将对 Cable Modem 和 CMTS 所执行的技术标准、工作原理、接入方式、设备选型以及在网络运行中电平的调整等方面问题做了介绍，并对传输中的技术问题进行了讨论。

1. CMTS

CMTS 是电缆调制解调器的头端设备，它能对终端设备 CM 进行认证、配置和管理，它还能为 CM 提供连接 IP 骨干网和 Internet 的通道，而且 CM 能在客户端和 HFC 网络之间提供透明的 IP 传输通道。HFC 多媒体宽带可利用 CM 来进行 IP 传输，它的基本传输模式是发送下行和接收上行数据信号，能给用户提供高速因特网和 PC 网，能完成有线电视网络的路由连接。CMTS 能提供速率为 100 Mbit/s 的端口与计算机局域网的交换机相连，把 HFC 宽带网、省网、国家光纤干线网连接。

CMTS 和 CM 有两种标准网络接口，CMTS 设备设置的网络用于连接以太网的交换机、10/100 Mbit/s 以太网接口、ATM 的 OC-3 接口、路由器或者 ATM 交换机。CMTS 还有 RF 接口，RF 又分为上行 RF 和下行 RF 通道，一般情况下它的下行通道的速率分别为 10 Mbit/s 和 37 Mbit/s。

2. CM

CM 是用户终端数字接收设备，称电缆调制解调器，它能承载 5 ~ 16 个用户，也可为单独用户使用。它负责接收 CMTS 传送来的下行数据信息，并把接收到的信息调制成用户所需的信号，CM 还具备路由器和网桥功能。与 CM 相联的终端设备就是 PC，CM 分内置式和外置式两种，内置式 CM 通过 PCI 接口与 PC 相连，外置式 CM 可通过串行接口或以太网接口与 PC 相连。

CM 的网络接口分别为 RF 和 CPE（Customer Premise Equipment）接口，传输上行数据时都要通过这两个接口。如果采用电话回传，CM 就只有下行数据通过 RF 接口，而 CPE 网络接口主要是连接用户 PC 和本地以太网的 USB 标准接口，其速率可达 10 Mbit/s，CPE 是终端用户的前提设备，它由 PC、网络计算机等组成。除此之外，为了实现更多的功能，CM 还应具备 IP、Telephone 的电话接口，这样用户可以通过 HFC 网络开展电话通话业务。

### 3. CMTS 和 CM 的工作原理

在 HFC 传输网络中进行数字信号交换，由于计算机之间的数字脉冲信号的交换速度很快，信息载体的脉冲宽度仅≤0.1 μs，如果把计算机上运行的基带数字信号直接像电视机信号一样进行射频幅度的调制，无论从技术上，还是在抗干扰等方面都是难以实施的。为了实现以上传输，在 HFC 双向网络中采用了 QPSK（四相相移健控）和 QAM（正交振幅调制）两种数字信号载波调制方式。QAM 具有较高的频带利用率，而 QPSK 技术有抗干扰性强的显著特点，把这两种技术结合在一起，融入双向传输的网络中，在频道干扰严重，信噪比严重恶化的条件下，都能使信号和信息正常传输，发挥了重要的作用。

CM 在 HFC 网络中运行的基本过程是，当 Internet 信息通过 CMTS（Cable Modem Termination System）网络接口连接到 CMTS 时，CMTS 再通过 CMTS 的 RF 接口将信号通过光发射机变成光信号后再送入 HFC 网络中，光信号到达远端的光接收机变成 RF 信号后通过 CM 的 RF 接口连接到 CM 电缆调制解调制器中，然后经过 CM 的 CPE 接口连接到用户终端的 PC 上，这一过程就是 CM 在 HFC 网络中进行 IP 传输的基本过程。

用户设备 CM 从接入用户数量上看有两种类型，一类是单用户即一块电脑上的接口卡，另一类是可支持 16 个用户的外置 CM，用户连接一个 HUB（计算机集线器）可连接 16 台带有10 Mbit/s 网卡的用户（不能用交换机和 100/10 Mbit/s 切换式 HUB，因为交换机是第二层设备，CM 无法识别这些 MAC 是 PC 还是其它设备，它只能识别 PC），从功能上讲如果要在有线电视网上打电话，应提供电话接口，当然前端也相应地增加支持电话工作的其他配套设备。

### 4. CMTS + CM 的应用

CMTS 和 CM 配合在一起可在 HFC 网络中展开音、视频会议、网上炒股，打 IP 电话、远程教育、网上双向游戏；还能提供快速 Internet 的接入、浏览、发电子邮件和网上购物；由 CMTS 和 CM 构成的有线数据系统能开展和提供多项目的服务功能，如 IP 过滤器、防欺诈特性、服务级别、HFC 静态路径服务；除此之外还能提供工商、行政、税务、银行、教育、证券等服务。

由于 CMTS 为头端设备，它可以覆盖整个网络，可以设在前端机房，也可以设在分中心或者片区光结点，这要根据网络拥有用户的多少来考虑，CMTS 能在有线电视网和数据网之间起到网关的作用。

每台 CM 除了拥有一个 48 位的物理地址外，还有一个 14 位的服务标识（Service ID），并由 CMTS 分配。每个服务标识对应一种服务类型，通过服务标识在 CM 与 CMTS 之间建立一个映射，CMTS 根据这个映射为每台 CM 分配带宽，实现 QoS 管理。CMTS 一般情况下需配置一台 CM 来对应一个光结点所承载的用户端的 CM，CM 在系统中每 6 ~ 8 MHz 频率可提供高达 30 ~ 40 Mbit/s 的传输速率，为上百个终端用户共享。如果 500 人同时上网，每人分得的传输速率为 64 ~ 128 kbit/s。由于 CM 的连接实际占用的带宽不是固定的，它只是在发送和接收数据的瞬间才占用网络的带宽，而其他时间不占用网络资源，正是由于带宽共享，在实际传输中可实现带宽的动态分配管理，在规定的频段内若上网的人数很少，此时每个上网的用户所分配的带宽就远超过 64～128 kbit/s 的传输速率，而上网高峰期就会出现网上拥塞现象。超过的用户越多，传输速率就会大幅度下降，这就应考虑网络上是否增加光结点，以增加光路数量来维持用户的上网和发送数据的速率。如果各片区上网的用户急剧增加，为了确保上网用户的传输速率，可把 CMTS 推向各分中心或者光结点，因此，HFC 双向高速多媒体网络在设计上应具备极强的可扩展性，可以根据用户发展情况，随时增加光路数量来满足用户需求。

CMTS 数据系统是头端的控制器，它是 CM 的核心部分，CMTS 用来控制和管理 CM 及进行上、下行数据之间的传输频率转换。HFC 系统功能是否完善，完全解决了 CMTS 的性能质量，它还能为以太网和 CATV 网络提供连接，并进行数据频率分配。

5. Cable Modem 终端设备的选择

Cable Modem 是终端用户进行双向传输的重要设备，对它的选择也就显得尤为重要。所选设备应适合本网络结构的特点和用户消费水平，并要保证所选设备能向上兼容，也要考虑网络升级后不会被淘汰。由于网络中传输的节目不断增加，对设备的各项技术指标也有新的要求，特别是设备的稳定度、带外抑制要求也就更高，而且所选产品必须是国际标准的 Cable Modem 产品，它才能满足向上兼容性。

目前使用的 CM 有 TDMA（时分多址）和 S－CDMA（同步码分多址）两种方式，由于回传汇聚噪声比较大，TDMA 方式由于对噪声的抑制能力差而被逐渐淘汰。而采用同步码分多址接入的 CM 因有很强的抗噪声能力，已成为理想的网络连接方式。由于 CM 采用了先进的 S-CDMA 技术，它能在信噪比为 15 dB 的环境下正常工作，即使信噪比在 －13 dB 时也能确保数据信息不中断，但在速率上有所下降，因此在选择 CM 设备时应当注意。除此之外，基于 S-CDMA 的电缆调制解调器在运作灵活、升级、可靠性等方面都有一定优势。

从我国目前各大电视网络发展的情况看，大多数均以单向为主，真正实现双向传输的不太多，很多厂家生产的 Cable Modem 仅能提供电缆回传业务，这样的产品对今后网络的发展会产生局限性。在今后的发展中，高速数据传输网需要的产品应是既能为用户提供电缆回传业务，又能用最普及的电话实现回传，才能满足今后网络和个人发展的需要。Cable Modem 它能通过 HFC 网络进行高速数据接入 Internet 和其他信息的用户终端设备，一般设置两个接口，一个接 CATV 端口，另一个与 PC 相连。由于 Cable Modem 的价位较高，普通用户不易接受，难以普及。现阶段只有采用 CM 带 1～16 个终端来扩大用户群。

Cable Modem 是现阶段传递信息高速数据的主要形式之一，目前全球面临信息膨胀、数据通信量“爆炸”的挑战。由于它有使用方便、资源共享、资费低、集视频电话数据于一身的特点，引起了各国信息产业部门越来越多的重视，因此在今后的发展中会随价格的不断下降，得到更广泛的应用。

对 CM 的选择，除应符合 DOCSIS1.0 以上的标准外，应具有易用性和很强的适应性，价格适当，性能和指标应达到要求。另外，对 Cable Modem 中产生的电气噪声、信号通过设备时产生的离散偏移、相位偏移等问题都不能忽视。因此，应选择低噪声的 CM 设备，而且相位和频率的稳定度要高，不易产生漂移。所选择配套的无源分支分配器的屏蔽性能要好、隔离度指标高、宽通频带的器件。

产品优质的 CM 应具备在设定的频段内能自动寻找干扰最小的频率点来进行信号的回传，并且可以根据线路的状况来适应调整后信号的发送速率，也就是好的 CM 应具备自动跳频的功能；另一方面要能调整上行输出信号的电平，来确保传输中最佳的信噪比。所连的PC空闲时，要能及时关断上行信号的载波，这样可以降低系统噪声的汇聚。

## 4.1.2 MoCA技术

在了解MoCA之前，得先对调制传输EOC技术有个了解。所谓调制传输EOC工作原理是利用现有的有线电视同轴分配网络，在其RF频谱上加入以太网数据通道，这样同一个同轴电缆网络能为用户同时提供视频和数据服务。使用EOC终端设备分配的视频信号可以是模拟信号或数字信号，或者两者兼有，此外以太网信号可以通过同轴电缆输送到每个用户家里。EOC方案以其强大的以太网信号传输能力，使得多种基于IP的业务，如高速数据（HSD）业务、VoIP和IPTV等都能成为现实。下面讲解无源EOC跟有源EOC技术基于IEEE 802.3相关的一系列协议，也就是以太网信号在同轴电缆上的一种传输技术。原有以太网络信号的帧格式没有改变，最大的改变是从双极性（差分）信号（便于双绞线传输）转换成单极性信号（便于同轴电缆传输），通过无源器件的处理就可实现。

有源EOC就是在同轴网络中运行的以太网，把点到多点的同轴分配网络作为物理层传输介质，同轴分配网可以是星形、树形等任意拓扑结构，有源EOC所用的是低频部分，因此可以全网络通行，如此就可以灵活部署EOC头端，可放置于小区光结点，完成全小区的覆盖，也可以放置于楼道。

MoCA即Multimedia over Coax Alliance，是一种产业标准，提供基于同轴电缆的宽带接入和家庭网络产品方案。MoCA技术占用800～1500 MHz频段，采用OFDM调制和TDMA/TDD技术，MAC部分的TDMA是采用软件来实现的，每个载波最高可进行12SQAM调制，每个信道理论上最大的物理数据传输速率为270 Mbit/s，最大的有效数据传输速率为130 Mbit/s，设备典型发送电平3 dBm，接收电平范围为0～75 dBm，典型时延3 ms，理想情况下MoCA以50 MHz为一个信道，可支持31个用户端。

MoCA的成员包括运营商，系统设备制造商，芯片供应商，由它们构成完整的产业链，MoCA希望能够用同轴电缆（Coax）来提供多媒体视频信息传递。MoCA只是它们利用Entropic（Entropic是唯一一个MoCA芯片制造商）的技术c.LINK作为MoCA1.0规范的依据，c.LINK是Entropic公司基于MoCA技术的同轴电缆接入产品的商标。图4-1为MoCA技术的应用示意图。

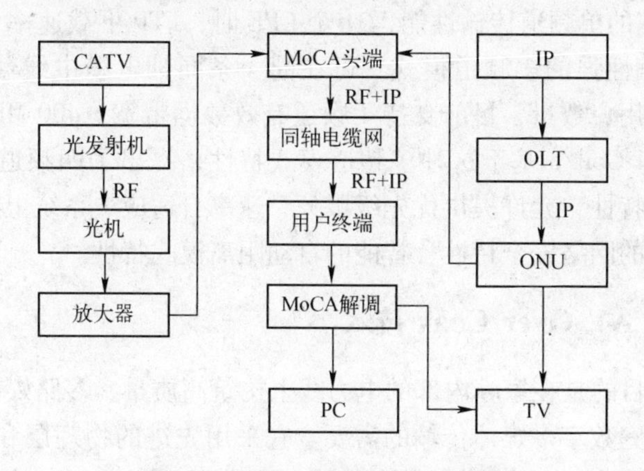


图4-1　MoCA技术的应用示意图

为了进一步认识 MoCA，就得先了解 c. LINK 技术。下面从 c. LINK 的技术背景、核心竞争力、技术特性三个方面来分析它。

c. LINK 技术可以利用现有的同轴电缆网络，结合光通信技术，用它来向大厦和小区提供高速宽带接入。利用这种方法能够轻易反向穿透电缆分配器而无需改造电缆网络就可达到双向通信的目的，提供两种与众不同的网络技术，大大加强了语音、高速数据、高清视频的高品质体验。c. LINK 技术占用频段 800 ~ 1550 MHz，步长 25 MHz，每一频道带宽为50 MHz，每段同轴电缆支持 4 ~ 8 个频道，每个频道上可同时连接 31 个终端用户，在每个 50 MHz 频道内双向物理传输速率可达 270 Mbit/s，有用数据传输速率为 130 Mbit/s，距离可达 600 m。c. LINK 技术采用点对多点的网络拓扑结构，支持 31 个终端（CPE）客户和一个网络管理端（NC），该网络被设计成可预订，无竞争方式，采用 BOSS 或网络管理端来计划传输介质中所有要传输的内容。

如图 4-2 所示，c. LINK 信号频段为 800 ~ 1550 MHz，介于 54 ~ 860 MHz 有线电视信号 CATV 频段与 2. 4 G 无线保真技术 WiFi 信号频段之间，采用抗干扰能力较强的多载波有源调制方式，所以又称之无噪声频段。

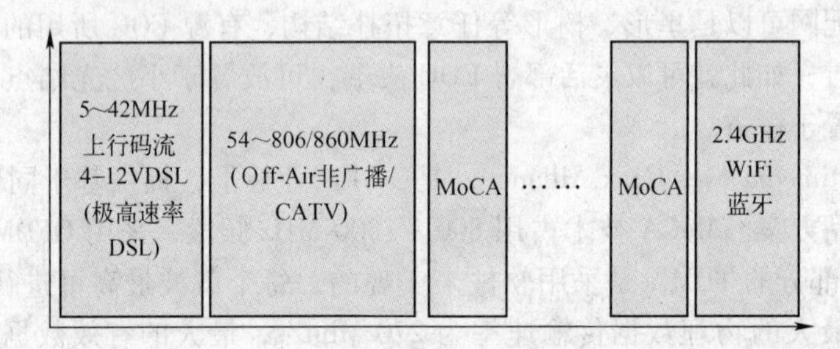


图 4-2　信号频段示意图

高数据带宽，上行和下行都具备高达 270 Mbit/s 的实时数据传输速率，是目前唯一在同轴电缆上可以提供实际数据传输速率 >100 Mbit/s 的成熟技术；可以在任何一个房间或多个房间的同轴电缆接口上自由接入，真正的即装即用的解决方案；不要求改变已存在的网络布线，不需要增加新的接入点装置，不需要增加新的电缆。

c. LINK 有着卓越的单频道传输性能，31 个 CPE 时，FTP 下载速率 >80 Mbit/s，UDP 速率 >100 Mbit/s；伸缩性强的多频道模式，可在同一条同轴电缆中线性叠加 c. LINK TM 频道，增加数据带宽和用户数量，目前支持 4 频道有效数据带宽 >400 Mbit/s。理论上可以升级到 8 频道，带宽 >1 Gbit/s 基于这种多频道模式特性，提出了四频道高速宽带接入模式；灵活性高的带宽管理特性，允许提供优先级服务、速率自适应、系统上行和下行传输速率控制等管理特性；可靠的网络安全特性、智能的自动距离模式特性。

### 4. 1. 3　HomePlug AV Over Coax 技术

HomePlug AV 的目的是在家庭内部的电力线上构筑高质量、多路媒体流、面向娱乐的网络，专门用来满足家庭数字多媒体传输的需要。它采用先进的物理层和 MAC 层技术，提供 200 Mbit/s 级的电力线网络，用于传输视频、音频和数据。

HomePlug AV 的物理层使用 OFDM 调制方式，它是将待发送的信息码元通过串并变换，降低速率，从而增大码元周期，以削弱多径干扰的影响。同时它使用循环前缀（CP）作为保护间隔，大大减少甚至消除了码间干扰，并且保证了各信道间的正交性。当然，这样做也付出了带宽的代价，并带来了能量损失：CP 越长，能量损失就越大。OFDM 中各个子载波频谱有 1/2 重叠正交，这样提高了 OFDM 调制方式的频谱利用率。在接收端通过相关解调技术分离出各载波，同时消除码间干扰。

HomePlug AV 在 2 ~ 28 MHz 频段使用 917 个子载波，功率谱密度可编程，以满足不同国家的频率管制。每个子载波可以单独进行 BPSK、QPSK、8QAM、16QAM、64QAM、256QAM 和 1024QAM 调制；采用 Turbo FEC 错误校验；物理层线路速率达到 200 Mbit/s，净荷为 150 Mbit/s，接近电力线的通信容量。

HomePlug AV 设计了十分高效的 MAC 层，支持基于工频周期同步机制的 TDMA 和 CSMA。TDMA 面向连接，提供 QoS 保障，确保带宽预留、高可靠性和严格的时延抖动控制。CSMA 面向优先级，提供了 4 级优先级。工频周期同步机制确保良好的抗工频周期同步噪声的信道适应能力，如调光灯、充电器等产生的谐波，并且基于 128 位 AES 严格加密。中央协调者 CCo（Central Coordinator）控制所在电力线网络设备的活动，并协调相邻电力线网络的共存，支持电力线宽带接入、多电力线网络运行和隐藏结点服务。

由于 MAC 层仍然采用 CSMA 机制，当网络中 HomePlug 设备结点增加时，碰撞的几率会增加，数据传输速率也会大大降低。所以在结点设备较少的家庭联网场合，它仍是一种很实用、很方便的技术，特别是在家庭场合，电力线无处不在，比电话线、同轴电缆更为普遍。

HomePlug over Coax 同样是完整地借用 HomePlug 协议，只是修改前端耦合等电路来实现。HomePlug over Coax 使得原来 HomePlug 比较难以处理的问题得到了很好的解决，如电磁兼容等。由于同轴电缆的传输性能要好于电力线，所以数据流量性能也会好于 HomePlug 在电力线上传输的性能。

由于 HomePlug over Coax 为多载波的 OFDM 有源调制方式，工作在 2 ~ 28 MHz 频段。虽然抗干扰能力较强，但当一点对多点通信时，也是要受到汇聚噪声的影响。

与 EOC 技术相比较，HomePlug AV Over Coax 能方便实现智能家庭自动化和家庭联网，利用室内电源插座安装简单、设置灵活，为户内移动带来很多方便；调制速率较高，但带宽共享（200 Mbit/s/$N$ 个用户）达 200 Mbit/s（实际吞吐量 > 100 Mbit/s），EOC 技术是独享 10 Mbit/s 带宽，可升级至 100 Mbit/s；能够通过分支分配器，工作频率在低频段（2 ~ 28 MHz），网络适应能力好能与 Cable Modem 网络的改造吻合，不需要更换优质的分支分配器和电缆；抗干扰能力较强，为多载波的 OFDM 有源调制方式；家庭中也需要一个有源设备（HomePlug Modem），成本较高、技术成熟，芯片价格高；IEEE 标准正在制订中，但使用范围不如 IEEE802.3 广泛。

### 4.1.4 EOC 技术简介

EOC（Ethernet Over Cable）主要可分为基带传输、调制传输、2.4 GHz 扩展应用 3 类，其中又可细分出很多具体的标准/非标准技术，如基带、MoCA、同轴 WiFi、CableRan 等。EOC 技术方案之一是基带（Baseband，无需复杂的频率移动就可传送数字信号的传输介质）方案。这是一种性价比很高的方案，利用同轴电缆代替 5 类线做基带传输（占用 0 ~ 30 MHz 频带，10 Mbit/s 半双工）。接入简图如图 4-3 所示。

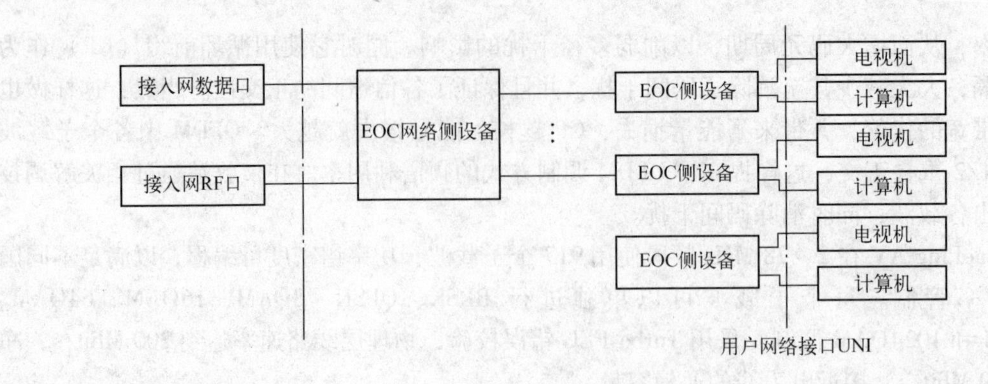


图 4-3　EOC 接入简图

基带 EOC 技术是频分复用技术共缆传输，利用了有线电视信号 45 ~ 860 MHz 的高端频率和以太网的基带信号 0 ~ 20 MHz 的低端频率，两者同时在同轴电缆上传输。在用户端，通过终端设备将电视信号和数据信号分离开来，电视信号送入电视机，数据信号连入计算机。这是广电网络 HFC（同轴电缆/光纤混合网络）双向改造中的一个高性能低成本的解决方案。

使用调制技术的 EOC 产品采用 OFDM 与自适应 QAM 技术，将以太网信号调制到射频频段，与电视信号混合，一起通过同轴电缆分配网传输，在用户端将电视信号和数字信号分离后，把数字调制信号还原为以太网信号。

EOC 技术利用现有的广电 HFC 网络为用户提供数字电视、互动电视和宽带服务。它安装简单，即插即用，快速部署，无需重新布线，无需扰民；双向带宽最高达 100 MHz，抗噪声干扰能力远高于 Cable Modem，可在恶劣的网络环境下工作；体积小，重量轻，适用于家庭，楼道和小区安装；安全可靠，运行稳定，经济实用；TV 接口可兼容所有主流有线电视设备，如分路器、电视机、光发机等；Data 接口可兼容所有以太网设备，如交换机、路由器、IP 机顶盒、PC 等；内嵌嵌入式系统，可通过 http 方式登录进行各种管理设置，如设置 IP、密码等；支持全双工、半双工模式；支持 10/100M 自适应；支持 IEEE802. 3 10Base-T（以太网，10 Mbit/s）；支持 IEEE802. 3u 100Base-TX（快速以太网 100 Mbit/s）

EOC 设备可长时间稳定支持 10 个吞吐量（Throughput）为 8 Mbit/s 的并发数据流，EOC 入户技术有能力支持“100 Mbit/s 进楼道、10 Mbit/s 入户”的宽带接入方案。EOC 产品的组建基于同轴电缆的家庭以太网，实现了“哪里有广播电视信号输出，哪里就有交互网络接口”，且运行稳定。符合 802. 11g 标准的 WOC 设备单台可支持 6 个吞吐量为 3. 5 Mbit/s 的并发数据流，性能优于目前主流宽带接入技术。WOC 入户是有线电视网络实现宽带接入的有效途径之一。EOC/WOC 技术可以深度挖掘有线电视的同轴电缆网络资源，使视频交互服务的应用特征与电视机应用优势无缝结合。EOC/WOC 技术可以方便地支持一户多终端（多机顶盒）的交互。将用 5 类线连接的网络进行的对比测试（主观）可知，对于 VOD（包括 IPTV）、VoIP（Skype）等无明显差别的业务，FHC1101EOC 是低频调试设备，具有高带宽、抗干扰性强、简单实用特点。

### 4. 1. 5　FTTx 技术

FTTx 技术主要用于接入网络光纤化，范围从区域电信机房的局端设备到用户终端设备，局端设备为光线路终端（Optical Line Terminal，OLT），用户端设备为光网络单元（Optical

Network Unit，ONU）或光网络终端（Optical Network Terminal，ONT）。根据光纤到用户的距离来分类，可分成光纤到交换箱（Fiber To The Cabinet，FTTCab）、光纤到路边（Fiber To The Curb，FTTC）、光纤到大楼（Fiber To The Building，FTTB）及光纤到户（Fiber To The Home，FTTH）。美国运营商 Verizon 将 FTTB 及 FTTH 合称光纤到驻地（Fiber To The Premise，FTTP），上述服务可统称为 FTTx。

FTTC 为目前最主要的服务形式，主要是为住宅区的用户服务，将 ONU 设备放置于路边机箱，利用 ONU 中的同轴电缆传送 CATV 信号或利用双绞线传送电话信号及上网服务。

FTTB 依服务对象区分有两种，一种是公寓大厦的用户服务，另一种是商业大楼的公司行号服务。两种皆将 ONU 设置在大楼的地下室配线箱处，只是公寓大厦的 ONU 是 FTTC 的延伸，而商业大楼是为了中大型企业单位，必须提高传输速率，以提供高速的数据、电子商务、视频会议等宽带服务。

至于 FTTH，ITU 认为从光纤端头的光电转换器到用户桌面不超过 100 m 的情况才是 FTTH。FTTH 将光纤的距离延伸到终端用户家里，使得家庭内能提供各种不同的宽带服务，如 VOD、在家购物、在家上课等，提供更多的商机。若搭配 WLAN 技术，将使得宽带与移动相结合，则可以看到未来宽带数字家庭的远景。

## 4.2 以太无光源网络系统的原理

以太无光源网络（Ethernet Passive Optical Network，EPON）系统是在无光源网络系统（Passive Optical Network，PON）上发展而来的，而且是 PON 应用的主流技术。因此，对于 PON 的认识可以帮助读者理解 EPON 系统的原理。对 PON 系统不了解的读者可以自行查阅相关资料。本节将通过 EPON 系统的网络结构、技术特点和网络设计规范 3 个方面来进一步阐述 EPON 系统在 PON 系统的基础上具有的特点。

### 4.2.1 EPON 系统的网络结构

在实际应用中，常见的 EPON 系统的基本网络结构是星形结构。光分路器分支比目前最高为 1∶64。这种点到多点的网络结构非常适合广电网络实现 FTTx 双向网络。从逻辑上来看，EPON 系统在接入网链路中增加了光线路终端（OLT），光分路器（ODN）和光网络单元（ONU）等功能实体。同时传输介质换成单模光纤，如图 4-4 所示。除了这些部分，EPON 系统增加了接入网管理系统功能。这个功能是通过 EMS（网元管理系统）完成的，它在 EPON 系统中起着关键性的作用。EMS 系统控制着所有与 OLT 相连的 ONU 的配置、端口、带宽分配等。

ODN 由光纤光缆、光连接器（光接头）、光分路器（OBD）、光衰减器、光隔离器、WDM 等构成。

OLT 作为 EPON 系统的核心功能器件和中心结点，具有集中带宽分配、控制各种 ONU、实时监控、运行维护管理整个 EPON 系统的功能。

ONU 为接入网提供用户侧的接口，提供语音、数据、视频等多业务与 ODN 的接入，受 OLT 的集中控制。

用户侧用于加入用户终端设备。

网络侧用于连接 PSTN、Internet、ATM 交换机、视频服务器等。

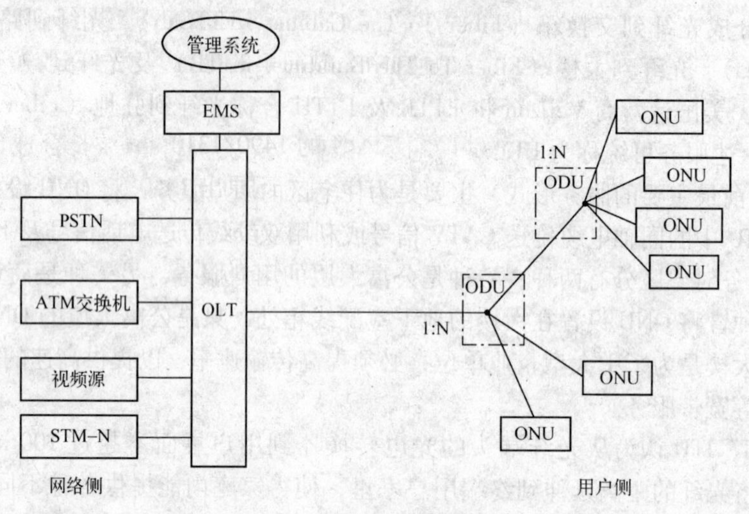


图 4-4　EPON 逻辑体系结构

通过这种 EPON 传输网络的接入，有线电视的接入用户的部分就变得相当简单。针对目前广电网络系统的特点，FTTB 解决方案比较符合目前双向网络的实际，在分前端机房部署 OLT 设备，可以覆盖周边 10～20 km 内的用户。通过 HFC 网络改造，可以将光缆延伸到单元或楼中，在这里安装 ONU 设备，然后通过 5 类线入户，对那些无法部署 5 类线的楼，可以通过 C-Hub 或 Cable-LAN 方式入户。

通过 EPON 网络的部署完成 HFC 的双向改造，网络可以实现交互电视的数据回传，同时可以实现基于 IP 的各种宽带业务，包括宽带互联网接入、VoIP、IPTV 等业务。如图 4-5 所示是通过 EPON 接入平台实现 FTTB 的示意图。

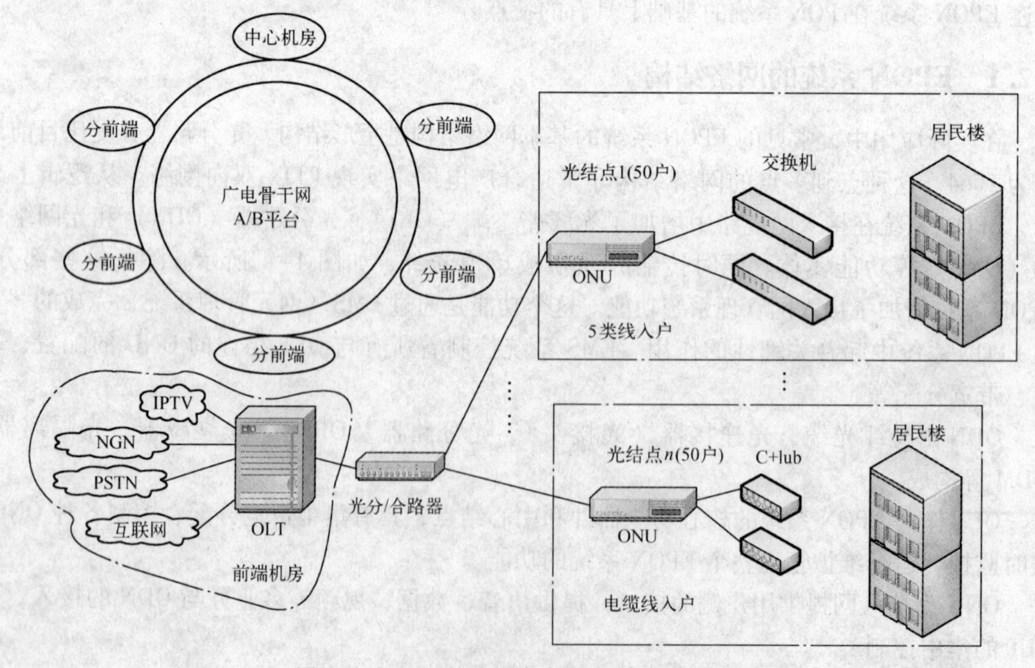


图 4-5　EPON 接入平台实现 FTTB 的示意图

HFC 网络的下行结构与无源光网络一样采用星形结构，与 EPON 十分相似。目前的 HFC 网络主要使用 1310 nm 波长，对使用 1550 nm 波长的网络或新建网络，可以采用 EPON +1550 nm 的方案，这种方案在同一个光纤网络上做简单的配置，就可在较短时间内完成网络的叠加。

通过波分复用的方式将 1550 nm 波长和 EPON 的 1490/1310 nm 波长合成后耦合进一根光纤，经过分路，光纤传输送到 ONU 前解波分复用，还原出 1550 nm 信号给 CATV 光接收机，提供 RF 视频服务，1490/1310 nm 信号接到 ONU，完成宽带数据业务的传输。这种方式适合使用 1550 nm 系统的网络，也适合将来光纤到户网络的部署，是实现三网合一的理想模式。EPON +1550 nm 方案的网络结构如图 4-6 所示。

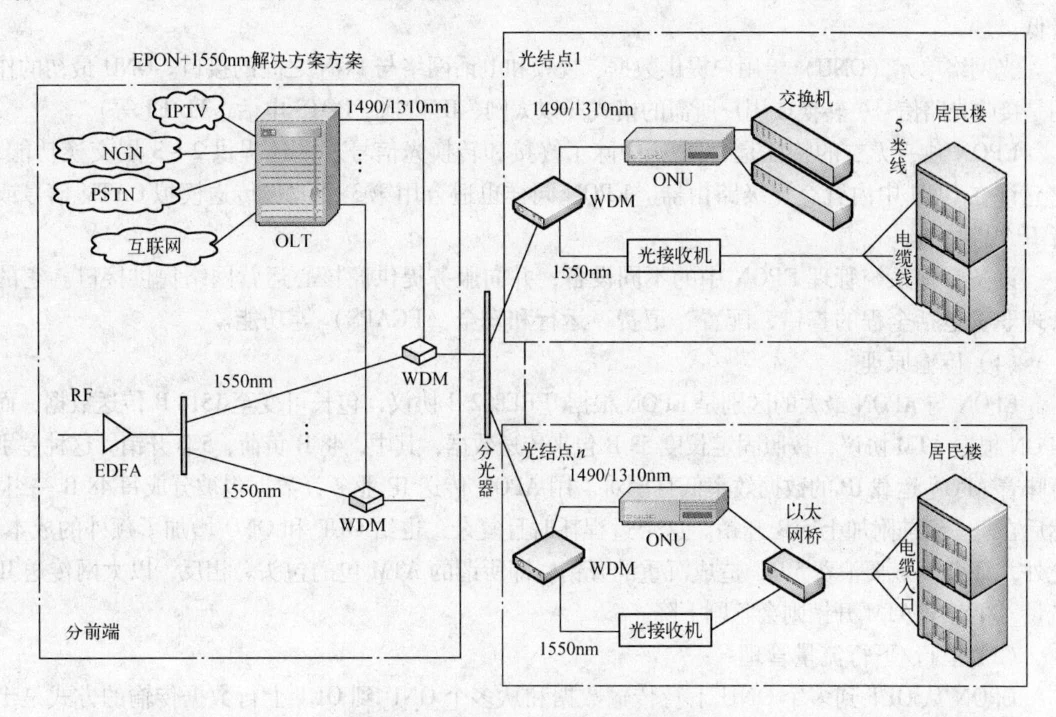


图 4-6　EPON +1550 nm 的网络结构

通过 EPON 系统，广电运营商可以部署新型宽带接入网络，针对住宅用户和商业用户开展包括高速互联网接入、IPTV、VOD、VoIP、VPLS、TLS 等多种宽带接入业务和增值业务。EPON 系统充分考虑接入网的特点和宽带业务的要求，在 QoS&SLA、安全性、组播应用、OAM &P、DBA 等方面有很好的支持。EPON 接入平台具有灵活的组网方式，适合各种网络应用环境，可以针对 FTTH、FTTB、FTTC、大客户接入等应用，也可以同时支持多种应用。

## 4.2.2　EPON 系统的技术特点

广播电视网络经过多年的建设，光纤有线电视网络（Hybrid Fiber Coaxial，HFC）已经得到了广泛普及。许多城市实现了部分网络的双向化改造，通过 Cable Modem 实现宽带数据接入。

EPON 系统是新兴的覆盖最后 1 km 的宽带光纤接入技术，中间采用光分路等无源设备，单纤接入各个用户点（ONU），更多地节省光缆资源，并具有带宽资源共享、节省机房投资、设备安全性高、建网速度快、综合建网成本低等优点。

从 EPON 的技术特点来看，可以发现 EPON 与 APON 光路结构类似，都遵循 G.983 协议，最终它将以更低的价格、更宽的带宽和更强的服务能力取代 APON。随着网络正在向快速以太网、千兆位以太网，直至现在的万兆位以太网发展，EPON 将消除 WAN/LAN 中 ATM 与 IP 间的连接转换的必要性。

EPON 的组成单元如图 4-4 所示，光信号通过光分路器把光纤线路终端（OLT）一根光纤下行的信号分成多路传输给每一个光网络单元（ONU），每个 ONU 上行的信号通过光耦合器合成在一根光纤里送给 OLT。因而 EPON 中包括无源网络设备和有源网络设备。无源网络设备包括单模光缆、无源光分路器/耦合器、适配器、连接器和熔接头等。它一般放置于局外，也称之为局外设备。无源网络设备十分简单、稳定可靠、寿命长、易于维护、价格极低。

光网络单元（ONU）给用户提供数据、视频和电话网络与 PON 之间的接口。ONU 最初的作用是接收光路信号，转换成用户所需的格式（以太网、IP 广播、POTS 电话、T1/E1 等）。

EPON 独一无二的特征是，ONU 中除了终接和转换光信号外，还提供 2～3 层交换功能，它允许在 ONU 中内置企业级路由器。EPON 同样也适合用第 3 个波长传送模拟 CATV 信号或者 IP 视频。

设备管理系统管理 EPON 中的不同设备，并向服务提供商核心运营网络提供接口。它的管理职责包括全程的查错、配置、记费、运行和安全（FCAPS）等功能。

（1）传输原理

EPON 与 APON 最大的区别是 EPON 根据 IEEE802.3 协议，包长可变至 1518 B 传送数据，而 APON 根据 ATM 协议，按照固定长度 53 B 包来传送数据，其中，48 B 负荷，5 B 开销。这种差别意味着 APON 运载 IP 的数据效率低且困难。用 APON 传送 IP 业务，数据包被分成每 48 B 一组，然后在每一组前附加上 5 B 开销。这个过程耗时且复杂，也给 OLT 和 ONU 增加了额外的成本。此外，每 48 B 就要浪费 5 B，造成沉重的开销，即所谓的 ATM 包的包头。相反，以太网传送 IP 流量，相对于 ATM 开销则会急剧下降。

（2）上行/下行流量管理

EPON 从 OLT 到多个 ONU 下行传输数据和从多个 ONU 到 OLT 上行数据传输的方式是十分不同的。所采取的不同的上行/下行技术分别如图 4-7、4-8 所示。

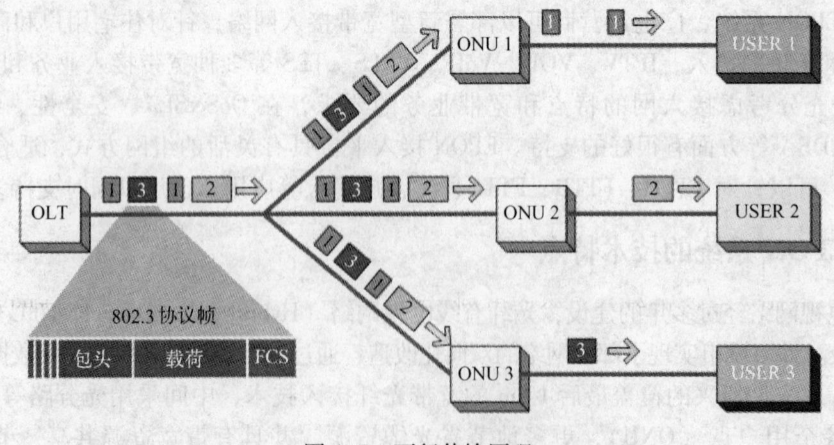

图 4-7　下行传输原理

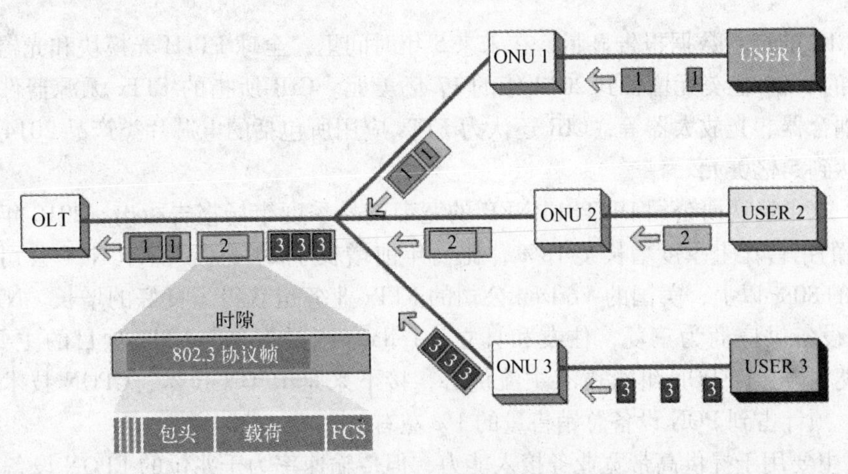

图4-8　上行传输原理

图4-7中数据从OLT到多个ONU广播是下行，根据IEEE802.3协议，每一个包的包头表明是给ONU（ONU1、ONU2、ONU3……ONUN）中的一个。另外，部分包可以分配给所有的ONU（广播式）或者特殊的一组ONU（组播），在光分路器处，流量分成独立的3组信号，每一组载有所有指定ONU的信号。当数据信号到达该ONU时，便接收传输给它的包，摒弃那些给其他ONU的包。图4-7中，ONU1收到包1、2、3，但是它仅仅发送包1给终端用户1，摒弃包2和包3。

如图4-8中所示，采用时分复用技术分时隙给ONU管理上行流量，时隙是同步的，以便当数据信号耦合到一根光纤时各个ONU的上行包不会互相干扰。ONU在指定的时隙传递上行数据给OLT，采用时分复用避免数据传输冲突，即上行采用争用方式，下行采用广播方式。

（3）拓扑结构

EPON网络采用一点对多点的拓扑结构，取代点到点结构，大大节省了光纤的用量和管理成本。无源网络设备代替了传统的ATM/SONET宽带接入系统中的中继器、放大器和激光器，减少了中心局端所需的激光器数目，并且OLT由许多ONU用户分担。而且EPON利用以太网技术，采用标准以太帧，无须任何转换就可以承载目前的主流业务——IP业务。因此，EPON十分简单、高效、建设费用低、维护费用低，是最符合宽带接入网需求的。

从上面EPON系统的技术特点可以看出，由于光纤传输损耗小、传输带宽宽、传输距离长、不易受外界干扰、传输CNR/CSO/CTB指标高，因此该技术在有线电视网络得到了迅速发展，从光纤干线网发展演变到FTTC、到FTF（馈源），及到FTTLA（最后一级有源体），也就是FTTB。

EPON采用以太网帧结构、点到多点结构和无源光纤传输方式，极大地简化了网络结构。HFC目前是最经济的CATV信号传输接入方式，它的光网络结构与EPON十分相似。EPON技术和HFC技术的结合，给广电网络建设者在原有网络基础上扩展新的宽带数据接入功能、迅速占领宽带接入市场提供了机会。

由于最早的EPON标准基于100 Mbit/s快速以太网传送，市场上很多被称为EPON的产品实际上都是基于百兆位以太网PON技术，为区别于原有的技术和产品，一般基于千兆位以太网的PON技术被称为GEPON（Gigabit Ethernet Passive Optical Network）。

一份 CIR 的最新数据报告显示，在未来 5 年时间里，全球 FTTH 光模块和光器件产值将从 2010 年的 8.29 亿美元增长到 2014 年的 17 亿美元。CIR 所指的 FTTx 无源器件主要包括分路器、耦合器、光放大器等，CIR 还认为 FTTx 应用所包括的电芯片类产品 2014 年的市场总额可以达到 5 亿美元。

另外一家市场调研公司 DITTBERNER 的宽带产品季度市场报告指出，2010 年第二季度 FTTH 产品的销售比上季度增长了 18%，比一年前增长了 24.5%。日本 NTT 公司占有全球 FTTx 市场的 80% 以上，美国的 Verizon 公司的 FTTx 业务也获得了良好的增长。NTT 的三大主流 FTTx 设备供应商为三菱，住友和日立，Tellabs 则是 VerizonFTTx 项目的主要供应商。按技术种类划分，GEPON 继续占有主流优势，接下来是 BPON 技术，GPON 技术刚刚开始获得采用，预计占到 PON 设备总销售量的 1% 左右。

EPON 主要用于提供高带宽业务接入能力，但传输速率为千兆位的 EPON 设备在 20 km、光分路比为1∶32的配置下，每个 ONU 用户平均只能获得约 30Mbit/s 的上、下行接入速率；当采用更高的光分路比时，用户获得的平均带宽将进一步降低，这给接入 HDTV 为代表的高带宽业务带来了一定的困难和限制。为此，IEEE 提出研究传输速率为 10 Gbit/s 的 EPON 技术，以适应高分路比条件下的高带宽需求，与 1 Gbit/s EPON 类似，IEEE 提出 10 Gbit/s 的 EPON 将重点在物理层和 MAC 层方面进行标准化工作，其指导思想仍然是在降低 10 Gbit/s EPON 技术复杂度和牺牲指标的同时保证其技术和相关模块的可实现性和经济性。

采用 GEPON 方式接入，可以考虑引入一根光纤到商务楼宇，连接到无源光分路器，光分路器放置在光纤分纤盒中，无需再行租借楼宇机房。从光分路器连接室内加强型光纤通过垂直布线到相应楼层，在客户端内部放置 ONU 设备，可以提供 E1 接口作为中继线连接到原有 PBX 设备或者通过多路 POTS 接口直接接入小型商业用户，同时 ONU 设备可提供 FE 接口连接到公司内部以太网交换机，实现上网业务。

这种方案在用于商业用户上的优势还体现在很大的拓展性方面，可以通过无源光分路器级联的方式，实现用户的阶段性拓展，以此实现最大的投资回报率。

GEPON 方式相对优势如下：

- GEPON OLT 设备放置在局端，在光纤接入到商务楼后，可以按楼内业主的需求分批接入，有效避免一次性投资过大的风险。
- 管理维护轻便，所有业务接入皆有 GEPON 设备实现。
- GEPON 方式无需租借机房，节省动力电源费用以及楼内配电附件，因此平均每户成本大幅降低。
- 传统方式，机房租金和动力电费等项目每年都需要付出，因此相应会增加运维成本。

采用 GEPON 技术对 HFC 网络实现双向网改造时，只需在 HFC 的光纤网络部分上做简单的配置，增加一个光分路器就可以在光结点向下继续扩展光缆至大楼或用户，而在原有结点至分前端之间不需要另外敷设光缆了。在工程上，可在较短时间内完成两个网络的叠加，进行高速数据和 RFTV 双向传输的平稳扩展，从而实现 FTTC、FTTB 甚至 FTTH 的宽带接入。较之其他方式，如 CableModem 或 P2P 方式能节省大量的光纤。如图 4-9 所示为 GEPON + 大型商业用户接入方式的示意图。

视频电视的广播是 HFC 网络的主要业务，在利用 1550 nm 传输技术提供 TV 的广播业务的同时，GEPON + HFC 网络构造还能支持和提供 PSTN 和 VoIP 的语音业务、IPTV 视频业务

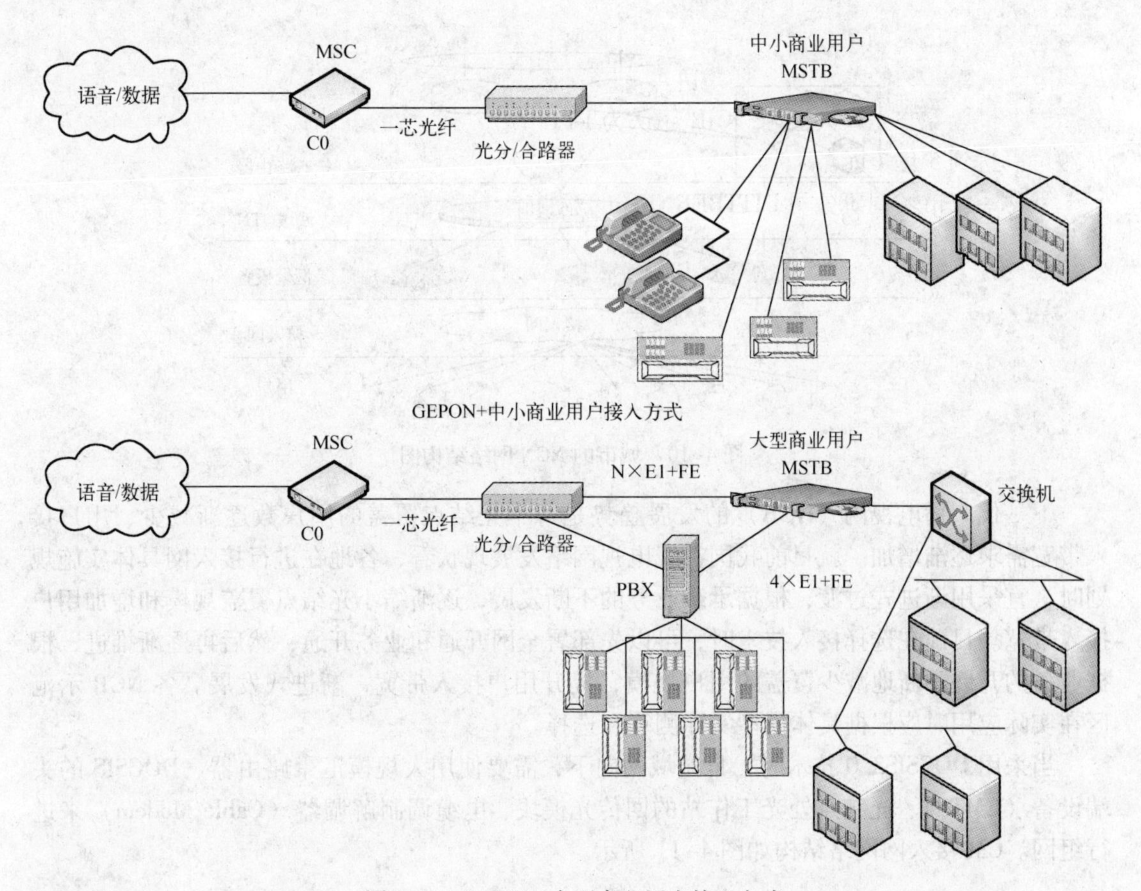


图 4-9　GEPON + 大型商业用户接入方式

以及高速数据等增值业务。

当前，光纤建设部分已基本完成，正在向接入网推进，最终将实现 FTTH 的全网光纤化。作为光纤接入网的重要解决方案，GEPON（千兆位以太网 + 无源光网络）得到国内广电和运营商的支持和认可，将以其远远高于现有接入技术的带宽向终端用户提供可靠的数据、话音和电视业务。

所以越来越多的人认为，将千兆位以太网技术和 PON 技术相结合的 GEPON 技术将取代 APON/BOPN 技术，是实现高速、宽带、综合接入的理想途径。

### 4.2.3　EPON 系统网络设计规范

熟练掌握 EPON 网络中各设备的部署规范是广电系统建立下一代广播电视网的关键基础之一。每个城市的用户通过汇聚路由器接入城域传输网，与服务平台的交换机相连。建成后的每个城市的 NGN 网络结构如图 4-10 所示。

在接入网络实施规划上，随着有线电视网络“光进铜退”的发展趋势，光结点越来越靠近用户，每个光结点覆盖的用户数越来越少。在进行有线电视宽带接入网络改造实施时，应结合 HFC 网络架构，采用 DOCSIS3.0 或者无源光网络（PON）技术。NGB 各示范区在进行接入网实施规划时，具体采用哪种接入技术，应该因地制宜，以业务驱动技术，根据业务带宽需求和光结点覆盖用户规模来选择合适的接入技术。

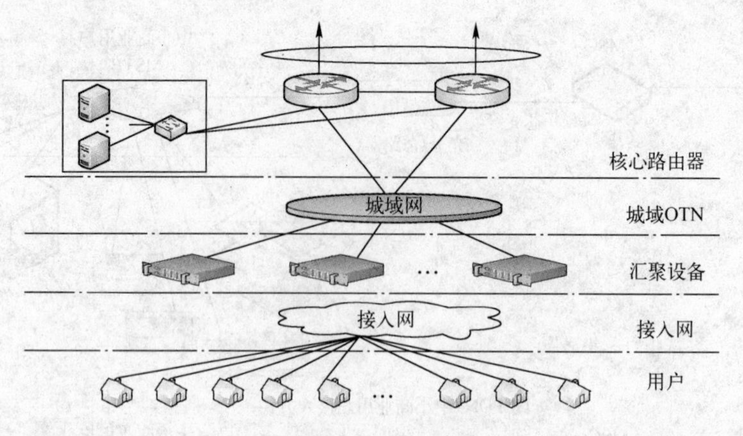


图 4-10　城市的 NGN 网络结构图

下一代广播电视网（NGB）的发展趋势是每个光结点覆盖的用户数逐渐减少、用户接入带宽需求逐渐增加。就目前我国有线电视网络发展现状看，各地在进行接入网具体实施规划时，宜采用渐进式过渡，根据承载业务的不断发展，逐渐缩小光结点覆盖规模和增加用户接入带宽。目前在选择接入技术时，可以先部署全网开通和业务开通，然后再逐渐推进，根据业务的开展不断地减少覆盖的用户规模，提升用户接入带宽，渐进式发展。各 NGB 示范区在实际应用时应根据具体模型实际测算和选择。

当采用 DOCSIS3.0 技术时，自城域网向下，需要使用大规模汇聚路由器、DOCSIS 的头端设备（CMTS）、光结点处光工作站的回传光模块、电缆调制解调器（Cable Modem）来进行组网。CM 接入网网络结构如图 4-11 所示。

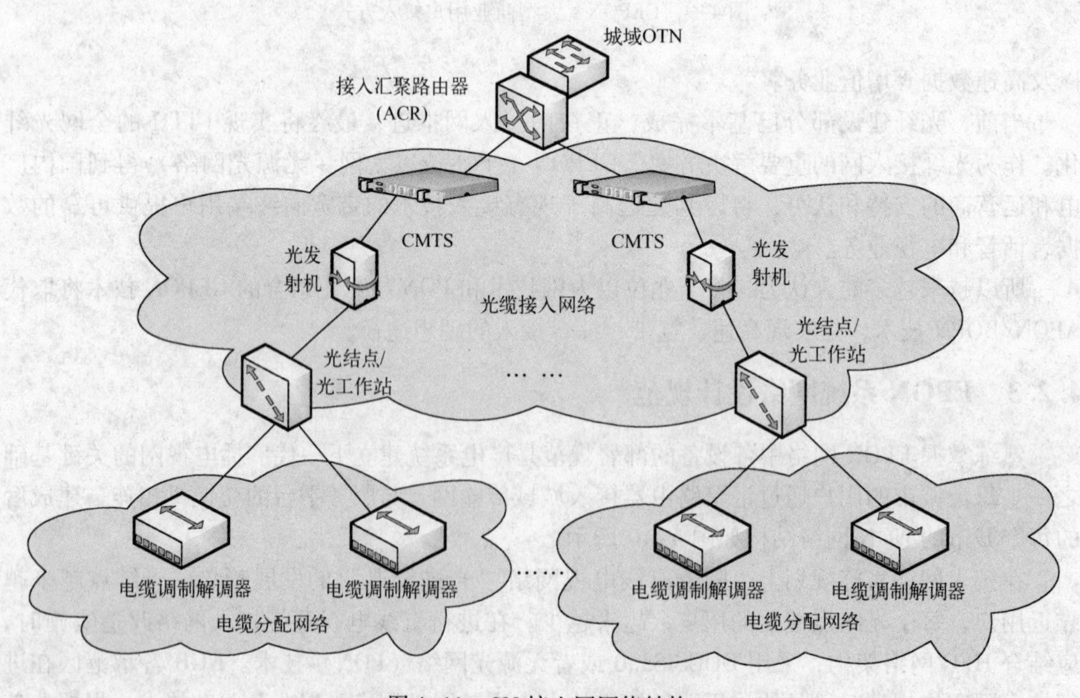


图 4-11　CM 接入网网络结构

以下按照光纤到楼，每个光结点覆盖50户为模型进行测算，该应用场景中，从有线分前端机房到居民楼之间的网络是HFC光传输网络，在楼内则继续使用原有的电缆分配网络。50户应用场景组网图如4-12所示。

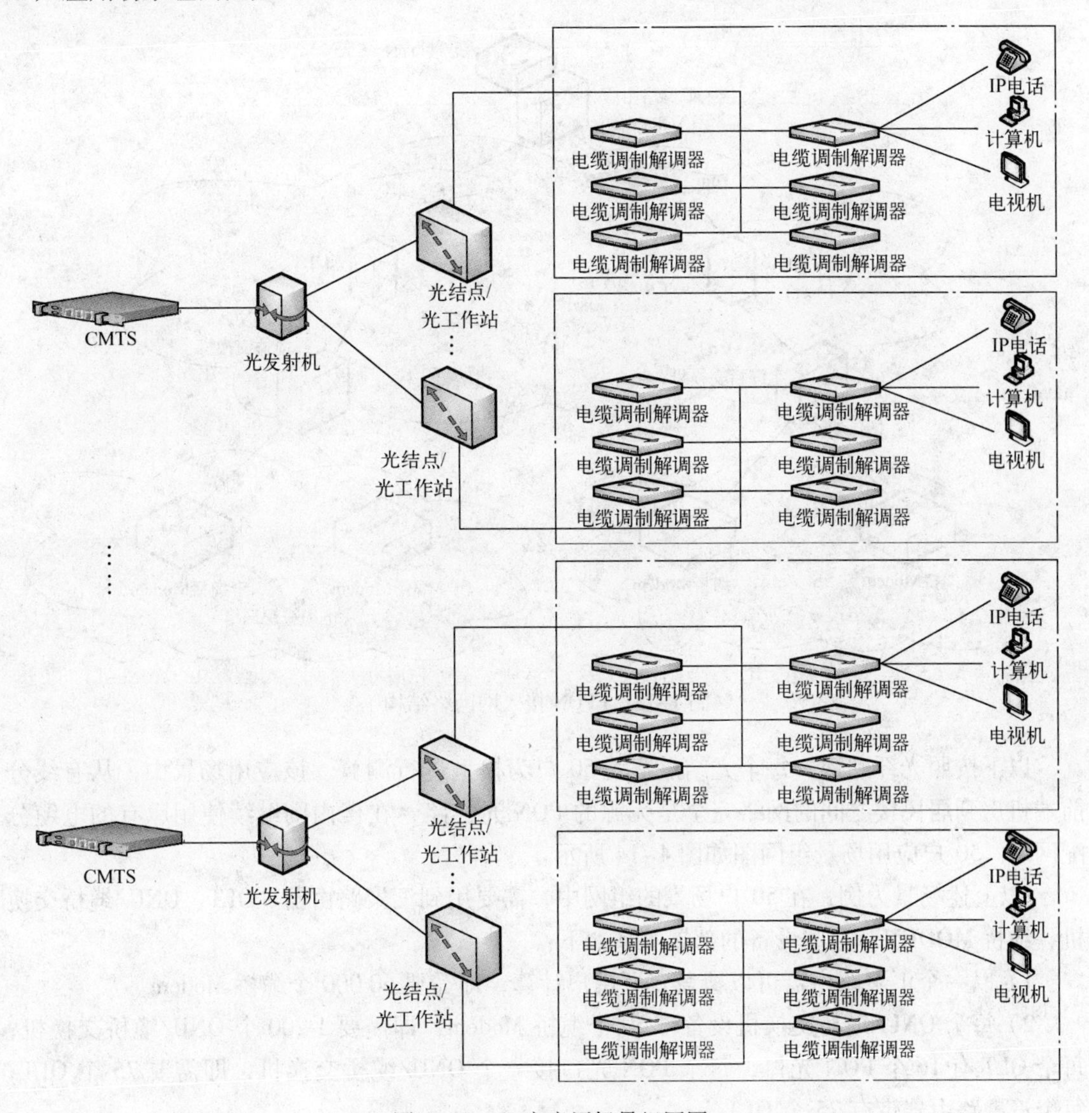


图4-12　50户应用场景组网图

以上述场景为例，在50户场景的组网中，需要用到汇聚路由器、CMTS、光工作站、Cable Modem。这些设备的部署关系如下：

1）以一个汇聚路由器可以覆盖6万用户计算，即需要60 000个Cable Modem。

2）每个光结点覆盖50个Cable Modem，即需要1200个光工作站。

3）每个CMTS下行端口带5个光结点，设定用户收敛比为1/5，则需要240个CMTS下行端口。

4）如果在分前端和光节点之间采用PON技术，在光结点以下的同轴用户分配网络应采用有线电视电缆宽带接入技术。

自城域网向下，需要使用大规模汇聚路由器、PON 的光缆头端设备（OLT）、光结点处的 ONU 功能和同轴电缆接入网局端设备（ONU/缆桥交换机）、缆猫（缆桥 Modem）来进行组网。EPON 接入网网如图 4-13 所示。

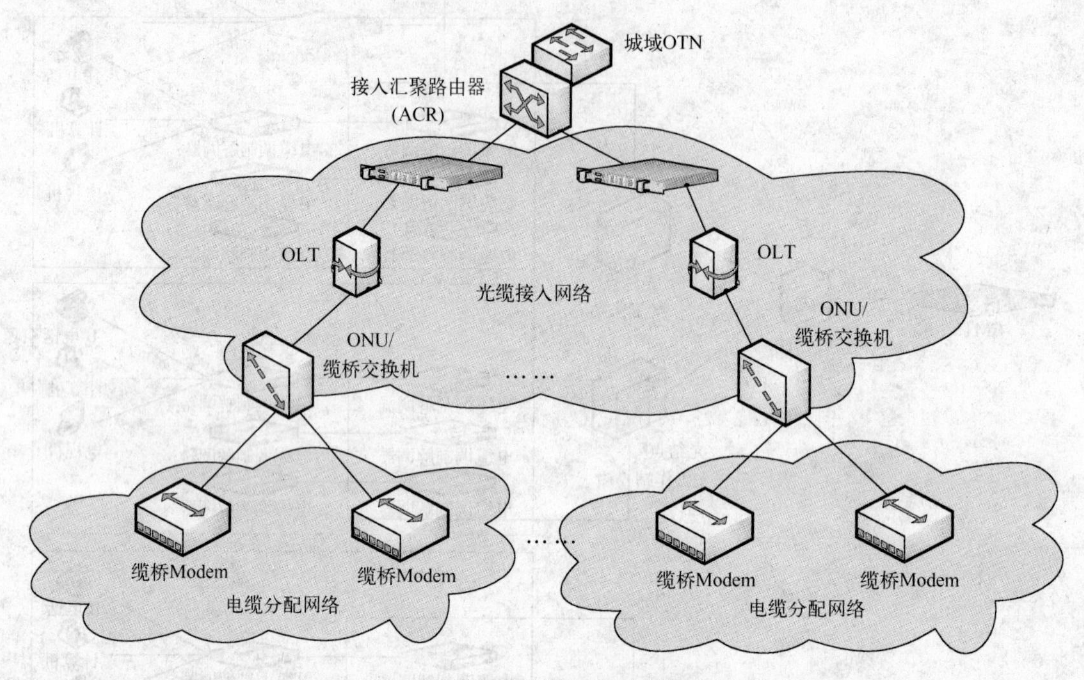


图 4-13　EPON 接入网网络结构

以下按照光纤到楼，每个光结点覆盖 50 户为模型进行测算，该应用场景中，从有线分前端机房到居民楼之间的网络完全是无源的 PON 光链路，在楼内则继续使用原有的电缆分配网络。50 户应用场景组网图如图 4-14 所示。

以上述场景为例，在 50 户场景的组网中，需要用到汇聚路由器、OLT、ONU/缆桥交换机、缆桥 MODEM。这些设备的部署关系如下：

1）以一个汇聚路由器可以覆盖 6 万用户计算，即需要 60 000 个缆桥 Modem。

2）每个 ONU/缆桥交换机设备带 50 个缆桥 Modem，即需要 1 200 个 ONU/缆桥交换机；每个 OLT 有 16 个 PON 光口，每个 PON 光口接一个 ONU/缆桥交换机，即需要 75 个 OLT；每个汇聚路由器带有 75 个 OLT。

EPON 系统网络接入是目前广电系统的常用接入方案。熟练掌握 EPON 系统的网络设计的规范是广电工作人员必须具备的技能。

EPON 网络设备的部署会加快 FTTx 的速度。在 FTTx 中有 FTTC、FTTB、FTTH、FTTD 和 FTTP 共 5 种技术。

FTTC 在从中心局到离家庭或办公室一千英尺以内的路边之间光缆的安装和使用。利用 FTTC，同轴电缆或其他介质可以把信号从路边传递到家中或办公室里。FTTC 代替了普通旧式电话服务，可以只通过一条线就可以完成电话、有线电视、Internet 接入、多媒体和其他通信业务的分发。

FTTB 是利用数字宽带技术，光纤直接到小区里，再通过双绞线（超 5 类双绞线或 4 对

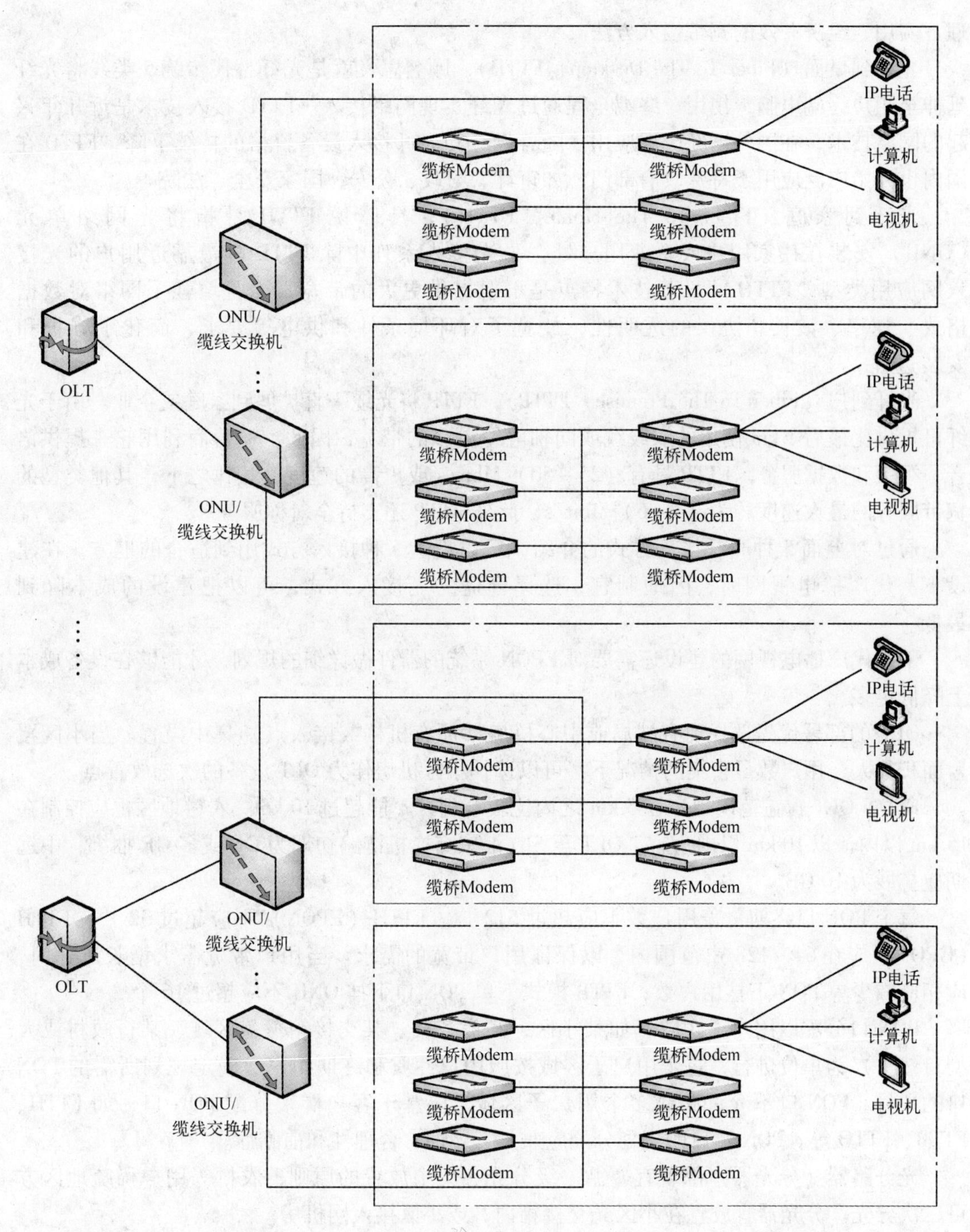


图 4-14　50 户应用场景组网图

非屏蔽双绞线）连接到各个用户。FTTB 采用的是专线接入，无需拨号，安装简便，客户端只需在计算机上安装一块网卡即可进行 24 小时高速上网。FTTB 提供最高上、下行速率是 10 Mbit/s（独享）。FTTB 是一种网络连接模式，是一种基于优化光纤网络技术的宽带接入方式。网线到户的方式实现用户的宽带接入，称为 FTTB + LAN 的宽带接入网，这是一种合理、实用、经济有效的宽带接入方法。

光纤到桌面（Fiber To The Desktop，FTTD），顾名思义就是光纤替代传统5类线将光纤延伸至用户终端电脑，使用户终端全程通过光纤实现网络接入。FTTD接入技术是近几年兴起的网络技术，在国外已经广泛应用。随着光纤和光纤接入设备价格的持续下降，FTTD在国内也开始广泛应用于特殊政府部门，如审计、财政、公安、国家安全、法院等。

光纤到家庭（Fiber To The Home，FTTH），具体说FTTH是指将光网络单元（ONU）安装在住家用户或企业用户处，是光接入系列中除FTTD外最靠近用户的光接入网应用类型。FTTH的显著技术特点是不但提供更大的带宽，而且增强了网络对数据格式、速率、波长和协议的透明性，放宽了对环境条件和供电等要求，简化了维护和安装过程。

光纤到户（Fiber To The Premise，FTTP），FTTP将光缆一直扩展到家庭或企业。由于光纤可提供比最后1 km使用的双绞线或同轴电缆更多的带宽，因此，运营商利用它来提供语音、视频和数据服务。FTTP具有（25~50）Mbit/s或更高的速度，相比之下，其他类型的宽带服务的最大速度约为（5~6）Mbit/s，此外FTTP还支持全对称服务。

通过对上面5种光纤接入方式的介绍，可以把这5种接入方式用到适合的地方。在建设下一代广播电视网时，因地制宜，选择合适的光接入方式，可以把建设的成本降到最低。

下一代广播电视网的建设还需要对EPON系统的器件做详细的规划，才能够在设备成本上降低更多。

OLT的部署优先选择现有端局或中心机房（原有机楼或接入点）集中设置。当小区覆盖面积很大，用户数量密集的情况下，可以选择小区机房作为OLT设备的次选放置点。

EPON OLT覆盖范围规定在5 km之内比较合理，不能超过10 km。农村地区也应控制在15 km以内，以10 km以内为宜。OLT至SR/汇聚交换机链路初期为GE或多GE捆绑，中远期应扩展为10 GE。

每个PON口终期覆盖用户数不应超过512户，FTTH（EPON）不应超过32户，FTTH（GPON）应在64~128户范围内，以保证用户带宽的需求。当用户带宽需求增长迅速时，应相应减少单PON下挂用户数；FTTB模式下单PON口下挂ONU不应超过16个。

PON口分配以用户子区域（如某小区、某商务楼、某交接箱覆盖区域、某行政村或大型自然村）为单位进行，每个用户子区域按照用户性质和终期用户数确定规划所需的PON口的数目。PON口不允许跨越多个用户子区域，应基于客户群来分配PON口，如FTTH、FTTB、FTTO等。PON端口的规划分配应兼具有序性、合理性和前瞻性。

光分路器（分光器）部署宜遵循一级分光、集中放置的原则，农村等用户稀疏地区方可二次分光。分光器宜放置在小区光交接箱内，或小区接入网机房。

EPON分光比宜采用1:16（即分光数的乘积不大于16），最大不能超过1:32；GPON分光比宜采用1:32。FTTH应用下，为了控制初期投资，分光器可按照覆盖范围内用户数的20%~30%配置，设计时必须预留分光器的安装位置。对于有明确要求的住宅小区、高层建筑、高档别墅区等，建设FTTH网络时如对光纤到户的需求达到系统容量的60%以上，分光器可以一次性配足。FTTB/FTTC应用下，分光器宜一次性配足。FTTV应用下，分光器必须一次性配足，当分光器采用非均分光方式时，应充分考虑各ONU与OLT之间不同传输距离对光功率分配的要求。表 4-1 给出了光分路器部署对照关系。

**表 4-1　光分路器部署对照表**

| 场　　景 | 光分路器部署位置 | 分 光 方 式 |
| --- | --- | --- |
| 多层或小高层公寓建筑群 | 室内或室外光交箱，室内安装位置包括电信交接间、小区中心机房等位置 | 原则上单级分光，楼间和楼内光缆有限时采用二级分光 |
| 高层住宅或商务楼等 | 大楼地下室、楼内弱电井等位置 | 单级分光 |
| 高档别墅区等 | 室外、一级光交接箱、二级光交接箱或光分纤箱内 | 单级分光 |
| 农村地区等 | 室外光交接机箱/接入网点机房 | 主要采用单级分光，在主干光缆不足可采用多级分光；在多级分光方式下，当用户分散、光缆线路距离相差悬殊时，可考虑不均匀分光方式 |

光纤用户的室内 ONU 宜采用设备箱安装（嵌入式设备箱）方式，一般不应放置在桌面，以免尾纤损伤，其供电采用市电，不提供后备电源；光纤到楼的 ONU 应尽可能靠近用户，以缩短接入电缆的长度。光纤到同轴电缆的 ONU 应与需要对接的设备（如外置 AG/DSLAM 等）放置在一起，方便连接和维护。光纤到办公室的 ONU 一般放置在企业、单位的中心机房内，以获得最优越的保障设施条件，同时也方便与用户设备对接。不允许将其放置在吊顶、桌面等处。

由于电池维护成本较高，各公司可根据经营策略，用户需求，选择是否为 ONU 不间断供电；无备电保护的 ONU，断电时用户语音需求可用 GSM/3G 代替。规范布线标准、统一设备箱标准，更加有利于光纤到户的建设和缩短建设周期，从而降低建设成本，促进产业链的发展。

光分配网是 OLT 中的信息到达 ONU 的必经网络。它的合理规划既是成本上的安排，也是高质量用户体验的强有力的保证。如图 4-15 所示是 ODN 光分配网的规划简图

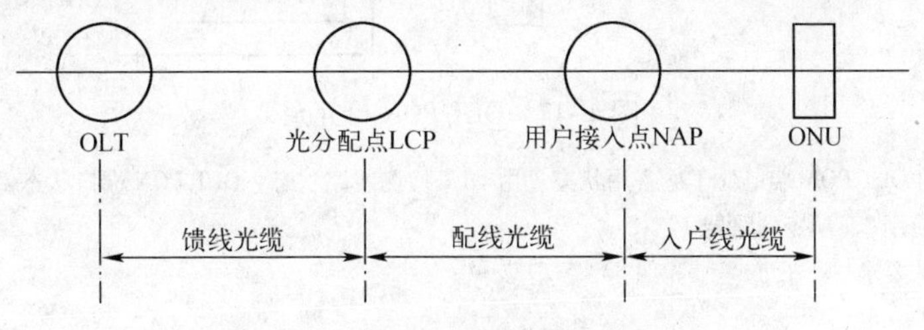


图 4-15　ODN 光分配网的规划简图

通过上图可以总结出规划时应注意的问题如下：

在选择 ODN 结构时，应根据用户性质、用户密度的分布情况、地理环境、管道资源、原有光缆的容量，以及 OLT 与 ONU 之间的距离、网络安全可靠性、经济性、操作管理和可维护性等多种因素综合考虑。

ODN 以树形结构为主，分光方式应尽量采用单级均匀分光方式，设计时应充分考虑光分路器的端口利用率，根据用户分布情况选择合适的分光方式。当用户分散、光缆线路距离相差悬殊，特别是在郊区时，可采用非均分光方式的光分路器以满足不同传输距离对光功率分配的要求，如在 FTTV 应用场景下。但设计时必须将光分路器每个输出端口的序号、插入损耗一一对应地在图上标注清楚，以便工程施工和后期维护。其中最需要注意的有 3 点。

1）不同的布放环境，ODN 规划也有很大的差异，其中，决定性的因素是用户的带宽需求和业务需求。

2）从 OLT PON 口—ODF 端子—分光器—分纤盒—ONU—用户，需一一对应。

3）必须考虑网络的平滑扩展能力和对未来 PON 技术的适应性。

在实际应用中，通信线路必须有容错考虑。这样才能使通信网络在遇上突发情况时，还能继续保持良好的通信水平。这种抵御突发事件的网络规划就是线路冗余保护设计。

在 EPON 系统中的冗余保护设计一般如下 3 种方案，如图 4-16、图 4-17、图 4-18 所示。

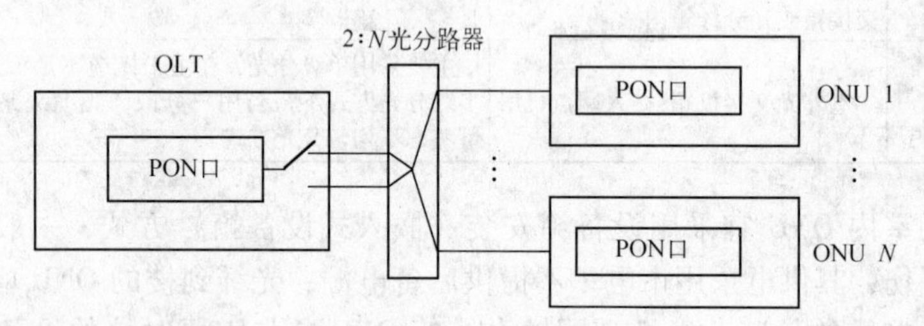


图 4-16　主光纤冗余

OLT—采用单个 PON 端口，PON 口处内置 1×2 光开关，由 OLT 检测线路状态

光分路器—使用 2∶N 光分路器

ONU—无特殊要求

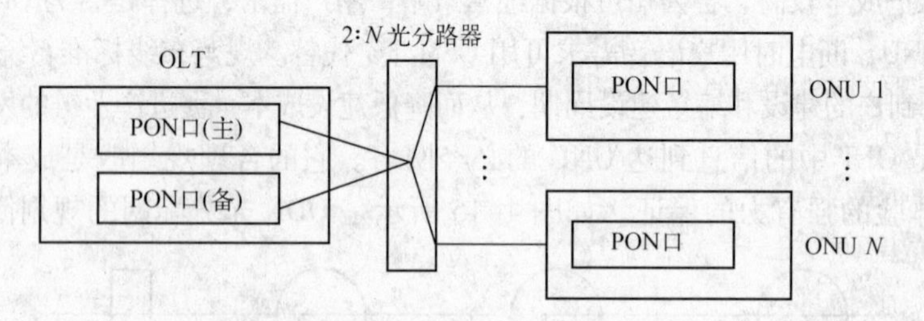


图 4-17　OLT PON 口冗余

OLT—备用的 OLT PON 端口处于冷备用状态，由 OLT 检测线路状态、OLT PON 端口状态倒换应由 OLT 完成

光分路器—使用 2：N 光分路器

ONU—无特殊要求

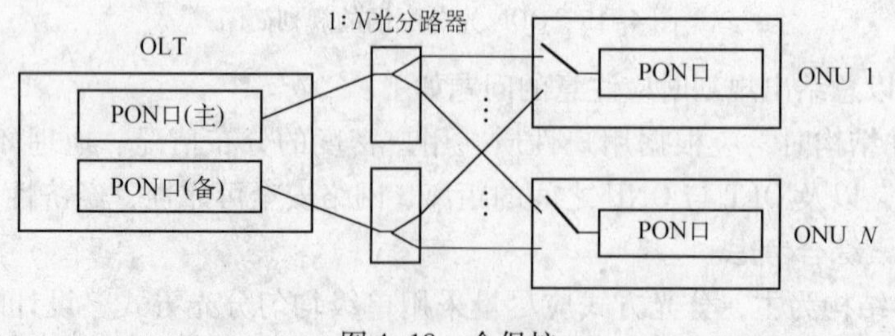


图 4-18　全保护

OLT—备用的 OLT PON 端口均处于工作状态

光分路器—使用两个 1∶N 光分路器

ONU—在 PON 端口前内置光开关装置，由 ONU 检测线路状态，并决定主用线路，倒换应由 ONU 完成

将 EPON 系统作为用户接入方式时，首先需要考虑的就是用户的宽带升级。因为随着业务种类的丰富，对带宽的需求增长是非常迅猛的。所以 EPON 网络规划中要注意用户带宽升级的部署。一般如图 4-19 所示的解决方案。

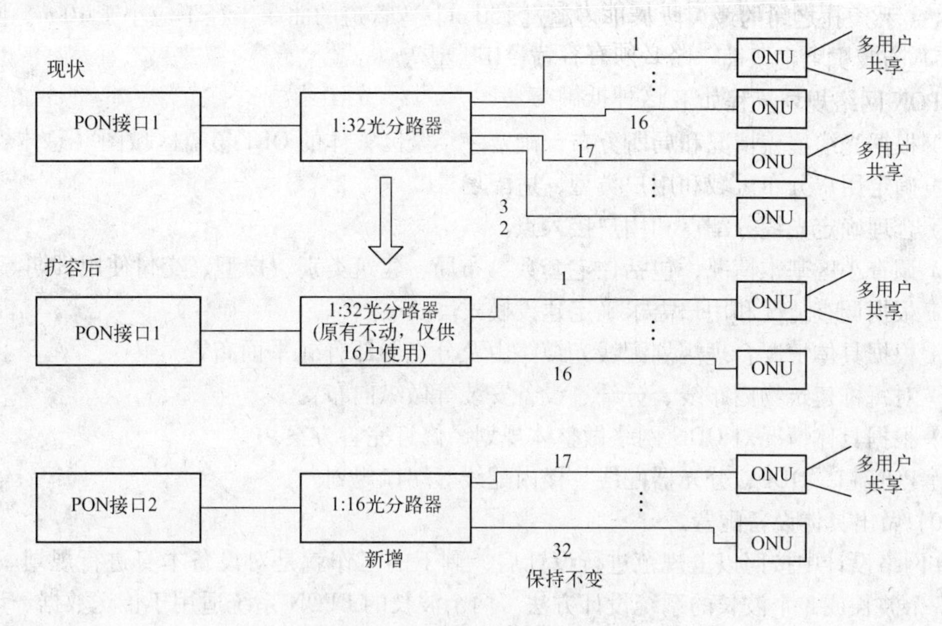


图 4-19　用户带宽升级解决方案

在 FTTx 建设初期，考虑到小区入住率低，因此初期多采用 1∶32 光分路器进行设计，尽量覆盖更多的用户。随着用户带宽需求的增加，单路 PON 带宽接近饱和（峰值占用率达 70%）时可以进行网络优化升级，以尽量不改变用户端设备、减少保护线路投资为原则。将 PON 系统分光比从 1∶32 改为 1∶16，并在 OLT 增加 PON 板，增加一台光分路器（初期应考虑预留位置），其他部分全部利旧（利旧是指可以免去或重复使用所带来的损失），所有 ODN 和用户端设备保持不变。

为了便于管理，光分路器/箱的编号应统一管理并且不可随意更改，相关信息应及时录入相关数据库管理系统中。数据库管理系统中应至少保存光分路器/箱的下列相关信息：

- 光分路器/箱的编号。
- 光分路箱的容量和新装光分路器的数量。
- 光分路器上连接到端局的光缆名称（包括主干光缆和配光缆）。
- 分光结构（一级、二级）。
- 光分路器的分路比。
- 各级光分路器的详细安装地址。
- 各级光分路器所覆盖的范围。

新建小区楼外应采用地下管道方式敷设光缆，对于已覆盖用户区，楼外光缆敷设可与原有网络共用路由，当需要建立新的光缆路由时，应尽量减少对小区环境的破坏。

新建小区室内应采用隐装方式敷设光缆，对于已覆盖的用户区，楼内光缆敷设可与原有网络共用路由，当需要明敷光缆或建立新的光缆路由时，应尽量减小对建筑物结构的破坏。

管道敷设指标分为管孔、管材和段长。新建小区，楼外信息管网应按终期容量一次建成，并适当预留备用管孔。分期开发的小区，应预留后续工程所需的管道数量。覆盖用户数为5000户以下的小区机房，出局管道管孔数不宜少于4孔，分支管管孔数不宜少于两孔。室外管道宜选用塑料管或钢管。管孔内径应按电（光）缆外径确定，$D \geqslant 1.25d$；直线路由上，人（手）孔之间的最大段长不得超过150 m。弯管道的曲率半径不应小于10 m，同一段管道不应有反向弯曲（即“S”形弯）或“U”型弯。

EPON网络规划流程如下：

1）根据光缆覆盖情况和局所分布，确定一个全区整体的OLT覆盖区域图（总体规划）。

2）确定用户分布区域和用户类型，适配场景。

3）合理确定光缆分配点和用户接入点。

4）调查小区基本情况，包括住宅套数、布局、建筑类别、户型、交付使用日期等。

5）根据调查情况和用户需求确定建设模式。

6）根据具体情况合理规划配线光缆路由及分光器部署（平面布置）。

7）对每栋建筑物内布线、分纤、设备安装等做纵向布置。

8）根据具体情况对ODN网络做整体规划，修订完善方案。

9）PON口、ODF、分光器配线、楼内配线等端口规划。

10）做出具体设备配置。

在网络设计中按照以上规范进行设计后，剩下的工作就是对设备本身进行规划。EPON采用两个波长或3个波长的系统设计方法。两个波长的EPON系统适用于传送数据、语音和IP交换的数字视频（IP-SDV）。3个波长的EPON系统可用于提供RF图像服务（CATV）或者密集波分复用。

在3个波长EPON的光路设计中，1490 nm和1310 nm波长分别用于下行传输和上行传输，而1550 nm用于下行CATV射频的传输。采用这种设计，EPON可以覆盖20 km以内16个以上的光结点。一般在HFC网络中，光发射机选择1310 nm或者1550 nm波长进行传输。要采用EPON技术在同一光纤网络中传输数据、图像，乃至声音，HFC必须选用1550 nm波长。通过波分复用的方式将EPON的OLT合成于一根光纤。经过分路，光纤传输送到ONU前的解波分复用，还原成1550 nm信号给CATV光接收机，其他信号接入ONU，完成宽带数据和声音的传输。

由于HFC网络采用星形结构，此结构与EPON十分相似。因此，在HFC网络中采用EPON，只需在原来的光纤网络上做简单的配置，可在较短时间内完成网络的叠加。同时，HFC基本上采用FC/APC连接器，反射损耗大于60 dB；而EPON网络对光的反射比较敏感，一般要求APC连接器。

3个波长EPON中也可以采用DWDM设计。这种设计采用光纤中1490 nm波长用于下行传输、1310 nm波长用于上行传输。1550 nm窗口（1530～1565 nm）允许DWDM信道在EPON中透明传输，增加VOD、数字视频和带宽等功能。

## 4.3　现代有线电视网络方案的设计规范

有线电视是利用高频电缆、光缆、微波等传输介质，在一定的用户中进行分配和交换声音、图像以及数据信号的电视系统。最早的有线电视系统，是1948年在美国宾州曼哈诺依的一个公用天线电视接收系统（MATV）。它采用一副主天线接收无线电视信号，并用同轴电缆将信号分送到用户家中，以解决城郊山区电视信号阴影区的用户收看电视的问题。

我国有线电视始于20世纪70年代，经过三十多年的发展，从无到有，从小到大，已经发展成为我国广播电视领域一支新兴产业。我国有线电视技术发展很快，从同轴电缆传输到光缆，MMDS、HFC等多种传输技术的混合应用，从只传输模拟信号到模拟、数字信号的混合传输，从单向广播网到双向交互网络，我国有线电视技术的发展日益接近国际先进水平。

目前，我国大多数省市已开通采用数字技术的光缆干线，实现了全省、全市范围内的联网。同时，全国骨干网采用先进的数字传输技术，为开展数字、数据传输业务提供了优质的服务平台。我国有线电视进入了实现数字化、交互式高速多媒体信息网的实验阶段。

### 4.3.1 用户宽带分析

目前世界范围内数字技术、网络技术的发展，极大地推动了广播电视、通信、计算机技术的进步，掀起了一股建设信息高速公路的热潮。技术的发展趋势和浪潮将推动单一功能网络向多功能网络转变。我国区域性的有线电视覆盖网，也必将随着这一发展过程，向高层次、高等级、多功能网络方向发展。

**1. 光接入网的概念**

从整个电信网的角度讲，可以将全网划分为公用网和用户驻地网（CPN），其中，CPN属用户所有，因此，通常意义的电信网指公用电信网部分。公用电信网又可以划分为长途网、中继网和接入网3部分。长途网和中继网合并称为核心网。相对于核心网，接入网介于本地交换机和用户之间，主要完成用户接入到核心网的任务，接入网由业务结点接口（SNI）和用户网络接口（UNI）之间一系列传送设备组成。近年来，以互联网为代表的新技术革命正在逐渐改变传统的电信概念和体系结构。随着各国接入网市场的逐渐开放、电信管制政策的放松、竞争的日益加剧和扩大、新业务需求的迅速出现，有线技术（包括光纤技术）和无线技术的发展，接入网开始成为人们关注的焦点。在巨大的市场潜力驱动下，产生了各种各样的接入网技术。光纤通信具有通信容量大、质量高、性能稳定、抗电磁干扰、保密性强等优点。在干线通信中，光纤扮演着重要角色，在接入网中，光纤接入也将成为发展的重点。光纤接入网是发展宽带接入的长远解决方案。光纤接入网的基本构成包括光纤接入网（OAN），是指用光纤作为主要的传输介质，实现接入网的信息传送功能。通过光线路终端（OLT）与业务结点相连，通过光网络单元（ONU）与用户连接。光纤接入网包括远端设备—光网络单元和局端设备—光线路终端，它们通过传输设备相连。系统的主要组成部分是OLT和远端ONU。它们在整个接入网中完成从业务结点接口（SNI）到用户网络接口（UNI）间有关信令协议的转换。接入设备本身还具有组网能力，可以组成多种形式的网络拓扑结构。同时，接入设备还具有本地维护和远程集中监控功能，通过透明的光传输形成一个维护管理网，并通过相应的网管协议纳入网管中心统一管理。

OLT的作用是为接入网提供与本地交换机之间的接口，并通过光传输与用户端的光网络单元通信。它将交换机的交换功能与用户接入完全隔开。光线路终端提供对自身和用户端的维护和监控，它可以直接与本地交换机一起放置在交换局端，也可以放置在远端。ONU的作用是为接入网提供用户侧的接口。它可以接入多种用户终端，同时具有光/电转换功能以及相应的维护和监控功能。ONU的主要功能是终结来自OLT的光纤，处理光信号并为多个小企业、事业用户和居民住宅用户提供业务接口。ONU 的网络端是光接口，而其用户端是电接口。因此，ONU 具有光/电和电/光转换功能。它还具有对话音的数/模和模/数转换功能。ONU 通常放置在距离用户较近的地方，其位置具有很大的灵活性。

**2. 宽带接入国内外发展情况**

宽带综合业务网的发展以及宽带综合业务网技术的研究，在国外已有相当长的历史。在过去的研究开发阶段中，各种宽带网络新技术、新方法层出不穷，由于社会发展、技术进步、用户需求、经济利益等原因，一直到 1994 年上半年，宽带用户网络技术在结构上采用了有线电视特有的光纤同轴电缆混合（HFC）拓扑结构后才取得了重大进展，实现了在 HFC 宽带用户网络上提供图像、数据和电话业务的构想，解决了长期以来困扰人们的上行传输频带的瓶颈阻塞问题，使有线电视 HFC 宽带网络成为适合现阶段经济发展水平的通向信息高速公路的最佳基础网络之一。目前有线电视 HFC 网络的模拟带宽为 750 MHz 或 1 GHz，网络的光缆部分为星形结构或环形结构，同轴电缆部分为树形结构。从各光结点到用户的同轴电缆一般在 2 km 范围内，最多使用 4 级放大器，以此来确保有线电视节目的传输质量。这种结构的网络具有较好的传输 RF 模拟信号特性。模拟电视信号、数字电视信号和数据信号都可以调制到不同频率的 RF 载波上传输。各类互不干扰，采用高效多电平调制技术后（如正交调幅（QAM），残留边带调制（VSB）），可提供宽带数据通信服务。有线电视 HFC 宽带网络与传统的双绞铜线用户网络相比较，前者具有宽带入户、成本低、容量大、双向传输、能支持多种业务的优势，后者是目前城市电话用户线，从网络基建、管理、维护成本和运营等方面来看，前者比后者有较好的经济效益，并能十分有效地弥补新建宽带用户网络需要增加网络接口设备、用户接口设备等昂贵费用支出的缺陷。另外，由于宽带业务的种类需求和网络的发展建设是一个逐步增长的过程，利用现有的有线电视 HFC 网来建设宽带用户网络不会造成很大的建设初期投资风险，并且逐步增加的网络设备投资与经济回报一般都有较好的平衡。正是这些原因，有线电视 HFC 宽带网络受到了各国政府、学术界和经济界的重视，受到了市场的广泛青睐，许多发达和发展中国家都在做其政策研究和技术实验，以迎接有线电视宽带综合业务网真正实用阶段的到来。计算机公司以及通信设备公司在宽带综合业务网技术和设备方面也投入了大量人力和财力进而开发一些产品，提出了自己的 HFC 综合业务网的方案，推出了一系列相应的设备。例如，美国的部分电信公司 USWest、PacifieBell、BellAtlarltie、SNET 纷纷宣布了全面废除双绞铜线用户网，采用 HFC 宽带用户网络的计划；Aieate 公司推出了数字基带与模拟通带传输相结合接入网设备（1570NB，1570BB）以及基于 ADSL 和 HDSL 技术的其他类型的接入设备；MOTOROLA 有光纤/同轴电缆混合（HFC）型的 CableComm 系统；AT&T 正在进行现场试验的 SDV2000 宽带接入设备；美国电缆电视公司如 TCI、TIMEWARNER CABLE 更是全面实施建设 HFC 宽带用户网络计划，同时投入巨资大规模地铺设了 HFC 网络，改造现有的有线电视网为宽带业务网。

广播电视是我国最大的传播媒体，能提供从无线到有线的广播电视节目传播服务，拥有数量最多的信息受众体，是我国最大的广告、经济、市场、娱乐和文化信息的搜集、生产、传播和提供者。20 世纪 80 年代初期中国有线电视开始了初级阶段的发展，随着有线电视传输技术从国外的引入和国内配套设备产业的发展，从 80 年代到 90 年代，经历了由 300 MHz 共用天线闭路电视系统到 450 MHz 邻频长距离电缆传输网络的发展。20 世纪 90 年代后期，有线电视网络的发展越来越被社会重视，其发展前景一致看好。伴随着我国广播电视事业改革的不断深入，按照国办82号文件中“网台分离，企业化经营”的精神，有线电视系统从广电这在中国最具含金量的国家行政式媒体中分离出来，走进网络运营企业的行列。目前，有线电视系统正在向数字传输业渗透，利用有线电视网开展以数据业务为主的多功能应用已成为有线电视的发展方向，同时也成为城市信息化建设的重点之一。

**3. 有线电视宽带综合数据网具有的优势**

利用现有的有线电视，将用户通过高带宽、高质量的接入方式接入到高速、大容量的骨干网上，在技术上是可行的。随着新技术的发展，有线电视用户端接入方案越来越趋于实际，一旦条件成熟，基于有线电视网的宽带增值服务将势不可挡。在有线电视网上开展的多功能业务分成单向数据广播和双向交互两类。传统的有线电视网传输的电视信号是广播式的，而数据传输强调的是双向交互，用户在接收的同时，还需要回传个人信息。这样，原有的有线电视网就必须进行相应的改造。如何对有线电视网进行改造，以建立基于有线电视网络的数据传输系统是人们所关心的问题。问题的焦点是对有线电视网络改造方式的选择。一些企业认为，目前，我国普通老百姓能够承受的价位较低，回传频带的漏斗噪音问题还没有解决，因此，应选择单向改造方式，即在单向有线电视网络中，多媒体数据广播是增值业务的最佳选择。有线电视网络多媒体数据广播系统是基于不对称性的一种，它以有线电视网为核心，电话网为补充，无须对有线电视网进行大的改造，只需在有线电视网络前端安装播放装置，用户通过PC安装接收卡接收数据广播资源，并且安装Modem利用公用电话网进行电话回传。即保持原有HFC网不变，只在用户端计算机上增加一个接收卡或电视机上增加一个机顶盒，它是一种“点对点”的交换结构，虽然对资源品牌没有任何限制，全球近千万个网站的数以十亿计的网页，都是它的资源。然而，它也有两点困惑，一是既然把带宽分配给了用户，带宽有限，用户数目自然有限，用户增加，拥塞问题接踵而至，尤其是服务器的堵赛问题；二是资源品种愈来愈多，如何在浩瀚的海洋中轻松获得确实有价值的网页就成为一个问题。万维网愈往前发展，这两个潜在的困惑将愈加浮现。而基于有线电视网络的多媒体数据广播网是一种“点对面”的辐射结构，它的用户数目不受系统带宽限制，很容易实现普天下共享。迄今为止，有线电视广播网的用户数目是万维网的几十倍，是百姓文化的主要支柱。从内容的实际需求角度分析，只需把最可能感兴趣的内容都存进来就行了，无限制地增加内容反而会让用户如堕烟海，不知所向，而多数据广播业务就是将大多数用户所普遍关注的精选内容传送到用户家中。因此，数据广播业务的推出与发展，有效地解决了万维网发展中面临的困惑，被专家称为“阳光”工程。

有线电视网络具有如下优势：

1）频带宽。有线电视网络是除电信以外唯一拥有用户接入的网络，在这方面，由同轴电缆组成的接入网络比电信网先天具有高带宽的优势，理论上可以提供1000 MHz的模拟带宽，是建设宽带双向IP网的理想介质。

2）用户多。有线电视网络是一种城市范围的网络，城市大部分居民都已接入HFC（光纤/同轴电缆混合网）有线电视网。经过2001年的“村村通”工程，大部分农村用户也已接入有线网。有线人口覆盖率达到95%，用户数已超过固定电话用户。

3）经营成本低。有线电视网络建网之初，就把公益性经营作为主导自己的行业定位，所以经营成本低，这有利于降低的价格。

4）技术成熟。在有线HFC网上开展数据通信业务的相关技术、标准、产品均已成熟，并已在许多地区广泛推广应用。

#### 4. 有线电视城域网分析

有线电视网络是一种城市范围的网络，按网络层次可分为城域骨干网、城域汇聚网、用户驻地网。骨干网位于城域网中心，由总前端和若干分前端组成。总前端一般设在原有CATV网的前端，提供城域网面向外网的互联接口和面向内网的流量汇聚、交换、统计等多种信息交换、管理功能；而分前端的选择应考虑用户的地理分布，一般位于某一片区用户的相对中心，实现对于不同用户流量的汇接功能。城域骨干网应基于光纤组网，可充分利用广电的光纤资源。目前，我国有线电视骨干网的建设已基本完成。采用一定的技术构建好骨干网之后，就应考虑将用户接入到城域骨干网。

近年来，宽带化、数字化和业务综合化成为接入网发展的主要技术趋势。为了提高接入网的接入带宽，改善接入网的传输性能，世界上各电信设备制造厂商已经研究并开发了利用各种传输介质和先进数字信号处理技术的多种高速接入技术。总的来看，这些宽带接入技术可以分为有线接入和无线接入。随着无线技术的发展，宽带无线接入技术已经成为一种新的不可忽视的宽带接入发展趋势。对有线接入技术而言，根据传输介质的不同，宽带有线接入技术可以分为铜线接入技术和光纤接入技术两大类。

（1）铜线接入技术

在传统的线路基础设施中，各地已经铺设了大量的铜线，并且引入千家万户。为了继续发挥铜缆的作用，尽可能地向用户提供宽带和高速业务，已经出现了利用铜缆来提供高传输速率的新技术。目前，研究比较集中、竞争性较强的两个铜缆新技术是xDSL和电缆调制解调器（Cable Modem）。

1）xDSL技术。xDSL技术按上行和下行的速率是否相同可分为速率对称型和速率非对称型两种。速率对称型的xDSL有IDSL、HDSL、SDSL、HDSL2等多种形式，HDSL采用两对双绞铜线实现双向速率对称通信。SDSL的功能与HDSL相同，但仅用一对铜线即可提供速率对称型通信。IDSL（ISDN DSL）提供速率为128kbit/s的双向速率对称型通信业务。非对称型的xDSL有ADSL（Asymmetric DSL）、G. lite ADSL。另外，VDSL（Very High bit Rate DSL）技术能够同时提供速率对称型与速率非对称型业务。

虽然ADSL采用先进的数字信号处理技术、编码调制技术和纠错技术，但是在推广AD-SL业务时，用户线路的许多特性，包括线路上的背景噪声、脉冲噪声、线路的插入损耗、线路间的串扰、线径的变化、线路的桥接抽头、线路接头和线路绝缘等因素将影响高速率传输业务的性能。首先，铜线的插入损耗将随着线路距离的增加而成比例地增加，并且同一距离下各子信道的插入损耗也发生变化，这个因素和线路固有的背景噪声、脉冲噪声、调制解调器的接收灵敏度一起将限制在单用户线上ADSL所能够传输的最大距离。其次，在同一条电缆中开多个ADSL业务，或者存在其他高速传输业务，例如HDSL、ISDN时，线路间的串扰将影响ADSL的业务性能和传输速率，其结果是ADSL传输速率下降或者其最大传输距离缩短，影响了ADSL的开通率。测试表明，在同一电缆中，以25对双绞线为一组的基本单位内的线路串扰最大，而一对双绞线对不同基本单位内的线路串扰较小，所以同一基本单位内线对之间的串扰是影响ADSL业务开通率的主要因素。第三，线对线径的改变、线路的纵向平衡性、线路的绝缘性能和线路接头的性能将影响线路的插入损耗、引入附加噪声，从而降低ADSL的传输速率，影响ADSL的传输性能。第四，线路的桥接抽头将显著地改变线路插入损耗的频响特性和相频特性，特别是接收端附近的桥接抽头将导致某些子信道无法使用，所以在使用 ADSL 时，一定要检测线路上的桥接抽头，并尽可能地去除桥接抽头。应特别注意的是，在接收端附近不能够有任何形式的桥接抽头。另外，电话的振铃、摘挂机等引起的脉冲干扰，周围环境温湿度的变化均将影响 ADSL 的传输性能。

ADSL 是一种很有发展前景的宽带接入技术，但是在提供 ADSL 业务时，应注意包括用户引入线和局内线等在内的各种影响 ADSL 传输性能的因素。

2）Cable Modem 技术。Cable Modem 是一种通过 CATV 网络实现高速数据接入的新技术设备，它可接收 10 ~ 30Mbit/s 的下行数据。在国际上是从 1995 年开始研制 Cable Modem，目前已形成成熟的产品和技术。由于其具有很高的传输速率，不占用电话线路；并且它所需要的 CATV 网的覆盖面积广、费用低廉，因此已成为一种极具竞争力的宽带接入技术。

Cable Modem 的下行信道采用了 QAM 调制方式，而在上行信道上，为了更好地抑制噪声干扰，通常采用抗干扰性能较好的 QPSK 或者 S-CDMA 调制技术。另外，为了更进一步改善传输性能，Cable Modem 还采用了交织技术和前向纠错技术。

虽然 Cable Modem 与 HFC 配合，是将 CATV 网改造成为视频、数据混合通信网的一种可能选择，但由于 HFC 采用副载波频分复用方式，必须进行数模转换才能传输，所以传输质量将受到影响。第二，因为传统的同轴电缆网是单向分配式网络，为了能够进行双向数据传输，必须对这个网络进行双向改造。第三，Cable Modem 容易受到噪声干扰，特别是上行信道易受噪声“漏斗”效应的影响以及由于频带过窄而引起信号间的串扰。在 HFC 网络中，上行信道采用 5 ~ 42 MHz 的频带，虽然这一频带具有良好的衰减特性，但是因为其他服务也采用这一频带，所以引入噪声成了一个严重的问题，并且这个噪声将逐步积累，严重地影响 Cable Modem 的传输性能。Cable Modem 的另一个问题是，其总的带宽由所有用户共享，当同时使用的用户的数目增加时，则每一个用户所能够获得的带宽将减小。

（2）光纤接入技术

利用光纤作为传输介质的宽带接入网一般可以分为宽带有源光网络、宽带无源光网络和光纤/同轴电缆混合网络。

1）以太无源光网络。相比有源光网络，无源光网络因为消除了服务端与用户端之间的有源设备，从而使得设备维护简单、可靠性较高、成本低，而且能节约光纤资源，成为目前光纤到户的主要解决方案。另一方面，以太网技术在过去的 20 多年来伴随着网络需求而不断提高，因为其具有可扩充性、灵活的部署距离、低成本、灵活性和互操作性以及易于使用等优势，成为 IP 网络的一种解决方案。而以太网无源光网络将以太网技术与 PON 技术结合起来，用最容易的方式实现了点到多点的高速以太网光纤接入，成为运营商解决“最后 1 km”问题的一种非常经济的宽带接入方案。

从 2004 年开始制定 EPON 标准 IEEE802. 3ah，国内外许多芯片厂商推出了自己的 EPON 芯片。这些芯片厂商在开发自己产品的同时也不断升级完善其芯片功能，一些设备制造商也开始积极开发自己的 EPON 设备。目前，EPON 已经在日韩欧洲等地已经占据了接入市场的很大份额，在国内，许多运营商也已经开始积极部署 EPON 系统。人们有充分的理由相信，光纤接入市场的启动条件已经具备，而 EPON 作为 FTTx 的最佳解决方案之一将会有广大的市场。

EPON 系统是一个点到多点（P2MP）的模型，是基于树形拓扑的非对称介质。在下行方向（从 OLT 到 ONU），OLT 发送的信号通过一个 1∶$N$ 的无源分路器（或几个分路器的级联）到达各个 ONU。在上行方向（从各个 ONU 到 OLT），ONU 采用时分多址发送信号，通过 ODN 到达 OLT。为避免上行数据冲突并提高用户接入网的利用效率，需要对 ONU 的传输进行仲裁。这种仲裁就是通过 MAC 层的多点控制协议（MPCP）实现的。

如图 4-20 所示，一个典型的 EPON 系统由 OLT、ONU、POS 组成。OLT（Optical Line Terminal）放在中心机房，ONU（Optical Network Unit）放在用户设备端附近或与其合为一体。POS（Passive Optical Splitter）是无源光纤分支器，是一个连接 OLT 和 ONU 的无源设备，它的功能是分发下行数据，并集中上行数据。

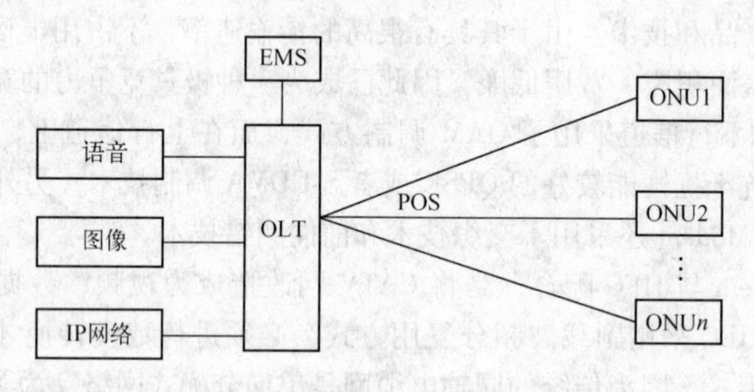


图 4-20　典型的 EPON 系统

2）宽带有源光网络。宽带有源光网络采用 ATM 传送技术，利用 SDH 帧结构在光纤传输环上传送各种宽带和窄带业务的信元，业务结点接口采用 STM-N 接口。虽然 SDH 传输技术正在广泛地应用于核心级网络中，但是因为它采用时分复用的机制，具有带宽的颗粒度太大、带宽分配不灵活、不适合于接入网中用户数量多、带宽需求不确定等特点，所以 SDH 技术在接入网中的应用受到一定的限制。利用 ATM 技术来传送这些业务时，就能够根据所需要的服务质量级别和需要传输的实际业务量来按需分配带宽。

宽带有源光网络在 SDH 环形网络结构上传输 ATM 信元，因而具有环形网络结构的自愈功能。同时在传输环上还可以对不同用户的业务进行合并，再连接到 ATM 交换机上，所以可以占用很少的 ATM 交换机端口，从而能够以较小的交换机端口数目支持大量的用户。

另外，ATM 信元在 SDH 环网中传输，其带宽由环网上的所有结点单元所共享。其部分信元可以预留给某些对实时性要求高的业务，其他信元可以根据环网上各结点业务量的动态变化和各用户的业务类别，被动态地分配到各结点和各用户，所以它既能够很好地适应 QoS 要求高的业务，也能够很好地适应突发业务的传输。

3）混合光纤同轴网。混合光纤同轴网的概念最初是由 Bellcore 提出的。它的基本特征是在目前有线电视网的基础上，以模拟传输方式综合接入多种业务信息，可用于解决 CATV、电话、数据等业务的综合接入问题。HFC 主干系统使用光纤，采取频分复用方式传输多种信息；配线部分使用树形拓扑结构的同轴电缆系统，传输和分配用户信息。HFC 采用副载波频分复用方式，各种图像、数据和语音信号通过调制解调器同时在同轴电缆上传输。典型地，低频端的 5 ~ 42 MHz 频带安排为上行通道，即所谓的回传通道，50 ~ 1000 MHz 均用于下行信道。其中，50 ~ 550 MHz 频段用来传输现有的模拟 CATV 信号，每一通路的带宽为 6 ~ 8 MHz，因而一共可传输各种不同制式的电视信号 60 ~ 80 路。550 ~ 750 MHz 频段允许用来传输附加的模拟 CATV 信号和数字 CATV 信号，或者数据信号。

从长远看，HFC 网计划提供的是全业务网，即以单个网络提供各种类型的模拟和数字业务。用户数可以从 500 户降到 25 户，实现光纤到路边。最终用户数可望降到一户，为实现光纤到家，提供了一条通向宽带通信的新途径。

HFC 适用于广播业务，但对于开发双向的、交互式业务存在着严重的缺陷。

- 树形结构的系统可靠性较差，干线上每一点或每个放大器的故障对于其后的所有用户都将产生影响，系统难以达到像公用电话网那样的高可靠性。
- 限制了对上行信道的利用。原因很简单，成千上万用户必须分享同一干线上的有限带宽，同时在干线上还将产生严重的噪声积累；严重情况下，甚至连模拟电话业务也难以提供。
- HFC 属于模拟传输技术，与整个电信网络的数字化、光纤化的发展趋势不相吻合。
- HFC 的带宽由用户所共享，存在带宽竞争的问题，所以当 HFC 所服务的用户数目增加时，每一个用户所能够获得的 HFC 带宽将迅速下降。

当有线电视网重建分布网以升级现有的服务时，大部分转向了一种新的网络体系结构，通常称之为“光纤到用户区”。在这种体系结构中，单根光纤用于把有线电视网的前端连到 200 ~ 1500 户家庭的居民小区，这些光纤由前端的模拟激光发射机驱动，并连到光纤接收器上（一般为“结点”），通常是电话杆或用户区基座。这些光纤接收器的输出驱动一个标准的用户同轴网。

光纤到用户群的体系结构与传统的由电缆组成的网络相比较，主要优势在于它消除了一系列的宽带 RF 放大器，需要用来补偿同轴干线的前端到用户群的信号衰减，这些放大器逐步衰减系统的性能，并且要求维护。一个典型“光纤到用户群”的衰减边界效应是要额外的波段来支持新的视频服务，而现在已经可以提供这些服务。在典型“光纤到用户群”的体系结构中，支持标准的有线电视网广播节目选择，每个从前端出去的光纤载有相同的信号或频道。通过使用无源光纤分离器，以驱动多路接收结点，它位于前端激光发射器的输出处。光纤到用户群的有线电视网系统可利用单个输出光纤以重用交互服务的带宽。例如，在结点 1 的 10 频道和结点 2 的是 10 频道不同节目或数据，这种重用需要结合中等规模结点（一般要少于 1000 个通过的用户）。从光纤的安装角度增加系统的可用带宽，将在最大程度上升级有线电视网系统，以便把单个的波段分配给每个交互式服务的用户。宽带分布网体系结构，把光纤用于从交换中心或前端到用户群的远据离传送，结合同轴电缆下载到单个用户，就如通常所说的“混合光纤同轴电缆”。这种光纤电缆系统，正在由有线电视网和电话交换局作为通用的基础设备铺开。

对于电话交换局而言，现有的标准电话线采用 ADSL 技术，能支持 1.5 ~ 8Mbit/s 的带宽，从交换中心到家庭的距离可达到 3 ~ 5 km（依带宽而定）。另外，还提供一个 16 ~ 64 kbit/s 的信号通道，从家庭回到交换局。但从长远看，ADSL 用于解决交互式视频服务存在着的问题，因为现在安装的电话网质量参差不齐，每个家庭的电视机数目一直增加，而且有距离的限制，成本也很高。然而 ADSL 对电话局来说，还是有吸引力的。因为作为一种方式，它可以逐步引进视频服务而不必进行大量的电话网升级工程。虽然 ADSL 有利于电话公司早日提供服务，但技术限制导致业界认为用户的交互式视频服务主要由光纤同轴接入网支持。

很多电视网目前以光纤同轴网重建以前的电视网，这些网可以支持传统的服务和新兴视频服务。除了电话业务外，大多交互式视频服务有高度的非对称带宽要求。要求进入家庭的带宽比需要走出家庭的带宽高很多，这是有益的。因为大部分当前的用户接入网（有线电视网或 ADSL）的下游比上游宽带容量大。将光纤同轴的用户接入网中，可以用 640QAM 或 256QAM RF 调制，把在 50 μHz ~ 1 GHz 的下游带宽中 6 MHz（中国为 8 MHz）的模拟带宽转换成数字频道，数字频道的数目仅受电视网中未用带宽的限制，并且不和当前系统中现存的模拟服务相互干扰和影响。典型的数字频道置于最高的模拟频道之上，而且仅需要一个更低的普通电源即可运作。

在光纤同轴网中的每个数字频道，一般提供一个带纠错能力的 28Mbit/s（对于 640QAM）或超过 40Mbit/s（对 256QAM）带宽流，支持 53B 信源 ATM。通过起始过程中的配置协议，每个机顶盒动态分配一个特定的下游数字频道，并给定一个特定的 ATM 虚拟电路路径标识符应用在信元流中，机顶盒中的资源将分配到一个特定的虚拟电路，它有利于实现机顶盒内基于硬件的信元分发功能。

（3）接入网发展趋势

随着光通信技术的进步，接入网已由普通模拟用户环路逐步演变成光接入网 OAN。另一方面，由于 SDH 技术的成熟性和先进性，也使其逐步由长途网到中继网，最后在接入网上得到广泛应用。传输网络中所有业务层包括支撑层的平台，而 SDH 技术是这个平台的灵魂。在接入网中，为满足组网的灵活性和便于电路的实时调配，SDH 技术广泛应用于用户端与局端之间，以完善的环保护功能为“最后 1 km”提供安全保障。目前看来，无论是 PSTN 网络还是移动的基站传输，接入网传输系统仍然以提供 TDM 业务传输为主。从另一个角度来看，自从接入网内置 SDH155 开始承担光纤接入网的传输主体设备后，目前速率已满足不了窄带接入网的需求，急需提高传输带宽。同时，为了满足大量引入的多种宽带业务与宽带接入手段，非常有必要提高接入网传输的传输速率、改善传输效能，构建新一代城域接入网多业务传输平台。尽管接入网所采用的接入技术多种多样，用户需求千差万别，网络结构变化多端，但始终需要一个具有高度可靠性的传输网络进行承载。SDH 网络以其强大的保护恢复能力以及固定的时延性能在城域网络中仍将占据着主导地位。当然，网络业务的多样化，给城域传输网提出了新的挑战，为了避免多个重叠的业务网络，降低网络设备投资成本，简化网络业务的部署与管理，城域光传输网络必将向多业务化方向发展。新一代的光接入网传输系统也将朝着多业务化和智能化发展。

随着骨干传输容量不断增大，城域传输网络的接入能力也将多样化。但以 IP 为主的网络业务仍然是不可预知的，这需要传输网络具有更好的自适应能力，而这种自适应能力不仅仅是网络接口或网络容量的适应能力，而且要求网络连接具有自适应能力。总的来说，低成本、灵活快速地完成运营商端局到用户端的业务接入和业务收敛是对未来城域网接入系统的主要需求。从技术上来看，接入层的相对带宽需求较小，需要提供 IP、TDM，可能还有 ATM 等综合业务传送。以 SDH 系统为基础并能够提供 IP、ATM 传送与处理的系统将是解决接入层传送的主要方法，这种方式可廉价地在一个业务提供点（POP）上提供高质量专线、ATM、IP 等业务的接入、传送和保护。简单地讲，这种采用 SDH 传输以太网等多种业务的方式就是将不同的网络层的业务通过 VC 级联的方式映射到 SDH 电路的各个时隙中，由 SDH 网络提供完全透明的传输通道，从物理层的设备角度上看是一个集成的整体。这种解决方案可以大幅度降低投资规模，减少设备占地面积，降低功耗，进而降低网络运营商的运营成本。同时，提供多业务的能力还可以使网络运营商能够快速地部署网络业务，提高业务收入，增强市场竞争能力。从网络结构来看，接入层传输结点分布广、数量多，要求低成本、高环境适应能力、需支持复杂组网。

采用光纤直连组网通常指利用路由器、ATM 交换机、以太网交换机等通过独享光纤带宽的简单组网技术，包括星形（树形）、环形、网格形等组网方式，因为是纯数据接入设备，带宽独享，浪费了大量光纤资源，特别是树形和网格形，对光纤的需求大，随着结点的增加，给运营商带来很大压力，无法高效接入大量应用的 TDM 业务。如果采用 E1 电路仿真，一方面成本非常昂贵，用户无法承受；另一方面性能差，无法满足像移动与联通等运营商组网的需求。因此，该方案也只适用于新建的纯数据网络。在新型接入网组网中，根据业务用户的重要性，采用综合接入 SDH 设备进行环形、链形、树形进行组网，由于星形组网会需要大量的光纤，保护能力差，建议选择环形、环形加分叉等形式，分叉方法可采用 SDH、PON/APON/EPON 等。总的来说，新型多业务接入传输系统除具有 SDH 的基本功能外，还具有多种业务的接入功能，支持数据业务的透明传输，并提供点到点与点到多点的业务汇聚功能，不仅具有数据优化传输升级能力、提供业务的带宽管理能力，而且具备多种业务互通的平滑升级能力。

从技术发展的角度看，虽然光纤接入是宽带接入网最终的发展方向，但在目前已经铺设了大量铜缆的情形下，仍然需要充分利用现有的铜缆资源，改造现有的铜缆接入网。以 ADSL 为代表的 xDSL 数字用户线接入技术是一种重要的改造手段；HFC 系统和非对称 Cable Modem 则是改造现有 CATV 网的技术方案。在发展光纤接入的条件还不成熟的地区和城市，可以选择 xDSL、以太网技术或者 Cable Modem 等接入技术来开展宽带化的、综合化的、数字化的业务，并逐步过渡到光纤接入，过渡到以宽带光纤接入为主、无线接入为辅的宽带接入网。

### 4.3.2 设计方案目标

Internet 的飞速发展极大地推动了信息技术的现代化。数字技术正在取代原有的模拟技术，数字化使得网络的互联互通成为可能。有线电视网因其独特的网络优势将成为多媒体通信、开展综合业务，最终实现在同一网上实现话音、数据、模拟/数字视频等多种信息的传输的最佳模式。中国有线电视网络正向网络化和数字化发展，将广电网络建设成为宽带综合业务信息网的关键是建立宽带数据网络。

**1. 宽带数据网络系统的规划和设计原则**

(1) 设计总的原则

城域宽带数据网络设计总的原则是安全可靠、技术先进、网络易升级、充分发挥有线电视网络的宽带优势、开发多功能应用。

安全性包括 4 个层面，即网络安全（物理层安全、网络结构安全）、操作系统安全、数据安全、应用安全。在网络安全上分为广域网和局域网系统，通过采用防火墙和 VPN、VLAN、数据加密、数字签名等技术保证其安全性。

宽带数据网络可靠性应考虑网络线路的冗余备份、负载分担、路由协议的动态连接、IP 地址的动态连接、域名系统的备份配置、设备的高可靠性配置。

应考虑网络容量的扩展、网络技术的扩展、网络带宽的扩展、网络用户的扩展、网络数据库的扩展等。

采用符合国际和国内行业标准的协议和接口，如 ITU - T、IETF、ANSI 等，实现与其他网络和信息资源的互联互通。

通过网络层、应用层的统一管理可实现综合控制，网管协议基于符合国际标准的 SNMP、TCP/IP，对设备、性能、配置、资源、用户、计费结算、应用进行管理。

采用了国际上最新和成熟的 DPT 技术、POS 技术、千兆位以太网交换技术、IP QoS 技术、VPN 技术、第 3/4 层交换技术、HA 技术、数字签名技术、VOD 技术、多媒体应用技术等来满足业务和用户的需求。

（2）宽带数据网络结构

基于广电宽带 IP 网的总体设计，可将整个系统的体系结构划分为 4 个层次。

1）宽带数据网络系统。包括广域网、局域网和接入网的各种技术，通过 IP 将所有技术统一起来，将数据、语音、视频业务统一到一个网络。在网络系统设计上将提供安全可靠、技术先进、开放、基于标准、配置灵活、可管理、可扩展、性价比高、面向下一代网络技术的多媒体通信平台。

2）宽带数据网络操作系统。通过对网络资源的自动管理，智能优化控制保证网络设备的可靠运转，结合网络管理系统，进一步加强网络控制。

3）宽带数据网络应用系统。网络应用系统提供标准的 Internet 服务，如 Web、E-mail、FTP，提供宽带视频/音频服务，如 VOIP、数据广播等，还可以提供多种 IP 增值业务和交叉业务，如 E-mail 转发手机、电子提醒、股票交易、网上购物、物业咨询、电子商务等。

4）业务经营策划。解决如何将零散的用户群和业务有机地统一起来，综合出新的业务去开拓市场服务客户，是一种完善的经营思路。

贯穿宽带数据网络系统、网络操作系统和网络应用系统的是一体化的系统管理和安全控制，通过集成化的管理平台实现系统的资源管理、性能管理、配置管理、用户管理、计费管理、安全管理和用户自定义管理功能。整个管理系统既可以集中管理，也可以分布式管理，平台可以满足用户的伸缩性和扩展性要求，安全性与可靠性通过分层控制，主动与被动控制实现最严格的要求。

（3）网络 IP 地址分配及域名体系规划

网络地址、域名统一规划，这里主要提出 IP 分配及域名规划的原则。域名规划要注意层次性和一致性。内部域名、外部域名要分别设置，体现组织结构并易于管理。地址分配要遵循简单性、连续性、可扩充性、灵活性、可管理性和安全性的原则。地址的分配应该简单，避免在主干采用复杂的掩码方式。为同一个网络区域分配连续的网络地址，便于采用缩减路由表的表项来提高路由器的处理效率。为一个网络区域分配的网络地址应该具有一定的冗余度，便于主机数量增加时仍然能够保持地址的连续性。地址分配不应该基于某个网络路由策略的优化方案，应便于多数路由策略在该地址分配方案上实现现代化。地址的分配应有层次，某个局部的变动不要影响上层和全局。网络内应按工作内容划分成不同网段，以便进行管理。

作为宽带 IP 网设计，整个网络的 IP 地址规划、路由规划、域名规划非常重要。各个区域结点采用域内路由协议 OSPF。OSPF 有两个主要特性，一是它的开放性，其协议规范由 RFC1247 定义；二是它基于 SPF 算法，是一种基于链路状态（Linkstate）的路由协议。因此，它需要每个路由器向其同管理域（Area）内的所有其他路由器发送链路状态广播（LSA）。OSPF 负责在不同区域间发布路由信息，它是通过被称为域边界路由器来完成的。

2. EPON 光网络设计规范

（1）OLT/ONU 光发射、接收模块的基本参数

EPON 系统是采用双波长单纤双向的方式进行通讯，OLT 至 ONU 使用 1490 nm 波长，ONU 至 OLT 使用 1310 nm 波长。根据相关标准，每个 OLT 最多能够支持 32 个 ONU。EPON 的上、下行速率均为 1 Gbit/s（由于其物理层编码方式为 8 B/10 B 码，其线路码速率为 1.25 Gbit/s），所以每个 ONU 平均可用带宽是 32 Mbit/s。

在光网络设计中，OLT/ONU 的技术参数是网络设计的基础数据。一般情况下，各生产厂家的产品分为 10 km 和 20 km 两种，有不同的发射功率和接收范围，而且由于采用的光器件不同，各指标有所变化。表 4-2 为不同的光器件各指标。

**表 4-2　不同的光器件各指标**

| 参数项目 | 10 km OLT 光模块典型值 | 10 km ONU 光模均典型值 | 20 km OLT 光模块典型值 | 20 km ONU 光模块典型值 |
|---|---|---|---|---|
| 接收灵敏度/dBm | -24 | -24 | -27 | -24 |
| 接收饱和度/dBm | -1 | -3 | -6 | -3 |
| 发射光功率/dBm | -3 ~ 2 | -1 ~ 4 | 2 ~ 7 | -1 ~ 4 |

（2）光分路器

分路器是 EPON 系统中不可缺少的无源光纤分支器件。它把由光纤输入的光信号按比例将功率分配到若干输出用户线光纤上，一般有 1 分 2、1 分 4、1 分 8、1 分 16、1 分 32 共 5 种分支比。对于 1 分 2 的分支比，功率会有平均分配（50:50）和非平均分配（5:95、40:60、25:75）多种类型。而对于其他分支比，功率会平均分配到若干输出用户光纤去。对于上行传输，分光器把用户线光纤上传光信号耦合到馈线光纤并传输至光线路终端（OLT）。

分光器不需要外部能源，因此会增加光功率损耗，这主要是由于它们对入射光进行分光，分割了输入（下行）功率的缘故。这种损耗称为分光器损耗或分束比，通常以 dB 表示，并且主要由输出端口的数量决定。运营商可按照组网方式不同采用不同规格的分光器。

（3）光路的设计

1）干线、支干线光缆设计。OLT 一般放置在分前端机房。光缆的路由选择可以基本按照原有有线电视网络设计的原则，即光分路器的位置应在需要接入用户的中心位置，以便使用等分比的分路器。由于 EPON 本身的技术特点，干线并不需要很多的光芯，干线的芯数与 ONU 的数量成倍收敛。如同一路由上的 A、B 两个住宅区，每个区计划建设 16 个 ONU，则进每个小区的支干线光缆最少需要一芯，1 分 2 分路器之前的光缆最少需要一芯。如果每个区建设 32 个 ONU，则干线光缆至少两芯才能满足要求。

干线光缆的设计还要根据下面几个方面考虑：

- 衰减。由于 ONU 的上行波长为 1310 nm，与下行 1490 nm 相比，在光纤中传输损耗较大，而光分路器损耗、连接器件损耗、熔接损耗与波长关系不大，所以，在计算每个 ONU 光链路衰减时，可以按照波长为 1310 nm 来计算整个链路，以此确定设计是否合理。按照 OLT 的接收灵敏度为 -27 dBm，ONU 的发射功率为 0 dBm 计算，则每个

ONU 链路衰减应控制在 25 dB 之内（2 dB 的余量）。

- 用户、带宽的扩展。一个 OLT 支持 32 个 ONU，则每个 ONU 带宽为 32MB，当一个 OLT 支持 16 个 ONU 时，ONU 的带宽增加一倍。当某小区用户中原有 ONU 带宽无法满足要求时，可以通过减少每个 OLT 所支持的 ONU 数量来增加带宽。

上例中，当 A 小区每个 ONU 的用户增多，或者 EPON 上承载的业务流量增加，造成带宽紧张时，可以将 AB 两个小区的 1:2 分路器取消，直接用 2 个 OLT 分别支持 A、B 两个小区的 ONU 代替。这样，干线光缆所需芯数将增加。如果是由于 A 小区建筑增多，原有 ONU 无法覆盖时，则要在小区内增加一个 1: $n$ 的分路器，同时在前端增加一个 OLT 端口。如果增加的 ONU 数量不多，每用户分摊的 OLT 成本就很高，造成浪费，所以在计划 ONU 数量时，一定要考虑周全。

- 双路由保护。为了提高网络的可靠性，可以对 OLT 至分路器之间的干线进行双路由保护，如图 4-21 所示。

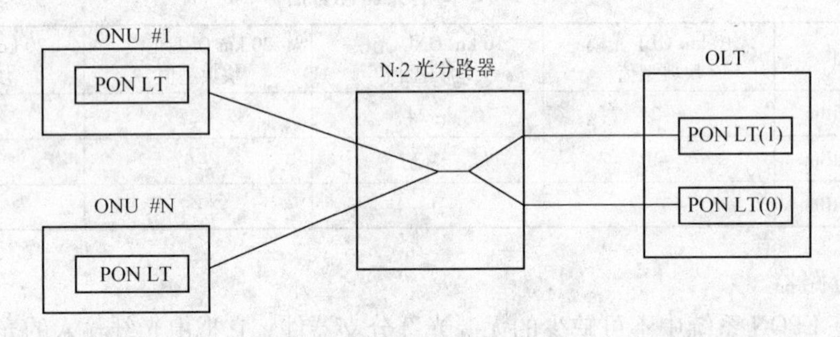


图 4-21 双路由保护

所以，设计 OLT 至第一个光分路器之间的光缆时，要根据实际情况采取双路由保护。工作光纤所在光缆预留合适的芯数，保护光缆可以适当减少。

- 集团用户、大面积的监控、IP 电话、视频会议、光纤至家庭等的接入。当用户有必要采取光纤至家庭或者光纤至办公室时，就需要预留部分光纤至合适的位置，这个要根据实际情况来决定。

2）光点设计。在使用 EPON 系统提供数据传输时，可以使用两种方式，第一是有线电视与 EPON 相对独立，分别占用不同的光纤；第二是使用 1550 nm 波长传输有线电视，并用波分复用器与 EPON 共纤传输，在接收端单独取出 1550 nm 供光接收机输入。在第一种情况下，每个有线电视光结点覆盖的用户虽然可以按照传统的方式进行设计，加装放大器增加覆盖范围。但是，EPON 系统建设的主要目的是为双向改造提供回传通道和 VOD 的下行带宽（当然，VOD 也可以采用 IPQAM 的方式在 HFC 网络传输），所以每个有线电视的光结点覆盖的用户的回传和数据接入是限制其用户数量和位置的条件，即有线电视用户必须能够使用双绞线或 EOC 技术与最近的 ONU 连接。注意，EOC 技术不能跨过放大器（或者跨接会增加设备和成本）；在第二种情况时，ONU 位置与光结点位置重合。综合二者的情况，可以采用低接收功率的光接收机（ -3 ~ -9 dBm），电平输出保证进每个楼道的电平在 85 dBμV 左右。当用户较少时，每个 ONU 可以考虑覆盖 100 户左右（按每楼 6 层 4 个单元计算，两座楼），但光纤按照每楼一个 ONU 设计。每个 ONU 处两芯光纤至上一级分路器处。

3）光分路器设计。EPON 系统采用两个波长的光信号，如果希望将其与有线电视信号共同传输，则要使用1550 nm 的波长和波分复用器，所以设计分路器时要考虑支持多波长，即使用 PLC 光分路器。另外要考虑到器件的互换性、可维护性、分光精度、温度稳定性，以及在 10km 范围内光链路衰减的主要是连接器件和光分路器衰减，所以在设计中，要尽量采用等光分比的 PLC 光分路器。如果在 ONU 的服务半径内多于 32 个用户，仅仅为了支持第 33 个用户，就需要增加 OLT 端口，结果导致每用户分摊的 OLT 成本骤增。

因此，在规划设计 EPON 网络的时候，一定要预先将网络覆盖的用户合理地按 1：32/64 进行分配，使其不出现上述情况。

**3. 有线电视系统的组成**

有线电视系统由 3 部分组成，即前端系统、干线传输系统和用户分配网络。系统的前端部分主要任务是将要播放的信号转换为高频电视信号，并将多路电视信号混合后送往干线传输系统。干线传输系统将电视信号不失真地输送到用户分配网络的输入接口。用户分配网络负责将电视信号分配到各个电视机终端。

(1) 前端系统

前端系统将各种天线接收的信号、摄录设备等输出的信号调制为高频电视信号，并通过混合设备同时将多路信号合并为一路电视信号，以便输送到干线传输系统。

前端设备常用的设备是天线放大器、调制器、解调器、混合器、滤波器等设备。天线放大器主要连接天线与前端设备，用于天线信号的放大作用。调制器可以将各路输入信号调制到指定的电视频道信号上。混合器可以将多路输入信号合并为一路电视信号，不同信号占用不同的电视频道。利用前端系统的功能，电视台可以通过卫星天线接收开路信号，使用录像机和直播摄像机播放闭路信号。开路部分信号包括 VHF、UHF（特高频）、FM（调频）、微波中继和卫星转发的各种频段信号，经频道调制和放大处理后，与闭路信号一起送入混合器，从而实现多电视节目和自办节目的播出。

(2) 干线传输系统

对于大型有线电视系统而言，有线电视信号经过前端系统输出后，需要通过干线传输系统远距离传输到用户终端设备。有线电视信号在传输过程中损耗较大，因此需要采用高质量的传输介质并安装放大设备对信号进行放大，以保证输送到用户终端设备的电视信号电平达到要求，确保节目播放的质量。

干线传输系统主要位于前端系统和电缆分配系统之间，将前端系统输入的电视信号传送到各个干线分配点所连接的用户分配网络系统。干线传输系统采用的主要设备是干线放大器，根据有线电视用户总数不同，需要干线传输系统提供的信号强度有所差异，配备合适的干线放大器就可以补偿干线上的传输损耗，并把输入的有线电视信号调整到合适的输出电平。

干线传输系统一般分别采用室外同轴电缆、光缆、多路微波 MMDS、HFC（同轴电缆和光缆混合）4 种方式进行信号的传输。对于组建中小型的有线电视传输网络可采用同轴电缆传输技术，组建大型或超大型的有线电视网络采用光缆或 HFC 传输技术，可以提供经济、可靠的信号传输平台。多路微波 MMDS 技术更适合于组建地形开阔、用户分散的有线电视网络。

(3) 用户分配网络

用户分配网络位于干线传输系统和用户终端设备之间，它将干线传输系统输送的信号进行放大和分配，使各用户终端得到规定的电平，然后将信号均匀地分配给各用户终端。用户分配网络确保各用户终端之间具有良好的相互隔离作用而互不干扰。用户分配网络系统采用的设备主要有分配器和分支器。分配器属于无源器件，它的作用是将一路电视信号分成几路信号输出。分配器的规格有二分配器、三分配器、四分配器等。分配器可以相互组成多路分配器，但分配出的线路不能开路，不用时应接入 75 Ω 的负载电阻。分配器的主要技术指标有分配损失、分配隔离度。

分支器的作用是将电缆输入的电视信号进行分支，每一个分支电路连接一台电视机分支器。分支器由一个主路输入端、一个主路输出端和若干个分支输出端构成。分支器的主要技术指标有插入损耗、分支损耗、分支隔离度、驻波比及反向隔离度等。

分支器的规格有一分、二分、三分、四分支器，分支器的分支端直接连接到终端用户的电视插座中。电视机端的输入电平按规范要求应控制在 60 ~ 80 dBmV 之间，在用户终端相邻频道之间的信号电平差不应大于 3 dB，但邻频传输时，相邻频道的信号电平应大于 2 dB，根据此标准配置不同规格的分支器。

用户分配网络中最常使用的电缆是同轴电缆，其阻抗为 75 Ω。根据同轴电缆的内部结构，该电缆较适合于室外布线，常用于连接分配器。对于室内用户终端设备连接的电缆主要采用 75 Ω 的视频电缆。

**4. 有线电视电缆传输网络的规划与设计**

（1）双向传输与分配网络的设计

实现系统上、下行的双向传输，目前面临要解决的是上行信号的噪声积累问题、网络接口技术问题、用户接口设备问题以及系统涉及到的相关材料标准问题等。所有这些都是双向传输的关键技术问题，也是有线电视未能大规模发展的主要原因。

电视网络系统向多功能综合业务信息网方向定位是未来有线电视的发展趋势，为适应发展需要，本系统网络传输部分按双向传输方式设计。随着今后综合业务信息网发展成熟，用户只需增加相应的双向终端设备，便可享受综合业务信息网提供的一切服务。

系统网络满足双向传输的条件是选择具有双向放大功能的线路放大器和具有宽带特性的双向分支分配器（5 ~ 100 MHz）。可采用正、反向信号单独放大并混合传送，并接入双向放大器。

（2）布线与网络结构

1）干线。干线是指从放大器至分配器之间的同轴电缆线布放于弱电竖井中。

2）支线。支线是指从分配器至分支器和分支器至终端插座之间的同轴电缆。支线主要布放于天花板内的线槽中。如图 4-22 所示为有线电视网系统拓扑图。

（3）系统接地

大楼内 CATV 系统的同轴电缆金属外护套、金属穿管、设备（或器件）的外露可导电部分均应相连并接地。系统所采用的屏蔽电缆应穿金属管敷设，电缆外层或金属管与建筑物的避雷带有良好的电气接地。

有线电视系统是综合布线系统中非常重要的一项应用系统，在智能大厦和智能生活小区中有线电视系统是必不少的一个组成部分。掌握有线电视系统的构成及相应设备的性能，熟悉有线电视系统的常用传输技术是有线电视系统设计的关键。根据工程项目的特点和要求，灵活地选择符合要求的传输技术，选配合适的传输设备，从而形成合理有效的设计方案。

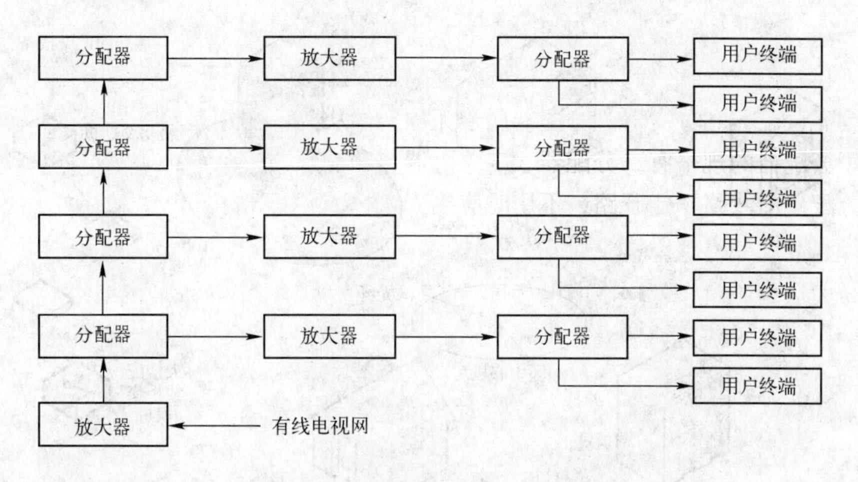


图 4-22　有线电视网系统拓扑图

在进行方案设计时，必须先进行详细的用户需求分析，掌握用户的需求状况，然后按照前端系统、主干传输系统、用户分配网络 3 部分进行详细设计，从而构成一个完整的有线电视系统设计方案。

随着技术不断更新，有线电视传输技术发展很快，设计人员必须及时掌握最新的技术标准、技术指标、施工工艺规范等内容，才能设计出符合当今用户需求的新型有线电视系统，并满足用户不断增长的各种需求。

## 4.4　基于 EPON 的有线电视网络设计方案

有线网络的双向建设一直在探索中得到发展，各地于前几年开始大规模采用 5 类双绞线入户方式建设网络，实现了同轴电缆和 5 类双绞线两条线缆同时入户。鉴于当时的网络技术水平，主要采用以太网交换机和光纤收发器的方式来实现双向改造，从网络结构上看，以太网数据网络与原有的 HFC 网络没有关联，只是在光纤和同轴线缆路由上存在相同的现象，传统以太网接入方式如图 4-23 所示。

从图 4-22 可以看出每个小区覆盖的用户一般在 600 ~ 1000 户之间，一般每个小区需要建设一个驻地网中心机房，驻地网内的大楼进行综合布线，中心机房与各楼之间通过光纤进行互连。某些地方不具备建设小区中心机房时，采用将城域网光纤直接跳接到各大楼的方式，这样需要大量的接入光缆。驻地网中心机房很难达到理想的运行环境，其 UPS 及空调投入和维护加大了网络运行成本，而位于该机房的以太网设备成了影响整个驻地网安全运行的控制点。在一些驻地网中心机房不能得到合理的解决的地方且干线光纤又不充裕时不得不采用室外机柜的方式，这使得网络的运行条件更加恶劣。驻地网络的网络层次大多为 2 ~ 3 层，在开通运行时又普遍采用光纤收发器，这使得用户电脑通过驻地网中心机房设备到达城域汇聚设备时所经过的有源设备数量在 5 个以上，这些处于串联方式中的每一个设备运行出现故障都将影响到用户的正常使用。因此，网络的故障率较高，维护压力较大。在网络管理方面，驻地网设备数量巨大，各厂商设备的网管能力参差不齐，加上设备的故障更换，很难建设一个可以高效管理的驻地网。

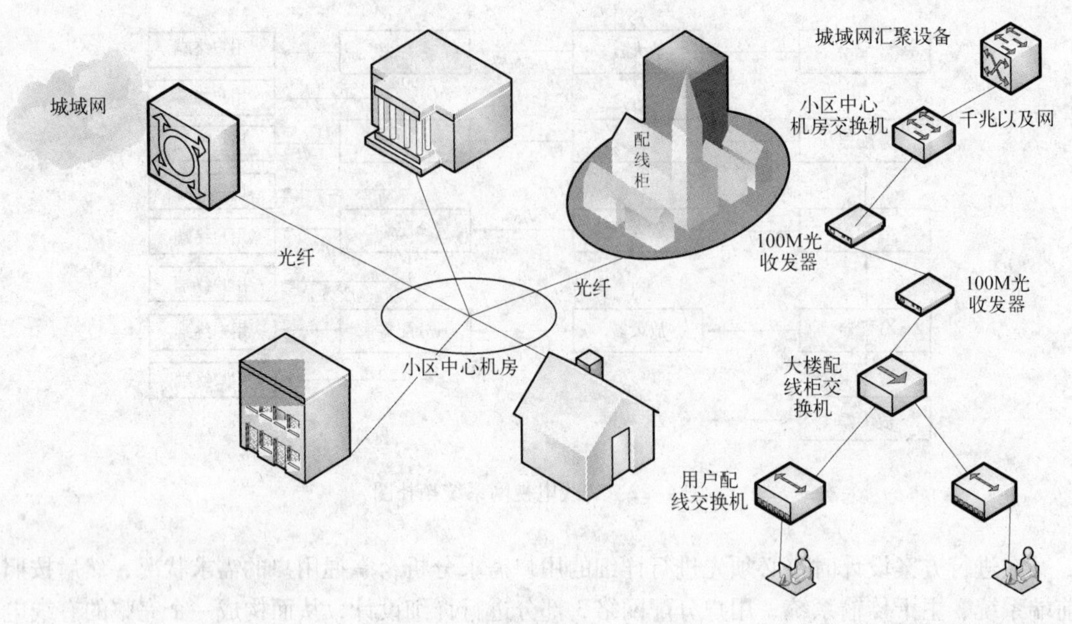


图 4-23 传统以太网接入方式

采用 EPON 方式可以很好地解决传统以太网的不足之处。如图 4-24 所示为 EPON 组网结构图。

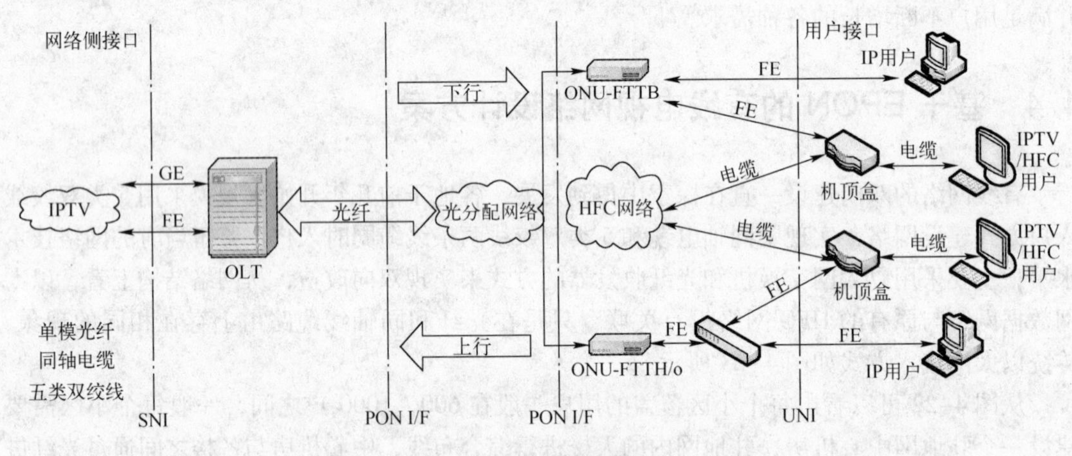


图 4-24 EPON 组网结构

## 4.4.1 基于 EPON 的方案设计

EPON 技术本身是一种多业务的提供平台，在网络向 IP 融合的趋势越来越明显的今天，通过合理建设基于 EPON 技术的双向接入网络可以提供高质量的网络服务，获得良好的经济效益。

从业务带宽角度分析，对于广电网络，广播型的视频业务依然通过传统的 HFC 网络来提供，EPON 网络所服务的业务主要包括交互电视（视频点播）、互联网接入、VOIP，这 3 种业务的带宽需求分别为 2 Mbit/s、512 kbit/s、128 kbit/s，每户总计需求在 2.7 Mbit/s 左右。

从 EPON 的覆盖范围分析，EPON 覆盖范围的设定（EPON 的覆盖范围是指每一个 PON 口的覆盖用户数，也可以理解为 1Gbit/s 的带宽所服务的用户数）在光纤线路资源不变的情况下，可以通过灵活设计每个 PON 口的分光比来改变覆盖范围。由于每户的静态带宽需求在 2.7 Mbit/s 左右，对于一个 1Gbit/s 的的 PON 口，所能同时服务的用户数量为 360 户左右，假定用户开通双向业务的比例为 30%，且只有 50% 的用户同时使用 3 种业务，则每一个 PON 口所能覆盖的用户数约为 2400 户，在实际工程可以取 2000 户，即按每个 PON 口覆盖 2000 户进行设备配置和设计分光网络。

结合双绞线入户和 MOCA 方式，EPON 方式可以很好地解决入户问题，同时还可以语音、视频点播、互联网接入、交互电视等多种增值业务。

EPON 技术改变了广电网络光缆资源对数据业务发展的限制，对于高收益的数据专线业务、VPN 业务，传统方式的接入需要大量的骨干光纤，广电网络往往对这样的业务显得力不从心。采用 EPON 方式时，这些业务都可以在各个光结点和光纤已经到达的大楼处得到可靠的接入，由于 EPON 能对各种业务做出服务等级保护，同时 EPON 系统中各 ONU 间是天然隔离的，不存在数据安全问题，可以做到大众业务和专线业务、VPN 业务利用同一干线光纤、同一 PON 口接入而互不影响，大大提高了广电网络的业务能力、扩大了业务范围。

1）EPON 相对成本低，维护简单，容易扩展，易于升级。由于 EPON 系统的 ODN 部分没有电子部件，无需电源供应，因此容易铺设，基本不用维护，建设成本低。EPON 系统对局端资源占用很少，模块化程度高，扩展容易，投资回报率高。同时大多数 EPON 系统都是一个多业务平台，对于向全 IP 网络过渡是一个很好的选择。

2）提供非常高的带宽。EPON 目前可以提供上、下行对称的 1.25Gbit/s 的带宽，并且随着以太网技术的发展可以升级到 10Gbit/s，能满足未来高宽带 Internet 需求。

3）服务范围。EPON 作为一种点到多点网络，是一种扇出的结构，既节省光纤的资源，同时这种共享带宽的网络结构能够提供灵活的带宽分配。

4）带宽分配灵活，服务有保证。EPON 可以通过在 OLT 与 ONU 之间的单元开销、DBA（动态带宽算法）、DiffServ、PQ/WFQ、WRED 等来对每个用户进行带宽分配，并保证每个用户的 QoS。

### 4.4.2 EPON 与 LAN 接入设计方案的比较

LAN 是一种局域网技术，目标是解决多人共享的问题，将这种技术引入到接入网中来，是由于其技术简单、使用广泛。通过近年来实际运营看，其本质目标定位与需要运营的接入网的需求的差异也逐步凸现出来。

LAN 设备放置在写字楼或小区内部，通过 5 类线连接用户，这就涉及到楼内布线工程开销问题。经验表明，前期的设备和布线占据了大量的人力物力，但由于 LAN 接入前期的部署一次到位，而端口的销售却很难一次到位，从而造成投资回收的滞后。此外，对用户数的预测往往存在误差，可能会造成一些端口长期闲置，也可能会造成一些区域端口数不足，扩容又会涉及到网络的规划，设备添加，重新布线等问题。

EPON 产品的成本主要集中在 OLT 和 ONU，中间的无源设备，价格比较便宜，而 OLT 由于用多用户负担，均摊到每一个用户的成本很低，在 EPON 的 FTTH 解决方案中，主要成本集中于 ONU，而 ONU 可以在用户有开户需求的时候去购买。

相对于 ADSL，LAN 接入可以提供比较高的对称带宽，但在业务控制和安全管理方面不如 ADSL 灵活。当然，如果采用具有较强管理和业务控制能力的交换机也可以做到很好的业务控制，但设备价格会高很多。目前的楼层交换机多是一些低端的产品，运营商在管理维护方面的困难很多，简单的故障排除需要占用大量维护人员，运营成本也比较高。

交换机的故障往往会造成远程监控失效，需要人员到现场排除，同时，有源设备对电源、温度等方面也有比较严格的要求，各种影响用户使用的情况可能都需要运营商解决，而且需要有经验的技术人员来维护，成本比较高。

EPON 与之相比，由于 OLT 放置于局端机房，易于管理维护。从机房到用户家里的连接完全是无源的光网络，免去了有源设备的空间、电源、维护等方面的问题。而 OLT 设备可以做到很好的认证计费支持、用户隔离、安全控制等，从而避免目前 LAN 接入用户之间产生的不安全访问等问题。

业务方面，LAN 接入在带宽保证方面理论上也可以满足 Triple Play 的需求，但由于目前的 LAN 接入工程往往出于经济性的考虑，很多用户共享一条上联接口，每个用户的可保证带宽有限，造成实际上很难真正支持这些业务，目前的规划往往只能支持用户上网业务，很难实现 QoS 保证。要改变这种局面，要重新规划网络，选用性能更高的设备，增加上联接口的数量或容量。此外，很多楼层的交换机不能支持组播业务，要更新为支持组播业务的交换机也要增加相应的费用。

对于公众接入，LAN 所带来的巨大的运维工作量会占用更多的资源，运营成本很高，缺乏电信级的管理和业务保证能力，不太适合作为大规模的公众接入手段，更适合用于已有布线系统的商业用户，而 EPON 在这方面具有更多的优势。

总结起来，LAN 接入方式面临着存在中间汇聚设备和接入层楼道交换机太多、管理维护难、楼道交换机的安装协调麻烦、处于 CO 和家庭之间的中间设备的供电成本高、受停电影响大、处于 CO 和家庭之间的中间有源设备受雷电影响大、置于小区中的楼道交换机容易被盗、上行端口带宽扩展困难、覆盖面积小（100 M）等若干问题。如果采用 EPON 的 FTTH 方案，以上问题都能够得到较好的解决。

### 4.4.3 EPON + EOC 解决方案

国际和国内的 FTTx 技术已经成熟，其需求增长很快。有线电视网络在光纤网络资源和入户线路资源方面占有优势，这样，选择 FTTx 技术发展有线电视双向数据网络符合广电的实际，它可以增强已有的资源优势，并能够转化为新的业务承载能力。而实现 FTTx 的最佳方案就是 EPON 技术。EPON 作为一种新兴的宽带接入网技术，非常适合光纤接入网络的（FTTB/FTTH）建设。同时，EPON 网络点到多点的网络结构也类似广电网络的星形结构。

有线电视承载网由数字电视平台、总前端设备、分前端设备、光结点和同轴分配网组成，完全继承和利用广电原有的网络资源，承载原有的广播电视信号。双向改造项目需要核心层、汇聚层、接入层（传输网、接入网）的系统方案整合问题。EPON 网络由分前端 OLT 设备、分光器和放置于楼道的 ONU 设备组成，提供数据双向传输通道，解决分前端到楼道的光纤双向传输问题，可承载 IPTV、数据传输、IPPhone 等多种业务。

EPON 系统使用单模光纤，在一芯光纤上利用上、下行两个不同波长（上行波长 1310 nm，下行波长 1490 nm）传输双向数据。利用 EPON 实现 FTTB 之后的入户方式主要有以下 3 种：

1）FTTH（光纤到户），用户端配置 ONU 接收数据信息。

2）LAN，ONU 到楼栋后，使用双绞线入户，用户带宽可控制 OLT 输出端口及楼栋二层交换机进行调节。

3）EOC（Ethernet Over Cable），ONU 到楼栋，用户端最后 100 m 依然使用同轴电缆入户，尽可能地缩小改造范围，用户端配置 EOC 模块与 ONU 进行数据交换。

其中，EOC 主要可分为基带传输、调制传输、2.4 GHz 扩展应用 3 类，又可细分出很多具体的标准/非标准技术，如基带、MoCA、同轴 WiFi、CableRan、UcLink 等。EOC 方案使用原有同轴资源解决最后一百米的接入问题，避免庞大的双线入户改造工程，在不影响原有下行广播电视信号的情况下，提供数据上、下行传输功能。在接入网中，用 EPON + EOC 技术实现接入层的系统解决方案，是目前的技术主流。

EPON + 最后 100 m 无源同轴宽带接入是最适合广电网络的双向改造模式，电信目前主推 PON + 最后 1 km 双绞线接入方法。针对广电 CMTS 系统在实际应用中的诸多不足，EOC 技术将以太数据信号 IP DATA 和有线电视信号 TV RF 采用频分复用技术，对同一根铜轴电缆通过频率分割，在 10 ~ 25 MHz 带宽范围内直接传送 10Base-T 的基带以太网 DATA 信号，50 ~ 860 MHz 范围内仍然传送 RF TV 信号，这两个信号在同一根同轴电缆内传输，在楼宇内利用 HFC 网络入户的同轴电缆将 IP DATA 和 TV RF 混合信号直接传送至客户端，然后在客户端分离出 TV RF 射频信号连接至电视机或 DVB 机顶盒；分离出的 IP DATA 数据信号连接至计算机。采用 EPON + EOC 的方案是现阶段广电进行双向网络改造的一个理想选择。

如图 4-25 所示为一个采用 EPON + EOC 技术的系统网络拓扑图。

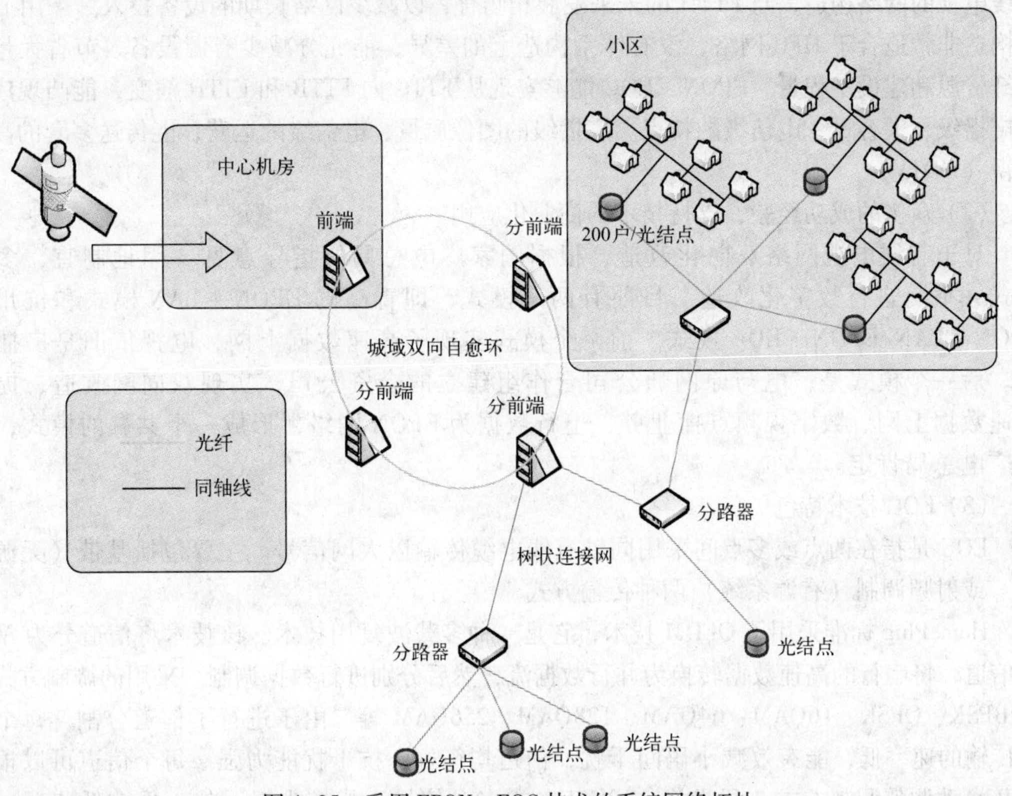


图 4-25　采用 EPON + EOC 技术的系统网络拓扑

EPON 作为双向传输网的解决方案，应用 PON 解决数据信号从机房到结点的主干传输技术，使用 EOC 技术通过同轴网络解决宽带入户问题。

EOC 系统采用 Windows 图形化管理软件实现轻松管理；可以设置 IEEE802. 3x 全双工流控；支持端口自协商和 MDI/MDIX；可设置 Port-base VLAN 和 802. 1QVLAN；可以设置打开或者关闭广播风暴抑制功能；可以设置基于端口的双向带宽控制功能，控制粒度以 128 KB 起倍增；可以设置 802. 1p、ToS 和基于端口优先级控制；可以设置组播管理，兼容 IGMPv1/v2 标准，同时可提供组播跨 VLAN 功能，不受 VLAN 隔离限制。在功耗方面，无风扇设计，专业结构设计，整机超低功耗，可以适应恶劣环境。掉电时不影响原广电同轴网络，不影响电视正常收看。传输距离上，上联端口速率为 100 Mbit/s 支持 100m 5 类线，下联端口速率为 10 Mbit/s 支持 100 m75-5 同轴电缆。

如图 4-26 所示，采用 EPON + EOC 技术对有线电视网络进行双向改造，比传统的 HFC 网络 + Cable Modem 改造方式更具成本和业务方面的优势。EPON + EOC 网络不但可以独立组网，实现基于 IP 的数据、语音和视频业务，还可以通过 WDM 技术在同一个光网络中实现 1550 nm 波长的有线电视节目传输。通过 EPON 系统可以将 HFC 网络升级为一个交换的数据网络平台，使 HFC 网络具备支持多种宽带业务的能力。

这种改造的技术优势有如下 5 个方面：

(1) 采用成熟的技术，保护原有的网络结构

RF 传输技术和以太数据网是应用最为广泛的宽带网络，技术成熟、设备价格低廉。充分利用铜缆物理网（同轴电缆）是减少投资、增强竞争、拥有足够带宽的关键。适应现有有线电视的网络构造，与 FTTH 的未来发展相吻合，以减少网络长期的设备投入。采用 PON 的构造非常适合于 HFC 网络，没有体系构造上的差异，能充分减少有源设备、节省大量的光纤资源和建设工程量。EPON + EOC 能够实现从 FTTC 向 FTTB 和 FTTH 演变，能凸现广电的广播级、大容量 + 电信级的特点。广播级的图像质量，电信级的运营，能传送多套的高清电视（HDTV）。

(2) 众多的成功经验，支持技术的商业化应用

对于有线电视网络双向化改造，根据国家广电总局的指导意见“因地制宜，多种模式并举”进行数字化改造。目前有两个模式，即青岛的 EPON + LAN 模式和杭州的 EPON + LAN/EPON + EOC 模式。前一个模式实现了高速数据上网，电视依旧是广播模式。后一个模式是广电与原网通公司合作组建立的合资公司，实现双向网改造，提供高速数据上网、数字视频点播业务，上行数据为 EPON 网络，形成一个共赢的模式，最为广电总局肯定。

(3) EOC 技术特色

EOC 是指在两点或多点间采用同轴有线电缆传输以太网信号。主要包括基带（无源系统）或射频调制（有源系统）两种传输方式。

HomePlug 标准采用了 OFDM 技术，它是一种多载波复用技术。该技术将信道分为 $N$ 个子信道，将串行的高速数据转换为并行数据流，然后分别进行数据调制。采用的调制方式包括 BPSK、QPSK、16QAM、64QAM、128QAM、256QAM 等。由于进行了信道分割，每个信道传输的速率低，能有效减小码间干扰，信道均衡好，抗干扰能力强。每个信道可以根据 SNR 自动调整调制方式（开或关）。当某个或多个信号干扰较大时，就工作在低速调制方

式，而好的信道则工作在高速调制方式。

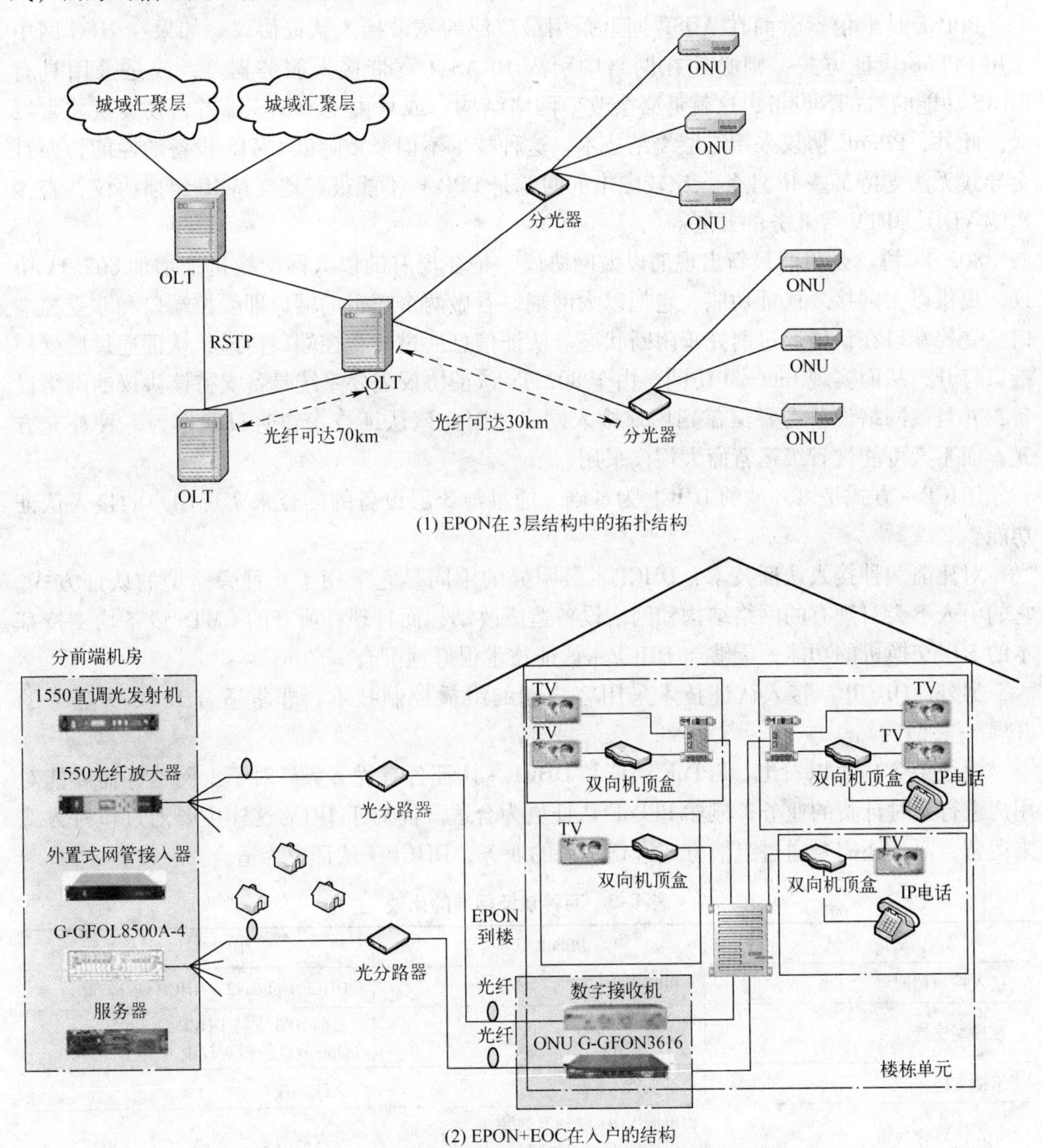

(1) EPON在3层结构中的拓扑结构

(2) EPON+EOC在入户的结构

图 4-26　基于 EPON + EOC 的广电双向网络改造方案

（4）认证、计费

目前，无论采用 CMTS 系统还是 EPON 系统设备建设广电接入网络，均需考虑认证和计费问题，但这些设备基本上均不具备宽带接入的认证能力。在这样的网络上进行建设宽带接入认证计费系统，有两个因素必须考虑，即不能对现有的网络结构或网络设备进行大规模的改造；必须与现有的接入设备有良好的配合能力。

电信业主流的宽带接入认证技术主要包括 PPPoE 协议、802.1x 协议和 DHCP + 协议 3

种，其中，802.1x 协议尚未有大规模商用的经验。

PPPoE 是电信运营商在 ADSL 网上采用最广泛的宽带接入认证协议。如果在 HFC 网中采用 PPPoE 认证方式，则必须在网络中引入 BRAS（宽带接入服务器），或是采用具有 BRAS 功能的 CMTS 设备，这就势必会改变网络结构，或是更换 CMTS 设备，投资量非常巨大。此外，PPPoE 协议采用二层端结技术，这种技术不但严重降低 CMTS 设备的性能，而且会导致无法支持某些 IP 业务，比较突出的问题是 PPPoE 不能很好地支持 IP 组播协议，直接影响 VOD、IPTV 等业务的开展。

802.1x 协议是目前最新出现的以太网协议，是在现有的以太网交换机上增加 802.1x 协议，提供以太网接入认证功能。它把以太网端口看做两个逻辑的端口即受控端口和非受控端口。受控端口在认证通过前处于阻断状态。认证信息通过非受控端口传递，认证通过后受控端口打开，从而实现 Internet 访问。由于 802.1x 认证协议需要系统具备支持该协议的网络设备，并且该网络设备需要覆盖到用户接入网络，因此该认证技术暂时只能作为一种补充方式，而不太可能被省级运营商大规模采用。

DHCP + 方式是以开放的 DHCP 为基础，通过与 3 层设备的配合来实现用户的接入认证功能。

对比前两种接入认证技术，DHCP + 最明显的不同是它采用了一种旁路型的认证方式。它的引入不会对现有的网络结构和网络设备造成改动，而且现在所有的 CMTS 设备均支持基本的 3 层交换机的功能，能够与 DHCP + 认证技术很好地配合。

另外，DHCP + 接入认证技术采用客户端的组播控制技术，非常适合 IPTV 等业务的开展。

由表 4-3 中可以看出，PPPoE 认证和 DHCP + 认证各有优劣势。对于上网这样需要能对用户进行计时计费的业务，显然 PPPoE 认证更为合适。而对于 IPTV 这样主要通过包月方式来运营，而且还需要通过组播方式进行开展的业务，DHCP + 认证更为适合。

**表 4-3 两种认证标准的比较**

| 认证方式 | PPPoE 认证 | DHCP 认证 |
|---|---|---|
| 接入控制粒度 | PPP 连接 | DHCP Option82 + DHCP Option60 |
| 客户端支持 | 支持 | 目前 STB 支持 DHCP Option60 的相对较少 |
| 组播支持 | 不支持 | 支持 |
| 业务流封装开销 | 单播 VOD 为 PPP 封装<br>组播为以太网封装 | 以太网封装 |
| IP 地址分配方式 | IPCP | DHCP |
| IP 地址分配流程 | 先认证后分配 IP | 通过 DHCP Option82&60 进行认证 |
| 协议标准 | 标准协议 | 非标准协议 |
| 与 RADIUS Server 配合 | 标准协议 | 非标准协议 |
| 附加设备 | RADIUS Server | DHCP Server |
| 用户异常离线检测时间 | 快 | 较慢 |

(5) EPON + EOC 系统网络管理

EOC 系统作为数据链路接入设备（每一个光结点向下为独立的小型数据系统，向上都是采用IP)，对于各种不同的EOC技术标准，虽然存在传输性能差异和技术差异，但是在光结点以下的小系统使用，不会妨碍今后的发展、升级，暂时可以不统一传输技术标准。其中，最关键的问题就是网络营运系统中管理协议（信号）兼容性问题，即统一网管的问题是不能回避的。

网管功能通常包括配置管理、故障管理、性能管理、安全管理和计费管理5大部分。对于网络营运来说，业务计费管理与网络的管理是可以分离的。所以，网管一般指网元管理系统（EMS），主要涉及配置、故障、性能和安全管理4个方面。目前趋势是采用基于Web/Java技术的网管系统。采用WEB方式访问设备，具有结构简单和操作方便的优点，但是由于没有数据记录的方式，很难和运营系统的数据库对接，而作为维护工具具有一定的作用。

## 4.5 小结

有线电视系统是综合布线系统中非常重要的一项应用系统，在智能大厦和智能生活小区中有线电视系统是必不可少的一个组成部分。有线电视系统的设计关键是掌握有线电视系统的构成及相应设备的性能，熟悉有线电视系统的常用传输技术。根据工程项目的特点和要求，灵活地选择符合要求的传输技术，选配合适的传输设备，从而形成合理有效的设计方案。

在进行方案设计时，必须先进行详细的用户需求分析，掌握用户的需求状况，然后按照前端系统、主干传输系统、用户分配网络3部分进行详细设计，从而构成一个完整的有线电视系统设计方案。

随着技术不断更新，有线电视传输技术发展很快，设计人员必须及时掌握最新的技术标准、技术指标、施工工艺规范等内容，才能设计出符合当今用户需求的新型有线电视系统，并满足用户不断增长的各种需求。

## 参考文献


[1]方德葵．有线电视网络与传输技术[M].北京:中国广播电视出版社,2005.

[2]刘剑波,等．有线电视网络[M].北京:中国广播电视出版社,2004.

[3]张学斌,张杰．有线电视网络管理与运营[M].北京:电子工业出版社,2001.

[4]刘颖悟．三网融合与政府规制[M].北京:中国经济出版社,2005.

[5]陶宏伟．有线电视技术[M].3版.北京:电子工业出版社,2007.

[6]谭亚军．现代有限电视网络管理和应用[M].北京:中国广播电视出版社,2001.

[7]孙朝晖．有线电视网络管理[M].济南:山东大学出版社,2002.

[8]陈平．组网与网络管理技术[M].北京:中央广播电视大学出版社,2001.

[9]范寿嗣．现代有线电视宽带网络技术与综和业务[M].北京:中国广播电视出版社,2001.

[10]杨其富．有线电视与网络通信系统运行管理与维护[M].北京:中国电力出版社,2003.

# 第5章　有线电视网络管理

## 5.1　有线电视网络

### 5.1.1　有线电视网络概述

1948年，美国宾夕法尼亚煤矿区的马哈诺依镇架设了世界上第一套共用天线系统，用来接收费城电视台的信号，经过放大、混合处理，通过同轴电缆传输分配给需要接收电视信号的用户，以解决开路广播电视阴影区居民难以收看电视的问题。20世纪70年代，随着通信卫星传送电视电信号的应用，CATV的功能有了很大的改变，开始了更大规模、更多频道、更多电视节目的服务，实现了付费电视业务，CATV逐渐发展成为今天真正意义上的有线电视系统。20世纪90年代，信息技术迅猛发展，有线电视已从传输电视节目的单向网络发展成为具备通信能力的多功能双向网络。

我国的有线电视起步较晚。1973年，北京饭店建立起中国的第一套共用天线系统，标志着我国共用天线电视系统的开始。我国有线电视发展阶段大体可以划分为两个阶段，第一阶段是20世纪70年代早期共用天线电视系统，工作在VHF频段，采用的是隔频传输技术；第二阶段是20世纪80年代全频道共用天线电视系统，可工作在45~860 MHz，也采用隔频传输技术。

我国的有线电视历经20多年的发展，为广播电视事业、文化教育事业、网络通信事业等做出了重要贡献，并发展成为与电信网、计算机网并列的国家基础设施。在数字技术、光传输技术、网络技术迅速发展的今天，“信息高速公路”为众多国家所接受并作为新时期的国家基础设施建设重点，我国有线电视已被国务院确定为国家信息基础设施三大网络之一。

有线电视网是一种采用同轴电缆、光缆或者微波等介质进行传输，并在一定的用户中分配或交换声音、图像、数据及其他信号，能够为用户提供多套电视节目乃至各种信息服务的电视网络体系。有线电视网络由信号源、前端、传输系统和用户分配网4部分组成，其结构如图5-1所示。

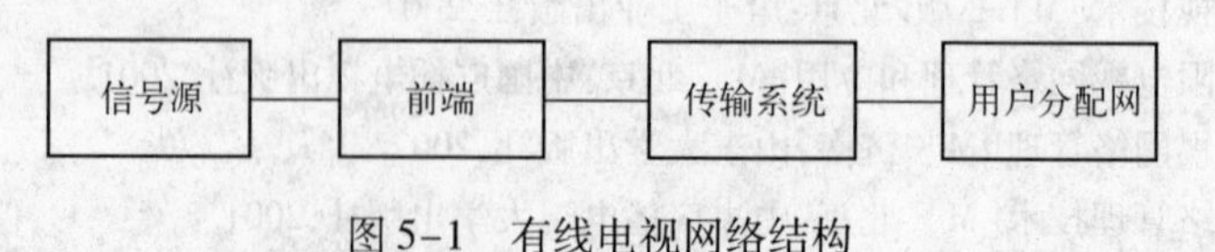


图5-1　有线电视网络结构

（1）信号源

信号源是指提供有线电视所需的各类优质信号的各种设备。有线电视的信号包括卫星发射的卫星电视信号、当地电视台发送的开路电视信号、当地微波台发射的微波电视信号、自办电视节目、由系统内传输的上行电视信号等。信号源质量对整个系统质量影响极大，因此，应当注意信号源和有线电视系统的输入、输出接口关系以及信号源与系统质量有关的各种技术指标。

(2) 前端

有线电视网络的信号处理中心，它将信号源输出的各类信号进行滤波、变频、放大、调制、混合等处理，并最终混合成一路复合射频信号提供给传输系统。前端由频率变换器、信号处理器、天线放大器、射频调制器、中频调制器和多路混合器等组成。前端输出信号的频率范围在有线电视射频频段内，即 5 MHz ~ 1 GHz。前端输出可以接一条主干线，也可以接多条干线。根据射频前端安装位置，前端可以分为如下几种类型：

1) 远地前端。设置在远地，它的输出信号经过电缆、光缆、微波等地面通路或卫星线路传送给本地前端。

2) 本地前端。设置在本地网内，直接与干线或与作干线用的短距离传输线路相连。

3) 中心前端。有些单位和地区除了设置本地前端外，还需要在服务区域的某一位置设置辅助前端。其输入信号来自本地前端和其他信号源。

(3) 传输系统

传输系统将前端产生的复合信号优质稳定地传输给远距离用户分配网络。它由干线和传输设备构成。

1) 干线部分用来进行光/电转换、信号传输和放大光、电信号。干线部分的传输介质可以是射频同轴电缆、光缆、微波或它们的组合。干线上有很多分配点。分配点是从干线上取出光信号、电信号传送给支线和分支线的点。

2) 传输设备包括光发射机、光分路器、光缆、光连结器（或光连结点）、光接收机、微波发射机、微波接收机、同轴电缆、干线放大器、延长放大器、均衡器、分支器、分配器等。

(4) 用户分配网络

用户分配网络是将放大器的输出电平按照一定的准则分配给楼栋、单元和用户的无源网络，由分支线、分支器、分配器、系统输出口组成。此外，还有连通系统输出口和电视机或新型用户终端的连接线。

### 5.1.2 有线电视网络的技术管理

有线电视网络的正常传输是网络运行的重要保证。多套电视节目以及电视增值业务均是依靠系统网络的正常运行来传输的。建立健全的网络技术管理制度，对于保障网络的正常运行具有重要意义。

**1. 科学的规划设计**

系统建设前的规划设计是一项极其重要的技术工作。按规范设计系统建设图纸，可以减少施工过程中的差错，保证施工顺利进行。图纸必须由具有专业资质和专业知识的从业单位或设计人员进行设计，图纸会审应由建设单位、设计单位和施工单位共同参加。

**2. 合格的工程施工及材料管理**

有线电视工程施工必须由具备相应专业、相应技术资质的施工单位进行。有线电视建设工程所需设备、材料、元器件质量的优劣，直接影响网络传输质量，为了把好工程质量关，必须符合国家、广电行业的有关技术标准。在工程施工过程中按照“统一设计规划、统一材料标准、统一技术规范”的原则进行。

3. **系统的质量检测**

有线电视的质量检测分主观评价和客观指标测试两方面。

(1) 主观评价法

有线电视系统的主观评价采用国际无线电咨询委员会（CCIR）建议500(1982)的5级损伤制，如表5-1所示。

**表5-1 5级损伤制**

| 损伤程度 | 等级 |
| --- | --- |
| 察觉不到噪声和干扰 | 5（优） |
| 可察觉，但不讨厌 | 4（良） |
| 有点讨厌 | 3（中） |
| 讨厌 | 2（差） |
| 很讨厌 | 1（劣） |

根据国标GB6510规定，有线电视系统图像质量的主观评价应选4级以上，通常认为达到4级为合格。

(2) 客观指标测试法

客观指标测试法就是用仪器测量广播电视信号的性能和技术参数，量化评价广播电视节目的优劣。系统的指标测试方法和参数要求应符合GB6510－86的规定。

### 5.1.3 有线电视网络的应用与发展

有线电视网的业务主要有以下3类：

(1) 基本业务

有线电视网络的基本业务为广播电视节目的传输和交换。我国的基本业务节目，是指中央电视台、各省级电视台所办的无线电视节目，这是有线电视必须传输的公益性节目，以保证国家和政府为社会公众提供基本的宣传、娱乐和信息服务。基本业务传送的节目一方面体现党和政府的指导作用，另一方面满足群众的基本收视需要，体现有线电视的公益性，实行低收费。

(2) 扩展业务

在基本业务之外，可以传输大量满足特定人群的特定收视需要的付费专业电视频道。扩展业务体现了有线电视网的产业性质。扩展业务有按次付费业务、准视频点播和视频点播等几种形式。

- 按次付费业务（PPV）。有线电视网络将某些节目在网络中加密播出，用户通过节目指南和预告，选择所需要的特定节目按约定的收费标准付费后，经网络授权解密收视节目，这就是按次付费业务。其主要包括重大体育赛事、音乐会、重大事件报道等特别节目。
- 准视频点播（NVOD）。每隔10 min左右从头播放不同的影片或电视节目，观众可以根据影片的播出时段点播五彩缤纷的数码影视节目。每部影片最多等待短短的几分钟。观众可以根据自己的个性喜好、自己的休闲时间点播有线电视台提供的精彩纷呈的电影和电视节目。

- 视频点播（VOD）。有线电视网络建立一个庞大的节目库，用户根据需要选择节目并按该节目的收费标准付费后，有线电视网络从节目库中将节目调出，专门输送至点播用户接收器，供点播的用户收看。

（3）增值业务

有线电视网络在完成广播电视传输的同时，积极拓展增值业务，主要有电路出租、数据广播和因特网业务。

- 电路出租业务。有线电视光缆干线网建有宽频带、大容量、双向的SDH数字传输系统，同时建有DWDM系统和构建在DWDM之上的IP宽带数据平台。目前，能够提供的基础网络服务有透明传输通道出租和虚拟专网（VPN）出租等业务。
- 数据广播业务。数据广播主要是利用广播电视的附加信道进行单向的数据传输。
- 因特网业务。有线电视网络本身具有高带宽接入的优势。所有基于因特网的宽带数据业务都可以实现，其中最能体现广播电视特色的内容提供服务是网上音/视频广播和视频点播。

随着社会信息化程度的不断提高，人们对信息的需求和依赖与日俱增。现代社会对信息网络在宽带、交互性、智能化、承载综合业务的能力等方面提出了新的要求。能否跟上信息技术的发展步伐，迅速满足社会发展不断增长的要求，将关系到未来有线电视网络在信息产业日趋激烈的竞争局面下的生存和发展。现代的有线电视网络正在逐步演变成具有综合信息传输交换能力、能够提供多功能服务的宽带交互式多媒体网络，它将融合在信息高速公路中，成为未来信息网络不可缺少的组成部分。目前，有线电视网主要将从模拟窄带网发展为宽带数字网，传输介质以光纤为主，发展电视数字化和多功能等技术。有线电视网络的发展趋势主要有以下几项方面。

（1）数字化

数字电视采用数字技术将传统的模拟电视信号经过抽样、量化和编码转换成二进制数代表的数字式信号，然后对该信号进行处理、传输、存储和记录，也可以用计算机来进行处理、监测和控制。数字电视的出现使得各种电视设备获得比原有模拟式设备更高的技术性能。数字电视通过信息的数字化传输方式，提供更大的屏幕，更清晰的图像和更高质量的立体声音响。同时，数字电视又是计算机化的电视，它与计算机技术融为一体，数字化地处理、接收和显示信息。数字电视根据清晰度可分为标准清晰度数字电视（Standard Definition Television，SDTV）和高清晰度数字电视（High Definition Television，HDTV）。

（2）宽带化

有线电视网上开发的宽带接入技术已经成熟并进入市场。CATV网的覆盖范围广，入网户数多，网络频谱范围宽，起点高，大多数新建的CATV网都采用光纤同轴混合网络，适合提供宽带业务。

（3）双向化

利用CATV进行多媒体通信的优势是其接近1 GHz的带宽。根据光缆的多芯结构而具有多通道传输的冗余能力和同轴电缆频分信道的特点提出的双向HFC传输网方案，展现了以双向HFC为基础结构的城域宽带传输网的广阔前景。

（4）光纤化

与同轴电缆比，光纤损耗小、温漂小、信号好、抗干扰能力强，在有线电视综合信息网中，应用越来越广泛。有线电视网的 HFC 结构，大体有以下 3 种，即光纤到支线、光纤到路边和光纤到大楼。

有线电视网络光纤化的趋势就是从使用 FTTF 向使用 FTTC、FTTB 过渡。随着每个光结点所带用户数量的减少，一方面，反向噪声（又称为漏斗效应）会得到大幅改善；另一方面，户均速率也会大为提升。

(5) 综合化

光纤传输技术、数字比缩技术、数字传输技术、宽带交换技术、大容量数字存储技术和超大规模集成电路技术以及计算机技术的高速发展使有线电视网络发生了革命性的变化。利用数字有线电视多媒体平台和 CMTS + Cable Modern 组合来开展综合服务，除了数字电视及相关的个性化业务外，还可以提供交互式数字电视以及普通电话、可视电话、电子信箱、Internet 接入、影视点播、交互式视频游戏、远程教学、远程医疗、网上购物等综合服务。

(6) 网络化

对很多综合业务而言，单向的、分立的有线电视系统已经不再具有任何实际意义，要真正实现这些业务，必须进行有线电视系统的双向改造；必须建设宽带传输骨干网使分立的双向有线电视系统有机地联系在一起，形成统一的有线电视网络体系；还必须实现有线电视网与其他网络的互通互联。有线电视的网络化进程将仍然以 HFC 结构为基础，通过融入宽带网络技术和现代光纤通信技术，使网络具有更加强大的综合信息传输、处理和交互功能。

(7) 智能化

有线电视网络的智能化标志着有线电视彻底告别过去传统的单一服务模式，向着现代综合信息服务网迈进，它始终伴随和渗透在数字化、综合化和网络化的进程之中。

### 5.1.4 有线电视网络管理

有线电视网络正朝着数字化、网络化、综合化技术发展，新技术、新业务层出不穷，网络规模不断扩大，需要有先进的技术做支撑并采用自动化的管理手段。有线电视网管体制一般采用 3 级结构，即国家级网管系统、省级网管系统、地市级用户管理系统。

- 国家级网管系统。国家级网管系统是全国的总中心，其主要职能是监视国家级干线的运行情况，通过各省中心执行宏观线路调度，如跨省路由配置，收集各省中心送来的各种管理数据并进行处理，监测并调度各省市国家干线网的节目情况。
- 省级网管系统。设在各省的省会城市，管理本省网络同时配合国家级网管系统协同完成跨省调度，即向国家网管中心报告所辖区内国家干线设备的故障情况。
- 地市级用户网。主要完成本地用户接入网，主要是 HFC 网的运行管理维护，以及对用户的直接管理。

按照 TMN 的体系结构构架有线电视网的管理体系，网管的基本功能包括对整个网络监视功能与控制功能两大部分。监视功能是指对网络系统的性能管理、故障管理；控制部分包括对网络资源的调度，即配置管理；另外还有系统本身的安全管理、计费信息或账务的管理。

(1) 性能管理

性能管理是对网络设备的状态以及网络单元的有效性进行评估和报告的一组功能。它包括性能监视、性能控制和性能分析等，以便核实所提供的业务等级，鉴别实际和潜在的瓶颈，建立和报告有关管理决策的实际情况。

例如，对于线路租用业务，性能管理控制可以设定多个线路等级，提供不同的线路传输质量，为用户提供多种等级的线路。

（2）故障管理

故障管理是对传送网络及其环境运行的异常情况进行动态检测、隔离和校正的一组功能。包括告警监视、故障定位、故障校正、测试、故障管理等。这些操作能迅速地识别出问题所在以及性能是否降低，必要时启动控制功能，包括诊断、修理、测试、恢复和备份等。

故障管理具有快速故障诊断、线路保护切换、故障定位排除的能力。例如，当发生传输中断时，故障管理可以很快地诊断出线路、终端设备、线路设备等中断的原因，启动相应的控制功能，对故障情况进行检测、定位故障点，再对故障进行排除。

（3）配置管理

配置管理是收集、鉴别、控制来自代理（Agent）的数据，并将数据提供给代理的一组功能。这些数据主要包括软、硬件的运行参数和条件、路由控制、备份操作条件等。通过配置管理，还可以灵活地分配线路资源，提供各种出租业务。

（4）计费管理

计费管理是测量网络中各种业务的使用量并确定使用成本的一组功能。包括账单功能、资费功能等，主要控制有关资源的用法，面向成本和面向信息收集、解释、处理和报告的过程。

计费模式有收视时间计费、节目内容计费、信息服务计费、物理线路出租计费、传输带宽和时间计费。

广播电视类业务计费管理内容应包括节目加扰信息管理、制定资费标准、密钥管理、及其类型的设定、用户账务管理。

（5）安全管理

安全管理是保证运行中的网络安全的一组功能。安全管理借助风险分析，使成本和风险达到最佳搭配，实现网络安全运行。它有如下 3 个方面的含义：

- 首先是保证管理事件处理安全，这些功能涉及到网络管理的各个层次，包括系统之间、系统的客户之间、系统与内部用户之间的认证、访问控制、数据保密、数据的一致性等。
- 要保证整个传送网和管理网的安全，对非法使用网络资源的事件进行管理。
- 组织上的安全管理。

## 5.2 网络管理功能分析

网络管理是保证网络安全、可靠、高效和稳定运行的必要手段。采用广电管理网的原理和技术，通过监视、分析和控制有线电视网络（或广泛意义上的电信网），保证网络服务的有效实现。随着网络规模的扩大和网络复杂性的增加，网络管理已成为整个网络系统中必不可少的一部分。

从使用角度，一个管理网络应该满足以下要求：

1）同时支持网络监视和控制两方面的能力。

2）能够管理网络中所有的网络协议。

3）具有尽可能大的管理范围。

4）支持尽可能小的系统开销。

5）可以管理不同厂家的联网设备。

6）容纳不同的网管系统。

7）结构具有开放性，支持新协议和新系统的接入。

为了满足以上要求，广电管理网络应当支持一系列管理功能。根据 ITU－T M. 3400，所谓网络管理功能是指使用者所能感觉到的网络管理服务中最直接和最小的一部分，这些功能包括网络中定义的被管理对象（MO）所产生的一系列行为的组合，例如，电路测试、报警监视和流量管理等适于所有电信活动的一般和专门性功能。

根据 OSI 的网络管理框架和广电管理网络的体系结构特点，一个管理网络管理系统必须具有性能管理、故障（或维护）管理、配置管理、计费管理、安全管理等功能。

这 5 大功能还可以进行详细的分类，本章将对其进行论述，并根据构筑有线电视网络和电信传送网的实际情况，讨论 SDH 传送网应用中的功能需求和 CATV 网络的功能需求。

## 5. 2. 1 概述

广电管理网给所管理的网络提供了很大范围的服务能力，包括协议、接口、模型、管理功能等，而其中的管理功能是使用者所能直接感觉到的广电管理网管理服务中最直接和最小的部分。最直接是指由用户可以使用、控制，与系统进行交互活动；而最小是指无论是从结构还是内容来讲，比广电管理网的其他服务功能要小。当确定了广电管理网的有关协议接口，如基于 CMISE（公共管理信息服务元素）方法下的 CMIP 和 Q3 接口后，具体实现广电管理网的网管功能就相对比较容易。

根据广电管理网自身要求获得管理功能，同时也参考 OSI 的管理性能要求，这些在 ITU－T 的 M. 3400/M. 3x00 中有详细说明。

M. 3400 描述管理网的网管功能分类，并简单介绍 OSI 的管理功能。

M. 3200 包括支持广电管理网管理服务所需要的系列管理功能，M. 3100 描述支持这些管理功能所需的基本信息模型，这两者关系的详细分析在 M. 3020 中有说明。而 M. 20 等建议则对网管功能中所需的方法（如性能测试）进行了定义。

广电管理网用于支持很大范围的管理能力，覆盖了对整个电信网和服务范围的运行管理计划、管理、维护以及监视等工作。这 4 种类型的管理工作根据管理机构的不同而有不同的含义。

如果不加以特别说明，本章描述的大部分重要的管理功能，都是按照 OSI 管理功能领域的要求，加以扩充使之适合于广电管理网。

根据使用领域，可以将管理功能分为 5 种管理功能范围（MFA）。

（1）性能管理

性能管理主要包括流量管理和路由管理，通过对各种网络信息（流量、使用者、访问资源和访问频度等）的收集、分析和统计来平衡整个网络的负载，合理分配网络流量，提高网络资源的利用率和整个网络的吞吐率，避免网络超载和死锁的发生等。

（2）故障管理

故障管理是基本的网络管理功能，它是与故障检测、故障诊断和恢复等工作有关的功能，其目的是保证网络能够提供连续可靠的服务。有线电视或电信网络服务的意外中断往往会给企业的生产经营造成很大的影响，而且在一个大型企业的网络中，发生失效故障往往难以确定故障点，这就需要故障管理提供逐步隔离和定位故障的一整套方法和工具。一个好的故障管理系统应能及时发现故障（包括通过分析和统计，发现潜在的故障），并精确定位故障点。

（3）配置管理

一个电信网络是由多种多样的设备连接而成的，这些设备具有不同的功能和属性。所谓的配置管理就是定义、收集、监测和管理这些设备的参数，通过动态地修改和配置这些设备的参数，使得整个网络的性能得到优化。配置管理功能包括识别被管网络的拓扑结构、标识网络中的各个对象、自动修改设备的配置和动态维护网络配置数据库等。

（4）计费管理

计费管理主要记录网络资源的使用情况、计算使用网络资源的代价、控制用户过多占用网络资源，从而达到提高网络效率的目的。在网络资源有偿使用的情况下，计费管理功能能够统计哪些用户利用哪条通信线路传输了多少信息，访问的是什么资源等，因此，计费管理是有线电视网络由分散型粗放式管理转变为集约型精确管理、实现增值服务的重要网络管理功能。

（5）安全管理

网络安全管理的主要目的是保证网络资源不被非法使用，以及网络管理系统本身不被未授权的用户访问。网络安全管理主要包括授权管理、访问控制管理、安全检查跟踪和事件处理等。

广电管理网的功能配置将根据电信设备的瞬间状态和生命周期的不同阶段而相应变化。

值得注意的是实际应用中管理功能并不会满足任何网元（NE）或者广电管理网的需要，以上所列的每个功能可能与某些应用有关，在应用时与特定实现有关，但是对其他应用不一定合适。

采用广电管理网方法，将不同端系统中的管理服务功能的相互作用标准化，单个端系统中的管理服务功能称为管理进程。

在 M. 3400 中重点介绍电信网络活动所需要的最基本的管理功能，如电路测试、报警监视、流量管理等，用于某个专门领域的管理服务，如交易中的维护等在 M. 3200 中有进一步介绍。

根据国际标准，对开发系统、电信网络、电信业务的管理均采用面向对象技术。前面已经用面向对象技术和范例对于广电管理网的原理和体系结构进行了论述，因此可以依据这种体系结构实现网管功能。

### 5.2.2 性能管理

性能管理为电信设备、网元以及网络的使用效率与行为提供一种评价和报告功能。它的任务是收集统计数据，用于监测网络、网元或者设备的行为，提高它们的使用效率，并对运营的计划、分析提供帮助。

在性能管理功能中，广电管理网通过从网元采集服务质量（QoS）数据，对其进行分析，然后决定如何对 QoS 进行改进。广电管理网还能定期根据门限值，自动产生性能数据报表。广电管理网可以在任何时间修改当前的数据采集日程表，改变数据采集周期，也可以随时修改报警门限阈值，以便实现不同报警条件，满足新的性能指标要求。从 NE 产生的关于 QoS 的数据既可以是未经加工的原始数据，需要广电管理网进一步处理，又可以由 NE 预先处理后再发送给广电管理网。

通常，性能管理必须提供一些工具来完成诸如性能监视、性能控制、性能分析等功能。

**1. 性能监视（PM）**

性能监视（PM）包括对涉及到网元性能的参数进行连续采集，通过报警监视方法可以检测到非常严重的故障状态。由于多设备单元中的非常低速或间歇性错误条件的相互影响，会导致服务质量的降低，却不会被报警监视系统发现。通过性能监视测量系统的整体质量，利用所监视的参数探测系统质量下降。还可以设计这样的方式，当信号质量降低到可接受的等级以下之前，就能够检测到某些特征，以便及早做出对策。

性能监视的基本功能是跟踪系统、网络或业务活动，以便收集合适的数据来决定采取何种何护措施。

（1）一般功能

一般功能包括请求 PM 数据、PM 数据报告、开始/停止 PM 数据、初始化 PM 数据。

（2）流量状态监视功能

该功能提供网络以及主要网元的当前状态。当前状态可能通过 NE 直接报告给运行者，或者通过 OS 运行系统报告给运行者。

流量状态监视功能包括报告 NE 的服务可用性、根据要求报告控制状态、报告电路组的忙/闲状态、报告拥塞状态、报告自动拥塞控制信号的接收情况、手工添加/删除难以达到目的地（HTR）状态、报告公共通道网络的拥塞状态、报告公共通道网络管理信号接收情况。

（3）流量性能监视功能

该功能与当前网络性能、所能提供和承载的流量的评估有关。性能监视可以在信息交换中直接完成，也可以由运行系统中的一个或多个 NE 完成。

流量性能监视功能包括按照日程表报告电路组数据和参数、根据要求报告电路组数据和参数、按照日程表报告负荷测量值、根据要求报告负荷测量值、按照日程表要求定期报告拥塞情况、根据操作员要求报告拥塞情况、根据日程表要求定期报告公共通道网络的负荷测量值、根据操作员要求报告公共通道网络的负荷测量值、根据日程表要求定期报告公共通道网络的拥塞测量、根据操作员要求报告公共通道网络的拥塞测量、根据日程表要求报告控制性能数据、根据操作员要求报告控制性能数据。

**2. 性能管理控制**

（1）一般性功能

定期报告性能监视（PM）数据的日程表、请求发送 PM 数据报告日程表、设置 PM 属性——广电管理网指示 NE 对 PM 属性赋值、请求 PM 属性——广电管理网请求 NE 发送当前 PM 属性、PM 属性报告——NE 发送当前已赋值的 PM 属性广电管理网、设置 PM 门限值——广电管理网指示 NE 设置或改变 PM 参数门限阀值、请求 PM 门限值——广电管理网指示 NE 发送当前 PM 门限值、建立 QoS 测试调用的日程表、请求 QoS 测试调用日程表。

（2）流量控制功能

这部分功能与应用有关，也与用于网路管理流量控制的手工和自动修改、删除有关。手动控制可能通过操作者与所控制的信息交换直接作用来完成，也可以通过与信息交换有接口的运行系统来完成。自动控制则通过控制中的运行参数的交换自动完成。操作者可以直接干涉或通过运行系统建立、修改、删除或忽略自动控制来对流量进行管理。

（3）流量管理功能

在信息交换和运行系统中，有以下功能与活动支持相应的网管功能：建立/改变/删除一个测量日程表；建立/更新一个网络管理数据库；对状态报告的门限、数据报告和 HTR 的确定进行建立/改变/删除；对运行状态和数据报告的日程表进行建立/改变/删除；根据操作者的要求提供路由表信息报告。

为了对管理实体的性能水平进行评估，需要对性能数据进行专门的处理和分析。其一般性功能有报告 PM 分析数据和请求 PM 分析。

另外可以根据网络以往的运行经验，设立专家数据库，根据性能分析与数据库比对结果，对系统进行指导。

### 5.2.3 故障管理

故障（或维护）管理是一组功能集合，包括对电信网和运行环境的异常操作进行检测、隔离和校正。

（1）报警监视

广电管理网系统能够提供一种准实时检测 NE 故障的能力。当故障出现时，NE 会产生一个指示信号，这样广电管理网就对该信号分析后决定故障的种类和严重程度。例如，如果要评价某个故障的设备在业务中带来的影响，可以通过两种方法来完成：第一种是在广电管理网中建立数据库对 NE 产生的二进制报警信号进行解释；第二种是如果 NE 足够智能，它可以将消息解释后传给广电管理网，不需要广电管理网再做解释。前一种方法需要 NE 具有少量自诊断能力，后一种方法还需要 NE 和广电管理网都能支持所传递消息的语法类型，以便双方能够理解对故障条件的描述。

（2）故障校正

自动恢复报告是指 NE 将切换到某个特定线路、业务、系统或者设备（作为它的保护方式的一部分）的这行过程报告给广电管理网，该过程可以由（也可以不由）广电管理网启动。热备用过程是指广电管理网请求 NE 启动或终止一个用于业务或单个系统的热备用过程。此时，一个冗余单元能够接管有关工作并将业务流量的中断降到最低点。重装过程是指广电管理网指示 NE 从一个专门的记录堆中重建一个服务或单个系统（工作或备用）。重装报告是指 NE 将一个记录堆中已重装服务或单个系统（工作或备用）的运行过程报告给广电管理网。

（3）测试

测试可通过两种方法来完成：第一种方法是一个广电管理网指示某给定网元（NE）完成电路或设备特性分析，在该 NE 中完成整个处理过程，然后将结果自动报告给广电管理网，可以立即报告也可以先存放在延迟库中再报告。第二种方法是在广电管理网中进行分析。此时，广电管理网只要请求 NE 对有兴趣的电路和设备进行访问，不需要与 NE 交换其他信息。

### 5.2.4 配置管理

（1）配置

配置包括将设备用于业务服务所必须经过的步骤，但不包含安装过程。一旦用于业务的设备单元准备好，有关的支持程序就可以通过广电管理网将其初始化。设备单元的状态，如在服务中、不在服务中、等待、保留以及所选样的参数都可以通过配置功能来控制。

对很多网元来说，配置功能的使用范围很广，对于小的传输单元，这些功能使用很少，通常只需要使用一次。而数字交换机和交叉连接设备经常使用该功能用于建立或断开电路。

(2) NE 状态与控制

广电管理网提供一种能够对 NE 的某些方面进行监视和控制的能力，包括检查或改变 NE（或 NE 的某些部分）的服务状态（如服务中、不在服务中、等待）、对 NE 进行初始化诊断测试。正常情况下，每个控制功能执行时都会进行状态检查，以确认操作是否被执行。当发现功能执行失败时，这些功能就能够重新执行并对错误进行纠正（如服务恢复）。

状态和控制功能也可以是日常维护的一部分，可以按照自动方式执行该功能，也可以根据某个日程表周期性地执行。例如，为了完成某个例行诊断测试，可以将某个通道进行切换使其处于或不处于服务中。

广电管理网能够将出现故障的设备从运行中排除开来，然后对设备的运行日程表进行调整，或者对通信流量进行路由调整。

广电管理网能够在某个方案被执行前，获得有关的配置并对其进行自动分析，以确定该方案是否可行。

(3) NE 安装

广电管理网支持设备安装以扩充电信网络，也支持系统的扩充和缩减。可调用一些 NE 用于广电管理网 NE 之间数据的初始化。例如，将广电管理网中的数据库系统的程序安装到 NE 中。NE 和广电管理网之间交换的信息还包括管理数据。

### 5.2.5 计费管理

计费管理提供了一组能够测量网络服务的使用情况和费用的功能。如采集计费记录、为服务设置记账参数等。

(1) 记账功能

广电管理网之中的 OS 可以从 NE 采集有关数据并用于计算客户的费用。该功能需要非常强的数据传送能力来保持“记账”活动，通常需要采用近乎实时的方式来处理众多客户的需求。

(2) 价格表功能

NE 中的价格表数据集合（可能集中在智能网中，也可能分散在数据交换中或者放在运行系统中）可用来决定业务使用者该如何付费。

价格可根据服务类型、服务的起始与目的地、价格表的使用周期等进行分类，这些属性可以根据需要进行改变。

## 5.3 网络管理接口及协议

网络管理功能通过管理者发送一定的报文给代理，由代理完成实际的功能操作来实现。在面向对象的技术中，管理者和代理者都是通过对象封装来实现的，两者之间的联系内由通信来完成。具体地说，由管理对象传送报文告知代理对象要进行哪些操作，具体实现由代理对象完成。操作完成后，代理对象将响应报文返回给管理对象。这样做的好处主要是层次清晰、易于管理、便于具体设备特性的封装、易于实现与扩容、满足不同产品的兼容。

通信的实质是管理对象信息的传送，为保证管理信息的有效性，应采用合适的网络管理接口协议。现代有线电视网络管理层次结构采用较为成熟的由国际标准化组织（ ISO ）和美国国家标准协会（ ANSI ）制定的开放式系统互联（ OSI ）模型和 ITU-T 的 Q3 接口。

### 5.3.1 OSI 模型

开放式系统互联（OSI）模型是 1984 年由国际标准化组织（ISO）提出的一个参考模型，它是不同制造商的设备和应用软件在网络中进行通信时使用的标准。现在此模型已成为计算机间和网络间进行通信的主要结构模型。目前使用的大多数网络通信协议的结构都是基于 OSI 模型。OSI 的著名 7 层模型将联网计算机间传输信息的任务划分为 7 个更小、更易于处理的任务组，每一个任务或任务组被分配到各个 OSI 子层。每一子层都是独立存在的，因此分配到各子层的任务能够独立地执行。这样使得变更其中某子层提供的方案时不影响其他子层。

OSI 7 层模型的每一层都具有清晰的特征。基本来说，第 7 至第 4 层处理数据源和数据目的地之间的端到端通信，而第三至第一层处理网络设备间的通信。另外，OSI 模型的 7 层也可以划分为两组，即上层（层 7、层 6 和层 5）和下层（层 4、层 3、层二和层一）。OSI 模型的上层处理应用程序问题，并且通常只应用在软件上，最高层即应用层，是与终端用户最接近的。OSI 模型的下层进行数据处理与传输。物理层和数据链路层应用在硬件和软件上。最底层即物理层，是与物理网络介质（如电线）最接近的，并且负责在介质上发送数据。

OSI 采用层次结构，将通信功能垂直地分为一组子层，每子层只执行与另一系统通信所需功能的一个相关子集，它依赖于相邻的低层去执行多种基本功能，并向相邻的较高层提供服务。某一子层的改变不要求其他层也改变，从而对软件、硬件的维护、升级和修改都更加容易。通过分层结构就能将一个复杂的问题分解为多个可以管理的小问题，通过对小问题的求解从而解决整个问题。

如图 5-2 所示为 OSI 参考模型。

图 5-2 中，当系统 1 和系统 2 通信时，系统 1 希望将报文发送给系统 2，它就调用应用层（第 7 层），应用层使用该层的协议同目标系统（即系统 2）的应用层建立同等层关系。这种协议从表示层（第 6 层）获得服务，因而两个第 6 层的实体又需要他们自己的协议。如此一直向下直到物理层为止，经传输介质实际传递比特流而实现报文的发送。

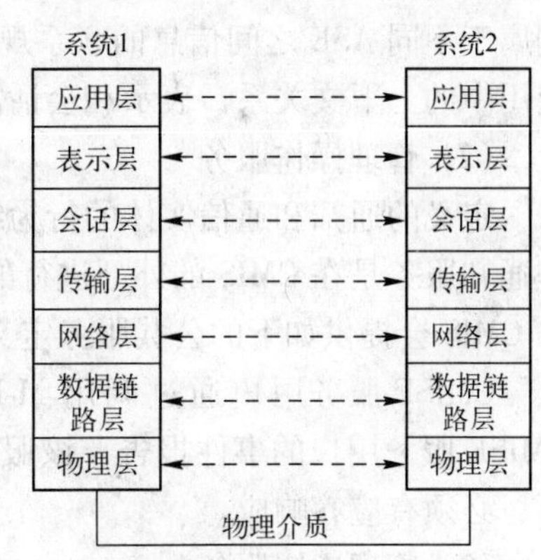

图 5-2 OSI 参考模型

除了物理层以外，在同等层之间不存在直接通信。即使在物理层，OSI 模型也认为两个系统不是相连的，而是逻辑意义上的相连。

我国广播电视网络分级结构也表述了非常严格意义上的层次结构。因为从国家级干线网经过省级干线网、地市级干线网，具有一定层次，同时从上到下有依赖关系。例如，省级干线网要通过地市级干线网完成用户信息的传送，用户网贴近用户，更加具体，国家干线网对用户而言更加抽象。但是由于依赖关系的非严格性和非单向性等，表明它没有严格的结构性，并不严格符合层次结构的特点。层次结构具有单向依赖性、上层对下层起屏蔽细节和规范差异作用的特点。

### 5.3.2 公共管理信息服务元素

当前比较典型的网络管理协议有基于 OSI 模型的公共管理信息服务元素（CMISE）和基于 TCP/IP 的简单网络管理协议（SNMP），SNMP 将在下一节予以介绍。CMISE 用于在实体间通过协议来交换管理信息，分为两部分，即公共管理信息服务/公共管理信息协议（CMIS/CMIP），CMIS/CMIP 是 OSI 提供的网络管理协议簇。CMIS 定义了每个网络组成部分提供的网络管理服务，这些服务在本质上是很普通的；CMIP 则是实现 CMIS 服务的协议。OSI 网络协议旨在为所有设备在 OSI 参考模型的每一层提供一个公共网络结构，而 CMIS/CMIP 正是这样一个用于所有网络设备的完整网络管理协议簇。

出于通用性的考虑，CMIS/CMIP 能够提供支持一个完整网络管理方案所需的功能。CMIS/CMIP 的整体结构是建立在使用 OSI 网络参考模型的基础上的，网络管理应用进程使用 OSI 参考模型中的应用层。在应用层上，公共管理信息服务单元（CMISE）提供了应用程序使用 CMIP 的接口。同时该层还包括了两个 OSI 应用协议，即联系控制服务元素（ACSE）和远程操作服务元素（ROSE），其中，ACSE 在应用程序之间建立和关闭联系，而 ROSE 则处理应用之间的请求/响应交互。另外，值得注意的是 OSI 没有在应用层之下为网络管理特别定义协议。

**1. 管理信息服务类型**

管理信息服务用于开放系统应用过程中，系统管理的信息与命令的交换，有 3 种类型，即管理联系服务、管理操作服务和管理通知服务。

（1）管理联系服务

通过建立一个应用联系来完成 CMISE 服务用户间的信息交流。在建立联系的过程中，不同联系服务元素（ASE）使用 ACSE 交换相互间的初始信息。应用中的内容决定了使用协调属于不同 ASE 之间信息的联系规则，这种信息同时嵌入在 ACSE 用户信息服务参数之中。应用中的上下文关系、表示和会话需要一个服务参数来传递。

（2）管理操作服务

定义的通知和通信实体的行为结果要根据产生通知的被管理对象的要求规范来确定。管理通知服务是在 CMIS 的外部进行的，但是在系统管理内部要经常用到某个特定的通知，并且 CMIS 会提供如下的公共服务定义，用于传送管理信息到通知中。

CMISE 服务用户通过调用 M-EVENT-REPORT 服务来产生一个关于管理对象映射到 CMISE 服务用户的事件报告，该服务可能以确认或者无确认方式来请求应答。在确认方式下，必须有应答响应。

（3）管理通知服务

操作的定义和通信实体的行为结果依赖于被管理对象要求的规范，操作服务是可管理的，同时是在 CMIS 外部进行的，但是在系统管理内部经常使用一些特定的操作，CMIS 提供 6 种公共服务定义，这些定义也可能用于将管理信息传递给操作，即 M-GET、M-SET、M-

ACTION、M-CREATE、M-DELETEM-CANCEL-GET 服务操作，这些操作都发生在两个 CMISE 服务用户中。

**2. 公共管理信息服务协议**

公共管理信息服务协议（CMOT）在 TCP/IP 协议簇上实现 CMIS 服务，这是一种过渡性的解决方案，直到 OSI 网络管理协议被广泛采用。

CMIS 使用的应用协议并没有根据 CMOT 而修改，CMOT 仍然依赖于 CMISE、ACSE 和 ROSE 协议，这和 CMIS/CMIP 是一样的。但是，CMOT 并没有直接使用参考模型的表示层实现，而是要求在表示层中使用另外一个协议，即轻量表示协议（LPP），该协提供了 TCP 和 UDP 的接口。

CMOT 的一个致命弱点在于它是一个过渡性的方案，对这一过渡性方案进行研究的人较少。相反，许多重要厂商都引入了简单网络管理协议并在其中投入了大量资源。事实上，虽然存在 CMOT 的定义，但该协议已经很长时间没有得到任何发展。

### 5.3.3 简单网络管理协议（SNMP）

鉴于上一节 CMIP 协议的复杂性和过高的代价，实际并没有得到广泛地应用。当初只是为了管理 TCP/IP 的简单网络管理协议（Simple Network Management Protocol，SNMP）却得到了迅速的发展，SNMP 的前身是简单网关监控协议（SGMP），用来对通信线路进行管理。随后，人们对 SGMP 进行了很大的修改，特别是加入了符合因特网定义的管理信息结构（SMI）和管理信息库（MIB）的体系结构，改进后的协议就是著名的 SNMP。

SNMP 是广泛用于 TCP/IP 网络的网络管理标准。SNMP 目前有 3 个版本，即 v1、v2、v3，v2 是 v1 的增强版，包含了其他协议的操作，v3 则包含了更多安全和远程的配置。SNMP 还包含一组由 RMON；RMON2，MTB，MTB2，OCDS 及 OCDS 定义的扩展协议。

简单网络管理协议是被广泛接受并投入使用的工业标准，其目标是保证管理信息在任意两点间传送，便于网络管理员在网络上的任何结点检索信息，进行修改，寻找故障，完成故障诊断、容量规划和报告生成。SNMP 采用轮询机制，提供最基本的功能集，最适合小型、快速、低价格的环境使用。SNMP 只要求无证实的传输层协议（UDP），得到许多产品的广泛支持。SNMP 在 TCP/IP 协议簇中的位置如图 5-3 所示。

| SNMP |
| --- |
| UDP |
| IP |
| 链路层协议 |
| 硬件 |

图 5-3　SNMP 在 TCP/IP 协议簇中的位置

**1. SNMP 协议数据单元**

SNMP 规定了 5 种协议数据单元（PDU），也就是 SNMP 报文操作，用来在管理进程和代理之间的交换。一般 SNMP 的部署分为管理端和代理程序端。

- get—request 操作。从代理进程处提取一个或多个参数值。
- get—next—request 操作。从代理进程处提取紧接着当前参数值的下一个参数值。
- set—request 操作。设置代理进程的一个或多个参数值。
- get—response 操作。返回的一个或多个参数值。这个操作是由代理进程发出的，它是前面 3 种操作的响应操作。
- trap 操作。代理进程主动发出的报文，通知管理进程有某些事情发生。

前面的 3 种操作由管理进程向代理进程发出，后面的两个操作由代理进程发给管理进程。图 5-4 描述了 SNMP 的这 5 种报文操作。在代理进程端使用熟知端口 161 接收 get 或 set 报文，而在管理进程端使用熟知端口 162 来接收 trap 报文。

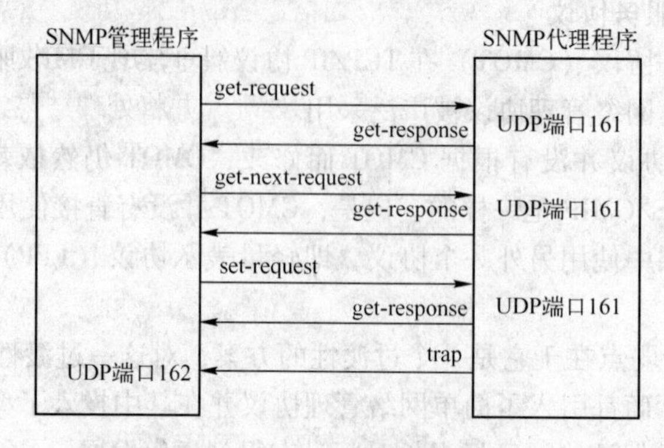


图 5-4　SNMP 的 5 种报文操作

图 5-5 是封装成 UDP 数据报的 5 种操作的 SNMP 报文格式，可知一个 SNMP 报文共有 3 个部分组成，即公共 SNMP 首部、get/set 首部、变量绑定。

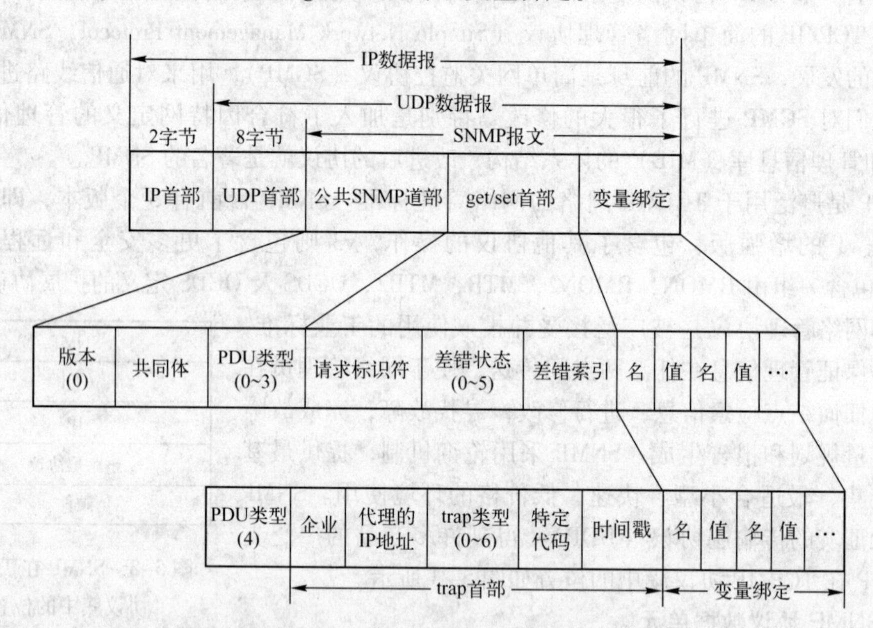


图 5-5　SNMP 的 UDP 封装报文格式

SNMP 首部共有如下 3 个字段：

1）版本。写入版本字段的是版本号减 1，对于 SNMP（即 SNMPv1）则应写入 0。

2）community 值。译为共同体。共同体就是一个字符串，作为管理进程和代理进程之间的明文口令，常用的是 6 个字符“public”。

3）PDU 的类型。PDU 中数字的对应关系如表 5-2 所示。

表 5-2　PDU 类型表

| PDU 类型 | 名　称 |
|---|---|
| 0 | get-request |
| 1 | get-next-request |
| 2 | get-response |
| 3 | set-request |
| 4 | trap |

get/set 首部及变量绑定的值及对应含义读者可参考相关文献，在此不作详细介绍。

2. SNMP 管理原理

服务器端以一定周期通过 SNMP 查询所有通信设备的工作状态，并将设备的配置信息保存于服务器上运行的数据库内；服务器端同时创建一个 socket，用于接收来自客户端的命令。当客户端的命令到达后，服务器根据命令进行相关的处理，并将处理结果发回给客户端。

客户端运行时，首先需要输入用户名与密码，并到服务器上验证，验证通过之后，服务器端才会开始接收客户端的命令。客户端的主要功能在于创建一个比较方便操作的用户界面，并将网络的拓扑图直观地显示给用户。同时，当用户进行相应的配置或者查询设备的配置时，客户端将把用户的输入信息编码成为命令之后，发送到服务器端进行处理，并等待服务器应答，当收到应答后，将服务器发回的数据进行解码并进行显示。

3. SNMP 与 CMIP 比较

SNMP 具有简单、易用、扩展性好等特点，CMIP 是基于 SNMP 而开发的，CMIP 有较完整的安全体制，支持认证、访问控制、安全性记录等，开发完成后可供大量用户使用。虽然 CMIP 已开发数年，但由于其编程十分困难，所耗系统资源庞大，实际用户中较少使用。而 SNMP 占用资源较少，对网络施加的负荷很小，虽然在功能方面有些欠缺，但也可进行扩充来实现 CMIP 的功能。因此，一般网络使用 SNMP，再根据需要在使用的过程中进行扩充。

### 5.3.4 公共对象请求代理结构（CORBA）

CORBA 是对象管理组织（OMG）为解决分布式处理环境（DCE）中硬件和软件系统的互连而提出的一种解决方案。公共对象请求代理结构是对象管理组织的对象管理结构（OMA）的核心。它通过使一般性开发工作自动化来提高应用的灵活性和可移植性，包括对象注册、安置和激活、差错处理、参数排序以及操作分派等。

公用对象请求代理结构是一种在某一网络中创建、分发和管理分布式程序对象的结构与规范。CORBA 允许处在不同位置的终端由不同厂商开发的程序通过“接口代理”在某一网络内实现通信。CORBA 是对象管理组织联合多家厂商开发的。国际标准化组织（ISO）和 X/Open 组织已经同意将 CORBA 定为分布式对象的标准结构。

公用对象请求代理结构的基本概念是对象请求代理（ORB）。处于网络中不同客户机对象请求代理支持，意味着一个客户机程序可以请求来自某一服务器程序或对象的服务，而这种请求不需要了解服务器在某一分布式网络中的具体位置，也无需知道与服务器程序相连的接口。在对象请求代理间发送请求或返回答复时，程序使用通用 ORB 间互操作协议（GIOP）；如果针对因特网，则使用因特网 ORB 间协议（IIOP）。

1. CORBA 体系内容与结构

CORBA 体系的主要内容包括以下几部分：

- 对象请求代理（Object Request Broker）。负责对象在分布环境中透明地收发请求和响应，它是构建分布对象应用、在异构或同构环境下实现应用间互操作的基础。
- 对象服务（Object Services）。为使用和实现对象而提供的基本对象集合，这些服务应独立于应用领域。主要的 CORBA 服务有名录服务（Naming Service）、事件服务（Event Service）、生命周期服务（Life Cycle Service）、关系服务（Relationship Service）、事务服务（Transaction Service）等。这些服务几乎包括分布系统和面向对象系统的各个方面，每个组成部分都非常复杂。

- 公共设施（Common Facilitites）。向终端用户提供一组共享服务接口，例如，系统管理、组合文档和电子邮件等。
- 应用接口（Application Interfaces）。由销售商提供的可控制其接口的产品，对应于传统的应用层表示，处于参考模型的最高层。
- 领域接口（Domain Interfaces）。为应用领域服务而提供的接口。如 OMG 组织为 PDM 系统制定的规范。

如图 5-6 所示为 CORBA 体系结构。

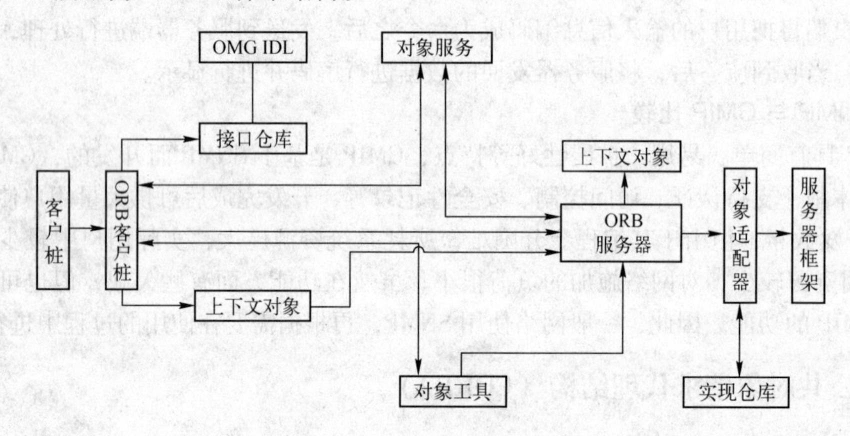


图 5-6　CORBA 体系结构图

CORBA 的几个重要概念介绍。

（1）对象连接

CORBA 广泛地支持对象的实现，在单服务器系统中也可以实现由接口定义语言定义的接口。ORB 的灵活性既可以直接集成已有的应用，又不会使新对象受某些原则的制约。

对象连接提供了有不同类型对象实现时，使用 ORB 服务的方法，服务包括对象引用、方法调用、安全控制、对象实现的激活与静止等。

（2）接口定义语言（IDL）

CORBA 用 IDL 来描述对象接口，IDL 是一种说明性语言，其语法类似于 C++。

IDL 提供的数据类型有基本数据类型、构造类型、模板类型、复合类型和操作说明。这些类型可以用来定义变元的类型和返回类型，操作说明则可以用来定义对象提供的服务。

IDL 还提供模块构造方法，其中可以包含接口，而接口是 IDL 各类型中最重要的，它除了描述 CORBA 对象以外，还可以用做对象引用类型。

IDL 具备接口继承性，派生接口可以继承其基类接口所定义的操作与类型。IDL 接口的继承性有其特殊性，此处不赘述。

总之，CORBA 的 IDL 是一种说明性语言，描述面向对象系统开发所遵循的接口与实现相分离的基本原则。

（3）动态调用接口

把 IDL 说明编译成面向对象程序设计语言的代码后，客户可以调用已知对象的操作。在某些应用中，当用户并不了解如何应用接口编译信息，但也要求使用调用对象的操作时，就要使用动态调用接口来调用用户的操作了。例如，图形用户接口应支持用户浏览接口公共库，以获得每个对象所支持的操作信息。用户可以根据自己的需求从浏览对象中挑选出所需的对象操作，具体的对象操作的调用实际上是用动态调用接口来完成的。

（4）接口公用库

接口公用库持久存储IDL的接口说明，借助于接口公用库，可以实现对象继承性层次结构的导航，并且提供有关对象支持的所有操作的描述。接口公用库最常见的功能是为接口浏览器提供信息，帮助应用开发者找出潜在的可重用的软件部件。ORB可以利用接口公用库检查运行时的操作参数类型，但接口公用库的基本功能是提供类型信息，为动态调用接口发送请求提供信息支持。

### 2. ORB结构

CORBA的核心是对象请求代理（ORB），它提供对象定位、对象激活和对象通信的透明机制。客户发出要求服务的请求，而对象则提供服务，ORB把请求发送给对象，把输出值返回给客户。ORB的服务对客户而言是透明的，客户不知道对象驻留在网络中何处、对象是如何通信、如何实现以及如何执行的，只要用户持有对某对象的引用，就可以向该对象发出服务请求。

CORBA体系结构中的对象请求代理是实现客户与服务器通信的关键模块。ORB提供一种能实现用户请求与目标对象实现之间的透明通信的机制，使得用户请求就像本地过程调用一样。当用户引用一个操作时，ORB负责找到对象实现，如果需要则透明地激活它，然后把该请求递交给该对象，最后返回应答给调用者。实现时，可以把ORB不当做单个成分，它只能由它的接口来定义。任何ORB实现方式提供的接口都是可以接受的。可以把接口中的操作分为如下3类：

- 对于所有的ORB都实现一样的操作。
- 特定类型对象的操作。
- 与对象实现种特定类别有关的操作。

不同的对象请求代理ORB有不同的实现方式，但都包括IDL编译器、仓库（Repositories）、各种对象适配器（Object Adapters），给用户提供各种服务集，具有不同属性的对象实现等。一个用户可以同时访问两个由不同ORB实现管理的对象引用（Object References），当这两个ORB需要一起工作时，它们能区分出各自的对象引用。ORB Core是ORB的一个组成部分，它提供对象基本表示与对象请求之间的通信。有4种不同类型的ORB，即客户端ORB（Client- and Implementation Resident）、基于服务器的ORB（Server-based ORB）、基于系统的ORB（System-based ORB）、基于库的ORB（Library-based ORB）。

对象请求代理ORB有如下几个接口：

ORB接口。一个ORB是一个逻辑实体（Logical Entity），可以用各种方法实现。为了降低编写程序的难度，CORBA规范定义了一个抽象的接口，该接口提供各种帮助函数。“CORBA IDL Stubs and Skeletons”是用户、服务应用程序和ORB之间的通信的工具，CORBA IDL编译器自动实现CORBA IDL定义与目标编程语言之间的转换。

动态调用接口（Dynamic Invocation Interface，DII）：该接口允许用户直接调用ORB所提供得最底层的请求机制。应用程序使用DII动态地把请求传给对象而不需要IDL接口（包括特定Stub）。与IDL Stub（它只允许RPC模式的请求）不同，DII也允许用户使用无块的延迟同步调用（non - blocking deferred synchronous）（发送操作是独立）和单向调用。

动态结构接口（Dynamic Skeleton Interface，DSI）：与用户端的 DII 类似，位于服务端的接口。DSI 允许 ORB 把请求发送给对象实现，该对象实现不包含编译时所需要的类型。发出请求的用户不知道该实现是使用指定类型的 IDL skeletons 还是使用动态的 skeletons。

Object Adapter：它帮助 ORB 把请求传给对象并激活该对象。更重要的是一个 Object Aapter 总是与一个对象实现（Object Implementations）联系的。Object Adapter 可以被定义来支持特定的对象实现类型（如 OODB object adapters 用于持续对象（Persistence）而 library Object Adapters 用于非远程对象）。如图 5-7 所示为 Object Adapter 结构。

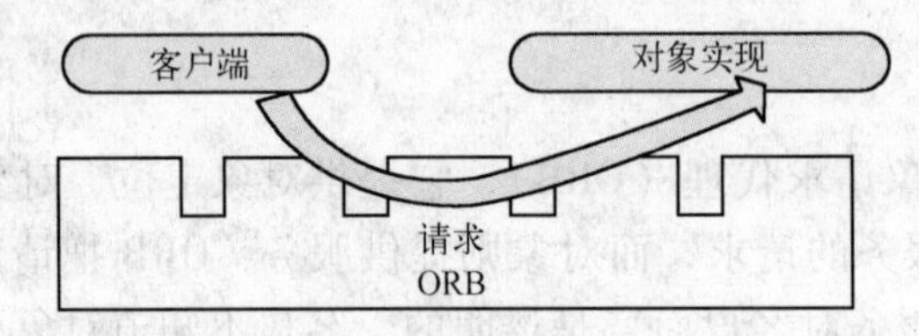


图 5-7　Object Adapter 结构

结合以上阐述，CORBA 弥补了传统分布处理系统的不足，具有很多新的特色。

- 引入了代理（Broker）的概念。代理起到如下作用：完成对客户方提出抽象服务请求的映射；自动找到服务器；自动设定路由，实现服务端程序的执行。
- 客户端程序与服务端程序完全分离。用传统的客户/服务器方式有很大的不同，客户将不再与服务方有直接联系，而仅需要与代理有联系即可，客户与服务器方都可方便升级。
- 提供"软件总线"机制。任何应用系统只要提供符合 CORBA 系统定义的一组接口规范，就可以方便地集成到 CORBA 系统中，这个接口规范独立于任何实现语言和环境。因此，客户应用与服务对象之间可以透明地交互运行，实现应用软件在"软件总线"上的"即插即用"。

尽管有多家供应商提供 CORBA 产品，但是仍然找不到能够单独为适应异种网络中的所有环境提供实现的供应商。不同的 CORBA 实现之间会出现缺乏互操作性的现象，从而造成一些问题；而且，由于供应商通常会自定义扩展，而 CORBA 又缺乏针对多线程环境的规范，使得源码兼容性不能完全实现。这些都是 CORBA 的不足之处。

### 5.3.5　网络管理接口类型

有线电视网络管理接口遵循电信网络管理接口的标准，主要有 4 种接口类型，即 Q3、Qx、F、X。

Q3 接口是有线电视网络管理接口中最重要的接口之一，是各层管理者与代理之间的接口。目前的标准化主要集中在 Q3 接口上，Q3 接口是个集合，而且是跨越了整个 OSI 7 层模型的协议的集合。从第一层到第三层的 Q3 接口协议标准是 Q. 811，称为低层协议栈。从第 4 层到第 7 层的 Q3 接口协议标准是 Q. 812，称为高层协议栈。Q. 811/Q. 812 适用于任何一种 Q3 接口。Q. 812 中最上层的两个协议是 CMIP 与文件传输访问和管理协议（FTAM），前者用于面向事物处理的管理应用，后者用于面向文件传输的文件传送、接入与管理。各层管理者与代理在 Q3 接口上通过 SNMP 与 CMIP 进行通信。

Qx 接口是不完善的 Q3 接口，它与 Q3 类似，但功能不完善，处于成本和效率方面的考虑，它舍弃了 Q3 中的某些部分，但是 Q3 的哪些部分可以被去掉并没有标准，因此往往是非标准的厂家的 Q 接口。Qx 与 Q3 的不同之处有两点，一是参考点不同，Qx 在 qx 参考点处，代表中介功能与管理功能之间的交互需求；二是所承载的信息不同，Qx 上的信息模型是中介设备（MD）与网元（NE）之间的共享信息，Q3 上的信息模型是 OS 与其他 TMN 实体之间的共享信息。

F 接口处于工作站（WS）与具有操作系统功能（OSF）、中介功能（MF）的物理构件之间（如 WS 与 MD）。它将 TMN 的管理功能呈现给用户，或将用户的干预转呈给管理系统，解决与 TMN 的 5 大管理功能领域相关的人机接口的支持能力，使用户通过电信管理网（TMN）接入电信管理系统。人机接口（HMI）使用户与系统之间进行信息交换。用户与控制系统的交互基于输入/输出、特殊动作和人机对话处理等各种交互机制。

X 接口处于在 TMN 的 x 参考点，提供 TMN 与 TMN 之间或 TMN 与具有 TMN 接口的其他管理网络之间的连接。相对 Q 接口而言，X 接口上需要更强的安全管理能力，要对 TMN 外部实体访问信息模型设置更多的限制。为了引入安全等级机制，防止不诚实的否认等问题，也需要附加协议，使 X 接口应用层协议与 Q3 接口的应用层协议一致。

## 5.4 HFC 网络管理

### 5.4.1 HFC 网络结构

HFC（Hybrid Fiber-Coaxial）即混合光纤同轴电缆网，它以模拟传输方式为主，称为副载波调制光纤同轴总线型（SMFCB）接入网，具有交换功能，可以提供交互式业务，综合接入多种业务信息。HFC 的主干系统使用光纤，采取频分复用方式传输多种信息；配线部分使用树形拓扑结构的同轴电缆系统传输和分配用户信息。在 HFC 网上传输数字语音和数字图像信息时，必须经过宽带调制器（如 64QAM），将数字信号转换成模拟信号，这些模拟信号和其他模拟音频、视频信号经由频分复用方式合成一个宽带射频信号，加到前端的光发射模块上，并调制成光信号传输到光结点并经同轴网络传输到用户。在用户端，用户接收相应频带的信息，并进行解调得到所需数据。HFC 可以解决 CATV、电话、数据等业务的综合接入问题。

HFC 网络由如图 5-8 所示为 HFC 网络结构。以下几个主要部分组成：

1）前端。完成信号收集、交换及信号调制与混合，并将混合信号传输到光纤，目前应用的主要设备有 5 个部分。

- 调制器。将模拟音频及视频信号调制成射频信号。
- 上变频器。完成音频、视频中频信号或数据中频信号至射频信号的转换。
- 数据调制器。完成数据信号的 QPSK 或 QAM 调制，将数据信号转换成数据中频信号。
- 信号混合器。将不同频率的射频信号混合，组成宽带射频信号。
- 激光发射机。将宽带射频信号转换成光信号，并将光信号传输至光纤。

2）光结点。完成光信号转换成电信号的功能，并将电信号放大传输到同轴电缆网络。

3）同轴电缆放大器。完成同轴电缆信号放大并传输至用户家中的功能。

4）用户终端设备。接收并解调网络传输信号，显示相应信息。

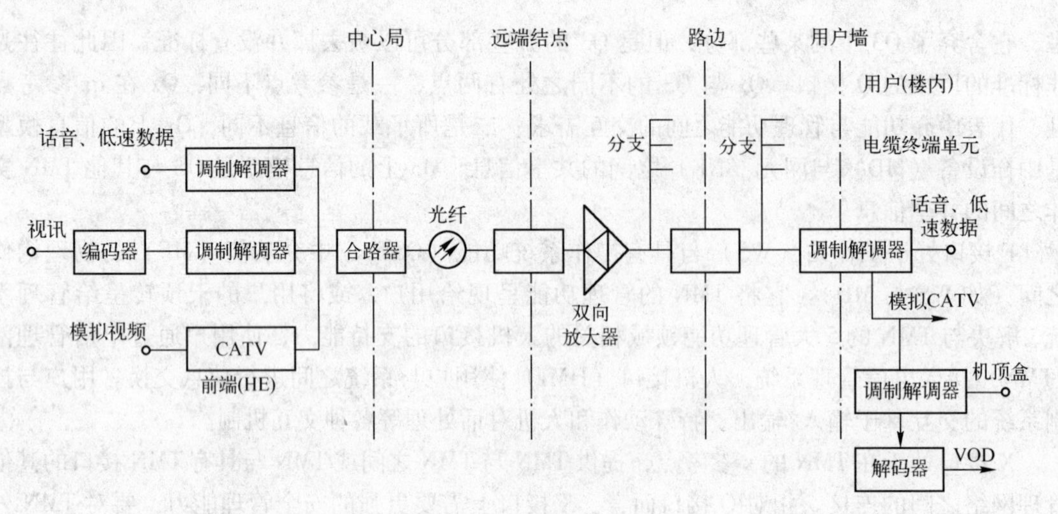


图 5-8　HFC 网络结构

HFC 的网络结构的类型，因网络规模大小而异，主要有两种类型。

1）星－树形网络：是指光缆干线按“星”形布局，同轴电缆系统按“树枝”形分配入户的结构型式。如图 5-9 所示，前端光发射机按“星”形布局的光缆干线与各光接收机（结点）连接，构成星形分配的光系统；在实际应用中，光接收机进行光/电转换后会有 2～4 个电输出口，可构成第二次星形分配电系统，分配放大器则可构成第 3 次星形分配电系统，直到树形结构的分配入户系统。

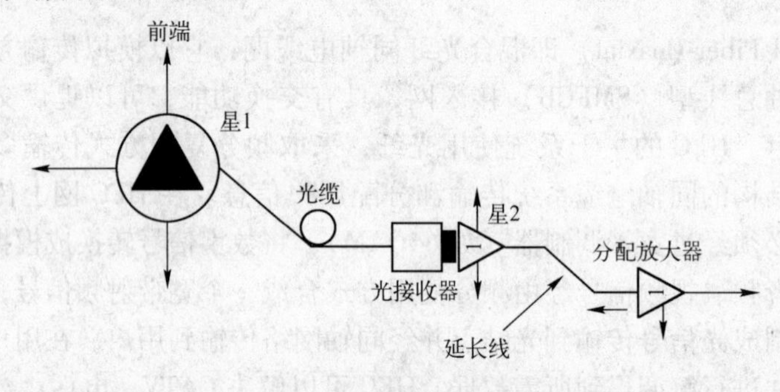


图 5-9　星－树形结构

2）环－星－树形网络。环－星－树形网络是指光纤超干线（或干线）构架成自愈“环”结构，光缆干线（或分干线）从环上的各个分前端（或分中心）按“星”形辐射布局，同轴电缆系统仍按树形结构分配入户的结构类型。这种单环结构的 HFC 网络，适用于用户规模较大的大、中型城市；对于用户规模特大的城市，则可采用多环结构，如图 5-10 所示。

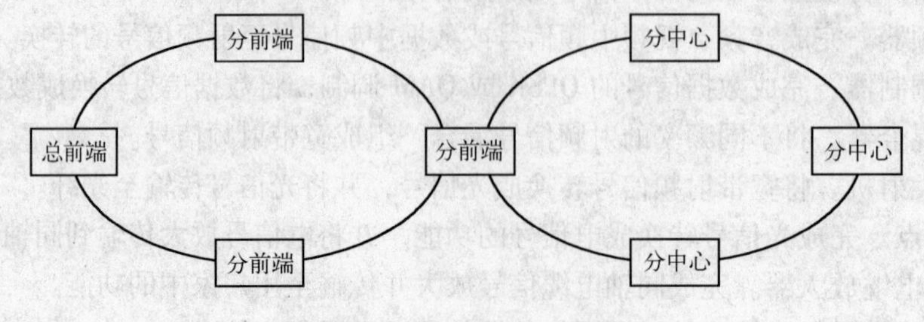


图 5-10　多环结构示意图

## 5.4.2 HFC 网络管理设计

HFC 网络管理的功能定位一般是设备管理、配置管理、性能管理、故障管理、部分安全管理等。通常 HFC 网络管理应具备以下几个功能：

1）网络维护。保证网络在现有配置下正确运行。网络维护的一项重要任务就是监控网络性能的变化趋势，即在网管条件下实时监测网络设备的运行状况，尤其是传输链路中的关键设备，在设备故障时自动报警，必要时启动备用路由。

2）网络问题诊断。提供一种端到端的诊断过程。它将确定问题出在何处，为把 HFC 传输网络提升为“可运营、可管理”的商业平台打下基础。

3）网络规划。在网络建设或重新配置的情况保证下网络质量。

HFC 网管系统由 3 部分组成，即设备管理器、前端控制器、应答器。网管系统协议模型如图 5-11 所示。

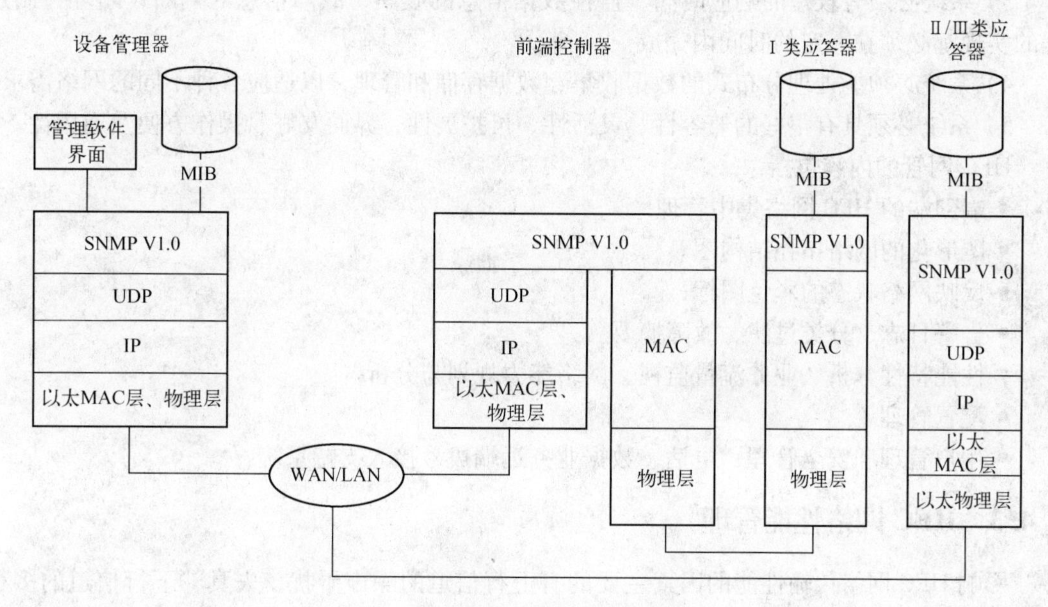


图 5-11 HFC 网管系统协议模型

1）设备管理器。网络管理系统的管理控制中心，位于 HFC 网络的前端或由各个前端组成的局域网上，是人与系统的接口界面。管理计算机内的设备管理信息库 MIB，实时收集 HFC 网络传输设备的状态数据，显示设备状态，给出故障报警，结合网络拓扑图或 GIS 系统，准确定位故障的地理位置，识别故障的类型和性质，记录故障的所有信息，为分析故障原因及实施其他管理提供资料。

2）前端控制器。连接 IP 网络和 HFC 网络的完全透明的网关设备，位于系统的前端，起到两种标准协议的转换作用，向上提供 IP 的以太网接口，向下提供射频接口，即完成两种标准协议的转换。

3）应答器。作为整个系统的代理，它被安装在设备端，收集被监控设备的各种物理参数和状态信息，并且对设备进行控制。它与被监控设备有一组规范化定义的物理接口，包括模拟输入、数字输入和控制输入。其中，按协议类型将应答器分为 3 类，即 I 类应答器、II

类应答器、III 类应答器。

- I 类应答器。具有 RF 接口，以 RF 传输介质与前端控制器进行数据交换，实现基于 SNMP V1.0 的数据通信，用于光纤同轴混合网室外设备的管理。
- II 类应答器。其物理层符合 IEEE802.3 Clause14 条款规定的 10BASE - T 规范，在 UDP/IP 协议栈上实现 SNMP V1.0，用于光纤同轴混合网室内设备的管理。
- III 类应答器。其物理层符合 IEEE802.3 Clause26 条款规定的 10BASE - FX 规范，在 UDP/IP 协议栈上实现 SNMP V1.0，用于光纤同轴混合网室内或室外设备的管理。

HFC 网络管理设计应遵循以下几个原则：

1）必须提供高可靠性的管理、配置、维护、分析记录和控制功能。同时系统必须具备自身故障检测和恢复，抗毁性保护等功能。

2）系统必须具备恢复网络的信息传输错误、抵挡黑客攻击、处理灾难型大流量数据等功能，使系统能够安全可靠地为系统管理者提供网络管理信息。

3）系统必须有较短的响应时间、监控数据信息的收集、故障信息的判断，闭环控制过程的实现都必须在一定的时间内完成。

4）系统必须能处理分布式的数据收集、数据存储和管理，以适应各种不同的网络需求。

5）系统必须具有很好的兼容性、灵活性、可扩展性、界面友好、操作方便及通用性。

HFC 网管的内容包括

- 端到端的 HFC 网络集中管理。
- 图形化的网络拓扑结构图。
- 反映网络状态的彩色图标；
- 告警日志、分类过滤、故障摘要。
- 性能特性分析、业务流量监视、网络能力规划与分析。
- 配置管理。
- 用户管理和安全管理；电话、数据业务远端拨号接入支持系统。

### 5.4.3 HFC 网络性能管理

影响 HFC 网络传输性能的因素主要的有上行信道的噪声干扰、失真，下行信道的多径效应引起的误码，相位的抖动和漂移以及传输信道的非线性引起的失真等。

**1. 多径效应的影响**

HFC 网络电缆匹配不良造成的反射（即多径效应）使系统的频率响应严重劣化，破坏了各个频道间信号电平的配置，导致高、低频段中的某一个或几个频道的电平幅度上升，破坏了各频道间的电平均衡配置，导致了非线性失真，造成 CIN 增加，对模拟频道产生“纱窗”干扰，对数字频道产生马赛克、甚至无法解调信号。电缆的匹配不良还直接影响带有相位调制的 QAM 解调的准确性。

**2. 相位的敏感性**

QAM 数字调制是既调幅又调相的，其载波的相位噪声对传输质量的影响不容忽视。相位噪声是指每赫兹单位的噪声密度与信号总功率的比，也称为残余相位调制，表现为载波相位的随机漂移。在时域内它被解释为一个正弦信号过零点的不确定性；在频域内则表现为谱线的近旁扩散，常转化为载波边带的幅度噪声。模拟电视信号对相位噪声不太敏感，其影响仅造成图象暗场时出现杂乱的花纹；而对数字电视信号来说则有可能造成严重的马赛克现象，甚至无法解调出信号，因此不容忽视。

3. 信号信道参数的影响

在HFC网络下行信道中，噪声主要有两个方面的来源，一个是光接收机输出的高斯白噪声，包括激光器的相对强度噪声，光电转换的霰弹噪声和热噪声；二是由激光器的非线性引起的互调干扰噪声。

HFC网络上行通道的性能参数很多，其噪声和干扰主要有两大类，即来源于网络内部的结构噪声和来源于网络外部的侵入干扰。

鉴于上述种种因素造成信号传输质量的劣化，可以采取以下几点措施进行HFC网络性能改善：

- 采用RS深度可控交织编码，改善数字调制的误码性能。
- 合理地配置各频道的信号电平强度和光调制强度。
- 合理地设计每个光结点覆盖的用户数，以适当地减小“漏斗效应”带来的影响。
- 采用必要的预削波和电路补偿技术。
- 正确、规范、合理地进行工程的施工和严格的验收。

性能管理的目的是监视和改善网络性能。它应能为进行网络长期规划和短期性能预测收集信息并作统计分析。一个大型网络应有很多测量点收集信息，并能就地进行某些分析和筛选数据，从而避免网络和用户被大量无用数据困扰。性能监视要收集并保存资源状态日志，能应用历史数据预测网络性能劣化和故障趋向，并调整网络资源来适应这种趋向或采取必要的预防措施，从而降低维护成本，提高设备的可用性。

对有线电视网各种设备的有效性进行评价，测试前端或网内任何射频（RF）点的各种参数，如频率响应、载噪比（C/N）、复合三阶差拍项、复合二阶、频谱分析、信号评价、反向回路噪声的测量等，以图形方式显示，并在需要时发送命令到各设备以便更新组合或修改操作。

性能管理的一般内容包括频率响应图、载噪比图、复合三阶差拍项图、复合二阶图、频谱分析图、信号评价图、反向回路噪声图。

### 5.4.4 HFC网络端口管理

基于收费问题的有线网络的端口管理手段，归纳起来有以下4种模式：

- 信号处理型。通过对模拟或数字信号的加、解扰来管理用户获取信息服务的内容。
- 端口控制型。基于对用户端口信号通断的管理。
- 权限控制型。基于协议/权限或口令的用户管理。
- 手工管理型。以人工或计算机辅助方式管理用户信息。

## 5.5 统一网络管理建设

### 5.5.1 概述

国家工信部和广电总局就三网融合公布了三网融合的推进细则，明确了要组建一个“国家级有线电视网络公司”，以加快培育市场主体、加快电信网、广播电视网、互联网升级改造的进程。为避免三网融合实施过程中各相关部门出现工作冲突的情况，此次组建“国家级有线电视网络公司”进行通信、互联网、广电网三网融合，避免出现国家资源的浪费。

有线网络在数字化和双向化改造后，已经具备了三网融合的基本能力，可以提供比以前更丰富的业务。按照业务种类可以分为 3 类，即电视相关业务、数据相关业务、增值业务。对于有线网络运营商来讲，应该坚定以发展视频为中心的业务，充分利用现有的资源优势和用户的使用习惯。实现对全国有线电视网络的统一规划、统一建设、统一运营、统一管理已迫在眉睫。目前，由于实际技术水平和应用条件的限制，网络管理主要集中在网元管理层和网络管理层，真正业务级的管理还只停留在理论研究阶段。网元管理层直接管理物理网络，是整个管理系统的基础。对电信网络运营商来说，随着通信业务量需求的成倍增长，网络规模的日益膨胀，网元设备的种类和数量不断增加，各个网元都有自己的管理系统，这给网络的管理维护带来了很多困难。为了提高网络管理的效率，很有必要对各网元进行集中管理，实现在统一的平台上管理各种设备。

从网络和业务的部署角度来讲，有两个核心部分是运营商建设可运营系统时要着力规划和考察的。一是针对网络的运营支撑系统，二是针对业务的业务管理系统。就目前有线网络运营商的状况而言，现有的支撑系统还不能很好地满足业务需求，还有一些不足之处。

1）运维支撑系统的建设仍停留在初期阶段，以满足实际运维需求为主。

2）已建的系统大部分为设备厂家自带系统，还包含自主开发系统，但这些系统功能整体性具有局限性，信息不共享，都是为了完成特定的目的而设置，导致功能重叠较多。

3）支撑系统众多，人力资源浪费，重复投资以及未能有效地实现对网络、业务的管理。

4）无统一综合平台，对后续的设备、网络、业务管理可以进行无缝接入管理。

在以客户为中心、以市场为导向、以效益为目标的机制下，统一网络管理平台的建设成为制约广电网络可持续发展的瓶颈。统一网管平台建设的好坏，成为能否保障基础网络设施、提高用户感知度、提升用户满意度、促进业务发展的一个重要指标。

### 5.5.2 统一网络管理平台的要求

统一网络管理平台是保障基础网络运行的基础。通过统一网管平台系统的建设，能够从战略上保障党和国家执行政策和方针。另一方面，广电有线网络是按照公司制运营的，即自负盈亏，所以追求利润仍然是公司制运营的重要考虑方面；因此，如何拓展市场、挖掘客户、保证客户满意度并避免流失，成为经营者必须面对和关注的问题。运营商是以资源为基础，对外提供服务的机构，因此，保障网络、设备资源的正常运行，成为重中之重。

如图 5-12 所示为是下一代运营支撑系统的基本结构示意图。

下一代统一业务管理平台，应满足以下要求：

- 支持新业务快速部署，及时满足市场要求的不断创新。
- 计费平台具备多层面、模块化的核心特色。
- 标准化的接口，支持多种接入组网方式。
- 单点认证，全网、全业务无阻碍访问。
- 个性化网络商务门户，促进产业链共同发展，形成差异化服务品牌。

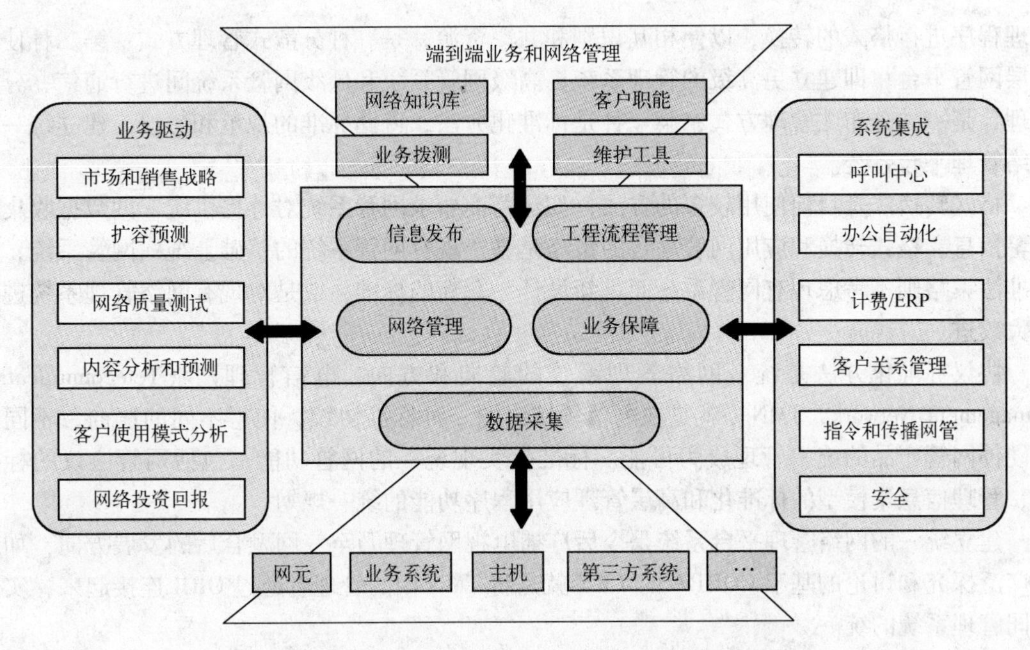


图 5-12　下一代运营支撑系统的基本结构示意图

## 5.5.3　统一网络管理平台的构建

### 1. 统一网络管理平台构建内容

统一网络管理平台系统的构建可从 3 个方面依次去实现，即操作界面的统一、网管协议的统一和网管功能的统一。

（1）界面的统一

网络管理系统是管理工具，但归根到底要管理人员去操作，操作界面的优劣会对管理人员产生很大影响。不同网管系统具有不同的操作界面，要求管理人员分别学习，或增加管理人数，造成人力浪费。现在还没有统一的网管用户界面标准。现有的网管系统几乎都实现了图形界面，但既有基于 UNIX 操作系统又有基于 Windows 操作系统的网管系统，且界面的格式千差万别，给管理人员的工作增加困难。

（2）网管协议的统一

管理协议是 NMS 核心和管理代理之间进行信息交换遵循的标准，是网管系统统一的关键所在。目前流行的两种网管协议为 SNMP（Simple Network Management Protocal）和 CMIS/CMIP（Common Mangement Information Protocal）。SNMP 是由互联网活动委员会（IAB）提出的基于 TCP/IP 的网管协议，CMIP 是由国际标准化组织（ISO）开发的基于网络互联的网管协议。网管协议的统一就是指这两种协议的统一。

（3）网管功能的统一

ISO 标准定义了配置管理、故障管理、性能管理、安全管理、计费管理等。现有的网管系统在网管规范尚未成熟时进行开发，大都是实现了部分模块的部分功能。这些网管系统功能单一，相互独立，不能实现信息的共享，不能从宏观上实现管理，不利于网络的综合管理。

### 2. 统一网络管理平台的构建策略

将多个网络管理系统统一的方法有 3 种，一种是格式转换法，即各个子网管理系统通过代理程序进行格式的转换，以便相互识别和共享资源，是一种分散式管理方式；第二种使用分层网管平台，即建立更高级的管理系统，高级网管系统和低级网管系统间进行通信，分层管理，是一种分布式管理方式；第三种是标准化方法，遵循标准的规范和协议，建立统一的网络管理平台系统。

格式转换法是目前使用较多的方法，如运营商要求网管系统对外提供统一的数据收集和告警信息。格式转换和应用网管平台的策略是基于现有网管系统的基础上统一网管系统，而标准法策略则不考虑现有网管系统而重新设计一套新的标准，或是对现有网络管理系统进行较大改进。

协议标准化方法是统一网络管理系统的趋向和方向，电信管理网（Telecomunication Management Network，TMN）就是在电信领域内的一种标准协议，使得不同的厂商、不同的软硬件网管产品的统一管理成为可能。标准化实现统一的网管功能，包括网管协议的标准化、管理信息集模型的标准化和高层管理应用程序功能的统一规划。

建立统一的网络管理平台系统是今后广播电视网管理乃至三网融合后的发展方向，如现在广泛探究和讨论的基于 CORBA 的 TMN 就是将 TMN 中的管理者通过 ORB 连接起来，实现不同管理系统的统一。

统一网络管理平台由平台业务管理、业务支撑、运维支撑、门户导航、安全系统以及第三方业务接口等几大部分构成。具体组成结构如图 5-13 所示。

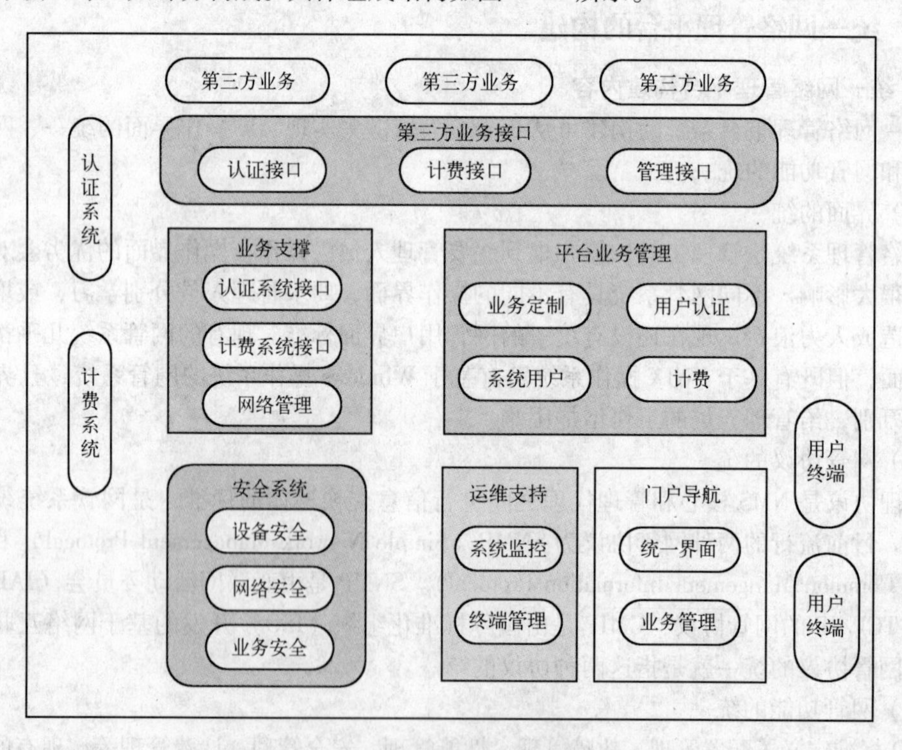


图 5-13　统一网络管理平台的具体组成结构

在构建下一代可运营的系统时，只有 CP/SP、终端制造厂商、系统集成与软件开发商、运营商间紧密配合，同时对广电行业的网络与内容、金融行业的计费支付与证券信息、通信行业的运营支撑管理与业务管理经验等进行跨行业整合，运用统一的网络管理平台对不同业务及网络终端设备进行集中式管理，才能实现广电网络的高效运营，为业务提供者、管理者及消费者创造价值。

## 5.6 小结

本章首先从有线电视网络管理的概念及其应用与发展方向讲解有线电视网络的4个主要功能管理模块，并详细阐述了各个管理模块的具体内容，以及在此基础上如何构建统一的网络管理平台；接着从OSI协议的角度分析了各管理模块的具体接口及其协议；最后具体到HFC网络结构的管理设计、性能和端口管理。

## 参考文献

[1]方德葵．有线电视网络与传输技术[M]．北京：中国广播电视出版社，2005.

[2]刘剑波，等．有线电视网络[M]．北京：中国广播电视出版社，2004.

[3]张学斌，张杰．有线电视网络管理与运营[M]．北京：电子工业出版社，2001.

[4]刘颖悟．三网融合与政府规制[M]．北京：中国经济出版社，2005.

[5]陶宏伟．有线电视技术．[M]．3版．北京：电子工业出版社，2007.

[6]谭亚军．现代有限电视网络管理和应用[M]．北京：中国广播电视出版社，2001.

[7]孙朝晖．有线电视网络管理[M]．济南：山东大学出版社，2002.

[8]陈平．组网与网络管理技术[M]．北京：中央广播电视大学出版社，2001.

[9]范寿嗣．现代有线电视宽带网络技术与综和业务[M]．北京：中国广播电视出版社，2001.

[10]杨其富．有线电视与网络通信系统运行管理与维护[M]．北京：中国电力出版社，2003.

# 第6章 有线电视发展趋势及前景展望

## 6.1 全球有线电视发展趋势

世界上最早出现有线电视的国家是美国。20世纪40年代末，美国为解决一些偏远地区处在电视台的服务阴影区的问题，采用了多个用户共用一副天线接收电视广播节目的方法，这就是最初的有线电视。20世纪60年代，有线电视开始在美国的一些中小城市出现。20世纪70年代，有线电视在美国大中城市出现。有线电视发展较早的国家，如日本、英国等国家也基本上是为解决农村和中小城市看不到电视及解决城市收视质量等问题开始发展有线电视的。

1975年9月，三大广播网（ABC、CBC、NBC）使用卫星之后，美国最早的有线电视机构“家庭影院”有线电视广播公司（HBC），首次使用“电显一号”定时传送节目。有线电视与卫星通信的结合，使有线电视台的服务范围从一个地区发展为全球范围。

20世纪90年代以后，HFC系统成为有线电视系统的主要模式。HFC系统的出现，不仅使有线电视台传送的电视节目数量和质量有了显著提高，而且服务内容超出了单纯的电视节目播放，各种增值服务开始在有线电视网络中出现。现在随着社会信息化的进程，有线电视网、电信网和计算机网的三网融合在发达国家已经开始，有线电视网络的发展进入一个全新的时期。

现在，美国和欧洲一些发达国家已经逐渐停止地面模拟电视播出，数字化的广播电视网不仅提供音视频节目，还提供互联网接入、语音等综合服务，极大地促进了三网融合，加快了互联网宽带服务的普及。

下面介绍发达国家有线电视网络的发展情况。

**1. 互联网宽带接入与交互信息业务**

互联网宽带接入是指有线电视网络通过IP与互联网连接。内容主要包括互联网接入和网络互联接入两大部分。互联网接入主要面向家庭用户，为用户提供高速的因特网接入服务。同时，IP技术的成熟促进了有线电视网络与互联网之间的接入，可以通过有线电视网直接在互联网上为各种业务提供语音服务，包括通信游戏、电子交易、购物网络客服等。

**2. 数字电视业务**

数字电视业务是三网融合后以数字电视整体平移为基础的有线电视网络核心业务，包括基本频道业务和付费频道业务。基本频道业务是原有模拟信号向数字信号转换后的整体频道转移，付费频道则是由平台运营提供的数字标清/高清等付费频道。

**3. 视频点播服务**

观众按需求进行视频点播是有线电视网络利用数字技术提供的即时或准即时视频传输业务。该服务已成为电视服务业务提供互动电视应用中的一项重要服务，视频点播可以分为准视频点播（NVOD）和即时点播（VOD）。当用户提出请求时，视频服务器将会立即传送用户所需要的视频内容。NVOD预先编排好节目菜单以及节目播出时间表，将同一节目以一定的时间间隔安排在不同的数字频道播出，用户点播节目时可能被许多用户共享。

4. 互动电视

互动电视利用IP宽带网络，以“电视机+机顶盒”（或“电脑”）为主要终端设备，为用户提供包括电视节目在内的互动多媒体服务的宽带增值业务。

5. 数据传输介入服务

数据服务在三网融合中主要体现在有线电视网络通过宽带接入进入电信网业务市场。它不仅可以向电信网接入那样提供集团E-mail、数据通信等方面的服务，同时也可以提供差异化服务。

6. 语音及端到端通信服务

有线电视网络提供的语音通信服务主要包括固定电话、移动电话和VoIP业务、可视电话（Video Phone）、视频会议（Video Conference）等端到端传输的业务。

## 6.2 我国有线电视的发展前景

我国有线电视网已成为世界第一大网络。目前，我国有近300万公里的有线电视用户网络，全国有线电视用户已达1.2亿户，电视机数量和电视用户数量均占全球总数的近1/3，已成为世界广播影视大国，我国有线电视网络已经成为世界上规模最大的用户网。

有线电视产业化的市场条件和基础条件都已经具备。我国居民文化消费持续增长，有线电视用户规模不断扩大。通过网络整合，可以将用户资源转化为巨大的市场和经济资源，直接拉动相关产业。正向数字化、网络化迈进的全国有线电视网是国家信息化三大基础网络之一。

今后，有线电视网主要将从模拟窄带网发展为宽带数字网，传输介质以光纤为主，发展电视数字化和多功能等技术。为推进有线电视的全面发展，2009年7月，广电总局制定了《关于加快广播电视有线网络发展的若干意见》，明确了有线电视网络发展的目标任务、工作重点和政策措施。一是加快全省性网络整合，形成省、市、县三级贯通、统一管理、统一经营、统一标准的有线电视网络新体制，确保2010年年底实现一省一网的目标。二是加快数字化整体转换，到2010年，直辖市和东、中部地区地级市以上城市实现有线电视数字化，东、中部地区县级城市和西部地区大部分县级以上城市已基本实现数字化；到2015年，所有县级以上城市要基本完成数字化。三是加快大容量、双向交互改造，努力建成全功能、全业务网，加快向下一代广播电视网过渡的进程。四是大力加强业务开发、丰富节目内容、提高服务质量，积极稳妥发展付费电视、视频点播等新型业务形态。

### 6.2.1 下一代广播电视网络技术的发展

下一代广播电视网（NGB）是以有线电视数字化和移动多媒体广播（CMMB）的成果为基础，以自主创新的“高性能宽带信息网”核心技术为支撑，构建适合我国国情的、三网融合的、有线与无线相结合的、全程全网的下一代广播电视网络。科技部和广电总局将联合组织开发建设，通过自主开发与网络建设，突破相关核心技术，开发成套装备，带动相关电子产品市场，满足人们对现代数字媒体和信息服务的需求，计划用3年左右的时间建设覆盖全国主要城市的示范网，预计用10年左右的时间建成中国下一代广播电视网，使之成为以三网融合为基本特征的新一代国家信息基础设施。

下一代广播电视网的核心传输带宽将超过 1 Tbit/s，保证每户接入带宽速率大于 40 Mbit/s，可以提供高清晰度电视、数字视音频节目、高速数据接入和话音等三网融合的“一站式”服务，使电视机成为最基本、最便捷的信息终端，使宽带互动数字信息消费如同水、电、暖、气等基础性消费一样遍及千家万户。同时 NGB 还具有可信的服务保障和可控、可管的网络运行属性，其综合技术性能指标达到或超过国际先进水平，能够满足未来 20 年每个家庭的信息服务总体需求。

如图 6-1 所示是 NGB 应用的结构。

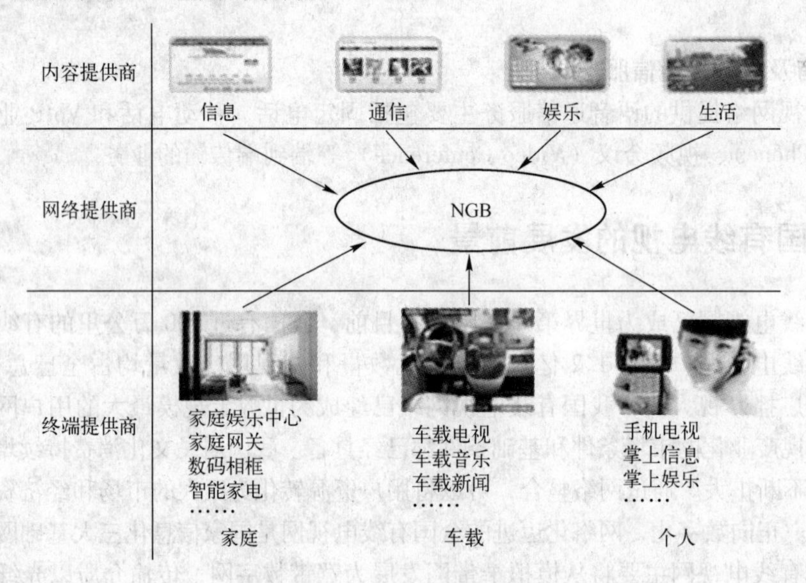


图 6-1 NGB 应用的结构

建设下一代广播电视网，一是可以充分利用我国广播电视网的宽带网络资源，既符合我国国情，又可以在较短时间内，较低成本跨越数字鸿沟，以较低的代价建设国家高性能宽带信息网，使之成为国际领先的新一代国家信息基础设施，在我国较快普及信息化。二是可以改造传统媒体和发展新型媒体，加快我国信息服务业的发展，推动信息科学技术领域的创新，提升国家高新技术的核心竞争力，带动相关产业的发展。三是可以在更高的技术层面上实现三网融合的目标，对我国跃居成为三网融合的领先国家具有重大战略意义。

广播电视网是国家信息基础设施与现代服务业的重要组成部分，是连接千家万户最普及的信息工具和最经济便捷的信息载体，也是传播科学文化知识、丰富人民群众精神文化生活和支撑新经济发展的最具影响力的大众媒体，在国民经济和社会发展中具有十分重要的地位和作用。建设下一代广播电视网可以在较短的时间内，花费较低的成本跨越数字鸿沟，加快国家信息化的实现，对于构建传输快捷、覆盖广泛的现代传播体系、加快我国信息服务业发展、实现三网融合的战略目标具有十分重要的意义；同时，可以极大地拉动内需、提升产业水平、调整产业结构和促进新兴产业的产生。

### 6.2.2 广电网络与物联网的融合

#### 1. 物联网简介

物联网（The Internet of Things）的概念是在 1999 年提出的，它把所有物品通过射频识别（RFID）、红外传感器、全球定位系统、激光扫描器等信息传感设备与互联网连接起来，进行信息交换和通信，实现智能化识别、定位、跟踪、监控和管理。国际电信联盟2005年的一份报告曾描绘物联网时代的图景如下：当司机出现操作失误时汽车会自动报警；公文包会提醒主人忘带了什么东西；衣服会“告诉”洗衣机对颜色和水温的要求等。

物联网把新一代IT技术充分运用在各行各业之中，具体地说，就是把传感器嵌入电网、铁路、桥梁、隧道、公路、建筑、大坝、供水系统、油气管道等，然后将物联网与现有的互联网整合起来，实现人类社会与物理系统的整合。在这个整合的网络当中，存在能力超级强大的中心计算机群，能够对整合网络内的人员、机器、设备和基础设施实施实时的管理和控制，在此基础上，人类可以以更加精细和动态的方式管理生产和生活，达到“智能”状态，提高资源利用率和生产力水平，改善人与自然间的关系。

毫无疑问，如果物联网时代来临，人们的日常生活将发生翻天覆地的变化。然而，不涉及隐私权和辐射问题，只是把所有物品都植入识别芯片这一点现在看来还不太现实。人们正走向物联网时代，但这个过程可能需要很长很长的时间。

物联网是在计算机互联网的基础上，利用射频自动识别（RFID）、无线数据通信等技术，构造一个覆盖世界上万事万物的“Internet of Things”。在这个网络中，物品（商品）能够彼此进行“交流”，而无需人的干预。其实质是利用RFID技术，通过计算机互联网实现物品（商品）的自动识别和信息的互联与共享。而RFID正是能够让物品“开口说话”的一种技术。在物联网的构想中，RFID标签中存储着规范而具有互用性的信息，通过无线数据通信网络把它们自动采集到中央信息系统，实现物品（商品）的识别，进而通过开放性的计算机网络实现信息的交换和共享，实现对物品的“透明”管理。

物联网概念的问世，打破了之前的传统思维。过去的思路一直是将物理基础设施和IT基础设施分开，一方面是机场、公路、建筑物，而另一方面是数据中心、个人电脑、宽带等。而在物联网时代，钢筋混凝土、电缆将与芯片、宽带整合为统一的基础设施。在此意义上，基础设施更像是一块新的工地，世界的运转就在其上面进行，包括经济管理、生产运行、社会管理乃至个人生活。

物联网可分为3层，即感知层、网络层和应用层，如图6-2所示。

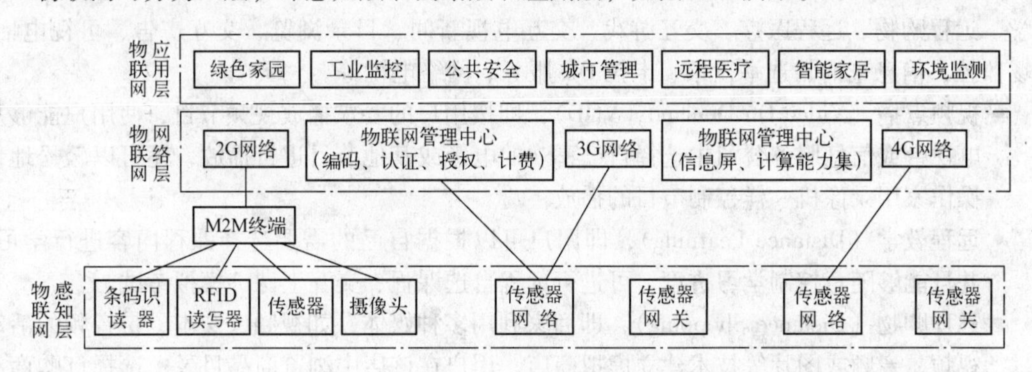


图6-2　物联网结构

感知层是物联网的皮肤和五官，它主要用于识别物体和采集信息。感知层包括二维码标签和识读器、RFID标签和读写器、摄像头、GPS、传感器、终端、传感器网络等，主要是识别物体，采集信息，与人体结构中皮肤和五官的作用相似。

网络层是物联网的神经中枢和大脑，它主要用于信息的传递和处理。网络层包括通信与互联网的融合网络、网络管理中心、信息中心和智能处理中心等。网络层将感知层获取的信息进行传递和处理，类似于人体结构中的神经中枢和大脑。

应用层主要用于将物联网的“社会分工”与行业需求结合，实现广泛智能化。应用层是物联网与行业专业技术的深度融合，与行业需求结合，实现行业智能化，这类似于人的社会分工，最终构成人类社会。

**2. 广电网向物联网发展**

家庭物联网是下一代广播电视网络发展的必然趋势。NGB 的发展目标是，10 年发展 2 亿用户，加速形成与电信网公平竞争的态势。到 2015 年，将有线通信与无线通信结合，使“智慧”家庭发展为家庭物联网，即从数字电视发展到家庭网络。从终端上看，从机顶盒向家庭网关发展，而且逐渐把家庭中的各类娱乐设施，甚至把各类电器、开关、电子产品，通过“新型宽带无线接入技术”连接起来，形成家庭物联网。

NBG 向物联网发展，是广电网必然的发展趋势，为未来广电网络发展提供了一种思路。而有线网络的高宽带、高清呈现能力、安全稳定、可靠等特点，无疑具备了一定的优势。

### 6.2.3 交互式有线电视

交互电视（Interactive TV，ITV）是一种受用户控制的视频分配业务，可让用户自由选择何时观看何种节目。它使分布在不同地理位置上的用户可以像使用家用录像机一样交互式地访问远端服务器所存储的节目，即用户与用户之间或用户与业务提供者之间，可以利用电视进行信息的双向交换。现在的电视的接受方式是被动式接受，而交互电视则是互动的。交互电视提供了一条用户与电视信息服务机构进行反向联络的渠道。用户可以利用电视机上的遥控装置，根据自己的兴趣爱好，充分参与到电视节目中，通过设定时间进行新闻点播、互联网访问、家庭银行、网络购物、网上游戏等，改变节目的内容、进程以及方向，从而大大增加用户选取信息的自由度。

**1. 交互电视提供的业务**

交互电视可提供广泛的综合业务，有着广阔的应用前景。其主要应用有视频点播、远程教学、远程购物、远程医疗、交互游戏、交互电视新闻、目录浏览、交互广告、可视电话、现场监控、信息查询、选举投票、卡拉 OK 服务、网络电视等。

- 视频点播（Video On Demand，VOD），即按用户的要求播放视频节目，使用户能够从电视台或信息服务公司中选择自己喜欢的电影或其他节目进行播放，还可以轻松地像操作家用录像机一样控制节目的播放。
- 远程教学（Distance Learning），即用户可以根据自己的需要选择课程内容进行学习，并且能够随意控制学习进度，可进行远程自选课程、交互上课、模拟考试。
- 远程购物（Distance Shopping），即商家利用多种媒体，如视频、文本、带音频的活动视频、音频或图片等技术建立虚拟商店，用户在该店中浏览商品目录，选择订购商品和所需的服务。
- 远程医疗（Telemedicine），即用户可以通过交互电视咨询各类常见病、多发病、疑难病，获取各种医疗知识、就诊信息，也可以把病情发送出去，征求专家会诊。
- 交互游戏（Interactive Games），即用户从菜单中选择角色，游戏程序被装入用户的机顶盒或服务消费者的游戏机中，以图像、视频流方式呈现给用户。

- 卡拉 OK 服务（Kara OK Service），即用户可以从服务端的目录中选取歌曲，并可以改变其音调和节奏进行演唱。
- 网络电视（Web TV），即用户通过机顶盒使用电视上网，利用网络电视收发电子邮件和浏览网页，使用互联网提供的服务。

**2. 体系结构**

交互电视的体系结构可以仿照网络的开放系统互连（OSI）4 层参考模型，分为以下几个层次，如图 6-3 所示。

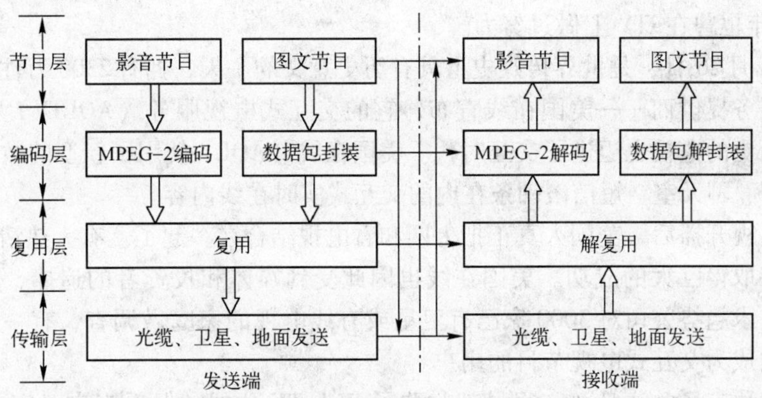


图 6-3　交互电视的体系结构

（1）节目层

节目层所涉及的是节目的软件。在交互电视系统内，节目可以简要地分为影音节目和图文节目两大类。影音节目与传统的电视节目一样，以图像和声音作为表现手段，原有的大量资料、素材以及制作好的节目均可以使用。图文节目以静止图像和文字为表现形式，适用于新闻、广告、天气预报等。这部分的制作大致与网页的制作类似，最终形成数据文件。

（2）编码层

编码层是将节目层的内容通过编码形成符合 DVB 标准的 MPEG/TS 流。其中，影音层的内容经过 MPEG-2 编码器，压缩成指定带宽的数据流。图文内容或数据则通过多协议封装程序形成符合 MPEG/TS 流的数据包，一般采用私用数据协议或 DSM-CC。为了控制图文、数据内容的传输速率，必须使用特定的数据打包程序。编码器的输出一般为 ASI 接口，直接连接到复用器。接收端则处理相应的解码功能，分别重新形成视频、音频和图文数据。

（3）复用层

复用层很简单，只是将编码层的结果，包括影音和图文，复用成为一个数据流。由于交互节目中实际使用的影音内容有多个信道，例如，适用于多角度竞赛节目的内容可能有 3 个以上的附加信道，所以复用器具有多个输入端。在接收端，这一层用于解复用，将一个 MPEG/TS 流恢复为若干 MPEG-2 影音和图文、数据流，是发送端的逆过程。

（4）传输层

传输层将 MPEG/TS 流传输到户。这一层抽象地定义了传输功能，这些功能包括信道编码和调制等。对于光缆，这部分是 G.703 接口或 QAM 调制器；对于卫星传输，这部分是 QPSK 调制器；对于地面广播，这部分是 COFDM 或 8VSB，取决于采用哪种类型的传输方式。对应于接收端，传输层用于相应的解调和信道纠错等。从整体上看，发送端的内容是从上至下逐层处理，直至到达传输层后经由物理通道传送到接收端。接收端则按照相反的次序从下至上逐层逆处理，最终还原为影音和图文节目内容。从图6-4可以看出，发送端最先处理的功能在接收端必定是最后处理的功能。

**3. 交互电视的发展**

交互电视的热潮已经持续了10多年。在20世纪90年代中期，时代华纳公司曾斥资百万美元尝试传输交互电视，但是当时成本太高。有线巨人Tele-Communications Inc. 和Bell Atlantic Corp. 在1993年计划合并，联合经营电视、电信和电脑，结果合并计划失败。甚至微软从1997年也曾在ITV上做过努力。

2000年6月26日，是世界传媒史上具有历史意义的一天，拥有2300万注册用户的全球最大互联网服务提供商——美国在线宣布，它的交互式电视服务（AOLTV）正式开播，有半个多世纪历史的电视也迈进了交互时代。美国在线（AOL）使用了新型的数字机顶盒，传输包括E-mail、聊天室、短信滚动条在内的交互式实时在线内容。

交互式电视开播后，美国人真正把上网和看电视结合在一起了。有人热情地赞扬说，交互式电视必将取得巨大的成功。美国在线也因此受到媒体和投资者的追捧，其股价一路攀升。据美国技术趋势公司对3000家已有卫星或有线电视的家庭做调查，有一半的家庭计划在未来一年内成为交互式电视节目的用户。

微软对这块市场关注已久，很早就收购了Web TV公司，但后来它又宣布同Direct TV公司、Thomson Multimedia公司结成联盟，共同推出交互式更强和更人性化的电视系统Ultimate TV。这个系统的接收器有两个卫星调谐器，另外还有一个为数字视频录像使用的硬盘。观众在Direct TV上可以同时看两个节目；可以录制30多个小时的高质量数字节目以便以后观看；还可以从每周提供的500多个交互式电视节目中任意选择并同时可以购物、收发电子邮件等。微软交互式电视软件部的总经理佐尔·高曼表示“微软明白电视本身是最大的商机和创造商机的产品，我们已经打破只发展个人电脑软件的观念。”摩托罗拉公司前不久也宣布和Oracle联手，在Oracle Video Server和Oraclee 8i的基础上使用摩托罗拉的Streamaster机顶盒，以提供一整套的交互式电视解决方案。

德国媒体巨头Bertelmann宣布，该公司将与德国地方有线电视公司合作，并推出交互式电视服务。这些服务包括电影、音乐电视、纪录片点播、网上购物等。而其中的互联网方面的服务主要由美国在线和CompuServe提供，微软进军欧洲市场也一帆风顺，很快它的软件就被葡萄牙一家主要的有线电视公司TV Cabo使用，并将尽快推出交互式电视服务。

亚洲的日本Jupiter和Liberty Media两家有线电视巨头宣布合并，并与微软和AT&T开始大规模合作，推动有线上网和交互式电视服务，而我国香港早在1998年就开始了“随选视讯”的服务，为用户提供了多种交互式的选择。其中，电视理财与宽带上网最受欢迎，预计在未来10年，香港将投资百亿港币对交互式电视业务作进一步开发。

对于我国观众而言，交互电视需要诸多网络技术和数字技术的支持，对现有的基础设施亦有较高的要求，同时，交互电视的造价由于其高新技术含量多而相对比较高，我国的普通消费者难以承受。此外，要将现有的模拟电视全部更新也绝非短期内可以完成，电视台更新观念，实现电视节目的全新编排亦非易事。因此，交互电视离人们的生活仍然比较遥远。但从长期看，以网络技术、数字技术为支撑的交互电视必然会取代目前的模拟电视而成为人们日常生活的一部分。

交互电视是有线电视业务的发展趋势，有线业务必须双向互动已经成为业内的共识。有线网络必须向双向化发展，但是由于之前没有统一的标准，加上各地网络基础建设做得不够好，所以网络改造的进度比较缓慢。2008 年全国有线网络有 320 万公里，有线电视用户 1.63 亿户，双向网络覆盖的用户已经超过 2400 万，但真正开通双向业务的用户才只有几百万户，未来发展空间非常大。截止 2009 年 11 月份，格兰研究调查显示我国有线宽带发展较好的 76 个城市中，宽带用户总数已经达到 250 万户，约占我国有线电视用户总数的 1.5%，突破 10 万户的有上海、深圳、杭州 3 个城市，杭州主要是 5 类线的直接接入。突破 5 万户的城市有北京、沈阳、南京、郑州、广州、东莞、成都、青岛等 8 个城市。

**4. 交互电视发展中的问题**

交互电视的发展首先要解决双向传输问题，最重要的是能够处理大容量的信息，如有关信息压缩、宽带信息服务器、窄带网络宽带化都是所涉及的内容。目前我国传输网络基本上已光纤化，带宽的瓶颈在接入网络，包括 HFC 接入、电话双绞线接入、无线接入等；另外，要挖掘电信网、有线电视网等公众网络的潜力和价值。其次，交互电视还有一个非常重要的内容层面，如果没有内容丰富、数量充足的交互式电视节目，交互电视便不可能有大的发展。电视广播有 3 大组成环节——节目源、广播、接收，开展交互式电视和常规电视广播所需要的环节是一样的。交互电视的特殊性主要表现在节目源的内容是交互式的，节目广播采用数字电视广播，节目接受必须配备机顶盒。目前电视台开展交互电视所面临的最大挑战是要有必需的节目源，交互节目从节目形态、内容编排、制作工艺、播出流程等各方面给电视台提出了新的挑战。

## 6.3 有线电视网络的新业务

**1. 我国有线电视网络新业务的现状**

随着有线电视事业的快速发展，人们对有线电视的认识也在不断地深化，从最初简单的为改善无线电视的接收信号质量，到今天把它作为一个宽带综合信息业务网的概念提出来，表明人们对有线电视的认识已经产生了质的飞跃。

我国大中城市的有线电视入户率现在已接近饱和，有线电视增加入户率和覆盖率的工作已经基本完成，现在的目标是利用有线电视网开展综合业务，提供其他的扩展业务和增值业务服务，充分利用有线电视网的频带资源优势，获取更大的经济利益。由于有线电视网络本身所具有的多功能开发的潜在优势，人们已经看到了它无可限量的多功能开发前景，电缆电话、视频点播、Internet 接入、图文电视、数据广播等有关有线电视多功能应用的想法几乎每天都在产生，有很广阔的发展前景。最近，有线电视多功能开发已经成为我国有线电视业界共同关注的热点问题，国内外商家推出的多功能应用产品也品种繁多，各有特色。

目前，有线电视网已被纳入我国信息化基础设施，充分发挥有线电视网的频带资源优势，进行综合开发利用，为社会提供多功能服务，使其成为未来“信息港”的重要组成部分，已成为人们的共识。

**2. 境外有线电视网络中新业务应用的情况**

英国现在约有 325 万住宅及商户连接了有线电视电缆。而有趣的是，电缆电话的使用量超过了有线电视。在 325 万个用户中，约有 310 万使用电缆电话，只有 220 万用户使用电视。英国有线电视公司做到了许多电信业务竞争者以前做不到的事，打破了英国电信公司的垄断。

日本、新加坡、印尼、马来西亚、澳大利亚等国家和我国香港的有线电视公司已经在开发通过同轴电缆网络传送图像、语音及数据的业务，有些甚至已开展商业化服务。有些网络需要进行昂贵的改造工程，其他则是从零开始建立同时使用光纤及同轴电缆的全新网络。

## 6.3.1 基本业务

有线电视网多功能应用的业务形式是多种多样的，大致可分为音频业务、视频类业务和数据类业务 3 大类，如表 6-1 所示。

**表 6-1 有线电视网络中综合业务的应用**

| | |
|---|---|
| 音频类业务 | 电缆电话、数字音频 |
| 视频类业务 | 数字高清晰度电视、视频点播、视频会议、远程医疗、远程教学、可视电话、交互式游戏、电子商务 |
| 数据类业务 | 高速 Internet 接入、计算机联网、数据广播、家庭保安系统 |

科技部和广电总局将联合组织开发建设，通过自主开发与网络建设相结合，突破相关核心技术，开发成套装备，带动相关电子产品市场，满足人们对现代数字媒体和信息服务的需求，计划用 3 年左右的时间建设覆盖全国主要城市的示范网，预计用 10 年左右的时间建成中国下一代广播电视网，使之成为以三网融合为基本特征的新一代国家信息基础设施。

根据国家广电总局的网络建设和业务发展规划，结合全国各地有线电视台的实际情况，充分研究国内外有线电视网发展的状况和发展趋势，并结合国内信息产业发展的实际情况，有线电视网将开展以下 4 种基本业务：

（1）广播式信息服务

在系统建设的初期，通过国际互联网下载适合本地区社会发展和经济状况以及用户感兴趣的相关信息，然后将这些信息进行编辑处理，再通过有线电视台的图文频道广播出来。这种做法的好处是通过前期宣传，加深广大用户对有线电视网的了解，为今后进一步发展信息服务和网络运营业打下良好的基础。

开展数据广播式服务，能满足大部分用户的信息需求，特别是在直线不能开展双向业务的阶段，用户无法根据自己的需求自由选择所需信息，通过合理选择适合各种层次的互联网信息，进行网上发布，用户通过图文接收卡进行接收，同样可以享受网上冲浪的感觉。

（2）局域网互联

利用有线宽带网可以很方便地实现计算机的联网。这样有线电视网可为当地党政机关、企事业单位、科研机构、社会团体、大专院校、宾馆饭店、商场及成千上万拥有计算机的家庭提供多种速率的计算机联网服务。此项业务是目前有线电视台能迅速开展并能立即产生社会效益和经济效益的服务。

（3）ISP 服务

Internet 已经成为一个宏大的市场。不管是公司还是个人，都想通过国际互联网与世界建立联系。有线电视网用户众多，有互联网需求的用户也为数不少，而目前邮电网费用较高，因此可以利用网络和用户优势，开展ISP及ICP服务。

各有线电视网可以根据当地情况选择Internet出口，如ChinaNet、ChinaGBN、科技网等，将有线用户和国际互联网连接起来。有线电视网可以提供多种Internet接入方式，如拨号、专线、Cable Modem，可以利用有线电视网络优势，向网上用户提供丰富多彩的新闻服务、信息服务和娱乐服务。有线电视台在提供这些信息服务时，能充分体现广电行业的特色。

为了开展ISP业务，在有线电视台的中心结点必须建立ISP业务平台。ISP业务平台由Web Server、DN Server、Mail Server、FTP Server、Proxy Server、拨号服务器、路由器以及应用服务器等组成。应根据当地的业务状况和用户数量，采用适当的服务器档次。开展ISP业务还应采取不同的方法和策略，如建立网吧或咖啡吧，吸引部分用户上网，宣传自身形象；专线服务，为用户提供Internet接入端口等。

（4）虚拟主机服务

企事业单位、公司已经意识到在互联网上发布信息的重要性，通常将信息上网的方式有两种，一是用户建立自己的网络以及有关的Internet服务器，并连接到互联网上，实现信息发布，这样做对用户来说投入大（包括硬件设备、线路和网络技术人员开销），网络维护比较困难，信息安全性较差；二是将用户的网页存放在有线电视台的WWW服务器（能让虚拟主机为多个单独的域名提供WWW服务）中，由有线台的主页连接到用户的主页上，对外提供信息服务。这样做的优点是，用户投入省、上手快。这两种发布信息的方式都有一定数量的用户，对于更多的企业、公司来说，它们希望拥有自己的域名，希望能方便地更新产品信息，但不希望投入过多的人力和财力，以上两种方式都不适宜，故推荐新颖的虚拟主机服务。

虚拟主机是使用特殊的软、硬件技术，把一台联网的计算机主机分成若干台虚拟的主机，每一台虚拟主机都具有独立的域名和IP地址（可选），具有完整的Internet（WWW、FTP、E-mail等）功能，虚拟主机之间完全独立。在外界看来，每一台虚拟主机和一台真实的主机完全一样。由于多台虚拟主机共享一台真实主机的资源，每一个上网用户承受的硬件费用、网络维护费用、通信线路费用均大幅度降低，从而为企业信息上网开辟了一个新的途径。

### 6.3.2 多媒体业务

有线电视网络除了上述4项基本业务以外，还可以发展以下多媒体业务：

（1）视频会议业务

随着人们对通信质量的要求越来越高，用户不仅需要语音的实时服务，也需要可视图像的实时通信，人们希望在通信时能听见参加方的声音也能看到参加者的图像。另外，对于地域广阔的我国地理情况和交通日益拥挤的状况，人们要相互见面或者探讨问题，需要付出很大的时间和财力。因此，人们需要一种不必出门、坐在家中或办公室中就能与其他人进行面对面交流通信方式。

视频会议系统就能满足这种需求。有线电视台综合业务数字网建成之后，给视频会议的开展提供了网络基础。有视频会议业务需求的用户分布在政府、银行、医院、医学院、专业培训机构、军队、电力等部门中，这类用户需求比较急切，业务量比较大。另外，希望无需旅行就能进行会晤的用户也为数不少。

（2）可视电话业务

与具有多功能的桌面型会议系统不同，可视电话不具备文件共享、电子白板等功能，只具有最基本的会议功能，让参与会议者互相听到声音、看到图像。由于功能少、设备简单、容易实现，所以可视电话具有明显的廉价优势。随着可视通信的进一步发展，廉价易用的可视电话势必将走进千家万户，这是一个潜在的巨大市场。

与视频会议业务不同之处在于，视频会议业务主要应用于国家部门、大中企业的多人交流，注重稳定、高清、保密；而可视电话业务更多应用在私人交流，追求的是廉价、实用。

（3）信息服务

有线电视台可以充分利用新闻行业的优势，为用户提供丰富的信息服务。随时发布如本地新闻、国内外要闻、财经信息、天气信息、文体卫信息、旅游信息、交通信息、人才劳务信息等。

### 6.3.3 增值业务

在已有的综合业务数字网上，提供了 Internet 的接入服务后，有线电视还要发挥自身的优势，挖掘网络潜力，积极开展增值服务，在注重社会效益的同时提高经济效益。为此，还可以开展以下 6 大增值业务：

1）视频点播。利用先进的视频服务器技术和设备，对以宽带接入的专线用户及 Cable Modem 用户开放高质量的 VOD 业务，让用户坐在家里或办公室中就能观看所喜爱的故事片、卡拉 OK 和文艺节目、视频杂志及各种视频节目。通过视频点播系统，同样可以实现远程教育、远程监控、远程医疗等业务。

2）股市分析及证券交易系统。全国各地证券行业发展都很迅速，用户也很多，大部分用户目前都是通过电话查询行情和委托交易或者到证券公司营业部进行操作。这些方式要么受奔波之苦，要么无直观的行情显示及分析。有线电视台可与当地证券公司合作，联合提供基于 Internet 或有线电视网的股市分析及证券交易系统。这样用户坐在家中就可享受与“大户室”相同的服务。系统必须提供信息采集、整理、发布、分析、交易、管理等功能。

3）电子购物/网上商场。电子商务已成为人们熟知的名词了，有线电视台也应该积极开展电子商务的应用。有线电视台可以采取和当地商场、贸易公司合作的方式，开展网上商场或网上贸易，可以采用虚拟现实技术来构造三维立体商场，让用户感觉和真正的商场一样，身临其境地畅游各大商场，并可随时查询各种商品的有关信息，订购商品并获得相应服务。

4）网络电话。网络电话近来发展很快，潜力也很大，因为它比电信局提供的普通电话的通话费用便宜，而且语音质量越来越高，有线电视台的宽带网络能为用户提供方便、快捷、经济的网络电话服务。

5）网上游戏。网络时代的到来使游戏进入了一个新的境界。四通八达的互联网络，连接着来自全球各地的电脑玩家。在闲暇时刻，连接互联网络就可以和千千万万个素未谋面的玩家在形形色色的游戏世界中畅游。最重要的是，网络游戏中，所面临的对手往往不是冰冷的机器，而是网络上另一端活生生的玩家，这种隐藏在网络之后人与人的较量，给玩家带来了无穷的乐趣。

6）网上电台/音乐点播。有线电视台可以在网上开播电台，让用户有选择性地收听需要的信息，或者了解当地的最新消息。广电部门有着新闻的独特优势，可以充分发挥特色，将收听率/收视率较高的节目搬到网上来。另外，省级广播电视台可以为用户提供高品质的音乐点播服务。音频业务是广播电视部门的传统业务之一。广电部门音频资源丰富，通过一定的音频采样压缩技术，可以将这些资源转换成高品质的数字音乐资源，通过提供多种选择方式，让用户能迅速点播到自己喜爱的音乐。

### 6.3.4 CMMB新业务

中国移动数字多媒体广播（CMMB），又称手机电视，是由中华人民共和国国家广播电影电视总局颁布具有我国自主知识产权的行业标准。它是一个独立的新兴媒体领域，特指通过卫星或地面无线广播方式，供7英寸以下小屏幕、小尺寸、移动便携的手持终端接收设备，随时随地接收广播电视节目和信息服务等业务的系统。适用的终端有手机、PMP、PDA、MP3、MP4、数码相机、笔记本电脑等。2007年底，“中国移动数字多媒体广播”网络建设全面开始。2008年上半年，CMMB完成了包括武汉在内的37个城市地面覆盖网第一期建设任务，很多用户通过手机电视等便携多媒体终端观看了2008年奥运会。2010年上半年，CMMB已经在全国302个城市开通，22个省级行政单位实现全省开通，完成现阶段深度覆盖要求的城市总计108个，一般CMMB终端均可通过自动搜索功能搜索当地频道。

（1）中国移动多媒体广播电视运营分析

CMMB运营模式包括广电独立运营模式和合作运营模式。中广卫星移动广播有限公司利用数字广播电视网，向手机等小型接收终端提供单向广播电视业务的独立运营模式，是目前CMMB的主要运营模式。下一阶段，中广卫星移动广播有限公司将发展CMMB二代双向网络，使CMMB广播网络具备互动能力，解决CMMB现有商业模式中由于缺乏上行通道支持而造成的用户互动、用户认证、计费和收费管理困难的问题。2009年3月，中广卫星移动广播有限公司和中国移动签署了合作框架协议，CMMB将在通信终端上与TD独家捆绑至2012年，CMMB于2010年正式开始收费，CMMB收入以用户收视费计算。将广电运营商的网络优势和内容优势与电信运营商的市场优势和营销优势相结合，通过中国移动多年的市场经验、渠道和客户资源，共同推广和发展我国的两个自主知识产权的技术TD-CDMA和CM-MB的产业化。

（2）盈利模式

CMMB具有多样化的盈利模式，包括用户订阅盈利模式、广告盈利模式、增值服务盈利模式等。用户订阅模式是面向终端用户收费的盈利模式，包括包月（年）及计次两种模式，其中，包月（年）模式将成为较长一段时期CMMB的主要盈利模式。CMMB在运营初期，由于自办节目和其他定制节目内容缺乏，广告盈利模式在CMMB运营初期不作为主要的盈利模式。目前CMMB只有6套电视节目作为基础业务，还未开展定制和增值类业务。互动类型的增值服务和数据广播服务随着基础网络的完善和支持，将能够逐步实现，增值服务模式将来可能是一种重要的盈利模式。

（3）收费模式

CMMB的收费模式包括与终端捆绑销售的模式、与电信运营商合作收费模式、电子商务收费模式等。将CMMB业务资费固化到终端费用中，在销售CMMB终端时，价格就已经包含了CMMB业务资费。如果成本控制得当，这种模式有望成为CMMB的主要收费模式。与中国移动等电信运营商合作建立收费体系，利用电信运营商的收费体系向终端用户进行收费。建立网上支付体系，与各大电子商务平台合作，建立及时快捷的电子收费渠道。

（4）CMMB运营的优势

国家广电总局高度重视，发挥广电的系统优势和整体力量，举全系统之力推动发展，这是CMMB最大的优势。与其他的国内手机电视标准相比，从系统设备、配套设备、芯片、检测设备到终端以及业务应用，目前CMMB标准的产业链成熟度是最高的。目前中国的移动互联网还没有进入宽带时期，其多媒体数据服务受到带宽的制约，尚不能满足用户对大容量、高带宽、全业务的需求，采用广播方式的CMMB多媒体内容相对会具有更大吸引力。中国目前3家电信运营商的移动用户数量分布很不均衡，各家的业务策略也都不同，因此，CMMB有机会与某几家运营商在业务上达成互补，强强联合，进而合作提供优势业务。中国共有300多个二级城市，总人口约占中国城市人口的53%，对GDP的贡献率达64%，并且这些城市的总体年增长率高达15%，其大众消费市场正在迅速膨胀。作为CMMB运营的主战场，市场机会巨大。中国目前已经有6亿多手机用户，城市用户群手机的拥有量将趋于饱和，各家移动运营商已经开始抢夺农村及偏远地区的用户。手机农村用户群对通话量的需求低于城市用户群，用手机看电视可能具备较大的市场发展空间。另外，CMMB技术具有卫星网络覆盖面积大的特点，与移动通信网络相比较，更适合在农村及偏远地区以较低的成本开展服务。

（5）CMMB运营的劣势

中央和地方在广播及通信领域均有不同的管理方法和规定，跨行业管理问题突出。全国统一的运营支撑系统和全国客户资源管理系统还没有真正建立，收费渠道和服务渠道需要加强建设。CMMB的音频标准选择的是中国自有知识产权的DRA标准，但该标准普及率不高，还需要解决DRA的产业化问题。目前国内的电视节目频道内容直接转播到手机上缺乏吸引力，还需要更多更好的节目资源。CMMB建网初期已经投入了大量的资金，要进行二期双向网建设将需要更多的资金，迫切需要开展加密收费业务，但如何保护已经起步的免费用户市场不至于过度流失是一个应该特别重视的问题。据统计，目前用户对CMMB业务的认识率不足30%，CMMB需要有效的宣传策略和服务品牌，以提高用户认知度。

### 6.3.5 有线电视网络综合新业务的应用前景

有线电视网络的应用可以归纳为3个主要应用系统，即数字电视系统（Digital TV）、话音系统和宽带数据通信系统。这些系统能够提供的业务有数字电视广播、电缆电话、视频点播、因特网高速接入、数据广播、视频会议、图文电视、小区智能化等。

**1. 数字电视系统**

数字电视系统就是将传统的模拟电视信号，经过处理、传输、存储、接收、记录等技术环节后，最终将高质量的电视节目以及用户所定制的视、音频信息服务送到用户家中。整个系统技术流程及相关的软、硬件系统设备，就是数字电视系统的实质内容。

（1）数字电视与模拟电视的区别

传统的模拟电视最大的特点是，逐级放大的传输方式容易产生噪声，长距离传输后信噪比恶化，图像清晰度受到严重损伤，图像对比度产生较大的畸变，相位失真也造成色彩失真。此外，模拟电视还具有稳定度差、可靠性低、调整繁杂、不便集成、自动控制困难以及成本高昂等缺点。

数字电视系统的特点是数字电视采用 MPEG-2 编码，有线数字电视信号在传输中抗干扰、纠错能力强、画面质量清晰、图像质量可达到 DVD 效果；可以同时提供多种业务，如数字电视、音频广播、数据广播、互动视音频节目点播、实用信息点播、电视购物等，服务内容不再受传统的视频节目的限制；可提供单声道、立体声、多语言多声道和环绕等多种伴音方式；可传输 500 套以上的电视节目和广播节目，使节目种类更多、内容更精彩，抗干扰能力强；配合条件接收系统，可根据用户的喜好和经济条件提供各种特定的个性化服务，如视频点播、音频点播等；数据类服务丰富，也是数字电视今后发展的重点，24 小时不间断的播出，随时查看相关信息；有专门的中文电子节目菜单可以随时查询各频道名称和节目相关内容，如节目名称、播出起止时间、内容简介等；可平缓升级，高清电视的标准从开始就采用了数字编码，单套节目的编码速率高达 38Mbit/s，可直接在现有系统播出；很容易实现加密/解密和加扰/解扰技术，便于专业应用以及广播应用，造成整个结构及管理上的优化，使节目资源增值，形成资源共享、多业务化、多功能化。

（2）数字电视的发展现状

数字电视正风靡全球。美国于 1998 年正式开始数字电视的广播，据英国独立电视委员会（ITC）2003 年发布的统计数字，数字电视的渗透率在英国已经达到了 41%，法国则选定了 30 个频道作为法国国家地面数字电视开播的基础，到 2008 年覆盖用户达到 80%。

我国是从 50 周年国庆时起试播高清电视。按国家广播电影电视总局的规划要求，我国有线电视向数字化过渡，将按照东部、中部和西部三个区域推进，分 2005 年、2008 年、2010 年和 2015 年 4 个阶段全面实现有线电视数字化。到 2015 年，我国将停止模拟电视播出。从 2004 年 9 月 1 日开始，中央电视台数字付费电视频道开始试播，标志着我国广播电视开始为广大观众提供个性化的市场服务。目前，我国推出的付费电视频道约 80 个，付费广播节目约 45 套。

（3）数字电视的发展前景

1）在发展的初期需要资金推动和政府支持。电视节目的数字化，要将大量的现行模拟电视节目源进行数字化，现有的摄、录、编及演播室设备、传输设备的数字化改造，也需要大量的资金投入，政府会给予足够的优惠政策，在投入和政策上给予支持。内容提供商、服务提供商和网络运营商将在电视产业中发挥越来越重要的作用。

2）拥有完整自主知识产权的核心技术。利用专利，可以实现利益的最大化。要保护民族产业，必须支持国内自己研发的技术标准。从这个意义上讲，中国数字电视应该要有自己的国家技术标准。

3）电视从公共性传输服务向个性化传输服务转变，用户从观看者变为使用者。数字电视与模拟电视相比，最大优点就是在单项传输节目的基础上，可以提供个性化交互式节目的传输服务，能够实现观众从被动收看到主动参与的角色转变。

4）数字化技术改造实现多种增值业务。有线电视是最主要的宽带多媒体视频服务市场。我国在电视网上的数据传输业务才刚刚起步，发展潜力巨大，而且有线电视数字化后，由于数字频道的大量增加，有能力对外提供信道出租业务、信息咨询服务、虚拟网等服务。

5）数字电视会改变我国电视界现时的运营模式。在我国，长期以来广播电视担负着重要的宣传功能。而数字时代的电视将是“互动”、“双向”的，即使“免费”和“付费”电视频道同时共存，观众亦有权自行选择节目，自行过滤信息。在数字电视时代，广电将会丧失模拟电视时代的利益独占优势，在有线传输上受到地方广电的限制，而地方广电因为控制着有线通路和终端用户而获得较大优势。数字电视的技术变革，将使中国广电的格局发生变化。

电视广播的数字化是广播电视技术发展的必然趋势。我们相信，广播电视的飞速发展会给广大的民众带来多姿多彩的精神食粮，数字电视的发展前景也会更加灿烂辉煌。

（4）数字电视的应用前景

中国将在2015年停止模拟电视信号的传输服务，这就意味着数字电视时代的全面到来。在最终停止该服务之前，数字电视已经开始一步一步走进人们的生活，并且将给相关产业发展带来巨大空间。在广电领域，20世纪最大的革命是电视的出现，它改变了人们的生活；21世纪最大的革命将是数字电视的实现，它给人们带来了全新的电视观念。数字化电视最大的革命是传输上的改变，这给人们带来3个不同的变化，第一个是声音、画面质量的大大提高；第二个是在数量上，频道数大大扩展；第三个是在广播方式上从简单的、单向传输到互动的、交互的方式的变化。

未来中国电视事业的发展，随着数字化程度的推进，将进入一个崭新的阶段。

1）专业频道大大增加。由于一个模拟频道的带宽，可以传输6套数字电视节目，如果一个电视台原来只能传送50套模拟电视节目，那么它就可以传送300套数字电视节目，频道数量大幅度增加。在这种情况下，电视台就有了充分的资源来发展专业频道，在节目内容的设置上能做到相当专业，如专业的足球频道、专业的保健频道或专业的教育频道等。

2）多种形式的数据传输成为可能。在已有的数字电视运营模式中，这一点已经得到了充分的体现。在这个平台上，实时的财经信息被有线网络准确地传送到用户的接收机上，用户像在大户室中一样查阅信息、买卖委托。另一种非常有用的数据是SML电视杂志，它为电视台播出前端提供了一种非常简便的编辑工具，操作人员将各种有价值的信息经过编辑，制作成类似于网页或电子杂志的数据，播出到用户的接收机上。这种形式目前十分流行，未来也将得到更大的发展。

3）付费电视进入真正的快速发展阶段。当电视实现了数字化传输，就意味着频道资源的大大扩充，专业化频道的发展成为可能。从国外的经验来看，付费电视是以专业化频道为基础的。

4）数字电视接收机的功能更加趋于多样化。未来的接收机增加了自动录像功能，可以将喜欢的节目预先设定，自动录制下来。还可以增加IP浏览器，让电视机也能像电脑一样上网。接收机在功能上逐步与IP网络融合，双方互为补充、互相增强，将成为未来的重要发展趋势。如《实话实说》，目前可能拥有几十个现场观众，但如果和互联网进行交流的话，就意味着拥有了世界上最大的演播室，只要有足够的带宽，可以有无数的人参与其中。这样，数字电视就实现了在现场进行完全交互式的交流。

建立端到端的互动服务方式，开展视频点播、数据广播等新业务，满足人们对广播电视多方面的需求，专业频道、数据广播、双向互动、付费电视以及兼容IP，这些是在目前的状态下可以看到的发展方向。随着技术的不断发展，未来必将出现更加激动人心的数字电视新应用。

2. 话音系统（Cable Phone）

IP 电话（VoIP）是一种利用 IP 网络作为传输载体的语音通信技术。传统电话技术的特点是基于连接实时、无延时和无压缩。IP 电话技术的特点是采用语音编码和压缩技术，通过质量保证服务（QoS）来保证话音质量。按照 MGCP 和 H.323 标准，可在 CATV 网内实现用户间的 IP 电话通信，在相关政策允许时，可实现与外部电话网关相连，实现广泛的 IP 电话业务。

IP 电话近年来发展速度非常迅猛，体现了电视网、电话网和计算机网络逐步走向融合，并朝着分组化、无连接化方向发展，实现综合业务和多媒体通信的必然趋势。

（1）语音系统结构

实现语音业务的系统是采用 HFC 网络，基于 Cable Modem 技术实现的。在 Cable Modem 的技术中，遵照国际标准 MCNS DOCSIS1.1 的规定，数据首先转化为 IP 包，然后封装成 MPEG-2 TS 帧，再经过射频调制在 HFC 网络中传输。

在射频传输中，采用了双向非对称技术。在频谱中分配 90 ~ 860 MHz 间的一个频段作为下行的数据信道。对一个模拟带宽 8 MHz 的网络，通过 64QAM 和 256QAM 数字调制，传输速率可达到 27 Mbit/s 和 36 Mbit/s。同时在频谱中分配 5 ~ 50 MHz 中的一个频段作为上行回传信道。采用 QRK 或者 16QAM 调制，对 200 kHz ~ 3.2 MHz 的模拟带宽调制后，可获得0.3 ~ 10 Mbit/s 的传输速率，通过上行和下行数据信道形成数据传输的回路。这里采用非对称技术，主要考虑到目前数据业务的信息量集中在下行信道，通信协议采用 TCP/IP。

一般系统除了网络外还包括局端系统和用户端系统，在 Cable Modem 系统中对应 Cable Modem 的局端系统（Cable Head End Equipment）和 Cable Modem 的用户端设备（CM）。在 Cable Modem 的局端系统中存在 3 个接口。一个是有线电视网络接口，与 Cable Modem 连接，通过它可以与上一级的 CATV 网络相连，也可以传输转播的卫星电视和本地的视频服务，信号可以是模拟的电视信号或者数字的电视信号。另一个是基于 IP 的数据网络接口，通过它与数据网络相连，实现数据业务。最后一个接口是话音接口，也就是 PSTN 接口。通过这 3 个接口，实现了 HFC 网络与现有的三个通信媒体有线电视、计算机和电信网络的连接；所以通过 Cable Modem 系统，不但能实现各业务的用户综合接入，而且实现了三网的互连互通。

Cable Modem 技术最初是实现 IP 数据的高速传输，在系统中嵌入 VoIP 模块。CM 中的 VoIP 模块完成话音的数字化和 IP 包的转化，局端系统中 VoIP 模块具有智能处理的能力，能区分来自 CM 语音的目标性质，经过不同的处理由 3 个接口中的任一个进入相应的网络。

（2）语音系统工作原理

当用户通过 HFC 系统打电话时，从普通电话机接收的话音经过 CM 中的 VoIP 模块处理，将模拟语音信号转化为 IP 包数据。这些携带着语音信息的 IP 包经过 CM 的调制，通过 HFC 网络上行信道传输到局端系统。在局端，数据经过解调还原为话音 IP 包，根据 IP 中目标地址的性质进行相应的处理。

（3）基于 HFC 的 IP 电话的自身优势

目前，由电信运营商提供的 IP 电话业务一般采用以 IP 电话网关为核心的服务模式，即用户通过一个特殊的服务号码拨入本地 ITG，本地 ITG 负责所有接入用户的语音信号的转换，并通过因特网呼叫被叫方 ITG，再由被叫方 ITG 通过远端的 PSTN 连接被叫方。在该服务模式中，用户无需购买任何设备，就可以用较低廉的价格实现与服务区内任何用户的直接通话。但是，ITG 需要完成的任务除了 PSTN 与因特网的硬件接口以外，还需要承担信令转换、语音处理、传输控制等大量的实时处理工作，大大限制了 IP 电话的广泛应用。其缺点是发展扩张比较困难，设备投入太大；IP 电话网与 PSTN 网的无缝连接；在可靠性与安全性方面，现有网关系统容错性与故障恢复都达不到要求。

针对现有的 IP 电话系统，如果采用基于 HFC 网的 IP 电话系统则从根本上满足了实现大规模 IP 电话服务的要求；从根本上解决了语音质量、减少时延、消除抖动等问题，有效地进行呼叫和连接等关键技术都有很大的突破。HFC 网上的 IP 电话系统具有很高的带宽可用性、数据处理功能和存储能力，它能独立于电信公司的通信线路，兼容传真、拨号以及用户的指令。当然还支持呼叫等待、多方呼叫以及多点接入等，在提供比 PSTN 更高的语音质量和响应时间的同时，可节省很多费用，具有广阔的应用市场。

这是最早提出的在有线电视网上开展的多功能应用。由于我国电信事业的发展离发达国家的水平还有一定的差距，因此基于有线电视网的电话业务在我国特别受到重视。

**3. 宽带数据通信系统**

宽带数据通信包括了多种业务子系统，如视频点播系统、视频会议系统、Internet 接入系统、数据广播系统、图文电视系统、小区智能化系统等。

（1）视频点播系统（VOD）

VOD 即视频点播，它没有一个严格的定义，泛指一类能在用户需要时随时提供视频服务的业务。在 VOD 系统出现之前，传统的视频广播与人们的交流从来都是单向式的，主动性、参与性得不到发挥。VOD 系统的出现则解决了传统有线电视的交互性差的问题。这种新兴的传媒方式，集合了视频压缩、多媒体传输、计算机与网络通信等技术，是多领域交叉融合的技术产物，为用户提供高质量的视频节目和信息服务。用户可以按照自己的需要在电脑或电视上自由点播远程节目库中的视频节目和信息。VOD 是一种典型的交互式电视。对于客户端系统而言，只有利用终端设备，使用者才能与某种服务或服务提供者进行互操作。实际上，在计算机系统中，它由带有显示设备的 PC 终端完成；在电视系统中，它由电视机加机顶盒完成；而在未改造的电话系统中，它是由电话预约完成。在客户终端系统中，除了处理硬件问题外，还需要处理与之相关的各种软件技术问题。例如，为了满足用户的多媒体交互需求，客户系统的界面必须加以改造。此外，在进行连续媒体播出时，媒体流的缓冲管理、声频与视频数据的同步、网络中断与演播中断的协调等问题都需要进行充分的考虑。

视频点播系统软件包、视频点播系统是基于专用视频服务器的专业级多平台解决方案。视频点播系统不但能为终端用户提供充分的交互性，同时也为服务器端的视频节目的制作管理和用户管理收费提供简洁方便的管理界面。系统应用软件以数据库技术为基础，采用 C/S 的体系构架；服务器后台管理利用基于 C/S 架构的应用软件进行系统和用户信息的维护与管理。终端用户登录到视频服务器管理主界面，经过安全验证后，进入视频点播应用界面，进行视频点播和相关信息查询，同时提供用户相关信息的修改功能。服务器端软件包含视频节目制作与管理、用户管理与计费收费软件。视频节目制作与管理软件用于控制视频服务器来制作、存储与管理视频节目文件，生成视频节目的信息索引，为用户提供简洁、方便的点播信息查询服务。用户管理与收费软件负责用户的信息管理和收费管理，生成用户的相关信息记录，为用户提供相关信息和点播的历史记录信息的查询。现在的视频点播系统一般是以 Web 为中心，基于 Internet 的视频系统的解决方案。视频点播系统软件包含服务器端软件和客户端软件，客户端软件可以运行在计算机上也可以预装在 STB 中，允许交互式地播放从实时视频服务器中输出的视频和音频节目流。

(2) 视频会议系统

视频会议系统是采用现有广播传输网实现图像和声音的实时传输。

视频会议系统具备传统方式所不具备的巨大优越性。人们通过视频会议系统，跨越地域分隔，如同面对面一样进行自由交流，具有极强的交互性。而且由于高新技术的支持，还可以实现传统会议所无法实现的某些视觉和听觉效果。利用广播电视网开展视频会议业务具有极大的经济效益和社会效益。系统还可以利用有线电视网通过加密系统，设立数量不限的旁听会场。

(3) Internet 接入系统

Internet 网是一个极其成功的广域计算机网络，目前仍以惊人的速度发展，但目前所能提供的接入速度却是十分缓慢的。电话 Modem 只能提供几十千比特每秒的传输速率，采用 ISDN 时就只能提供 128 kbit/s 的传输速率，不能处理视频图像和多媒体信息等需要高带宽的业务。有线电视 HFC 网络有着足够的频带资源来提供数据类业务，可以实现 Internet 的高速接入。

Internet 接入系统方案如下：基于 HFC 的 Internet 接入系统是通过 Cable Modem 实现的，可以实现 Internet 高速接入，一个完整的系统包括 CMTS、Cable Network、CM 以及网络管理和安全系统。CMTS 通常放在有线电视前端，采用 10Base-T、100Base-T 或 ATM OC-3 等接口通过交换型 HUB 与外界设备相连，通过路由器与 Internet 连接，或者可以直接连到本地服务器，享受本地业务。CM 是用户端设备，放在用户家中，通过 10-BaseT 接口，与用户的计算机相连。一般 CM 有 3 种类型，单用户的外置式和内置式，以及 SOHO 型。SOHO 型 Modem 用于采用 HFC 网络进行计算机网络互联，形成 SOHO（Small Office/Home Office）系统，即小型在家办公系统。

基于 HFC 的 Internet 接入系统优点，具有下行速率高；不占用电话线，在上网时不影响正常的电话业务；无须拨号，永久连接，通过 Cable Modem 连接的用户，就像使用局域网一样；不进行数据传输时不收取费用等特点。

此外，需要说明的是，中国不同于西方或其他发达同家，计算机、电话和有线电视三者中，有线电视的普及率最高。在骨干网中采用 ATM 结合 HFC 宽带接入技术，可以建设良好的宽带城域网。Internet 的宽带接入只是这种系统中的一种业务，对它的深入研究会综合更多的业务，具有广泛的应用前景。

(4) 数据广播系统

双向 CATV 网络目前普及程度并不高，HFC 结构的双向 CATV 网络仍在建设中。据有关数据表明，即使在有线电视多功能应用较为先进的美国，可进行双向多功能应用的网络也只有 17%。因此，目前有很多 CATV 的应用是基于传统的单向业务，如高速多媒体数据广播、VBI 图文数据传输等。这些应用不对 CATV 网络提出更多的要求，只是利用其丰富的频带资源进入千家万户这一巨大优势及人们对信息的渴求这一动力。

数据广播系统是宽带数据网络领域最新的研究成果，它可以利用有线电视网提供高速的数据通道，动态获得 Internet、股票、电子内行、远程教育信息，实现广播到千家万户。

数据广播使用有线电视台的现有基础设施，直接向居民和商业客户发送电子内容。数据广播传送信息的传输速率比拨号接入 Internet 快一千多倍，是用户向 PC 下载视频、动画和CD 质量音乐等多媒体信息的最快和最经济的方法。现在，PC 接口卡的价格低廉，安装方便。此外，数据广播系统还可以通过 PSTN 公用电话网进行信息回传，开展视频点播（VOD）服务。用户可以通过功能进行访问，信息中心还可以利用交互功能开设多种增值服务。点播的视频节目多种多样，既可以是影视节目、卡拉 OK、音乐歌曲，也可以是电子报纸、股价行情、Internet 信息以及远程教育等丰富多彩的内容。数据广播系统非常健全，具有综合性。这种系统具有组播和点对点内容的所有特性，同时又保证了内容服务商和广播台之间精确地分配利润。

（5）图文电视系统

图文电视系统的发展是与信息服务产业的发展密切相关的。早在 20 世纪 60 年代到 20 世纪 70 年代初，一些工业发达的国家就已经开始着手各种信息服务系统的市场开发，其着眼点是实现信息能直接进入每一个家庭。20 世纪 70 年代初，英国首先推出了面向家庭的第一个信息服务系统——图文电视系统，用以传送人们所关心的新闻、气象、旅游、体育及市场信息。每个用户只要使用遥控器对电视机进行控制，即可选择所要看的图文电视节目。由于产品设计目标是进入家庭、价格能与市场相适应，该项业务得到了较好的推广，实现了信息服务的社会化。随后美国、法国、日本等国家也先后推出自己的图文电视标准。为了规范图文电视的发展，国际无线电通信咨询委员会于 1985 年正式推荐了 4 种具有代表性的图文电视系统标准，从此图文电视“有章可循”，大大加快了它的推广与普及速度。欧洲许多发达国家的图文电视普及率达到彩色电视机的 90% 以上，美国的一些电缆电视比较发达的地区则把图文电视和电缆电视分配系统相结合，充分发挥两者的优势，为电视节目和信息服务业开辟了新的天地。

这是我国目前应用较广的一种广播电视多功能应用。图文电视信号是附加电视信号的一种数据信息。图文电视是在模拟电视系统中，电视屏幕每秒显示 25 帧电视信号，每帧 625 行，每行从屏幕左侧扫到右侧，每帧分两场从屏幕上方扫到下方。每帧 625 行中，实际显示在屏幕上的只有 575 行，还有 50 行是逆程，是看不到的。逆程通常除了用来传输测试信号外还可用来传输额外的数据信息，包括图形、文字。在接收端，观众使用专用的图文电视解码器可以在屏幕上收看到所传送的信息。目前中央电视台、山东、四川及浙江电视台的电视信号都携带 VBI 图文数据广播信息。

在国内市场上广泛可见的图文电视股票接收机，就是场逆程图文电视的典型应用。从这类股票接收机近来的市场销售来看，用户对信息的需求是迫切的。关键是能为用户提供感兴趣的信息。

随着技术的发展和应用市场的扩大，信息服务业已成为人们生活和工作中必不可少的环节，人们的需求也越来越从信息量和服务方式上有了较大的飞跃和发展。当仅仅采用场逆程传送图文电视的方式不能满足人们的要求时，及时地开发了全场制图文电视系统，充分展现了图文电视在信息服务方向的潜力。它将整个电视信号的每一行都用来传送数据，一场可插入 300 多个数据行，数据传输速率为 4.8Mit/s。一般有线电视台的频带资源丰富，可以专门开辟一个频道来做全程图文数据广播。

（6）小区智能化系统

随着信息技术突飞猛进的发展，人们的日常生活逐步融入网络世界。数字信息技术的应用终将引起消费方式的改变，从根本上改变人们的生活方式。从20世纪90年代初期，欧美等经济比较发达的国家就提出了“智能住宅”（Smart Home）的概念。智能建筑已经开始走向智能住宅小区从而进入家庭。在我国，随着宽带接入网技术的普及和人民物质文化生活水平的不断提高，智能化建筑也逐渐扩大到住宅小区。现代社会的家庭正在追求住宅智能化带来的信息、安全、舒适和方便。人们要求对住宅小区的三表（水表、电表、气表）、三防、计算机、电信、自动控制进行统一管理。现代化的住宅小区不再只是传统意义上的蔽身之所，而是朝着智能化、信息化的方向发展。

智能小区的建设不仅可以满足住户对居住环境智能化、信息化的要求，而且可以为房地产开发商增加新的卖点，开辟新的服务领域。为促进住宅建设的科技进步、完善住宅功能、提高住宅质量，应采用先进适用的高新技术推动住宅产业现代化进程，提高住宅高新技术的含量和居住环境水平，以适应21世纪现代居住生活的需求。

## 6.4 小结

本章主要介绍了国内外有线电视网络的发展历程及未来的发展趋势，对国内有线电视的新技术及新业务发展前景作出展望。通过对中国广电网络的现状和前景的分析，阐述下一代广播电视网络（NGB）、广电网和物联网的融合以及交互电视的发展。最后介绍了有线电视网络中新业务的内容及其在未来市场中的应用前景。

# 参 考 文 献

[1] 黄自力．高清、互动和开放，支持 NGB 应用[C]//CCBN 2010 论文集．北京：广播电视信息杂志社，2010.
[2] 金雪涛，姚毅．国外三网融合下优先电视发展与启示[C]//CCBN 2010 论文集．北京：广播电视信息杂志社，2010.
[3] 蒋青丽．我国有线电视发展现状与对策研究[C]．硅谷，2008(2)：10－11.
[4] 谭朝晔，付龙．数字时代的交互电视[M]．北京：中国轻工业出版社，2007
[5] 关亚林．有线电视网络与传输技术[M]．北京：中国广播电视出版社，2005.
[6] 刘剑波．有线电视网络[M]．北京：中国广播电视出版社，2003.
[7] 谭亚军．现代有线电视网络管理与应用[M]．北京：中国广播电视出版社，2001.
[8] 张学斌．有线电视网络管理与运营[M]．北京：电子工业出版社，2001.
[9] 金纯．有线电视综合业务信息网体系结构研究[J]．广播与电视技术，2006(4).
[10] 王磊．天津广播电视宽带综合业务网总体规划[J]．有线电视技术，2008(9).

# 附　录

## 缩　略　语

### A

| | | |
|---|---|---|
| AGC | Automatic Gain Control | 自动增益控制 |
| ADSL | Asymmetrical Digital Subscriber Loop | 非对称数字用户环线 |
| ATM | Asynchronous Transfer Mode | 异步传输模式 |
| AES | Advanced Encryption Standard | 高级加密标准 |

### B

| | | |
|---|---|---|
| BPSK | Binary Phase Shift Keying | 双相移键控 |

### C

| | | |
|---|---|---|
| CATV | Community Antenna Television | 共用天线系统 |
| CATV | Cable Antenna Television | 电缆电视系统 |
| CTB | Carriet to Composite Triple Beat ratio | 载波组合三次差拍比 |
| CMTS | Cable Modem Termination System | 电缆数据机终端系统 |
| CNNIC | China Internet Network Information Center | 中国互联网络信息中心 |
| CNBC | Consumer News and Business Channel | 消费者新闻与商业频道 |
| CDN | Content Division Networks | 内容分送网络 |
| CM | Cable Modem | 电缆调制解调器 |
| CPE | Customer Premise Equipment | 用户终端设备 |
| CP | Cyclic Prefix | 循环前缀 |
| CIR | Communications Industry Researchers | 通信产业研究机构 |
| CCIR | Consultative Committee of International Radio | 国际无线电咨询委员会 |
| CORBA | Common Object Request Broker Architecture | 公共对象请求代理结构 |
| CMOT | CMIP Over TCP/IP | 公共管理信息服务协议 |
| CMMB | China Mobile Multimedia Broadcasting | 中国移动数字多媒体广播 |

### D

| | | |
|---|---|---|
| DOCSIS | Data Over Cable Service Interface Specification | 基于电缆的数据服务接口规范 |
| DDN | Digital Data Network | 数字数据网 |
| DMB | Digital Multimedia Broadcasting | 数字多媒体广播 |

| | | |
|---|---|---|
| DRM | Digital Reversion Management | 数字版权管理 |
| DTV/HDTV | Digital TV/High Definition Digital TV | 数字电视/高清数字电视 |
| DCF | Dispersion Compensation Fiber | 色散补偿光纤 |
| DWDM | Dense Wavelength Division Multiplexing | 密集型光波复用技术 |
| DBA | Dynamic Board Allocation | 动态带宽分配 |
| DPT | Dynamic Packet TRansport | 动态分组传输 |

**E**

| | | |
|---|---|---|
| EPON | Ethernet Passive Optical Network | 以太网无缘光网络 |
| EOC | Ethernet Over Coax | 以太数据通过同轴电缆传输 |

**F**

| | | |
|---|---|---|
| FML | FM Microwave Link | 调频微波链路 |
| FITTC | Fiber-To-The-Curb | 从中心局到离家一千英尺以内的路边之间光缆的安装和使用 |
| FRN | Frame Relay | 帧中继网 |
| FTTB | Fiber To The Building | 光纤到楼 |
| FTTx | Fiber-To-The-x | 光纤接入 |
| FEC | Forward Error Correction | 前向纠错码 |
| FTTF | Fiber-To-The-Floor | 光纤到支线 |
| FTTC | Fiber-To-The-Curb | 光纤到路边 |
| FTTB | Fiber-To-The-Building | 光纤到大楼 |

**G**

| | | |
|---|---|---|
| GPRS | General Packet Radio Service | 通用分组无线服务技术 |

**H**

| | | |
|---|---|---|
| HFC | Hybrid Fiber Coaxia | 光纤同轴电缆混合 |
| HSPA | High Speed Uplink Packet Access | 高速上行链路分组接入 |
| HSD | High Speed Data | 高速数据 |
| Home Plug | Home Plug Power Line Alliance | 家庭插座电力线联盟 |
| HDTV | High Definition Television | 高清晰度数字电视 |

**I**

| | | |
|---|---|---|
| IPTV | Internet Protocol Television | 交互式网络电视 |
| ITU | International Telecommunication Union | 国际电信联盟 |
| IETF | Internet Engineering Task Force | 工程任务组 |
| ISP | Internet Service Provider | 互联网服务提供商 |

**L**

| | | |
|---|---|---|
| LTE | Long Term Evolution | 长期演进 |

**M**

| | | |
|---|---|---|
| MATV | Master Antenna Television | 公共天线系统 |
| MMDS | Microwave Multi Distribution System | 多路微波分配系统 |
| MJPEG | Motion JPEG | 动态 JPEG |
| MPEG | Moving Picture Expert Group | 移动图像专家组 |
| MPLS | Multiprotocol Label Switch | 多协议标签交换 |
| MAC | Media Access Control | 媒体访问控制 |
| MoCA | Multimedia over Coax Alliance | 同轴电缆多媒体联盟 |
| MMDS | Multichannel Microwave Distribution System | 多路微波分配系统 |

**N**

| | | |
|---|---|---|
| NGN | Next Generation Networks | 下一代网络 |
| NGB | Next Generation Broadcasting | 下一代广播电视网 |
| NVOD | Near Video On Demand | 准视频点播 |

**O**

| | | |
|---|---|---|
| OTN | Optical Transfer Networks | 光传输网 |
| OEIC | Photoelectron IC | 光电子集成电路 |
| OFDM | Orthogonal Frequency Division Multiplexing | 正交频分多路复用技术 |
| ORB | Object Request Broker | 对象请求代理 |
| OA | Object Adapters | 对象适配器 |

**P**

| | | |
|---|---|---|
| PSTN | Public Switched Telephone Network | 公用电话交换网 |
| PSPND | Packet Switched Public Data Network | 分组交换公用数据网 |
| PTN | Packet Transport Network | 分组传送网 |
| PBB | Provider Backbone Bridge | 运营商骨干桥接 |
| PBB-TE | Provider Backbone Bridge Traffic Engineering | 支持流量工程的运营商骨干桥接技术 |
| PON | Passive Optical Network | 无源光纤网络 |
| PMD | Polarization Model Dispersion | 偏振模色散 |
| PCI | Peripheral Component Interconnect | 外部控制器接口 |
| POTS | Plain Old Telephone Service | 旧式电话服务 |
| PPV | Pay Per View | 按次付费业务 |
| PM | Performance Monitoring | 性能监视 |

## Q

| | | |
|---|---|---|
| QoS | Quality of Service | 服务质量 |
| QPSK | Quadrature Phase Shift Keying | 四相相移健控 |
| QAM | Quadrature Amplitude modulation | 正交振幅调制 |

## R

| | | |
|---|---|---|
| RF | Radio Frequency | 射频 |
| RFID | Radio Frequency Identification Devices | 射频识别 |

## S

| | | |
|---|---|---|
| SDH | Synchronous Digital Hierarchy | 同步数字体系 |
| SMS | Storage Management Services | 存储管理服务 |
| SONET | Synchronous Qptical Network | 同步光纤网 |
| SDTV | Standard Definition Television | 标准清晰度数字电视 |
| SNMP | Simple Network Management Protocol | 简单网络管理协议 |
| SMFCB | Subcarrier Modulated Fiber-Coax Bus | 副载波调制光纤同轴总线 |

## T

| | | |
|---|---|---|
| TDMA | Time Division Multiple Address | 时分多址 |
| TLS | Transport Layer Security Protocol | 安全传输层协议 |

## U

| | | |
|---|---|---|
| UHF | Ultra High Frequency | 特高频 |

## V

| | | |
|---|---|---|
| VOD | Video-On-Demand | 数字视频信号 |
| VHF | Very High Frequency | 甚高频 |
| VoIP | Voice over IP | 网络语音电话业务 |
| VPLS | Virtual Private LAN Service | 虚拟专用局域网业务 |

## W

| | | |
|---|---|---|
| WAP | Wireless Application Protocol | 无线应用协议 |
| WiMax | Worldwide interoperability for Microwave Access | 全球微波互联接入 |
| WOC | WLAN Over CATV | 有线电视无线网 |

## X

| | | |
|---|---|---|
| xDSL | Digital Subscriber Line | 数字用户线路 |

# 后　记

由于教学和产学研的原因,本人一直从事和广播电视网络相关的教学和产品研发等工作,深感三网融合给广电带来的机遇和挑战。编者早就有写这本书的想法,但是由于种种原因没有如愿。感谢机械工业出版社的支持和帮助,为本人提供机会顺利完成了这本书!

2009 年底,科技部与广电总局共同起草并签署了《国家高性能宽带信息网暨中国下一代广播电视网自主创新合作协议书》,这标志着研究开发中国三网融合的时代已经到来。建设下一代广播电视网可以充分利用我国广播电视网宽带网络资源,以较低的代价建设国家高性能宽带信息网,同时可以加快我国信息服务业的发展,推动信息科学技术领域的创新,带动相关产业的发展。希望本书的出版能为三网融合下的广电网络技术发展提供一些参考。

现在三网融合技术发展进步很快,这方面也有很多很好的书籍资料和著作。本书主要针对广电网络在三网融合下的技术发展做出介绍,对整个新型现代有线电视网络相关知识进行了整理。由于编者水平有限,不够完善和错误的地方请大家批评指正。同时由于掌握的资料有限,许多地方也没有反映本领域技术的最新发展,也敬请读者谅解。另外在本书的编写过程中参考了很多相关资料,包括网上的许多资料,由于篇幅限制,在此再次表示感谢。

最后,欢迎广大读者对本书提出意见和建议,也欢迎大家和本人交流。电子邮箱:huangjun@cqupt.edu.cn 或 huangjun@sjtu.org。